YXTA MAYA MURRAY ha publicado cuatro novelas: *Locas,
What It Takes to Get to Vegas, The Conquest (La conquista), The
King's Gold (El oro del rey),* and *The Queen Jade (La Reina Jade).* En
1999 ganó el Whiting Writers' Award, un premio que se concede
en Estados Unidos a los escritores noveles más prometedores.
Además de escribir, enseña derecho en la Loyola Law School de
Los Ángeles, ciudad en la que reside.

LA REINA JADE

La REINA JADE

YXTA MAYA MURRAY

TRADUCCIÓN POR GEMA MORAL BARTOLOMÉ

Una rama de HarperCollins*Publishers*

Los libros de HarperCollins pueden ser adquiridos para uso
educacional, comercial o promocional. Para recibir más información,
diríjase a: Special Markets Department, HarperCollins Publishers, 10
East 53rd Street, New York, NY 10022.

Este libro fue publicado originalmente en inglés en el año 2005 por
Rayo, una rama de HarperCollins Publishers. La traducción al español
fue originalmente publicada en el año 2006 en España por Random
House Mondadori, S.A.

Nuestro agradecimiento a Hippocrene Books por autorizar la
reproducción de los jeroglíficos del libro de John Montgomery,
Dictionary of Maya Hieroglyphs.

PRIMERA EDICIÓN RAYO, 2008

ISBN: 978-0-06-084134-8

08 09 10 11 12   PDF/RRD   10 9 8 7 6 5 4 3 2 1

Para Sarah Preisler

¿Dónde obtuvieron los artesanos del Imperio ol-
meca su fabuloso tesoro de jade azul translúcido?
Expediciones científicas y cazadores de tesoros,
que entre ellos llaman informalmente «jadeístas»,
han explorado Guatemala, Honduras, México y
Costa Rica en busca de la fuente de la extraña
piedra... [Tras el huracán Mitch] un equipo estadounidense afirma haber encontrado la legendaria fuente de suministro de jade en una zona del
tamaño de Rhode Island de la Guatemala central
que bordea el río Motagua.

«Científicos descubren la fuente legendaria
de los artefactos de jade mayas en Guatemala»,
Los Angeles Times, 27 de mayo de 2002

1

La entrada de mi madre turbó la serenidad de la vacía librería.

—¿Niña? —gritó, y su portazo hizo sonar con fuerza la campanilla de latón—. ¿Estás ahí, criatura?

—Ssí —respondí desde la trastienda de la librería.

—Lola, ¿dónde estás?

—Aquí, en la oficina, mamá. Un momento.

—Bueno, no me hagas esperar. ¿Recibiste mi mensaje acerca de las fotocopias que necesito? ¿Están listas? Tengo un taxi esperando en la puerta.

Juana Sánchez aguardaba de pie en medio de la librería. Su larga melena plateada brillaba entre las sombras de color caramelo; llevaba un bolso de lona colgando del brazo y su capa de mezclilla echada sobre los gruesos hombros. Empezó a tararear, impaciente y desafinando, una melodía, mientras yo dejaba una tercera edición de *La isla misteriosa* de Julio Verne sobre el escritorio. Soy delgada y tengo el pelo rizado, así que no me parezco mucho a mi madre, salvo en el gusto por la ropa extravagante. Cogí mi chaleco al estilo del Oeste y, haciendo sonar mis viejas botas rojas de Patsy Cline, salí de detrás de una pila de libros de la trastienda de El León Rojo, la librería de mi propiedad, situada en Long Beach.

Mi madre dejó de tararear cuando me vio aparecer.

—Ya era hora. ¿Qué hacías ahí a oscuras?

Me acerqué y ella empezó a tirar de mi rebelde flequillo negro con rápidos movimientos de la mano.

—Envolver unas cosas —contesté.

—¿Has tenido trabajo? —Me sacudió un imaginario polvo de los hombros, me alisó las arrugas del cuello pasando los pulgares con fuerza, y finalmente me plantó un leve beso en la mejilla. Reí.

—¿Tú qué crees?

—No seas pesimista. Las cosas mejorarán. Aunque, cuanto menos tiempo dediques a trabajar, más tiempo tendrás para mí. ¿O has olvidado que me voy esta noche? Seguro. ¡Eso te ocurre por pasarte el día y la noche metida en esta tienda, leyendo esos malditos libros, en lugar de venir conmigo a la selva de vez en cuando! Te lo he dicho muchas veces. Un par de días en la selva es lo que te hace falta para poner los pies en la tierra, criatura, para madurar. Quizá entonces recuerdes cuándo tu madre se va del país.

—Lo recordaba perfectamente. Estaba a punto de hacerte las fotocopias.

—Ya —dijo, entornando los ojos para mirarme.

—Y no creí que estuviera invitada a este viaje.

—La verdad es que esta vez no lo estás. —Me rodeó la cintura con el brazo y me estrujó contra sí—. He preparado unas pequeñas vacaciones para mí solita. Recorreré los lugares que visitó De la Cueva, la ruta que ella siguió cuando buscaba el jade. Solo por diversión. Necesito pasar un tiempo lejos de aquí. —Carraspeó—. Pero no te ofendas. Hablo en general.

—Anoche ya me dijiste que ibas a seguir el rastro de Beatriz de la Cueva. Y seguro que también el de De la Rosa, ¿no es cierto?

—Supongo. Pero no hablemos de Tomás. Es demasiado triste el modo en que murió.

—Neumonía.

—Eso dicen. Pero nadie parece saber dónde fue enterrado, ¿verdad?

—No, que yo sepa.

Mi madre me dio la espalda y examinó algunos de los libros que cubrían las paredes.

—Creo que tu padre está un poco triste, por extraño que parezca. Y será duro para Yolanda. Echará de menos a su padre.

—Lo siento mucho por ella. Hace años que no hablo con Yolanda.

—Sí, pero decidimos que sería mejor así.

—Lo sé.

—Aunque en otro tiempo fuimos todos amigos.

—Lo siento, mamá —dije, tocándole el hombro.

—Hablemos de De la Cueva —dijo ella con voz firme.

—Por mí, perfecto. Veamos. La antigua gobernadora Beatriz...

—Fue la primera europea que fue en busca de la piedra, ya sabes.

—Sí, lo sé —dije—. Conozco la historia casi mejor que tú. Estoy pensando en traducirla al inglés.

—¿En serio? —Esbozó una sonrisa de complacencia.

—Podría editarla yo misma y venderla aquí, en la librería.

—Es una idea divertida, pero dudo que conozcas la historia tan bien como yo.

—¡Vamos! Es la leyenda de la reina mágica de todos los jades; otorgaba el poder absoluto a aquel que consiguiera hacerse con ella...

—Pero también acababa destruyendo a sus dueños —me interrumpió—. Cualquier persona que veía o tocaba el jade se obsesionaba con él. Al menos dos de sus poseedores tuvieron un espantoso final; luego, una bruja lo ocultó y lo maldijo. Según cuenta la historia, si alguien tratara de robarlo, el mundo sería destruido por agua y fuego...

—Pero esa amenaza no sirvió para ahuyentar a nadie —dije—. Y aún menos a los europeos. En el Renacimiento hubo una expedición a la selva para ir en busca de la piedra. Pero no tuvo demasiada fortuna. Había un Laberinto del Engaño y un Laberinto de la Virtud... un esclavo que mintió... unos españoles muy ingenuos...

—Por todo ello —dijo mi madre, enarcando las cejas—, puede decirse que es toda una aventura. Deberías tener el libro en la tienda y hacerme una copia.

—Lo tengo por aquí —dije—. Solo tardaré un momento en fotocopiarlo.

—Y las *Cartas* de De la Cueva.

—Las cartas ya las he fotocopiado —dije, y rápidamente fui a por el libro.

Encontré la edición de 1541 de *La leyenda de la reina Jade* de Beatriz de la Cueva en lo más alto de la estantería dedicada a «Grandes villanos de la historia colonial», donde se encuentran algunos de los libros de intriga más espeluznantes de mi tienda. Puedo dar fe de ello, ya que soy experta en historias de este tipo y El León Rojo está especializado en libros de fantasía y aventuras. Desde que la inauguré en 1993, me aseguré de que la librería animara a sus clientes a sumergirse en las gloriosas obras de este género y me dediqué a comprar las mejores bibliotecas privadas de las que tenía noticia. También la doté de estanterías de nogal elegantemente talladas y de mullidas butacas de cuero que a menudo estaban ocupadas por lectores que parecían una versión miope de Luke Skywalker o de Allan Quatermain, o encontraba en ellas a un entusiasta de *Dune* que parecía haber tomado demasiada Especie. También celebraba maratones de Dragones y Mazmorras, y durante nuestro festival anual de recreación de *El Señor de los anillos* podían encontrarme empuñando una espada y respondiendo únicamente al nombre de Galadriel. No me importaba que aquellas extravagancias me estuvieran llevando a la bancarrota, ya que el origen de mi pasión por la aventura era fácil de descubrir: mi madre era la personificación de Odiseo, una arqueóloga de UCLA y especialista en jade, que se había pasado los últimos treinta años preparando periódicas expediciones a las selvas llenas de jaguares y de reliquias de Guatemala.

Como prueba de que seguía siendo tan osada como los domadores de leones y los trotamundos de Julio Verne o H. Rider Haggard, aquel 22 de octubre de 1998 se disponía a partir de nuevo hacia Guatemala, motivo por el cual se encontraba en la librería. Quería que le fotocopiara unos mapas, unas cartas y el texto de una antigua leyenda, que utilizaría como referencias durante su viaje.

Mamá me sujetó las piernas cuando me encaramé a una escalera apoyada en la estantería.

—Cuidado —me dijo—. Cada vez que subes a esta cosa, pienso que te vas a partir el cuello.

—¿Y en cambio quieres que vaya contigo a jugar con serpientes y escorpiones en la selva?

—La selva es segura. Pero fíjate en este lugar, con libros por todas partes. Es una trampa mortal.

—Tú asegúrate de que no resbale. —Alargué el brazo hacia el estante más alto—. Ya casi lo tengo.

Agarré el libro con una mano, mientras la escalera se tambaleaba y mi madre gritaba; cuando por fin salió el libro, caí en los brazos de mi madre. Llevamos *La reina Jade* a la trastienda, donde tenía la fotocopiadora.

—Muchas personas han muerto por haber leído este libro —dije, aplastando la primera página sobre la superficie de cristal de la fotocopiadora. Las hojas crujían de tan viejas y estaban llenas de notas que los lectores habían dejado en los márgenes.

—Bueno, De la Cueva es muy convincente acerca del jade —apuntó mi madre.

—«La piedra azul brillaba, bella como una diosa, alta como una amazona, reinando sobre la avaricia de los hombres con su terrible gloria» —leí en voz alta—. Ella creía en la historia. ¿Por qué si no iba a seguir buscando por la selva cuando todos a su alrededor morían de cansancio y de disentería?

—Por su esclavo, para empezar.

—Querrás decir su amante —corregí.

—El que la llevó allí.

—El que la traicionó —dije, asintiendo.

Empezamos a recordar los detalles del famoso engaño que condujo a la publicación de la *Leyenda*. En 1540-1541, la gobernadora de Guatemala, Beatriz de la Cueva, cayó bajo el embrujo de su amante, un sirviente maya llamado Balaj K'waill, que la ayudó a traducir una antigua leyenda indígena sobre una piedra mágica de jade oculta en dos laberintos de la selva que, según él afirmaba, podían encontrarse al otro lado del río Sacluc, en la inexplorada selva del Petén. El riesgo valdría la pena, le prometió. La gema no solo era una joya, sino un arma fantástica con la que cualquier gobernante podría aplastar a sus enemigos simplemente deseando que murieran. Ávida de poder, De la Cueva no pudo resistirse a la tentación, aunque la leyenda hablaba también de las espantosas consecuencias de poseer el jade. Se suponía que los débiles de carácter, tras mirar el jade, se quedaban petrificados por su brillo. Era la típica historia precristiana. Burlándose del peligro y confiando en su carácter, la gobernadora inició la búsqueda con su esclavo, y tras seis meses de viaje afirmó haber descubierto el mortal Laberinto del Engaño, un colosal y tortuoso edificio hecho de jade de color cobalto como el de la legendaria piedra. Algunos eruditos opinan que tal vez halló algún tipo de construcción en la selva, un palacio con un diseño peculiar, por ejemplo, o alguna tumba antigua, pero no se ha encontrado nada en la época moderna. Finalmente, De la Cueva se dio cuenta de que el jade prometido por su amante no era más que un engaño; decepcionada, mandó ejecutar a Balaj K'waill por traidor. Sin embargo, no fue la única que cayó en el engaño de la piedra. A pesar de la tragedia, la leyenda siguió intrigando a aventureros de siglos posteriores, y muchos otros emprendieron la inútil y peligrosa busca.

—La piedra de jade azul —musitó mi madre, mirando el libro conmigo—. No es extraño que tantos lunáticos fueran en su busca. La jadeíta azul es la más rara. El jade verde de

Birmania no lo supera, el jade serpentina chino resulta vulgar en comparación. Sería la reina de todas las piedras de jade azul, la más rara de todas, hija mía; eso si realmente existió. Ni siquiera sabemos de dónde salía el jade azul. El lugar donde pueda encontrarse la mina es un enigma. Hasta hoy, solo se han descubierto algunas piezas talladas.

—Bueno, tú has descubierto unas cuantas piezas: esa máscara de jaguar, algunos cuencos y cacharros.

—Y las estelas, por supuesto —añadió ella—. Descubiertas en 1924 por Tapia.

—Y las hojas de hacha que desenterró Erik Gomara.

—Te refieres a las que consiguió antes que yo.

—¿Dónde fue? ¿En el Petén?

—Dios, no me pongas de malhumor hablando de Gomara.

—De acuerdo —dije, lamentando haber pronunciado el nombre del rival académico de mi madre—. No te enfades.

—Demasiado tarde —dijo ella—. Olvida a Gomara. Piensa en Tomás. Encontró algunas piezas mientras buscaba la reina, el viejo chiflado. Estaba convencido de que la encontraría.

Mi madre hizo una pausa para tirarme de la oreja.

—Tampoco quería hablar de él, ¿sabes? —añadió—. Pero Tomás siguió la misma ruta que Beatriz por la selva en busca de aquel cuento de hadas. Igual que aquel viejo alemán, Alexander von Humboldt. —Suspiró, y de pronto me pareció tan nostálgica que no me atreví a preguntarle por la enigmática referencia al explorador europeo—. Bueno. Encontraré muchos fantasmas en el camino que voy a recorrer. Pero al menos estaré en movimiento, y no estudiando con el culo pegado a la silla.

Me miró con ojos brillantes.

—¿Qué?

—¿Conseguiré sacarte de esta librería alguna vez? —gruñó.

—Mamá.

—Lola. Tienes treinta y un años. Cuando yo tenía tu edad, huía de tigres e intentaba no quedarme enterrada bajo desprendimientos de tierras. Me divertía. Tu idea de tener una aventura consiste en leer un diccionario etimológico.

—Lo sé, ¿no es fantástico? —Agité los brazos, exasperada—. Y tú olvidas que te has pasado los últimos meses sumergida en los libros.

—¿Qué quieres decir?

—Has trabajado mucho últimamente. Pensaba que estabas escribiendo algo, pero resulta que sales otra vez corriendo.

—¿Qué te ha hecho pensar que estaba escribiendo un artículo? —preguntó ella, arrugando la nariz.

—Estabas encerrada en tu despacho, metida entre mapas, cartas de navegación y documentos. Y... hacía tiempo que no te veía tan obsesionada y concentrada. Ya que ninguna de las dos... Hablé de ello con papá anoche, por teléfono. No comprendemos por qué te vas.

—Ahora eres tú la que se comporta como una madre pesada. Es mi trabajo. Y ya te lo he dicho. Solo voy de vacaciones.

—Pero nunca te habías tomado vacaciones.

—Entonces seguramente me las merezco, ¿no te parece? Desde luego, he trabajado lo mío.

—¡Más que de sobra! —La cogí por los hombros—. Tú interpretaste las estelas de Flores. La primera, quiero decir...

—Sí, bueno, hace mil años descifré unas piedras sin sentido y bla, bla, bla, bla, bla. —Torció el gesto—. Mira, no te preocupes. Solo voy a visitar a tu padre una temporada, lo que sin duda encantará a Manuel. Y luego pasaré unas semanas recorriendo las viejas rutas de De la Cueva. Que la nueva generación se ocupe de las clases mientras yo vagabundeo entre los monos.

—Pero, mamá, si tú no soportas a la nueva generación...

—Eso es muy cierto —dijo ella, dándome un ligero golpe con la cabeza—. Salvando lo presente, por supuesto.

—Por supuesto.

—Aunque, ahora que lo pienso, supongo que debería mencionar que Gomara...

—Erik...

—Eso. Ese maldito mujeriego ha trabajado en esto. —Señaló la *Leyenda*—. Escribió algo acerca de los diarios de Von Humboldt, que se refieren a los laberintos de De la Cueva. A lo mejor te interesa leer el viejo diario del alemán, sobre todo si estás pensando en traducir la leyenda de De la Cueva. *Del Orinoco al Amazonas: viaje a las regiones equinocciales del Nuevo Continente*, así se llama.

—¿Las regiones equinocciales? —pregunté, mientras escribía el título en un trozo de papel.

—Von Humboldt recorrió Guatemala hacia 1800, buscando el jade del rey de los mayas. El pobre siguió la misma ruta que De la Cueva. Afirmó haber encontrado unos laberintos, un reino enterrado; luego, los indígenas estuvieron a punto de matarlo. Nunca se demostró nada, pero sus escritos son una valiosa aportación. Fue uno de los primeros en analizar el trabajo de De la Cueva. La universidad dispone de una bonita edición de su libro. Deberías ir a verlo. Me gustaría que lo leyeras.

—Suena muy bien.

—Ya me parecía que iba a gustarte. Al menos, conozco a mi hija. —Chasqueó los dedos y noté que se irritaba. Así era como solía reaccionar cuando estábamos a punto de separarnos y aparecían sus sentimientos más tiernos y delicados—. Pero no dejes que me ponga sentimental. Aún tienes que hacerme unas fotocopias.

Cuando terminé con las fotocopias, recogí las hojas de la bandeja y se las entregué. Ella se agachó para abrir la cremallera de la bolsa de vinilo Hartmann de color beis. Dentro llevaba ropa y libros, y uno de sus pequeños diarios de color salmón.

Cogí el último objeto que le quedaba por meter en la bolsa y ella alzó diestramente el brazo por encima de la cabeza, sin dejar de mirar la bolsa, para arrancarme el diario de las manos.

—Gracias, monstruo —dijo—. Ya sabes que te ganarás una zurra si fisgoneas.

—Solo hago todo lo posible por impedir que te vayas —repliqué.

Ella alzó la cabeza y me miró con el entrecejo fruncido.

—Sí. Bueno. Supongo que ya está. —Sus labios temblaron un poco.

—Sí, supongo que sí —dije yo—. ¿Saludarás a papá de mi parte?

—Desde luego.

—¿Pasarás... a ver a Yolanda para darle el pésame?

—Creo que sería un poco embarazoso...

—Te echaré de menos, mamá —dije, ladeando la cabeza.

—Eso espero. —Sus labios temblaron un poco más—. ¿A quién voy a gritarle ahora? ¿Y quién me escuchará cuando me queje?

—Estoy segura de que encontrarás a alguien, como siempre. Además, solo estarás fuera... ¿cuánto?

—Dos semanas. Si el tiempo se mantiene. No es mucho.

—Dos semanas no son nada —respondí con el mismo tono firme.

—Ay, criatura... —dijo ella, mirándome.

Luego, como las dos somos muy sentimentales, empezamos a moquear y a bizquear nuestros ojos enrojecidos.

—¡Oh, mierda! —exclamamos las dos, y nos secamos las lágrimas con fuerza.

Ella se levantó y volvió a abrazarme, lo que provocó en mí un nuevo gruñido. Sus relucientes cabellos claros acariciaron mi rostro. No llevaba perfume. Olía a limpio, a jabón puro y a la cálida humedad de la mezclilla.

—Eres mi querida y dulce criatura —susurró—. Y nos veremos muy pronto. Entonces seguiremos hablando. —Me dio un último apretón y me besó, pero al separarse de mí juraría que vi de nuevo el característico brillo maquiavélico de sus ojos. Se dirigió hacia la puerta y yo cavilé que seguramente sus pensamientos estaban ya en Guatemala, en la selva, donde se hundiría en aquel blando y asqueroso lodo que a ella tanto le gustaba.

En el exterior, el taxista gruñó y farfulló mientras cargaba la bolsa en el vehículo. Mi madre se quedó en la puerta de El León Rojo, con sus cabellos plateados flotando en mechones y la capa envolviéndole los hombros; señalaba con grandes aspavientos y gritaba instrucciones al taxista.

—¡Adiós, mi hermosa criatura! —me dijo antes de irse definitivamente.

No noté ningún escalofrío, ningún estremecimiento, cuando se metió en el taxi y cerró la puerta.

Debería haber sentido algo extraño u ominoso mientras miraba a mi madre, que me decía adiós con la mano por la ventanilla del taxi, hasta que este desapareció a la vuelta de la esquina.

2

Cuatro días después de que mi madre iniciara sus vacaciones, mi Pinto tuvo una avería en la autopista y tuve que ir en autobús desde Long Beach hasta UCLA para encontrarme con un profesor de inglés que vendía unos libros raros. Tras hojear *Los Angeles Times*, y prestar particular atención a un artículo titulado «La intensa temporada de lluvias alivia la sedienta América Central arrasada por la guerra», me apeé en mi parada y me encaminé, cargada con mi ordenador portátil, hacia el despacho del profesor, que había expresado su interés por descargar completamente su biblioteca de los clásicos de Julio Verne. Por desgracia, la reunión duró solo cinco minutos, ya que se me había adelantado por muy poco una oferta mejor de un fanático de Verne; un millonario que procedía de Gales.

Alivié mi decepción observando durante un cuarto de hora a unos jugadores veinteañeros de fútbol americano de la universidad; luego fui a la Biblioteca de Investigación Universitaria de UCLA en busca del libro que me había comentado mi madre, el diario de Alexander von Humboldt. En contraste con los viejos ladrillos y la tracería del gran vestíbulo de la universidad y de la biblioteca general, aquella construcción beis era totalmente moderna, con la simplicidad del estilo de los sesenta.

En el segundo piso se encontraban los libros de arqueología. Una rápida búsqueda reveló que *Del Orinoco al Amazonas: viaje a las regiones equinocciales del Nuevo Continente*, escrito por Alexander von Humboldt en 1834, estaba en préstamo, pero encontré la primera obra de mis padres, algo estropeada, *The Translation of the Flores Stelae: A Background for the Study of the Meaningless Maya Text* ('La traducción de la estela de Flores. Introducción al estudio del sin sentido en el texto maya', primera edición, 1970), junto a la réplica de Tomás de la Rosa: *Meaninglessness in Maya Iconography: The Flores Stelae Resolved* ('El sin sentido en la iconografía maya: desciframientos de la estela de Flores', Oxford University Press, vigésima edición, 1998). Ambos libros analizaban ciertas famosas reliquias de América Central: una sucesión de cuatro piedras de jade azul cubiertas de cientos de jeroglíficos mayas.

Al abrir el libro de mis padres me encontré con una foto de las tallas de las estelas:

Mis padres descifraron estos símbolos cuando eran licenciados de Princeton, en la década de 1960; utilizaron los pocos textos coloniales españoles que contenían pistas sobre el código maya, aún por descifrar; esa lengua perdida no se descifró totalmente hasta la década de 1980. Sin embargo, tras dos años de duro trabajo de traducción, se sintieron decepcionados cuando descubrieron que el texto era un galimatías que, traducido, decía literalmente:

Gran del historia la jade fui vez una rey Jade
Ti sin perdido estoy perdido estoy también yo perdido estoy
Noble rey verdadero un jade nacido bajo imponente y jade

¿Qué podían significar aquellas frases inconexas?, se preguntaron. ¿Qué intentaban decir los mayas con aquellas extrañas palabras? Pasaron un año repasando la traducción una y otra vez, y mi madre se hundió en una depresión. Llenó un cuaderno tras otro con aquellas palabras incomprensibles, pero fue inútil; empezó a pensar que todos sus esfuerzos académicos no eran más que desatinos.

Sin embargo, en medio de aquella terrible desesperación se le ocurrió su brillante hipótesis: las estelas no se podían leer; jamás se había pretendido que fueran un texto coherente. Las estelas eran tan solo una especie de decoración antigua para las paredes, un adorno sin sentido, similar a los diseños abstractos que pueden encontrarse hoy en un escaparate de Tiffany o en un estampado de Laura Ashley. Con gran emoción, mi padre y ella escribieron un artículo argumentando que el texto no tenía sentido como lectura; con esta tesis esperaban convertirse en expertos en las estelas de Flores y ser reconocidos internacionalmente.

Fracasaron miserablemente. La víspera de la publicación de su artículo, se les adelantó, en un simposio sobre los jeroglíficos celebrado en 1967 en El Salvador, un marxista radical, un insurgente antimilitar y genial arqueólogo guatemalteco, el doctor Tomás de la Rosa. Tras el bombazo que supuso su conferencia: «La falta de sentido de la iconografía maya», se convirtió en el equivalente a una estrella del rock en el campo de la arqueología.

No obstante, mis padres no le guardaron rencor. Los tres científicos se sorprendieron incluso a sí mismos haciéndose amigos, a pesar de que el doctor De la Rosa se involucró peligrosamente en la sangrienta guerra civil guatemalteca que duró treinta y tantos años.

Durante décadas, la amistad sobrevivió a las excentricidades del doctor De la Rosa. A finales de la década de 1970, De la Rosa arriesgó su gran reputación académica y se lanzó a explorar la selva de Guatemala en busca de la reina Jade de Beatriz de la Cueva. Mi madre acogió a su hija Yolanda, de carácter sumamente difícil, cuando se sospechó que De la Rosa había volado por los aires la casa de un coronel del ejército, matado a un joven contable y dejado graves secuelas en un teniente. Yolanda vivió con nosotros durante cinco años. Sin embargo, las diferencias ideológicas seguían siendo demasiado grandes. El nacionalismo extremo del arqueólogo lo convertía a veces en un compañero difícil, y su amistad con mis padres no terminó bien.

En 1977, la guerrilla mató a dos amigos conservadores de De la Rosa de la universidad, como represalia por los asesinatos por parte del ejército de marxistas y campesinos; después, De la Rosa pareció sufrir una crisis nerviosa. Se apartó de la rebelión y se sumergió en su trabajo científico con redoblado celo; expresaba sus ideas patrióticas con protestas contra los numerosos arqueólogos «extranjeros» que robaban tesoros de la selva y los llevaban a museos de fuera de Guatemala; también incluía a los arqueólogos de Princeton, donde trabajaban mis padres, que son mexicanos.

De la Rosa radicalizó sus protestas cuando saboteó expediciones extranjeras, lo que conseguía haciéndose pasar por guía y llevando a los profesores visitantes al interior de la peligrosa selva, donde los abandonaba. Sus andanzas culminaron en 1982, con un desagradable incidente en el que mi padre estuvo a punto de hundirse en arenas movedizas; aquello provocó en él una fobia tan terrible a la selva que se desmayaba solo con ver una película de Tarzán.

Desde entonces mis padres fueron enemigos declarados de De la Rosa.

El primer signo de que aquel odio se estaba enfriando se había producido hacía apenas dos semanas, tras recibir la noticia de que el gran hombre había muerto de neumonía en la selva. A juzgar por su embarazoso silencio, habría jurado que realmente lo lamentaban.

En los estantes de la biblioteca vi el apellido «De la Rosa» en letras doradas sobre el lomo de su libro. Lo leí con un escalofrío. Me recordó el día en que conocí a Yolanda de la Rosa, tan distinta de mí, cuando yo era jovencita.

Yolanda de la Rosa era el mayor enemigo que había tenido nunca. Y hacía dieciocho años que no la veía.

Cerré los ojos e imaginé que, a mi alrededor, los libros tenían horribles sueños en sus estantes. La idea fue tranquilizadora.

Seguía teniendo en la mano el libro de mis padres. Las letras de oro empezaban a difuminarse sobre la encuadernación negra, lo que me hizo sonreír. Me gusta que en los libros viejos y raros su antigüedad sea visible.

Lo devolví a su estante y me fui en busca de un bibliotecario que me ayudara a encontrar un ejemplar del libro de Von Humboldt.

3

En el tercer piso de la biblioteca encontré a una mujer apostada tras un mostrador de información. La bibliotecaria tenía una larga trenza rubia y los ojos azules, no llevaba gafas y vestía un jersey de lana de cuello cisne que le llegaba hasta el mentón.

—Como habrá visto —dijo—, tenemos algunos libros de Von Humboldt. El que trata de Aimé Bonpland es especialmente bueno, pero el que me pide no volveremos a tenerlo hasta... sencillamente, no puedo decírselo. Es posible que sean meses.

—¿Meses? —pregunté—. ¿Podría decirme quién lo tiene? Quizá pueda prestármelo un par de horas.

—Desgraciadamente, lo prohíben nuestras normas de confidencialidad. —Sus ojos se pasearon por la pantalla del ordenador y de pronto se entornaron—. Claro que, ¿no le parece que esas normas de confidencialidad sirven solo si la persona en cuestión merece esa confianza?

—¿Perdón?

—Si merece esa confianza —repitió ella—. ¿Realmente debemos ser tan escrupulosos con los que no tienen escrúpulos?

—Lo siento, sigo sin comprenderla.

La bibliotecaria tecleó algunas palabras condenatorias y luego se inclinó sobre el mostrador para susurrarme en tono conspirador:

—Creo que le daré el nombre de la persona que sencillamente ha robado el libro de Von Humboldt. Estoy hasta aquí.
—Se señaló el cuello—. Ya me da igual. Si él quiere actuar
como si esto fuera su colección personal sin tener en cuenta
para nada los sentimientos de los que trabajamos aquí, no puede quejarse porque se me escape su nombre, ¿no cree?

—Sí, supongo que sí —dije, mirándola sin pestañear.

—Quiero decir que hay unos límites, ¿verdad? Ha tenido
el libro más de año y medio, aunque le he enviado un mensaje tras otro... y no ha contestado a ninguno. No he tenido la
menor noticia de ese hombre. Es intolerable.

—Desde luego —dije, asintiendo.

—Muy bien, pues es... Gomara —dijo, curvando los labios
en cada una de esas tres desagradables sílabas.

—¿Erik Gomara? —Parpadeé al oír aquel nombre familiar—. ¿El profesor de arqueología?

La pobre chica se echó hacia atrás y hundió el mentón en
el cuello de su jersey.

—¿Lo conoce?

—No. Es decir, lo he visto por ahí, en fiestas y cosas así...
mi madre está en su departamento. Me ha hablado mucho de
su reputación.

Ella se relajó y esbozó una sonrisa.

—Sí —dijo con cierta satisfacción—. Sí que lo conoce.

La bibliotecaria me indicó dónde encontrar el despacho del
supuesto calavera. Admito que mientras me dirigía hacia allí
desarrollé algunas seductoras fantasías sobre un irresistible
Casanova moreno.

Pero las fantasías se desvanecieron en cuanto lo vi. Mi entu-
siasmo erótico tiende hacia bomberos y policías y desaparece por
completo frente a eruditos parlanchines. Me gusta que los hombres sean perturbadores, musculosos y prácticamente mudos.

Eric Gomara no cumplía ninguno de estos tres requisitos.

—Hola, ¿profesor Gomara? —Lo encontré cuando salía de su despacho en uno de los cubículos de estuco que formaban el departamento de humanidades. Lo reconocí fácilmente gracias a las poco estimulantes veladas que celebraba mi madre con la gente de su departamento y a las que me había arrastrado en los últimos años.

—¿Sí? —Gomara tenía treinta y tantos años, era de una estatura imponente y de constitución robusta. Vestía elegantes pantalones de lana y camisa blanca. También tenía grandes manos que se movían ágilmente, y grandes ojos negros de mirada intensa, seguramente capaces de hipnotizar a las ingenuas, aunque en aquel momento a mí me miraban con impaciencia—. Y no me llame así. Me hace viejo. Aquí todo el mundo me conoce por Erik.

—Hola, Erik, estoy buscando un libro y me han dicho que le preguntara a usted por él. Creo que lo tiene en préstamo desde hace tiempo. El de Von Humboldt.

—Ah, veo que ha hablado con Gloria.

—¿Gloria?

—Una de las empleadas descontentas de la universidad. Una que quiere matarme. La bibliotecaria.

—Eso es —dije, riendo—. Espero que no...

Iba a decir «Espero que no le importe», pero Erik se alejaba ya, diciendo:

—Lo siento, pero ahora mi ayudante está trabajando con ese libro. He escrito un artículo sobre él, ¿sabe? Así que no podré devolverlo hasta dentro de al menos un mes. Adiós.

—Pero, profesor...

—Tengo que irme.

—Profesor, estoy hablando con usted.

Él se dio la vuelta tras oír esto, un poco más interesado que antes.

—¿Sí?

—Mi madre me dijo que lo leyera. Estoy pensando en traducir algunos de los escritos de Beatriz de la Cueva, y creo que el libro de Von Humboldt podría serme útil. De hecho, usted la conoce.

—¿A quién, a De la Cueva? ¿La española? Hace tiempo que no la estudio, pero sé que influyó en Humboldt, el pobre cabrón.

—No. Me refiero a mi madre. Juana Sánchez.

—Ah, sí —dijo él después de una pausa—. Usted debe de ser su hija. La... dueña de una librería.

—Sí.

—¿No la he visto alguna vez merodeando por las fiestas de la facultad?

—Yo no lo llamaría merodear —dije.

—Dios mío, eso es lo que hacemos todos en esas fiestas. Son demasiado aburridas para hacer otra cosa.

—¿Cuándo podría dejarme ver ese libro?

—Como le decía, señorita... señorita... bueno, Sánchez, obviamente.

—Lola Sánchez.

—Lo-la —dijo él—. Bien. ¿Su madre está interesada en Von Humboldt?

Volví a explicarle que era yo la interesada y que mi madre se había ido a Guatemala.

—Ah, ya lo sabía. De hecho, quise ir con ella. Es decir, yo soy de Guatemala. Viví allí hasta que vine a la universidad. Pero ella se negó rotundamente. No es demasiado alentador. Supongo que ya sabe que a veces a ella le gusta fingir que no soy santo de su devoción. —Hizo una pausa y me miró—. Pero quizá pueda ayudarla. ¿Qué son siete años de insultos entre amigos? —Sonrió con la mitad de la boca, y luego volvió a vacilar.

—¿Profesor?

—Lo siento. Estaba pensando. Ahora mismo iba a la biblioteca Huntington, de la que soy lector.

—¿Que es qué?

—Lector. Tengo privilegios como lector. Y ellos tienen una

fabulosa colección de obras de De la Cueva del siglo dieciocho, si no recuerdo mal. Sus *Cartas* y demás.

—Me encantaría verlas. He leído las cartas, pero no en una edición tan antigua.

—También tienen una bonita edición del libro de Von Humboldt, si le interesa. Puede seguirme en su coche, y yo la introduciré en la sala de lectura. Podría echar un vistazo a los libros allí mismo.

Le conté que tenía el Pinto en el mecánico y que había ido hasta allí en autobús.

—En ese caso... ¿por qué no? —dijo él—. Yo la llevo.

—Puedo esperar a mañana —dije.

—¿Puede esperar? Si no tiene prisa, ¿por qué estamos teniendo esta conversación?

—Yo no he dicho que tuviera prisa. Solo que quiero ver ese libro.

—Y yo ya le he explicado que no lo tengo. Bueno, ¿quiere venir conmigo o no? —Miró su reloj—. Dios.

—Bien, de acuerdo.

—Magnífico.

Cinco minutos después, el profesor Gomara bajaba por el sendero bordeado de palmeras en dirección a su coche, dejando atrás a sonrientes estudiantes con el ombligo al aire que parecían haber surgido de entre los setos como hadas. Yo lo seguía o, más bien, me abría paso entre las chicas, aferrándome a mi ordenador portátil como si fuera un salvoconducto.

4

Nos dirigimos a la biblioteca Huntington de Pasadena en el ruidoso y viejo Jaguar de Erik Gomara, con sus asientos envolventes.

—Perdón por este cacharro —dijo él cuando nos acercábamos al final del viaje. Se metió en la boca una pastilla de menta con chocolate que se había sacado del bolsillo de la chaqueta—. Es un capricho del que al parecer que no puedo prescindir. ¿Quiere una?

—Hay un coche justo delante —respondí. No parecía suscribir la teoría sobre el espacio vital de los vehículos, y en diversas ocasiones había estado a punto de chocar con el coche que teníamos delante.

—¿Qué hace su madre en Guatemala? ¿No estaban teniendo mal tiempo por allí?

—¿Cómo?

—Mal tiempo.

—Oh. Sí, tormentas. Pero solo está de vacaciones.

—¿Qué?

—Vacaciones.

—Eso suena raro. No creía que Sánchez cogiera vacaciones.

—Bueno, también ha ido a ver a mi padre. Manuel Álvarez.

—¿Álvarez? ¿El conservador del Museo de Arqueología y Etnología?

—Sí.

—¿Es su padre? —preguntó, adelantando el mentón.

—Sí.

—Eso quiere decir que su madre y él... Pero es tan tímido y menudo... ¿cómo ha sobrevivido?

—¿Qué?

—¿Cómo... ha conseguido... seguir... vivo?

—Mi madre no suele arrancar la cabeza a sus parejas. Solo a usted.

—*Touché*. Supongo que me lo merezco. Pero no viven juntos, ¿verdad? ¿Están divorciados?

—No se casaron. Mi madre no cree en el matrimonio; opina que es solo posesión y que es más inteligente amar a alguien sin un contrato. En realidad, me parece bastante romántico.

—¿Y a su pobre padre también le parece romántico?

—Hum... no. A él le gustaría verla con traje de novia, pero ya se ha acostumbrado a la idea. Sabe que está loca por él. Y nos visita muy a menudo.

—Parece un buen hombre.

—Lo es. Mi padre es... —Desvié la mirada hacia él—. No estoy segura de que a mi madre le guste mucho que yo le cuente la historia de mi familia.

—Oh, vamos. No sea tonta. Decía que su padre...

—De acuerdo, de acuerdo. Pues mi padre... es una persona mágica. Es como un caballero antiguo, siempre muy cortés. Tiene miedo de todo excepto de mi madre, y ella es...

—Aterradora.

—De cualquier modo, es un hombre fantástico.

Él volvió la cabeza para mirarme.

—¿Fue él quien la ayudó con su tesis, el trabajo acerca de las estelas de Flores y los jeroglíficos mayas?

—Sí, sí, fue él. Se conocieron en México de niños y estudiaron juntos en Princeton. Él la ayudó a escribir el artículo...

—Pero De la Rosa se les adelantó, ¿no es eso?

—¿Lo sabía? Yo preferiría centrarme en que está usted conduciendo con las rodillas.

Él guardó silencio unos instantes, concentrándose en la conducción.

—Lo siento —dijo—. De acuerdo, no insistiré. Pero volviendo a lo que hablábamos antes...

—¿Sobre mi padre?

—No... sobre las vacaciones de su madre. No me lo creo. Apuesto a que está buscando algo. Ella no es de las que se toman vacaciones. —Me guiñó un ojo—. ¿No será que no me está contando toda la verdad para mantenerme al margen?

—Hablo en serio. Se ha tomado unos días libres.

—Solo quería asegurarme de que no intenta adelantárseme en algo.

—¿Como esa vez en que usted se adelantó al conseguir las hojas de hacha en la selva?

—Ah, aquellos trozos de jade, sí. Eran fantásticos. El mejor hallazgo de mi vida. No ha habido nada que se le pudiera comparar desde entonces. Le dije que compartiría el mérito con ella, ¡aunque fui yo quien hizo todo el trabajo! Pero no, ella no quiso tener nada que ver conmigo. Luego, volví a su despacho para intentar arreglar las cosas. Me mostré muy simpático y abierto y le dije que ella no era tan solo una auténtica inspiración, sino que había empezado a considerarla un modelo para mí, no del todo maternal, sino más bien paternal, porque, ya sabe, no es muy femenina...

—¿Eso le dijo?

—Pensé que iba a clavarme una de esas hojas de hacha.

—Seguro que tuvo que contenerse.

—Sí, bueno. Sé lo que ella piensa; opina que soy un machista demasiado grande e inteligente que se harta a comer en las reuniones de la facultad y se queda con casi todos los fondos del departamento. Admito que eso es exactamente lo que soy. Pero es mucho mejor ser como yo que como esos tímidos conejitos que se mean encima cada vez que ella pasa por delante. Además, me parece que a ella le divierte mucho gritarme. «¡Profesor Gomara, no es usted más que un enorme y pesado idiota!», «Profesor Gomara, tiene usted la ética de una lombriz», y cosas por el estilo. Y yo le digo: «Sí, profesora Sánchez, soy un enorme y pesado idiota con la ética de una lombriz, pero ¿no es fantástico que haya ganado la medalla de la Sociedad Arqueológica?». Y ella echa fuego por la boca. Pero veo en sus ojos que le gusta. —Erik resopló—. Es decir, eso es lo que yo creo.

Transcurrieron unos segundos en silencio.

—¿Y si voy para allá? —dijo a continuación—. Para ver qué anda buscando y si yo puedo encontrar alguna cosa. Para ver cómo se le ponen los pelos de punta cuando me vea.

—Me parece que la echa de menos.

—Pues sí. Más o menos. Y me gustaría descubrir en qué anda metida.

—No se lo aconsejo.

—Supongo que tiene razón. Seguramente no valdrá la pena. —Golpeó el volante con las manos—. Espero que se divierta, de todas formas. Pero, sí, es demasiado esfuerzo para encontrar solo un montón de huesos astillados y de cacharros rotos. Y si me presentara allí, la reina madre me lo haría pagar caro.

—¿La reina madre?

La velocidad del coche empezó por fin a disminuir. Nos encontrábamos ya en el verde y majestuoso paraíso de Pasadena, a unas cuantas manzanas de la biblioteca.

—Oh, no se preocupe. Solo es un apodo.

—No pasa nada. —Sonreí—. Ella también usa algunos con usted.

Al oír esto, Erik soltó una carcajada profunda y envolvente.

—Seguro que sí.

Aparcó el ruidoso y antiguo coche en el aparcamiento de la biblioteca, que recibía una financiación fuera de lo común. Más allá del aparcamiento, con su colección de coches de último modelo o casi, se alzaba la biblioteca Huntington como un glorioso anacronismo. Su blanca fachada georgiana brillaba al sol, igual que los frondosos árboles recortados y los relucientes estandartes que anunciaban las exposiciones: WILLIAM MORRIS Y EL ARTE DEL LIBRO e IMÁGENES DEL OESTE MODERNO. En el interior de aquel edificio del siglo XIX modernizado se encuentra una de las colecciones de octavos e infolios más impresionante del mundo, además de un salón de té, una librería como las de Charing Cross Road, y varios jardines: uno japonés, uno de Shakespeare, uno de hierbas y otro de rosales. Bajé del coche y me encontré a Erik sujetándome la puerta. Tras abandonar el reducido espacio del viejo Jaguar y dejar que el profesor se hiciera cargo de mi ordenador portátil, lo seguí por el aparcamiento y entré con él en el elegante recinto lleno de libros.

5

En la sala de lectura Huntington, me senté a una de las mesas con superficie de piel, mientras Erik examinaba los grabados de un libro del siglo XIX: *Incidents of Travel in Central America* ('Incidentes de un viaje por América Central'), que había pedido que le reservaran por adelantado. Estábamos sentados tan juntos que detecté el leve aroma de su colonia con olor a madera; aunque no creía que tuviera más de treinta y cinco años, vi que ya peinaba canas en las sienes. Se le había aflojado la corbata de estampado de cachemira y los botones de la camisa le tiraban un poco en la zona del estómago.

Volví a mirar el libro que tenía ante sí. En cada hoja del folio había delicados grabados de jeroglíficos mayas clásicos tardíos. La página 261 mostraba a un príncipe que llevaba un complejo tocado, tenía la boca entreabierta y los ropajes colgaban a su alrededor en pliegues. Se encontraba en medio de una multitud sombreada de víboras, soldados, aves y monstruos con colmillos; parecía una versión en jeroglífico de las *Puerta del infierno* de Rodin. Aquellos grabados me parecieron tan hermosos que me quedé pegada a Erik, esperando a que volviera la página.

No lo hizo. He dicho que Erik examinaba el libro, pero aunque tenía los dedos sobre los dibujos, no pasaba las páginas. Sus ojos, que deberían estar fijos en los grabados mayas, parecían más interesados en otras cosas hermosas, como una estudiante que estaba sentada delante de nosotros, una de las bibliotecarias y otra archivera que de repente se deslizó hacia nosotros como un gato en celo. Erik permanecía inclinado sobre el dibujo del gran príncipe al tiempo que susurraba ardientes comentarios dirigidos a las tres mujeres. «Me gusta cómo llevas el pelo últimamente, Sasha.» «¿Estás leyendo las memorias de Casanova otra vez?» «Mi concentración era perfecta hasta que he notado que entrabas en la sala.»

Al principio, todos aquellos cumplidos me provocaron náuseas, pero un impulso cordial acabó mezclándose con mi indigestión. Según mi madre, tengo la mala costumbre de que la gente me guste, y aunque sabía que a ella le daría un ataque, empezaba a encontrar algunas cualidades en el profesor Gomara, aunque fuera inmoral, ambicioso, machista y orgiásticamente ofensivo. A pesar de que su estrategia sexual era absolutamente prehistórica, por el modo en que farfullaba sus comentarios y mascaba sus pastillas de menta, se notaba que sentía esa felicidad interior que siempre me ha gustado encontrar en las personas.

Así que lo miré y le susurré afablemente que era repugnante; la bibliotecaria interrumpió sus esfuerzos seductores con el sonido de sus tacones altos.

—¿Señorita? Aquí tiene —dijo, depositando un montón de libros en mis manos.

Los volúmenes tenían hojas del color del azafrán y de la cera, y hermosas letras grabadas a mano. Los dejé encima de la mesa. La bibliotecaria me dio el libro de Von Humboldt que buscaba, encuadernado en reluciente piel de becerro verde, así como las cartas de De la Cueva, en una encuadernación de color burdeos mucho más lujosa que la tela manchada de la edición de 1966 que yo tenía en El León Rojo.

Había ido allí para leer el libro de Von Humboldt, pero la visión de aquel maravilloso ejemplar de la correspondencia de De la Cueva hizo que me centrara primero en él. Había fotocopiado las cartas para mi madre, pero no las leía detenidamente desde hacía años.

En la página opuesta al colofón de las cartas, había una ilustración protegida por una delgada hoja de papel de seda. La aparté. Debajo había un retrato póstumo de Beatriz de la Cueva, que en 1539 asumió el gobierno de Guatemala tras la muerte de su marido, el conquistador Pedro de Alvarado. Y aunque Beatriz había ganado fama como conquistadora europea en el Nuevo Mundo, igualmente famosa fue su fallida búsqueda del jade. El pintor del retrato, Bronzino, captó su desmedida ambición. Los ojos verdes de Beatriz devolvían al espectador una mirada desafiante, y sus labios carnosos no sonreían ni se torcían en una mueca de malhumor, sino que hacían un mohín que era a la vez indicio de su terquedad y de su conocida sensualidad. Llevaba un sencillo velo de gasa, gorguera blanca y un vestido negro de terciopelo con mangas abullonadas. El pintor la había rodeado de libros, rosas, un trozo de jade azul y el símbolo tradicional de la *vanitas*, la arrogancia, una calavera sonriente que descansaba junto a su brazo.

Leí una década de su correspondencia. Entre algunas misivas a Felipe I y Carlos V, examiné la famosa carta de Beatriz a su hermana, en la que describía las lecciones que recibía sobre jeroglíficos mayas, su busca del jade y el supuesto hallazgo del Laberinto del Engaño.

1 de diciembre de 1540

Queridísima Ágata:

Hermana, ¡cáusame gran placer escandalizaros con esta carta! Habéis de saber que me hallo en estos momentos tumbada ociosamente en la calurosa selva, y al tiempo que deslizo esta mi pluma por el papel, me encuentro totalmente desnuda, mientras un hombre apuesto me frota los pies y me enseña el misterioso lenguaje de dibujos de los salvajes. ¿Os escandalizáis? Mi deleite no conoce límites al imaginaros.

Aquí tenéis, Ágata, un dibujo que mi amante me ha enseñado a leer en nuestra voluptuosa clase de hoy.

—Este es el signo para *jade*, mi gobernadora —me ha dicho Balaj K'waill, pues tal es su nombre, mientras cogía mis dedos para recorrer con ellos el extraño dibujo.

—Jade es una palabra desafortunada para una mujer* —le he dicho, en broma.

—Entonces, mucho mejor, amor mío, pues en verdad sois la peor de las mujeres. Deberíais adoptarlo como emblema. —Y al pronunciar estas palabras, ha empezado a besarme en lugares extraños, y tanto me refocilaba que hube de convenir con él en que era una mujer extraordinariamente perversa.

Cuando he vuelto en mí y hemos reanudado la lección, se me ha ocurrido que este símbolo para el jade es muy bello y curioso. Y he pensado que Balaj K'waill tenía razón y debía adoptarlo como emblema heráldico. En verdad creo que podría ser el símbolo de mi futuro.

Permitidme que os explique por qué.

Os he hablado ya de la gran historia de este país, que mi amante me está ayudando a traducir, la del rey que vivía en una ciudad hecha de jade azul, y de la gema perfecta y gigantesca con poderes divinos que hacía invencible a su poseedor. Ningún hombre la ha encontrado. El antiguo rey

---

* Se trata de un juego de palabras absolutamente desconcertante para un lector español. En inglés la palabra «*jade*» tiene un doble significado: es una piedra preciosa y, coloquialmente, significa también «ramera, mujerzuela». Es evidente que Beatriz de la Cueva no podía referirse a este juego de palabras, ya que ella era española y «jade», en español, no tiene ese doble significado. Sin embargo, la paradoja quedará explicada en otra carta que se mencionará más adelante. (*N. de la T.*)

ocultó el talismán en algún lugar de la selva hace siglos, dentro de dos laberintos, uno de ellos conocido como el Laberinto del Engaño, y el otro como el Laberinto de la Virtud. En un principio pensé que se trataba de un cuento de viejas, y emprendí la exploración de la selva simplemente por diversión...

Pero ahora sé que la reina de todos los jades existe realmente y que también aquel rey fue real, y la hermosa y artera bruja vivió también, pues ¡ayer nuestro campamento llegó a las puertas del primer laberinto! El Laberinto del Engaño es un coloso hecho de jade azul claro, y es una auténtica maravilla, como el Coliseo o la misteriosa Esfinge. Su arquitectura es muy compleja, con muchos pasadizos sinuosos y temibles extremos sin salida. Debo confesaros que el laberinto me parece muy difícil de otear. Sin embargo, mi amigo me ha asegurado que lograremos conquistarlo.

Por otra parte, ¿quién sabe qué podría acaecer? ¿Quién sabe si no llegaré a ser una gran soberana, y a qué clase de rey tendré a mi lado?

No penséis que me he vuelto loca. Sabéis que siempre he ansiado desvelar los grandes y oscuros secretos de la historia. ¡Fijaos en el viaje que he realizado hasta ahora! Partí de Ciudad de Guatemala en dirección al norte, por entre las ruinas, hasta llegar a la selva, que atraviesa un pequeño río, el Sacluc.

El Sacluc es un delicioso riachuelo muy refrescante. Tengo entendido que es muy cambiante, pero ahora apenas es un hilillo de agua cristalina. El Laberinto del Engaño se encuentra en su misma desembocadura.

En la página siguiente tenéis el mapa del primer tramo de nuestro viaje.

¿No es emocionante? ¿No estáis entusiasmada?

Os lo contaré todo con detalle cuando regrese. Si mi suerte se mantiene y consigo desentrañar este laberinto y el de la Virtud, podré bañaros en las riquezas que merecéis, y tal vez en hombres morenos y apuestos como mi

Balaj K'waill, pues sois la persona a la que más quiero, Ágata.

Vuestra amantísima hermana,

BEATRIZ

Después de leer la carta, recorrí algunas de sus frases más curiosas con el dedo.

¿Cómo traducir a De la Cueva? Se me ocurrió que tal vez era más sutil de lo que parecía en un principio. Había que hacer una auténtica acrobacia moral para enamorarse de un esclavo y no liberarlo, por ejemplo.

Su hábil estilo así lo demostraba. Parecía lúcido, pero me parecía distinguir algunos significados secretos, caprichosos y ocultos.

En aquella inmaculada y exclusiva biblioteca, mi interés por Beatriz de la Cueva se agudizó aún más.

6

—¿Tienen diccionarios? —pregunté a la bibliotecaria tras leer la carta varias veces. Quería investigar el acertijo lingüístico que había encontrado en ella.

—Tenemos todos los que desee, señora.

En su carta a Ágata, Beatriz dice del laberinto: «Su arquitectura es muy compleja, con muchos pasadizos sinuosos y temibles extremos sin salida. Debo confesaros que el laberinto me parece muy difícil de otear».

El uso que hacía del verbo «otear» en español resultaba intrigante. Me parecía recordar que la palabra tenía más de un significado. Pedí a la bibliotecaria algunas gramáticas y glosarios etimológicos del español y, por darme el gusto, un espléndido ejemplar del diccionario inglés de Samuel Johnson. En este último libro se explicaba que la traducción inglesa de «otear», «*to scan*», no solo significaba leer o examinar detenidamente, sino que procedía del latín *scandere*, que significa «trepar». De modo similar, «otear» significa en español «mirar con cuidado», pero también, «descubrir, dominar desde lo alto lo que está abajo».

Me eché hacia atrás en la silla e imaginé a Beatriz de la Cueva trepando por las selvas de Guatemala para intentar llegar a un jade que estaba en el interior de un mortífero laberinto. ¿Era esa la imagen que trataba de transmitir? ¿O era tan solo una metáfora? Jugueteé con el bolígrafo y escribí en el bloc de notas; intentaba encontrar el modo más claro de traducir todo aquello sin recurrir a innumerables notas al pie. Después de pasar una hora garabateando, me quedé sin teorías, acorralada en un callejón sin salida etimológico. Exhalé un suspiro y alcé la vista.

Mientras leía, una mujer se había sentado dos sillas más allá y trabajaba en un libro de dibujos de Rafael. Tres sillas más allá, Erik parecía haber empezado a trabajar en serio. Hincaba los codos con la cabeza inclinada y la cara apoyada en la mejilla, mientras examinaba su volumen de jeroglíficos mayas con renovado interés. También yo debería ponerme a trabajar, pensé. Al otro lado de las ventanas de la sala de lectura, la tarde caía rápidamente. Decidí enviar mis dudas lingüísticas por e-mail a mi ordenador de El León Rojo antes de que cerrara la biblioteca. Pero cuando conecté mi ordenador portátil y lo abrí, encontré un correo que me había enviado mi madre hacía más de tres días. Decía así:

Hola, criatura:

Te alegrarás de que el viaje de tu vieja madre no se esté convirtiendo en un completo fracaso, como suele ocurrir.

Cuando aterrizamos en Ciudad de Guatemala, me fui directamente al Museo de Arqueología y Etnología. Tu padre y yo disfrutamos de una agradable reunión; tomamos algo en la Sala de Jade del museo, y brindamos por lo menos tres veces por nuestra estela de Flores. Ahora que vuelvo a tener la cabeza despejada, estoy haciendo los preparativos para adentrarme en la selva. Pero antes de partir, debo contarte algo.

Tenías razón, querida. No he venido aquí de vacaciones. He venido a Guatemala porque creo que he resuelto un misterio.

Creo que he dado con una pista de una vieja historia.

Se trata de la leyenda que te pedí que me fotocopiaras, y de la correspondencia. No te dije para qué lo quería.

Pasado mañana, iré al extremo norte del país, a la selva del Petén, que cubre la región del norte. Creo que allí encontraré los laberintos del Engaño y de la Virtud, así como el jade que Beatriz de la Cueva describe en su historia.

Puede que parezca una locura, pero no creo que se trate de una fábula, sino de una historia real.

No se lo he contado a nadie más, ni siquiera a tu padre. Y tú tampoco debes hacerlo.

Esta noche abandonaré la ciudad y me iré a Antigua para pasar una noche tranquila a solas. Desde allí me dirigiré a Flores, y luego hasta el Petén, para adentrarme en una parte de la selva que atraviesa el río Sacluc. Después, me aventuraré aún más al norte y trataré de dar con alguna posible excavación.

No debería tardar mucho. Dos o tres semanas, como ya te dije.

Luego, volveré a casa contigo, Lola.

Puede que incluso regrese con algo realmente extraordinario. ¿Pruebas de las ruinas del Laberinto del Engaño? ¿Un fragmento de una legendaria ciudad azul? ¿Un jade, tal vez?

No creas que tu vieja madre se ha vuelto loca, cariño; todos los arqueólogos tenemos este tipo de fantasías. ¿Dónde estaríamos ahora si el viejo majareta de sir Arthur Evans no hubiera excavado en Grecia?

Mientras te escribo esto —estoy en casa de tu padre, en su ordenador—, la lluvia golpea con fuerza las ventanas y todos corren por la calle bajo el aguacero como gallinas decapitadas. A Manuel y a mí nos ha llegado el rumor de que se han descubierto algunas piezas de jade azul tras un corrimiento de tierras por la zona de las montañas centrales. Aún no sé si es cierto o no, pero me sirve de acicate. No puedo preocuparme por la lluvia y el barro, sobre todo cuando pienso en lo que podría estar esperándome ahí fuera.

Te llamaré dentro de unos días. ¿Tienes el número del móvil de tu padre? Es el 502-255-5544.

Te quiero,

MAMÁ

—No me dijo la verdad —susurré.

—¿Qué? —preguntó Erik.

Cuando levanté la cabeza, lo vi de pie junto a mí, recogiendo sus cosas.

Un gong de un invisible reloj de pie en la Huntington resonó por todo el edificio. Las cinco de la tarde. Las bibliotecarias recorrieron la sala de lectura musitando que se acercaba la hora de cerrar.

—Nada. Hablaba sola. —Bajé la tapa de mi ordenador portátil.

—Un poco de esquizofrenia no hace daño a nadie, pero es hora de irse, Sybil. Vamos, la llevaré a casa.

—No, gracias, solo... Hay una parada de autobús delante de la universidad. Puede dejarme allí.

—No voy a dejar que vuelva en autobús a Long Beach. Además, si la llevo, tendré que cenar algo. Así que creo que no le queda más remedio que invitarme.

Yo seguía con las manos sobre el ordenador portátil y el molesto e-mail que contenía.

—Bueno —dije, vacilante.

—¿Sí?

Alcé los ojos y vi los cabellos de Erik que caían en extrañas ondas a un lado de su cabeza; me di cuenta de que mi decisión con respecto a la cena no tenía nada que ver con el turbador mensaje de mi madre, ante el cual no sabía aún cómo reaccionar.

—Verá —dije, encogiéndome de hombros—. Esta tarde no he podido leer ni siquiera una página de Von Humboldt. Si me lleva a casa y me habla un poco más sobre la relación entre Von Humboldt y Beatriz de la Cueva, le daré algo de cena. ¿Qué tal café y algo para picar? Creo que no tengo nada más en casa.

Erik me miró durante unos segundos y luego sonrió alegremente.

—¿Es una proposición?

—No. En serio. En absoluto.

—Oh. Qué tajante. —Miró mi camisa de encaje y mis botas—. Aunque en realidad no importa. No creo que nos lleváramos bien en ese aspecto...

—Estoy de acuerdo —dije, moviendo la cabeza—. Lo cierto es que solo me gustan los bomberos y los policías.

—¿Bomberos? —repitió él.

—Sí. Bomberos muy musculosos. Que no abran la boca.

Con su barriga, sus cabellos y su bolsillo lleno de pastillas de menta, Erik no se parecía en nada a mi tipo de hombre.

Aunque a él no parecía importarle demasiado.

—Debo decir que estoy viendo una preocupante conexión freudiana en todo esto —dijo, e hizo un gesto extraño con los dedos, imitando una manguera.

Luego alargó la mano y me cogió el ordenador portátil. Estuve a punto de pedirle que me lo devolviera. Con la otra mano, cogió su bolsa.

—Aun así —añadió—, ahora que ya lo hemos aclarado todo, también tengo que decirle que jamás he podido resistirme a una oferta de comida o de ser escuchado. Aun cuando no haya sexo de por medio.

Y tras estas palabras, nos fuimos.

7

Erik estaba sentado en mi cocina. En cuanto empecé a buscar algo para picar, abrió su maletín y sacó un largo paquete en forma de cilindro que despedía un olor delicioso.

—No es necesario que prepares nada —dijo—. Me he traído la cena. Y tú también puedes probarla. Está de muerte.

Lo miré.

—¿Casualmente llevas un sándwich gigante en el maletín?

—Me gusta cocinar. Me gusta comer. Y me gusta estar siempre preparado para cualquier eventualidad. Así que limítate a hacer el café, coge un cuchillo y siéntate.

Empezó a desenvolver lo que afirmó que era una rebelde versión latina del auténtico sándwich de carne inglés. Consistía en una barra de pan rellena de carne, paté y tomates en adobo, salpicados de chiles encurtidos y mole. Lo olisqueó.

—¿Verdad que huele de maravilla? Soy un gran defensor de todo tipo de mestizajes, culinarios y no culinarios.

—¿Perdón?

—Déjalo.

Puse la cafetera al fuego y saqué del armario una pequeña botella de coñac. A mi madre le gustaba echar un trago los domingos. De postre, saqué media barra de chocolate negro que Erik introdujo entera en su café después de devorar el sándwich. Mientras comíamos —hay que reconocer que el sándwich estaba delicioso—, Erik se arrellanó en su silla, y describió en términos enciclopédicos, las expediciones de los «continentes negros» durante el siglo XIX. Habló del lírico darwinismo que sustituyó a la adusta y doblemente calamitosa evangelización realizada por los conquistadores del siglo XVI, que invadieron las Américas con la mirada puesta en los esclavos, el jade y el oro que llenarían las arcas europeas. Los científicos victorianos también estaban interesados en descubrir metales preciosos, sin duda, pero su auténtica pasión eran los secretos de la selva, cuya extraña flora y sus vistosos animales podían examinar, etiquetar, analizar y diseccionar.

Además de Von Humboldt, también fue importante el anticuario y criptógrafo Óscar Ángel Tapia, que descubrió las estelas de Flores en 1924, y exploradores como Lewis y Clark, que trazaron el mapa del río Columbia. Igualmente interesante fue el intrépido alemán Johann David Schöpf, quien recorrió las Américas en busca de plantas medicinales para incluirlas en su *Materia Medica Americana*.

—Pero ninguno puede compararse con Von Humboldt —prosiguió Erik. Tenía la camisa llena de migas de pan y se había manchado de paté—. Era amigo de Goethe, defensor de Rousseau. Observaba las cosas de un modo distinto de como lo hacemos ahora. Entonces lo tenía todo ante sí; obviamente no podemos entender México o Guatemala sin él, sin su visión. ¡Él creía que todo podía explicarse! ¡Científicamente! Con los métodos de Linneo, las categorías de reino, familia, especie. Lo había leído todo: Plinio, Copérnico, Herodoto, De la Cueva. Y estudió las vías fluviales, los manantiales, las plantas.

Yo no pensaba en vías fluviales ni en plantas.

—¿No escribió sobre el viaje de Beatriz de la Cueva? —pregunté—. ¿Y no habló de un jade o... un laberinto?

—Sí, siguió la ruta de Beatriz de la Cueva después de leer su fábula... como se llame.

—*La leyenda de la reina Jade.*

—Eso es. Él creía que el jade era un imán. Von Humboldt era un experto en ese campo. El magnetismo, quiero decir.

Tenía la idea de que la reina, ya sabes, el jade, podía ser una enorme piedra imán. Llegó a encontrar algunas reliquias de jade serpentina y jade azul, y trató de hallar la fuente del jade azul, la mina, pero no lo consiguió. Escribió también sobre una especie de laberinto, unas ruinas arquitectónicas. Es difícil de creer. La mayoría de la gente opina que mentía, o que quizá sufría alucinaciones. Afirmaba que simplemente había tropezado con él en la selva. En mi libro sostuve la teoría de que seguramente encontró algo importante. Fue una de las afirmaciones que levantó más polvareda, y provocó grandes críticas airadas y alharacas en conferencias y congresos. Sin embargo, otros descubrimientos suyos sí han sido comprobados; hallazgos de plantas raras y especímenes geológicos. Pero no sería la primera vez que se descubre un laberinto.

—Se mencionan en Herodoto —dije.

—Sí, cierto. Y también hay teorías sobre el risco de Glastonbury. En Inglaterra hay un viejo castillo en ruinas, relacionado con el mito artúrico, que tiene una especie de trazado circular en los cimientos. Y luego están los laberintos de turba que hay también en Inglaterra.

—Y el de Knossos —añadí, jugueteando con el encaje de mi camisa.

—Y el de Knossos, exacto. El laberinto griego, hogar del Minotauro, al menos según la leyenda. Pero ni se han encontrado restos en la América precolombina, ni se mencionan los laberintos en ninguna otra parte. Aunque tampoco es imposible.

Erik gesticulaba apasionadamente. Sabía tanto de todo aquello que sentí deseos de hablarle del mensaje de mi madre. Pero ella me habría matado.

—Así que escribiste un libro sobre Von Humboldt —dije.

—Un pequeño monográfico. Como te he dicho antes, no tuve mucha suerte en mis excavaciones. Podría haberme pasado años en la zona en la que encontré las hojas de hacha, pero simplemente no hallé indicios de que hubiera más reliquias.

Supongo que me desanimé. Escribí un ensayo sobre Óscar Tapia y su hallazgo de las estelas. Era un excéntrico que escribía su diario cifrado, una especie de Leonardo da Vinci. Por eso me atrajo desde el principio. Tengo gran interés por los códigos y cosas parecidas...

—¿Y Von Humboldt? —insistí, reconduciendo el tema.

—Sí, bueno, Tapia fue quien me condujo hasta él. Así fue como empecé a interesarme por aquellos científicos coloniales. Escribí algunos capítulos en un libro que se publicó sobre él. Luego escribí otro libro por mi cuenta, en el que analizaba su viaje en busca del jade, que tu madre me ayudó a corregir, por cierto. Me devolvió el manuscrito lleno de grandes signos de exclamación en rojo y alguna que otra observación acerca de mi estilo, sobre todo cuando afirmaba que Von Humboldt podría haber descubierto realmente el Laberinto del Engaño... En cualquier caso, es una figura importante. Fue uno de los primeros europeos que condenó la esclavitud. Fue una especie de precursor de Thoreau. Y recorrió buena parte de Guatemala con su compañero Aimé Bonpland, del que seguramente estaba enamorado. Si tienes un mapa, puedo mostrarte los lugares que visitaron. Acabaré por saberme la ruta de memoria, de tanto que la he estudiado. Me interesa mucho.

—¿Por el jade?

—Al principio no. —Erik se removió, incómodo, en su asiento—. Pensaba que era una persona a la que me habría gustado conocer.

—¿Por qué?

—Simplemente me identifico un poco con él. O... no sé. Quizá me gustaría parecerme a él. Era un hombre serio. Un científico comprometido con su trabajo. Y un buen amigo.

—Y un buen amigo —repetí. Recordé a Yolanda de la Rosa—. A veces no es tan fácil serlo.

—Tienes razón.

Guardamos silencio.

—Eso es lo que yo quiero ser —dije al cabo de un rato.

Me sorprendieron mis propias palabras.

Él me miró y frunció el entrecejo. De repente cambió; ya no parecía tan bravucón ni burlón. Se notaba que empezaba a cambiar de opinión sobre aquella reunión, puede que incluso sobre mí.

—También yo —dijo—. Aunque me temo que costará bastante.

—¿Te refieres a Gloria, la bibliotecaria? —pregunté, sonriendo. Él se echó a reír.

—Algo parecido —respondió, aún con los ojos clavados en los míos—. Y admito que no suelo confesar este tipo de cosas a personas a las que acabo de conocer. —Calló durante unos instantes; me pareció que incluso se sentía avergonzado—. Bueno, antes de que empiece a hablarte de mi infancia, volvamos a Von Humboldt.

—Sí, volvamos a Von Humboldt.

—¿No ibas a darme un atlas para que te enseñara la ruta? Me levanté.

—Ve a la sala de estar y espérame allí mientras voy a buscarlo. Hay un televisor. En blanco y negro, nada especial. Pero si te parece puedes oír qué dicen del tiempo. Mi madre me mandó un mensaje diciendo algo sobre unas tormentas en el sur. Quisiera asegurarme de que han amainado. Luego podemos repasar la ruta.

—De acuerdo.

Le mostré la sala de estar en el otro extremo del pasillo y fui a mi habitación para revolver en mis estantes. Bajo mis libros de Haggard, Conan Doyle, Verne, Melville y Burroughs, encontré un mapa decente de Guatemala, una ilustración de 1882 de la Enciclopedia Británica, reproducida en un pequeño libro de viajes del siglo XIX sobre la región, titulado *The Intriguing People and Places of Central America*, que compré hace ocho años en un mercadillo de iglesia a un grupo de encantadoras ancianas.

Oí el ruido del televisor que se encendía en la sala de estar, y luego las voces de los reporteros. Salí de mi habitación hojeando el libro. El mapa de Guatemala se encontraba entre las páginas doce y trece; era un grabado en sepia y malva. Mostraba el país en forma de corazón con sus ríos, montañas, selvas y ciudades; el cartógrafo los había señalado con una florida caligrafía negra. Nombres difíciles como Totonleapan y Tasisco estaban escritos en cursiva victoriana; el artista indicaba los montes escarpados con delicados trazos sinuosos. Con tinta malva, azul, rosa y amarilla trazaba las divisiones entre los distintos departamentos. La palabra Guatemala estaba escrita en mayúsculas en el centro del país.

Entré en la sala de estar, que está decorada con muebles edwardianos y alfombras turcas. Hay un acuario iluminado y un televisor pequeño. Erik estaba sentado junto al acuario. Miraba la televisión con las manos en la cara. En la pantalla vi una imagen de Guatemala que no guardaba ninguna semejanza con los pulcros trazos del mapa que llevaba en la mano. Un violento viento agitaba las palmeras, que se doblaban hasta quedar casi en posición horizontal. Vi cabañas sacudidas por las ráfagas, con los tejados rotos por la tormenta, y grandes trozos de madera y de juncos dando vueltas en el aire vertiginosamente. Las calles estaban inundadas de agua espumosa que azotaba los escaparates de las tiendas, rompía cristales, ahogaba a perros, y arrastraba tras de sí coches, troncos y ropas. También se mostraron breves imágenes de los muertos. Los cadáveres yacían apiñados contra terraplenes fangosos. Bajo aquellas imágenes se sucedían los letreros en impactante color amarillo: CIUDAD DE GUATEMALA, COPÁN, ANTIGUA. Y también se vio una toma aérea de las selvas, que parecían destrozadas por unas gigantescas garras.

—Lola —dijo Erik—. Es un huracán.

—Oh, Dios mío.

—No te asustes. Al parecer lo peor no ha sido en Guatemala, sino en Honduras. Casi todas las muertes han ocurrido en Honduras. Estoy seguro de que tu madre está bien.

—Mira esos cadáveres.

—Son los que no encontraron dónde refugiarse. Pero ¿ella no estaba en la ciudad?

Agarré el libro con fuerza y seguí observando el cielo ennegrecido, las palmeras bamboleantes y las casas destrozadas. Miré fijamente las imágenes de las selvas arrasadas. «Desde allí me dirigiré a Flores, y luego hasta el Petén, para adentrarme en una parte de la selva que atraviesa el río Sacluc. Después, me aventuraré aún más al norte y trataré de dar con alguna posible excavación», me había escrito mi madre hacía casi cuatro días.

—No creo que estuviera en la ciudad —respondí—. Me mandó un e-mail diciéndome que se iba hacia el norte...

—Seguro que está bien.

—Oh, mamá —dije, apartando la vista del televisor.

8

Diez minutos más tarde, intenté llamar.

—Tu padre sabrá dónde está —dijo Erik—. Él no la dejaría marcharse en pleno huracán. Apuesto a que ahora mismo están en el sótano del museo, bebiendo whisky y discutiendo tranquilamente acerca de la procedencia de alguna otra estela o trozo de cerámica.

—Eso espero. —Levanté el auricular del teléfono. Marqué el número que me había dado mi madre en su e-mail y aguardé.

Erik estaba sentado en el sofá en postura rígida, mirando los peces.

—¿No contestan?

El teléfono sonó al otro lado del hilo una y otra vez, como un timbre de alarma.

Dejé escapar un suspiro.

—No, todavía no. Pero temo que quizá no esté con él. El e-mail me lo mandó hace varios días.

—¿Dónde podría estar, si no? En la televisión han dicho que las carreteras estaban cortadas. No podría haber ido muy lejos. Y la mayor parte de los daños se han producido en el este, y un poco en el norte. En la selva, donde seguramente no llegó. Me has dicho que estaba de vacaciones. Seguro que dio media vuelta en cuanto empezó a llover con fuerza.

—No —dije, vacilante—, antes tenías razón.

—¿Qué quieres decir?

—No se fue de vacaciones.

Erik abrió la boca, luego la cerró sin decir nada.

—En el e-mail que me envió —proseguí—, decía que... que no me había dicho toda la verdad sobre el viaje, que creía que sabía dónde encontrar el Laberinto del Engaño.

Erik me lanzó una mirada intensa.

—¿Qué quieres decir?

—No me lo explicaba muy bien, pero decía que había encontrado algo, que creía saber dónde estaba el laberinto.

—El Laberinto del Engaño. Las ruinas de las que hablaba Von Humboldt.

—Si es el mismo del que hablaba Beatriz de la Cueva, sí.

—No... no puedo creerlo.

—Antes has dicho que era posible que Von Humboldt encontrara unas ruinas, o algo.

—¿Qué ha encontrado ella?

—No lo decía. Ni siquiera se lo ha contado a mi padre. Y a mí solo me decía que se iba al norte, a Flores, y desde allí a la selva, más allá de un río... el Sacluc.

—Sí, el Sacluc. Lo conozco. Es decir, sé dónde está. Pero no puede haber ido sola. Excavar en el Petén no es tarea fácil.

—No tengo la menor idea de qué pensaba hacer —dije, moviendo la cabeza—, pero me pidió que le fotocopiara la leyenda de Beatriz de la Cueva antes de marcharse. Y también las cartas. ¿Las conoces?

—No. Me interesa más Von Humboldt. Hace años que no leo nada del material de Beatriz de la Cueva.

—Has dicho que Von Humboldt tomó la misma ruta que ella.

—Por lo que sabemos, sí.

—Y mi madre iba a hacer lo mismo. Mencionaba la lluvia, y no creo que fuera acompañada. Seguramente desistieron ante la tormenta.

—Pero ella no.

—No —conseguí decir.

Erik hizo una mueca.

—¿No contestan? —volvió a preguntar.

Yo tenía el auricular pegado a la oreja, pero seguía oyendo tan solo el timbre monótono y enloquecedor del teléfono sin respuesta.

9

Cinco horas más tarde, a las dos de la madrugada, conseguí establecer contacto.

—¿Hola? —respondió la voz de mi padre.

Se oía un pitido, algún que otro ruido estático y momentos de silencio. Miré a Erik, que estaba sentado al otro lado de la mesa sosteniendo su taza de té. Se había pasado así la mitad de la noche, y no mostraba el menor síntoma de impaciencia ni de querer marcharse.

—¿Hola? ¿Papá?

—¿Lola?

Entonces, simultáneamente, dijimos en español:

—¿Has hablado con mamá?

—¿Te ha llamado tu madre?

—Papá, ¿dónde está?

Oí un ruido y luego se hizo el silencio durante unos segundos.

—... problemas con la línea, cariño —decía mi padre—. Hace días que intento hablar contigo, pero no he podido. Esto es un caos.

Aferré el auricular con ambas manos. Como siempre, la anticuada de mi madre no llevaba móvil, ni busca, ni ordenador portátil. De esos detalles se ocupaban siempre los estudiantes que llevaba consigo de ayudantes, pero no en esta ocasión, ya que se había ido a la selva sola.

—No me fui con ella porque... —prosiguió mi padre—, por mi estrés. Me da miedo ir a la selva, sencillamente. Pensaba que tu madre estaba en Antigua.

—Eso me decía. Que iría allí, y luego al norte.

—Pero parece ser que salió de Antigua hace unos días. No he podido encontrarla. La he estado buscando. Creo que debió de salir hacia la selva antes de que llegara el huracán. —Su voz era áspera, ronca; se notaba que estaba exhausto. El teléfono volvió a hacer un chasquido y luego se quedó en silencio. Después volví a oír su voz—. La policía dice que ha desaparecido, cariño.

Sentí un pánico cegador, doloroso.

—Papá, no temas. Estoy segura de que se equivocan. Mamá no desaparece así como así.

—... no lo creo.

—Seguramente ahora mismo se encuentra en alguna parte excavando. Estará demasiado absorbida por su trabajo para llamarnos.

—Suena bien cuando lo dices tú. —Su voz parecía forzada—. Quizá tengas razón.

Entonces, sin pensarlo dos veces, tomé una decisión.

—Voy a ir allí —dije—. Tomaré un avión...

—Sí, de acuerdo. Creo que es buena idea.

—Saldré esta noche. Mañana... depende de los vuelos. Iré allá arriba.

—¿Arriba? ¿Adónde?

—A la zona de Antigua. Quizá a Flores. Quizá más al norte. Si no aparece antes. Si puedo. ¿Hay aviones?

—No lo sé —respondió él—. Las carreteras están destrozadas, el ejército intenta realojar a la gente. Pueblos enteros han quedado arrasados. Yo no seré de mucha ayuda. Y todo el mundo, todos los guías, se ha ido a las montañas a buscar refugio. Tendrá que ir alguien más contigo.

—¿Te refieres a... ?

—¿Yolanda? Quizá. Creo que sigue en la ciudad. Pero tiene que haber alguien mejor a quien pedírselo. Ella no se ha encontrado demasiado... bien.

—Podemos hablar de los guías más tarde. Será ella o buscaré a alguien... —miré a Erik, que me escuchaba atentamente— que me ayude.

—De acuerdo, Lola.

—De acuerdo.

—Te quiero, cariño.

—Yo también te quiero, papá.

Me despedí y colgué. Noté que las piernas de Erik se recogían bajo la mesa.

—Sí —dijo, antes de que yo preguntara nada.

—¿Sí qué?

Erik se apartó el pelo de la cara. Tenía los ojos grandes y brillantes.

—Sí, iré contigo a buscar a tu madre —respondió.

—¿Lo harás? ¿Por qué?

—¿Y por qué no? Conozco bien Guatemala. Y... —De repente parecía incómodo—. Es lo menos que puedo hacer por la reina madre.

—¿Estás seguro de que no es un laberinto lo que quieres encontrar?

—Oye. Intento... ayudarte. —Parecía muy tenso, como si ni siquiera estuviera seguro de sus palabras—. Esta oferta no se la haría a cualquiera. —Apartó la vista—. Y, bueno, ya te he contado que tuve mala suerte, así que ¿qué pasa si encuentro algunas ruinas mientras andamos por allí?

Apoyé las manos sobre la mesa de la cocina y traté de hablar despacio y con calma.

—¿Hasta qué punto conoces Guatemala?

—Nací allí.

—Pero quizá tenga que ir a la selva. —Esas palabras me sonaron exóticas e improbables—. ¿La conoces bien?

—No tanto como las ciudades. Pero he estado allí excavando.

Moví la cabeza.

—Conseguiré un sustituto para mis clases —añadió—. Estoy dispuesto a irme contigo. He oído lo que le decías a tu padre; necesitas un guía. ¿A quién más tienes?

—Quizá podría pedírselo a una amiga que hace de rastreadora...

—Pero...

—Supongo que me odia.

—Ah. ¿Quién es?

—Yolanda de la Rosa. La hija del doctor De la Rosa.

—¿Qué? ¿La hija de ese loco?

—Vivió con nosotras aquí. Durante cinco años, hasta 1980. Pero no la he visto desde entonces.

—Sí, es verdad. Tus padres conocían a De la Rosa. Ha muerto, de meningitis...

—Yo oí decir que de neumonía...

—Lo que sea. Pero he oído algunas historias muy desagradables acerca de tu padre, De la Rosa y algo de unas arenas movedizas.

—En los últimos tiempos no eran demasiado amigos, es cierto —respondí.

—De la Rosa no era amigo de nadie. Estaba... obsesionado. Ponía trampas para otros arqueólogos. Extranjeros, quiero decir. Actuaba como un loco. Claro que fue una especie de héroe durante la guerra. Y un gran teórico. Pero después no quiso que gente como tú, o incluso como yo, andara buscando por «su» selva. Todo ese rollo sobre el imperialismo americano. Y lo mismo puede decirse de la hija, por lo que sé. Harías bien en olvidarte de ella. De la Rosa era un lunático, no solo por lo de las trampas, sino porque seguía buscando la piedra, el jade. Me parece raro que tu madre haya acabado pensando como él. —Se echó el flequillo hacia atrás—. En cualquier caso, está claro que no tienes a nadie más que te ayude.

—Eso parece, Erik —admití.

—Ya. —Erik se ajustó la corbata—. ¿Quieres que el impresionante doctor Gomara te ayude? ¿O quieres perderte tú sola en la selva?

Miré sus rebeldes cabellos, su bonita corbata, su figura corpulenta; recordé su reputación. Luego pensé en mi madre. De pronto la imaginé horriblemente sola y helada bajo la lluvia.

—De acuerdo.

—Entonces está hecho —dijo él, y sonrió. Su flequillo cayó de nuevo suavemente sobre la frente.

10

Al día siguiente, Erik y yo llegamos a Ciudad de Guatemala; estaba parcialmente inundada y sumida en el caos. Cuando salimos de la aduana y del aeropuerto, yo llevaba unas guías de Lonely Planet y de Rough Guide. Seguimos a nuestros compañeros de viaje, con sus gafas de sol y su calzado de montaña *high tech*, y nos adentramos en la multitud de vendedores que había a las puertas de la terminal. Había mujeres de ojos negros con hatillos en equilibrio sobre la cabeza; hombres con pantalones negros y sencillas camisas de algodón vendían piezas de jade verde: collares, pulseras, pequeñas réplicas de ídolos tallados en forma de serpientes emplumadas o de dragones. Hombres y muchachos llevaban sacos con nueces de macadamia y anacardos empaquetados en bolsas de plástico, discos compactos en relucientes estuches y cigarrillos. Otros simplemente esperaban para ofrecer su servicio de taxi. Por la calle circulaban en ambas direcciones taxis blancos y amarillos.

—Vamos —dijo Erik.

Me quedé parada hojeando mis guías mientras los taxistas me preguntaban adónde iba. Cuando alcé la vista de las ilustraciones de aquellas guías, vi un lugar cambiante y errático, regido por códigos oscuros que no tenían una relación clara con el ordenado mundo de zonas «buenas» y «malas», y de alojamientos «baratos» o «caros» que exponía la Lonely Planet. Creía que siendo una americana-mexicana bilingüe, que había ido a Guatemala algunas veces de pequeña, todo me sería más fácil, pero aquella fantasía se hizo añicos enseguida.

—Sube, sube —me urgió Erik, abriendo la puerta de un taxi blanco que había parado.

Nos adentramos rápidamente por las calles mojadas de Ciudad de Guatemala en dirección al Museo de Arqueología y Etnología, donde nos aguardaba mi padre. En medio de un tenso silencio, circulamos por La Reforma, una de las calles más largas de la ciudad, que atraviesa veintiuna zonas distintas. Las vallas publicitarias con sus modelos de telenovela quedaban atrás; por nuestro lado pasaban autobuses escolares de colores brillantes, pintados como arco iris y con relucientes detalles cromados, como emblemas de Mercedes pegados, imágenes de Jesucristo, y las siluetas plateadas de chicas tetudas que suelen verse en los camiones. El huracán había derribado varios de los árboles que flanqueaban la avenida, y los conductores tenían que poner en práctica nuevas y peligrosas maniobras. Una oleada de agua golpeó nuestro parabrisas y oscureció por completo nuestra visión. Los limpiaparabrisas nos desvelaron la aparición de un camión con un cargamento de acacias bamboleantes que amenazaban con saltar del camión en cualquier momento y darnos su particular bienvenida a Guatemala. A la puerta de las tiendas había soldados del ejército empuñando rifles cortos, lo que no invitaba precisamente a comprar.

—¿Estás bien? —preguntó Erik, mirándome con el entrecejo fruncido.

—Sí —respondí al cabo de unos segundos. Mentía.

—Pues ahora mismo tienes el aspecto de Charles Manson.

—¿Qué?

—Será mejor que animemos esa cara. Creo que lo que necesitas es un poco más de salchichón y de chocolate.

—Ya me has dado bastante en el avión. No puedo comer nada más.

—Silencio. La comida es la mejor cura para los nervios. Un buen desayuno te sentará bien. —Hurgó en su mochila y sacó los panecillos, las carnes asadas envueltas en film transparente, un surtido de quesos y los trozos de pastel de chocolate envueltos en papel de aluminio con los que me había estado alimentando durante el vuelo.

—No, no, no —protesté.

—Oh, sí —dijo él, poniéndome una magdalena de chocolate en la boca.

La comí. Luego me pellizcó la oreja y cogió el móvil para llamar a mi padre, mientras yo seguía con los frutos secos que él iba poniéndome en la mano.

—¿No hay noticias? —dijo al teléfono—. Esperaba que hubiera llamado.

—¿Quién, mamá? —pregunté. Él asintió.

—Está bien —siguió diciendo—. Por el momento parece que lo va asimilando... Las calles están completamente inundadas. Sé que en el norte están peor. Llegaremos en una hora, más o menos, señor Álvarez. Dependerá del tráfico... ¿Qué quiere decir? —Erik hizo una pausa y abrió mucho los ojos—. ¿Qué encontraron allí? ¿Solo es un rumor? Pero usted cree...

—¿Quién ha encontrado qué? —quise saber.

Erik terminó la conversación y colgó.

—¿Quién ha encontrado qué? —repetí—. ¿Qué pasa?

—Al parecer, se ha descubierto mucho jade azul en las montañas —respondió, parpadeando rápidamente.

—Mi madre mencionó algo de eso... ¿Qué montañas?

—La sierra de las Minas.

—Sí, eso.

—Tu padre dice que aún no está del todo claro, y puede que tarde un tiempo en estarlo. Hubo un desprendimiento de tierras o algo así, y salió a la luz. Según dice, es posible que haya una mina allí. Un par de equipos han salido ya en dirección a la zona. Tendrán que cavar, y si encuentran algo, podría ser grande.

—Eso parece.

Miré por la ventanilla.

Él se frotó la cara, nervioso, y sus cejas se erizaron.

—Esto daría pie a toda clase de interesantes posibilidades.

—Como la fuente de la riqueza de los antiguos mayas, por ejemplo —dije.

—Ajá. La mina de la que sacaron el jade para hacer los ídolos, las máscaras y las estelas. Y también podría decirnos por qué desaparecieron.

—También nos daría la fuente de las leyendas.

—Las leyendas sobre el jade. Y los laberintos.

—Exacto.

—Si llegamos a encontrarlos, sería como... no sé, como cuando Charles Maclaren encontró las ruinas de Troya... Era un arqueólogo aficionado.

—He oído hablar de él.

—Sería algo parecido, ¿no crees?

Volví a mirar por la ventanilla; vi el lago en el que se había convertido la autopista, y a varios vendedores de nueces de macadamia empapados. Pensé en el mapa de Guatemala. El país está formado por las altiplanicies del sur y la selva del Petén al norte; la larga cadena de montañas conocida como sierra de las Minas se extiende de este a oeste a través del cuadrante medio-oriental del país. Pero la ruta de este a oeste se aleja mucho de Antigua, que está justo al sur de la altiplanicie de Ciudad de Guatemala, así como de la ciudad de Flores y la selva del Petén, situadas al norte.

—No voy a ir a la sierra —dije—. Mi madre no tomó esa dirección.

—No digo que yo vaya a ir —respondió Erik. Movía una pierna con una fuerza alarmante—. Yo... bueno, las montañas ya están llenas de estudiantes de Harvard. Pero nosotros seremos los únicos, aparte de tu madre, que iremos a la selva. La recorreremos y formaremos nuestro propio equipo. Y si tu madre tenía razón y el primer laberinto está allí...

—Todo eso será cuando la hayamos encontrado a ella —dije.

Erik fijó la vista en el bajo de sus pantalones.

—A eso me refería.

Fuera, el ambiente era gris y húmedo. Unas cuantas nubes se cernían sobre nosotros, traspasadas por negros cables de alta tensión. El cielo parecía una inmensa partitura.

No sé si Erik veía todo aquello mientras miraba por su ventanilla. Parecía absorto en la idea de buscar los laberintos de Von Humboldt sin tener competencia.

Aún no se lo había dicho a él, pero había decidido que convencería a Yolanda de la Rosa para que nos hiciera de guía, por si necesitaba ir a la selva a buscar a mi madre. Yolanda era la única persona que podía guiarme. Siendo niña, su padre le había enseñado todos los senderos, sus secretos, la ubicación de las ciénagas y los terrenos pantanosos, los cementerios, los refugios de sus tigres y sus aves. Si mi madre estaba allí, Yolanda la encontraría.

Aunque hacía años que no la veía, desde que ella había abandonado Long Beach para volver a Guatemala, estaba segura de que su genio y su devoción por Tomás de la Rosa seguirían siendo tan intensos como siempre. Y aunque siguiera enfadada conmigo, sabía que no se resistiría a cualquier pista que pudiera conducirla hasta los laberintos y al jade que su amado padre no había logrado encontrar. Jamás rechazaría una oportunidad de acabar lo que él había empezado.

Le hablaría del e-mail de mi madre, y si veía que no quería ayudarme, le daría a entender que mi madre me había enviado información que nos ayudaría a encontrar el jade. Le diría cualquier cosa. Aunque si convencía a Yolanda, el profesor Gomara se encontraría con una rival bastante desagradable.

No sabía si eso sería bueno para mí y para mi madre.

11

El Museo Nacional de Arqueología y Etnología, en el corazón de la Zona Trece de la ciudad, se halla en un antiguo palacio colonial, de color gris perla, construido para las damas españolas del siglo XIX. Sus salones olían en otro tiempo a orquídeas, y se adornaban con perros de raza y fuentes cristalinas. Aunque no parece el lugar más indicado para albergar armas e ídolos precolombinos con colmillos, cuando Erik y yo subimos por la escalera de entrada al museo y franqueamos una puerta decorada con un brillante mural de guerreros mayas, fueron precisamente esa clase de objetos los que vislumbramos en los corredores y las salas del edificio.

Nos dirigimos rápidamente hacia la recepción, que estaba en un rincón del extremo norte del vestíbulo. Junto a la cajera había un pequeño expositor de libros encuadernados, tazas de café y camisetas, estas últimas decoradas con grabados a color de fotos tomadas a las estelas de Flores. Pagamos la entrada en quetzales, dejamos las mochilas y las maletas en un estante tras el mostrador de recepción, y nos encaminamos hacia las galerías.

Había estado allí algunas veces cuando era niña. Conocía la disposición general de las salas, que no había cambiado mucho en varias décadas. Recordaba con exactitud el lugar del único tesoro que quería ver, aparte de a mi padre.

Erik también lo recordaba.

—Ven —dijo—. Esto te va a encantar.

Llevándome del codo, se dirigió hacia una sala posterior, la que contenía la obra de arte más hermosa y oculta de toda la colección del museo.

Mis tacones resonaban en el museo mientras atravesábamos las primeras salas a paso rápido. Tras los cristales de las vitrinas, vi cráneos de seres humanos antediluvianos, adornados con mosaicos de un brillante color azul turquesa y pan de oro. Las cabezas enjoyadas miraban fijamente a sus observadores, sonriendo luminiscentes. También brillaban los dientes humanos de los dioramas, colocados en pequeños cuencos de arcilla o expuestos sobre blancos lienzos. Aquellos restos hacían patente un trabajo de odontología primitivo pero inesperadamente lujoso; las cavidades de aquellos precursores habían sido perforadas y rellenadas con lo que parecían diminutos tapones de lapislázuli o jade. Había también asombrosas esculturas obscenas y cuencos de piedra de basalto donde en otro tiempo se había derramado la sangre de las víctimas de los sacrificios. En el rincón más alejado de la sala, vimos una tumba bien conservada, descubierta en el remoto Petén hacía algunos años. Dentro yacía el esqueleto de un niño, con los huesos del color de la vitela, cuyo cráneo presentaba un fuerte golpe. Los restauradores habían rodeado el cuerpo con vasijas que contenían grano y joyas, tal como se encontró en la excavación.

—Mira las estelas, las estelas de piedra —dijo Erik cuando pasamos a otra sala que se abría a un jardín y que estaba llena de altas columnas de basalto talladas por los mayas y los olmecas. Tenían casi cuatro metros de alto y estaban cubiertas de delicadas y sinuosas imágenes de reyes, escribas y esclavos—. La mayoría de las piedras con imágenes talladas que se han encontrado eran de basalto puro, en algunos casos de granito. La mayoría de las que hay aquí proceden de Tikal. Las piedras de

Flores son las únicas que se conocen que fueron talladas enteramente en jade, en jade azul.

—Hacía mucho tiempo que no las veía en persona —le dije—. Solo en los libros.

Entramos en la Sala de Jades, la única del museo dedicada a las reliquias de jade que se han descubierto y conservado en Guatemala. En el centro de la sala se encontraban las piezas más importantes, expuestas sobre pedestales de lucita.

Las estelas de Flores son cuatro tablas de jadeíta azul tallada; cada una mide aproximadamente cincuenta centímetros de alto por treinta centímetros de ancho y quince de grosor. Iluminadas por pequeños focos fijados a los pedestales, las piedras brillaban como cristales de colores. En cada una de las placas se habían cincelado jeroglíficos en forma de dragones, doncellas, jaguares y enanos, adornados con complejos sombreados, flores geométricas y oscuros medallones. También había personajes feroces y grotescos: víboras sibilantes y sinuosas y gárgolas con los ojos desorbitados y grandes dientes, mezcladas aparentemente al azar con otros signos abstractos, como círculos y rectángulos, barras oblicuas y puntos diacríticos. Por aleatorios que fueran, los signos estaban ordenados en líneas, lo que indujo a todos los expertos en cultura maya a creer que las piedras podían leerse como un libro, hasta que la conferencia de Tomás de la Rosa en 1967 en El Salvador refutó convincentemente esa teoría.

De pie ante las piedras, comprendí la atracción que ejercía la tesis de la falta de significado de los signos. Había algo relajante en su incoherencia. Las inefables imágenes de jorobados, mujeres y serpientes flotaban en el intenso color irisado, que adquiría distintos tonos y profundidades opalescentes según el ángulo de la luz que entraba por la ventana. El sol traspasaba las piedras y caía sobre nosotros mientras observábamos las tallas. Cuando miré a Erik, vi que su cara y su blanca camisa estaban cubiertas por un fino velo azul.

—Mi madre deseaba ser la primera en interpretar estas tablas —dije—. Quizá, si hubiera publicado su artículo antes de la conferencia de De la Rosa, no habría sentido el impulso de ir a la selva en busca de nuevos descubrimientos. Y quizá...

—Ahora no se habría perdido.

—Eso es.

—Seguramente no —dijo Erik—. Fíjate en De la Rosa. Siempre andaba metido en líos. Primero en el ejército. Dicen que a mediados de los años setenta colocó una bomba en la casa de un coronel, después de pasar por delante de los guardias militares disfrazado de anciana campesina. Mató a un contable que estaba trabajando en la casa, quizá incluso a propósito. Y también hirió a un teniente. He olvidado su nombre, pero el coronel... Moreno, así se llamaba, castigó al teniente por no vigilar bien su casa; le aplicó los métodos de interrogatorio que utilizaban con los marxistas. El chico acabó convirtiéndose en uno de los peores carniceros durante la guerra...

—Ese no debía de ser precisamente el efecto que pretendía conseguir De la Rosa.

—Quizá esta fuera una de las razones por las que sufrió aquella crisis nerviosa —dijo Erik—. Pero en realidad creo que se volvió loco porque las guerrillas mataron a sus amigos. Fue entonces cuando abandonó la resistencia y empezó a perseguir a extranjeros en la selva. Luego empezó a buscar la reina Jade y la gente pensó que había perdido el juicio; llevó la competición a extremos muy peligrosos, como lo que ocurrió con tu padre y las arenas movedizas, ¿verdad?

—Ocurrió en una expedición —dije, asintiendo—. De la Rosa se disfrazó de sherpa y mi padre ni siquiera lo reconoció. Hizo que mi padre y su equipo se desviaran del camino, y cuando estaban completamente perdidos, simplemente se fue y los dejó en la selva. Mi padre fue tras él y cayó en unas arenas movedizas. Cuando le llegaban ya hasta la barbilla, De la Rosa apareció en la orilla, le lanzó un par de insultos y luego lo sacó.

—Menuda historia.

—Por eso cortamos la relación con su familia. Yo tuve que dejar de escribir a Yolanda, que se había marchado de casa hacía algunos años. Éramos muy amigas, a pesar de que no nos parecemos en nada. Su padre le había enseñado a trepar, rastrear, cazar, pelear, e incluso a disfrazarse. Cuando vivía con nosotros, le gustaba agarrarme por el cuello y jugar a la lucha, y a veces se disfrazaba, por ejemplo de Magua, el villano de *El último mohicano*. Venía corriendo hacia mí gritando maldiciones indias. Para que me mantuviera alerta, decía.

—¿*El último mohicano*?

—Es una persona muy peculiar.

—Eso parece.

—Pero cuando Tomás le hizo aquello a mi padre, mi madre me obligó a distanciarme de Yolanda. Era muy importante para ella. Mi padre ha tenido problemas psicológicos con la selva desde entonces. Para mi madre, se trataba de una cuestión de lealtad, dijo. —Noté que se dibujaba una sonrisa en mi cara—. Pero ahora sé que fue un error dejar de escribir a Yolanda. Ella siguió haciéndolo hasta finales de los años ochenta. Y en los últimos años las cartas no fueron muy agradables. Dejaba muy claro que la había traicionado y que me odiaba. No había hablado con ella ni le había escrito en doce años, pero hace dos semanas lo hice. Le envié una nota cuando me enteré de que su padre había muerto. Ya sabes, algo breve y totalmente inadecuado. «Lamento lo de tu padre. Mi más sentido pésame. Lola.» No me ha respondido, y desde luego no la culpo.

Después de mi confesión nos quedamos callados. Las piedras rielaban como el agua ante nuestros ojos. Erik alzó la mano y tocó los jeroglíficos.

—De la Rosa —dijo—. En mi campo es casi imposible no oír su nombre en todas las conversaciones. Es el monstruo sagrado. Pero para mí siempre fue la parte menos interesante de las estelas. Cuando era adolescente, no me importaba qué significaban. Simplemente quería conocer las aventuras de la persona que las había encontrado. Es decir, Tapia. Trabajó cincuenta años antes que Tomás de la Rosa. Óscar Ángel Tapia...

—Ya me hablaste de él en casa. Y a veces he oído que mi madre pronunciaba su nombre.

—Fue él quien arrebató las piedras a los indios ante sus narices. Él despertó mi interés por los anticuarios de principios del siglo XX. Y también me condujo a Von Humboldt.

—¿Cuál fue su historia exactamente?

—¿La de Óscar? ¡Pobre diablo! Creyó haber triunfado cuando encontró las estelas. En 1924. Era un magnate del café, vivía en una mansión en la isla Flores, y una vez conseguida su fortuna decidió gastársela en coleccionar antigüedades. Llevaba un diario de sus aventuras; lo escribía cifrado. En él cuenta que le gustaba usar a sus criados como guías para que le ayudaran a encontrar restos por los alrededores. E hizo algunos hallazgos: ánforas, sílex, pequeños ídolos. Ahora todo está en el museo. Pero no se conformaba con tan poca cosa. Preguntó a sus criados si no había algo más importante en la selva. Y lo había. —Erik señaló las estelas—. Los lugareños guardaban las tablas con gran secreto. La leyenda decía que estaban malditas. Así que ninguna de sus doncellas o lacayos dijo una sola palabra, porque pensaban que morirían. Pero la cocinera no era tan supersticiosa.

»Supuso que conseguiría un buen dinero si le revelaba a Tapia el paradero de las tablas, en la parte sur del Petén. «Mi cocinera me ha contado hoy un extraordinario rumor. Habla de unas tablas de piedra azul, de delicadas proporciones y exquisita talla, que enmohecen en la selva.» Escribió estas palabras en su diario, pero al revés. Como te decía, se consideraba un seguidor de Leonardo.

—¿Has memorizado su diario?

—Estuve interesado en él durante mucho tiempo debido a sus inclinaciones criptográficas. En cualquier caso, a Tapia le costó mucho convencer a sus criados para que lo ayudaran, al menos al principio, pero les pagó tanto dinero que acabó por imponerse a la maldición. Sin embargo, según se cuenta, la cocinera no recibió nada. Así, el señor Tapia y sus criados se adentraron en la selva por la parte sur del Petén. Tapia atravesó un río y perdió a dos hombres. Luego encontró las tablas en la orilla. Ordenó a sus criados que las arrancaran del suelo y consiguió volver con ellas a su mansión, tras lo cual les dio el erróneo nombre de estelas de Flores. Y entonces actuó la maldición. Al menos eso es lo que se cuenta.

—¿Qué pasó?

—Una horrible enfermedad. Antes de que acabara el año todos murieron con los mismos síntomas: se volvían azules y se retorcían por el suelo, chillando de dolor. Todos los lugareños huyeron de la isla por el miedo a contagiarse. —Erik se encogió de hombros—. Pero algo me dice que no fue por ninguna maldición.

—La cocinera —aventuré, sonriendo.

—Debió de echar unas gotas de veneno en la comida, y luego cogió lo que creía que le pertenecía, o incluso más, y se dio a la fuga.

—No me sorprende que esta historia te fascinara tanto.

—Tardé años en empezar a pensar en las tablas. Tenía casi veinte años cuando leí *Meaninglessness in Maya Inconography*, de De la Rosa.

—Mi madre solo estaba interesada en los jeroglíficos.

Erik miró los dibujos con los ojos entrecerrados.

—Pero debo decirte algo. Nunca he estado de acuerdo con la teoría de que no significan nada.

—No sabía que quedaran disidentes.

—Bueno, siempre he tenido la fantasía de demostrar que tu madre se equivoca.

—¿Alguna idea de cómo lo harás?

Erik movió la cabeza y sonrió.

—Ninguna, pero eso no significa que no pueda hacerlo.

—Sigue soñando...

Tras decir estas palabras, sentí unos brazos delgados y nervudos alrededor de los hombros, y unas patillas que rozaban mi mejilla.

Me di la vuelta y vi la mirada ardiente, el poblado mostacho, el impecable traje de mezclilla con la corbata y su perfecto nudo Windsor, y la intrépida sonrisa de Manuel Álvarez, mi padre. Parecía fuerte y seguro de sí mismo. Por su aspecto, nadie adivinaría la angustia que había pasado en los últimos días, a menos que lo conociera bien y supiera leer sus ojos.

—Lola —dijo mi padre, y volvió a abrazarme, apretando su cara contra la mía y musitando mi nombre unas cuantas veces más—. Gracias a Dios que estás aquí.

12

—Ni la policía ni el ejército tienen suficientes hombres para ponerse a buscarla en la selva, que es donde temo que está —nos decía papá en su despacho, quince minutos más tarde—. Lo que no sé es para qué quería ir allí. Me dijo que estaba de vacaciones, pero confieso que tuve un mal presentimiento... En cuanto a la policía, los he llamado veinte veces, pero el río Dulce se ha llevado por delante varias aldeas, y la gente pasa hambre. Aquí no ocurre, pero en el nordeste los sufrimientos de la gente son terribles. Hace seis días me dijo que se iba a la selva. Estoy aquí desde entonces, sin hacer otra cosa que esperar a que llame.

Mientras lo escuchaba, me pregunté si debía hablarle del e-mail de mi madre, pero no veía claro en qué ayudaría, y ella me había pedido que no lo hiciera. Al parecer, Erik también lo recordaba, porque no dijo nada mientras mi padre seguía hablando y paseándose por la habitación.

Erik y yo estábamos sentados en dos sillas victorianas frente al escritorio de mi padre, mientras él preparaba café en una pequeña cafetera eléctrica que guardaba en un rincón. Noté el esfuerzo que hacía por reprimir el efecto de los horrores que había visto en los últimos días, pero sabía lo asustado que estaba antes incluso de tocar sus fríos dedos cuando me tendió la taza de café.

—Estoy segura de que está en Flores, papá —dije.

—No está en Antigua —replicó él. En la frente se le veía una vena abultada—. Fui hasta allí con el coche dos días después de la tormenta y no la encontré. La busqué en todos los hoteles que solía frecuentar. Pero no pude llegar a Flores. Las carreteras están cortadas.

—Erik y yo iremos a buscarla. Iremos a Antigua, y si no está allí, nos dirigiremos hacia el norte, hacia Flores. Encontraremos el modo de llegar. Y... recuerda cómo es ella. Todo esto no es nuevo.

—Sí, a veces emprende una expedición sin decirnos una sola palabra...

—En cuanto a las expediciones que van en busca de jade, señor Álvarez —intervino Erik—, me gustaría preguntarle por lo que está pasando en las montañas.

Mi padre cogió mi mano; no parecía haber oído a Erik. Se irguió y me acarició la mejilla.

—Pero esta no es como las otras veces, cariño —dijo finalmente—. Y me temo que tú ya lo sabes. —Me dio una palmadita en la barbilla y alzó la vista—. Y sí, Erik, parece ser que se ha encontrado jade. Unos campesinos de la sierra lo descubrieron a montones. Los especuladores se han apresurado a correr hacia las montañas, junto con numerosos hombres de la universidad. A pesar del huracán, se ha producido cierta histeria sobre la posibilidad de que se trate de una mina de jade. Pero aún no hay nada cierto. En cualquier caso, uno de los científicos me ha enviado unas muestras, y parecen auténticas. —Mi padre se acercó a su escritorio, cogió la caja de las muestras y la abrió—. Es un momento muy especial, si uno no ha perdido a su... su... mujer. Así la considero yo, aunque no estemos casados. Así que ahora nada de todo esto me importa en absoluto. Pero puede ver por sí mismo que es jade auténtico.

Entregó la caja a Erik. Di un golpe con la silla cuando la acerqué a la suya para mirar el contenido de la caja.

Era de plástico, con varios compartimientos pequeños, cada uno con su tapa. Erik deslizó la tapa de uno de ellos, que contenía un tosco sílex de jade color índigo casi perfecto. En los otros compartimientos había diversos trozos, o incluso pequeñas canicas irregulares, del mismo material. Erik sacó el sílex y lo sostuvo frente a la luz de la lámpara. Despedía un resplandor cerúleo y tenía vetas de color azul eléctrico, casi púrpura.

—Es el auténtico azul —dijo Erik—. No me lo creía, de verdad. Hasta ahora.

—Sí, sí, es de verdad —dijo mi padre—. Pero eso ahora no importa. Lola. Tendrás que conseguir un guía, sobre todo si te diriges hacia el norte. Pero ahora no se encuentran fácilmente. Al parecer todos han huido hacia las sierras.

—¿Un guía? —preguntó Erik.

—No habrá pensado ir hasta allí los dos solos, ¿verdad?

—Si usted no viene con nosotros...

—¿Quién? ¿Papá? —dije yo—. Oh, no, él no viene.

—Como dice Lola, es imposible —corroboró mi padre—. ¿Acaso no sabe lo mío?

Erik carraspeó.

—Me dijeron que hace tiempo tuvo usted un accidente en la selva.

—¿Un accidente? No fue un accidente. ¡Fue De la Rosa! —Se le enrojecieron las puntas de las orejas—. Y desde entonces he tenido... problemas para volver a la selva. En realidad, es algo más que un problema, me temo. Suelo sufrir una crisis nerviosa con solo oler un pantano. Así que, gracias a Tomás, dificultaría la busca en vez de ayudaros.

—No es cierto —mentí.

—Es usted muy duro consigo mismo, señor Álvarez —dijo Erik, tras una pausa.

—Sí, lo soy, muchacho. Pero hay que aceptar las propias limitaciones. Es mejor sentir vergüenza aquí, en mi despacho, que salir corriendo hacia la selva y después causar problemas. En fin. Dejémoslo. —Mi padre me soltó la mano—. El viaje será difícil. Puede que tengan que ir al Petén, al norte, que es un territorio poco explorado. Y, como decía, necesitarán un guía, porque no creo que sea buena idea que vayan allí solos.

—¿Por qué? —preguntó Erik.

—¿Por qué? Por su reputación, señor.

—Papá.

Mi padre alzó la mano con los dedos extendidos.

—Mi querido señor. No he vivido debajo de una piedra, ¿sabe? Usted habrá oído mi embarazosa historia, pero también yo he oído muchas cosas sobre usted. Durante años Juana me ha contado historias acerca de su escandalosa conducta. La verdad es que esperaba que fuera usted una especie de Príapo. Sin embargo, debo admitir que me ha sorprendido agradablemente. Es usted muy humano. Pero, aunque no tiene cola, no me hace ninguna gracia que se vayan los dos solos a la selva.

—Papá, creo que soy mayorcita para que te preocupes por si me voy con chicos...

Mi padre clavó su penetrante mirada en Erik y fingió no oír mis palabras.

—Conozco su afición a las mujeres, su problema para mantener los pantalones abrochados. Y que sale corriendo en cuanto termina, como si estuviera en un encierro de Pamplona. Pero sé que con Lola se portará como es debido. Y si no lo hace... bueno. Puede que yo sea de constitución delicada, pero no será un problema, si es necesario. La felicidad de mi hija es lo más importante para mí, ¿comprende? Estoy seguro de que sí.

Erik miró su taza de café y luego volvió a levantar la vista.

—Sí, creo que sí —respondió en tono desdichado.

—No te exaltes, papá —dije.

—No me exalto —aclaró él—. Todavía no. Quizá luego. Ahora no.

Mi padre miró a Erik. Él le devolvió la mirada. Se produjo un incómodo silencio.

—¿Qué tiene que decir, hijo? —preguntó mi padre—. Hable.

—Solo quiero estar seguro de que no va a... retarme a un duelo o algo así.

—Bueno. De momento no tiene nada de que preocuparse.

—Bien.

—Si es necesario tomar alguna medida de esa naturaleza se lo haré saber. ¿De acuerdo?

—Me alegro. —Erik mantenía el tipo bastante bien delante de mi padre.

—Volviendo al tema de los guías —dije—. Supongo que Yolanda sigue en la ciudad.

—¿Quién? —preguntó Erik, mirándonos a mi padre y a mí—. ¿Qué has dicho?

—Sí —respondió mi padre, asintiendo—. Pero creo que deberías pensar en buscar a otra persona.

—Pero tú mismo has dicho que será difícil encontrar un guía, así que, si ella está aquí...

—Estás hablando de Yolanda de la Rosa —dijo Erik—. ¿Quieres que ella sea nuestra guía?

—Sí —dije, haciéndole gestos con las manos para que se tranquilizara.

—Ni hablar. —Erik me miró—. Creía que ya lo habíamos hablado.

—Será mejor que escuches a tu promiscuo amigo, Lola —dijo mi padre. Buscó en su escritorio, sacó una hoja de papel y me la tendió; en ella vi, entre otras anotaciones, la dirección de un bar llamado Pedro López—. Aunque a tu madre no le hace ninguna gracia, he seguido de cerca a Yolanda. Está muy mal desde que murió Tomás. Y no frecuenta los mejores lugares últimamente. —Señaló la dirección del bar—. Tuve que sobornar al camarero de ahí para que no le sirviera demasiada bebida.

—Fantástico, pero no importa. Lograré que nos acompañe. —Respiré hondo—. Deberíamos salir y empezar a buscarla.

—No te hagas ilusiones con Yolanda, cariño —dijo mi padre—. No creo que acepte.

Erik guardó silencio. Por el momento, no expresó sus pensamientos.

—¿Nos vamos? —preguntó, levantándose.

—Sí.

Salimos los tres del despacho. Pasamos por delante de los molares de mastodonte y las relucientes calaveras, las tumbas, las estelas y la Sala de Jades. Mi padre nos acompañó hasta la recepción, donde estaba el expositor de libros y tazones relacionados con las estelas de Flores. Allí nos regaló algunos, así como una segunda edición del libro de mis padres sobre las estelas: *La traducción de las estelas de Flores*. También nos dio dos camisetas con unas reproducciones en color de las diferentes tablas.

—Quiero darte... algo —me dijo—. Ojalá pudiera ayudarte más.

—Gracias por todo, señor Álvarez —dijo Erik, sujetándolo todo entre sus manos.

—En el fondo es usted un buen hombre, Erik —le dijo Manuel, sonriendo—. Se deja llevar por sus mejores instintos. Eso está bien. Sé que le importa mi hija, se nota. Eso también está bien. Puede que incluso le guste a ella... pero no, seguramente no. Sin embargo, no debe sentirse mal por ello. Y recuerde, compórtese.

—Lo haré, señor —dijo Erik.

—Muy bien —dijo mi padre—. Ahora, por favor, váyase para que pueda despedirme de mi hija.

Erik me miró y enarcó las cejas. Luego salió del museo y nos dejó solos.

—Papá —dije, abrazándolo.

—Cariño mío. Lola, mi ángel.

Lo apreté con fuerza. Dado que mis padres no estaban casados y que yo me había quedado con mi madre, nunca había vivido con mi padre durante mucho tiempo. Pero no importaba. Me parecía a él; había heredado su gran pasión por los libros, y el amor que me inspiraba era tan grande que a veces no lo podía contener. Ese sentimiento, junto con el miedo que sentía por lo que hubiera podido sucederle a mi madre, hicieron que me diera vueltas la cabeza. Me aferré a él sin poder pronunciar palabra.

Entonces él se apartó.

Me miró muy erguido, cuadrando los hombros, con los ojos llenos de lágrimas.

—Adiós, cariño —dijo.

—Adiós, papá.

Le di un beso, recogí mi bolsa y me despedí con la mano. Noté su mirada en la espalda cuando atravesé el vestíbulo, y tuve que secarme los ojos con la manga cuando traspasé la puerta del museo y salí a la luz de la tarde.

13

Busqué a Erik con los ojos entornados para protegerme del sol. Estaba sentado al pie de la escalera del museo y se levantó en cuanto me vio aparecer. Llevaba sus bolsas en la mano.

—Preferiría que no fuéramos a buscar a esa De la Rosa —dijo—. Por las razones que ya te he explicado. Todo el mundo sabe que no se puede confiar en esa familia.

Me recogí el pelo en una cola de caballo.

—De todas formas tenemos que buscarla.

—¿Por qué?

—Porque tú no conoces la selva lo suficiente, no tan bien como mi madre, y necesitamos a Yolanda. Si es que ella quiere ayudarme, claro.

—Te aseguro que puedo guiarte por la selva. Ya lo he hecho...

—Solo un par de veces.

—Sí, un par de veces.

—Con ayuda.

—Con algo de ayuda, sí. Pero puedo hacerlo, con mapas. Puedo llevarte hasta el río Sacluc. No es buena idea ir con un De la Rosa.

—Erik —dije, mirándolo a los ojos. Ambos estábamos acalorados, sudados, cansados por el largo viaje. Puse una mano sobre su hombro—. Tengo que llevarla. Es la mejor guía que hay. No discutas conmigo.

Pero él era Erik Gomara, y tenía que discutir. Recurrió a

todas sus tretas masculinas, lo que le supuso perder la batalla entre sexos en la que nos enzarzamos a la sombra del museo. Él esgrimía razones perfectamente fundadas y muy racionales para evitar todo contacto con Yolanda, y yo las destruía utilizando el arma más poderosa de mi arsenal, que consistía simplemente en mirarlo con expresión implacable, cruzada de brazos y decir: «No» o «Porque sí».

Pronto se rindió.

Erik se sentó de nuevo en los escalones y cerró la boca. Miró hacia la calle y luego volvió a mirarme a mí.

—¿Sabes una cosa?

—¿Qué?

—De acuerdo, de acuerdo. —Abrió los brazos—. Ya está. Tú ganas, tú, tú... Sánchez.

—Bien —dije yo—. Ha sido más fácil de lo que pensaba.

—No me lo restriegues.

—Mi padre debe de haberte asustado mucho.

—Ha sido persuasivo, desde luego. Sus enormes ojos tienen mucha fuerza. Y las amenazas aún más. Debe de haberlo aprendido de tu madre.

—Vámonos.

Erik suspiró y se puso en pie lentamente.

—Además —añadí—, seguramente Yolanda no aceptará ayudarnos.

—Eso espero —gruñó él—. Teniendo en cuenta que es una De la Rosa.

—Pero si acepta, deberías saber que la última vez que la vi era muy hermosa.

Él se cruzó de brazos, contrariado.

—Vaya... Eso lo cambia todo. Y por lo que acaban de contarnos, frecuenta los bares. Así que no puede ser tan mala.

Aparté la vista hacia la ciudad y observé los taxis blancos y amarillos que circulaban por las inundadas calles.

—En realidad, Yolanda de la Rosa puede ser mucho peor de lo que piensas —dije.

14

El cielo se había vuelto de un oscuro color púrpura cuando Erik y yo llegamos al bar Pedro López. Habíamos estado ya en él por la tarde, alrededor de las cuatro, y aunque sus ebrios clientes aseguraron conocer a Yolanda, no la encontramos ni en los taburetes junto a la pequeña barra de madera, ni en ninguna de las mesas. Erik no lamentó salir de allí. La Zona Uno, en el extremo oriental de la metrópolis, no es precisamente recomendable según las guías, que la describen con vagas pero alarmantes advertencias sobre robos, y con epítetos tales como «sórdida» y «de mala muerte». Yo pensaba que el lugar sería más populoso y perturbador.

Fuimos en taxi y luego echamos a andar, empapándonos, por las calles inundadas, del color de la ceniza, mientras las sombras se alargaban sobre tiendas y bares. Las luces de los escaparates animaban el ambiente nocturno, y las calles brillaban ante nosotros con reflejos negros, dorados y carmesíes. Las inundaciones no parecían haber hecho disminuir la actividad comercial de la ciudad. Mujeres y niños caminaban por las calles con sus bolsas de la compra. Mendigos harapientos y descalzos merodeaban por los portales. Una veintena de chicos que pateaban el agua con sus botas le gritaron a Erik groseros comentarios acerca de su indumentaria; él les dio las gracias y siguió andando. En una calle lateral, tres hombres armaban jaleo, enzarzados en una pelea. Uno de ellos cayó al agua y otro, amigo o enemigo, saltó sobre él. Dos mujeres ancianas con atuendo indígena limpiaban con palas los escombros de una tienda de ultramarinos y los empujaban hacia la calzada.

Erik y yo dejamos atrás a toda aquella gente, las calles llenas de agua, los cristales rotos, los edificios inundados; llegamos de nuevo al Pedro López y entramos en el bar.

Veinte hombres alzaron la vista cuando entramos. Algunos rostros estaban abotargados por la bebida; otros eran inexpresivos, impenetrables; otros sonrieron con suficiencia o enarcaron las cejas. Oí obscenidades y algunas risas.

—Como te he dicho esta tarde —dijo Erik—, no creo que debamos quedarnos mucho tiempo en este sitio.

—No estamos aquí para hacer amigos.

—Me alegra oír eso. Cuando era más joven y me consideraba un auténtico hombre duro, venía a esta parte de la ciudad a echar un vistazo a las chicas, pero no hice muchos amigos. Descubrí que no era muy popular en locales como este.

—¿Y eso?

—Esta clase de tipos y yo no nos llevamos bien. Siempre creen que hablo demasiado.

—Todos lo creemos, Erik.

—Sí, pero los tipos como estos suelen expresar sus críticas partiéndote la crisma.

—Nos limitaremos a ver si ella está aquí, y si no nos iremos inmediatamente.

El Pedro López era un bar grande y estaba atestado. El suelo estaba lleno de barro, cubierto de serrín, cáscaras de cacahuetes, vasos rotos y ceniza. La barra era de madera; había un espejo en la pared que reflejaba a una hilera de bebedores inclinados entre los vapores azules del humo de los cigarrillos. Los hombres estaban sentados en taburetes de roble, evitaban mirarse en el espejo y se decían ocurrencias los unos a los otros con la boca pequeña. Uno de ellos era un anciano con el rostro como una nuez y mechones blancos que flotaban como nubes diminutas sobre el gran planeta que era su cabeza. Bebía cerveza a sorbos, saboreándola con el gesto de un experto, mientras tarareaba una melodía. La canción del anciano apenas se oía en medio de las voces roncas que llenaban el local, interrumpidas a su vez por los gritos de hombres más jóvenes que ocupaban las mesas y las risas de sus acompañantes femeninas. La mayoría de los bebedores eran civiles vestidos con camisa y vaqueros, y vi, no sin cierto deleite, que muchos de ellos se adaptaban al prototipo de bombero musculoso. En el centro del bar destacaban dos hombres con uniforme del ejército que bebían jarras de cerveza en una gran mesa para seis.

El más viejo de los dos era un soldado de unos sesenta años, de alta graduación, puesto que exhibía varias insignias rectangulares esmaltadas y estrellas sobre el uniforme verde. Su pelo plateado estaba peinado hacia atrás, con lo que su rostro de facciones cinceladas quedaba despejado. Sobre los blancos dientes brillaba un pulcro mostacho negro. Tenía los hombros caídos y manos delicadas, una de las cuales sostenía un puro que bailaba en el aire cuando gesticulaba. Su compañero, por el contrario, era menos atractivo. De unos cuarenta o cuarenta y tantos años, era alto, fornido, muy moreno, con el rostro cuadrado y desfigurado por una cicatriz que iba desde la ceja izquierda hasta la mejilla derecha, cruzándole la nariz. Los párpados inferiores formaban pequeñas bolsas y lagrimeaban, pero eso no suavizaba su aspecto. Tenía las mejillas rojas y el labio superior dejaba sus grandes dientes al descubierto.

Los dos soldados hablaban con una persona que estaba sentada a una mesa más pequeña y que llevaba sombrero de vaquero. Era alta y delgada, bebía Coca-Cola y ocultaba su rostro bajo la amplia ala negra del sombrero Stetson. La mano que sostenía la lata era morena, esbelta y ruda. Bajo el sombrero asomaba una larga cola de negros cabellos.

Mientras Erik y yo nos movíamos entre la multitud, vi que

el soldado más joven alargaba la mano, agarraba al vaquero por el hombro y lo sacudía violentamente, haciendo que la cola de caballo se bamboleara.

—¡Fuera de aquí! —gritó uno de los clientes del bar a los soldados. Otros alzaron también la voz, pero ninguno de ellos se levantó para ayudar al vaquero.

—Bueno —dijo Erik—. Al menos lo hemos intentado. Ya es hora de que volvamos al hotel.

—La hemos encontrado —dije.

Fui hacia los soldados. Algunas de las chicas que había en el bar, en general muy guapas y con grandes escotes, se animaron al ver pasar a Erik, que venía detrás de mí. Una mujer con los cabellos negros como el ébano y otra con grandes ojos verdes agitaron el busto al unísono cuando lo vieron; aquel movimiento tuvo una sorprendente repercusión en el interior de su blusa. Erik pasó por su lado riendo, hasta que el soldado más joven tiró al vaquero al suelo de un empujón. Seguía sin ver el rostro que ocultaba el ala del sombrero Stetson, pero corrí hacia allí.

—¿Qué haces? —me gritó Erik.

—Sé que te he visto antes en alguna parte —oí que decía el soldado mayor a la figura echada en el suelo—. Tengo mucha memoria para las caras, y seguro que no me olvidaría de una cara como la tuya.

La figura replicó algo que no alcancé a oír. El soldado mayor sonrió con la mitad de la boca, de modo que la precisa curva de su mostacho se ladeó. Volvió la vista hacia su compañero.

—¿No vas a hacer nada? —le preguntó.

—Una copa más, y a lo mejor lo hago —respondió el soldado más joven. Sus ojos caídos y llorosos se desviaron hacia el sombrero Stetson, se posaron en el rostro oculto por el ala, y luego volvieron a apartarse.

—Te digo que recuerdo esa cara de alguna parte —dijo el soldado mayor a su compañero.

—Déjalo —gruñó el otro.

—No voy a dejarlo, y tú harás lo que yo te diga, ¿está claro?

—Sí —contestó el soldado, tras exhalar un suspiro.

—¿Sabes?, mi amigo habría sido un perfecto inútil de no ser por mí —dijo el soldado mayor a su víctima—. ¿Te imaginas lo que es darle ese regalo a una persona, un propósito en la vida? Aunque supongo que tú no has tenido nunca ese problema, ¿verdad? Estoy seguro de que tenías un propósito. Estoy seguro de que te he visto en el bando equivocado de la guerra.

—Déjala en paz —dijo uno de los hombres sentados a la barra.

El mostacho del soldado tembló.

—¿Tienes algún problema? No te preocupes, pronto recordaré tu nombre. Mira, sé que has hecho algo que no deberías. Eras una alborotadora. No es necesario que mientas; solo siento curiosidad, por los viejos tiempos.

—Basta —dije, plantándome delante de ellos. Miré a la persona que había en el suelo, pero el ala del sombrero seguía impidiéndome verle el rostro. Los soldados levantaron la vista momentáneamente para mirarme y volvieron a bajarla.

—Deberías marcharte —fue todo lo que dijo el soldado más joven.

Erik había llegado al centro del bar.

—Echa otro vistazo —dijo el soldado mayor a su compañero—. No te dejes engañar por su actitud de niña... vaya ¡está llorando! Mírala a la cara y ayúdame. Seguro que la recuerdas.

La persona del suelo intentó levantarse y el soldado más joven la volvió a tirar empujándola con la bota. Oí una blasfemia.

—Oh, qué gran honor me haces —dijo el más viejo—. En realidad, y espero que no te parezca demasiado grosero, eres una guarra. Aunque quizá a mi socio no se lo parezcas. Él tiene un gusto menos refinado. A veces no puedo contenerlo.

A mi espalda oí la melodía que el viejo tarareaba en la barra.

—Será mejor que nos marchemos ahora mismo —me su-susurró Erik al oído—. Creo que estos hombres van a hacer algo... malo. Vámonos.

No le hice caso y me interpuse entre la figura del suelo y los dos soldados.

El ala negra del sombrero Stetson se alzó y vi su cara.

Me sentí mareada cuando vi aquellos ojos de color verde oscuro que no había visto desde que tenía trece años. Ahora tenía arrugas alrededor de los ojos y los labios carnosos. Pero su voz era tan firme y cortante como siempre.

—Oh, Dios —dijo Yolanda.

Me agaché y me llevé la mano a la boca.

—Hola, Lola —dijo ella, arrastrando las palabras. Y luego susurró—: ¡Que no oigan mi nombre!

Tiré de ella para ayudarla a ponerse en pie y le hablé acercando la boca a su oreja.

—Tenemos que salir de aquí. He de hablar contigo.

—Suél-ta-me —gruñó ella.

Simultáneamente, a mi izquierda, oí que Erik hablaba con los soldados.

—No, no, no haga eso —decía. Luego oí que añadía—: No me gustan las peleas, y menos con miembros del ejército.

Cuando me di la vuelta, vi al soldado más joven a cámara lenta, claramente, como en un sueño. El uniforme verde realzaba su musculosa figura. Se acercó a Yolanda tambaleándose, con las piernas arqueadas, los ojos llorosos y la cicatriz enrojecida por la afluencia de sangre. Yolanda me apartó hacia un lado, pero no hizo ningún otro movimiento. Erik, en cambio, dio una zancada hacia ellos para interponerse. El soldado se detuvo en seco. La frente le brillaba como una moneda a la luz mortecina del bar, mientras se echaba hacia atrás y movía el brazo hacia delante en un gesto imperfecto. El codo se dobló, el cuerpo se contorsionó en un extraño ángulo. El puño se estrelló contra el pómulo de Erik, volviéndole la cabeza hacia la derecha. Erik cayó.

Yo chillé.

El soldado del mostacho no se movió. El otro se inclinó sobre su víctima. Yo me arrojé encima de Erik, que frunció el entrecejo como si estuviera ante un difícil problema matemático que preferiría no tener que resolver. Cuando volví a mirar hacia arriba, el soldado de la cicatriz tenía un aspecto terrible. De sus ojos empezaron a brotar lo que parecían lágrimas verdaderas. Parecía exhausto y su cara empezó a temblar.

—Era muy bueno en esto —me dijo—. El mejor. Será mejor que eche usted a correr.

—¡Déjenos en paz! —le grité. Alcé las manos, aferré al soldado por los brazos y le pegué con tanta fuerza que las manos me ardieron. Empecé a sacudirle hasta que le falló una rodilla, cayó de lado y se golpeó con una silla antes de dar contra el suelo. Luego centró su atención en mí. Con gran sorpresa noté que su bota derecha golpeaba mi pierna derecha.

—No la toques —oí que decía Yolanda con una voz que sonaba remota, distorsionada.

—Soy el mejor —volvió a gruñir el soldado.

Todos los hombres del bar se levantaron y empezaron a vociferar.

—No hay por qué ponerse así —dijo el soldado más viejo—. El chico ha perdido los estribos, eso es todo. Ha bebido demasiado.

El soldado más joven se secó la cara con su ruda mano y lanzó un juramento. Los gritos de los hombres del bar se volvieron ensordecedores.

—De todas formas, esto empezaba a ser aburrido —dijo el soldado mayor cuando los hombres empezaron a escupir amenazas a su alrededor.

Con pasos rápidos y sonoros se dirigió hacia la salida del Pedro López. El otro soldado echó una mirada inyectada en sangre a Yolanda. Se levantó con cierta dificultad y siguió a su amigo.

Yolanda se tocó los cabellos, nerviosa, y volvió a sentarse

con brusquedad. Yo ayudé a Erik a ponerse en pie y lo llevé hacia su mesa. Bajo el ojo izquierdo tenía una magulladura que empezaba a hincharse.

—¿Estás bien?

—No estoy bien —respondió él.

—Oh, Erik.

—No, no me mires así. Estoy bien.

—¿Tú estás bien? —me preguntó Yolanda.

Le dije que sí. El dolor de la pierna no era nada comparado con el estado de mis nervios.

Yolanda miró a los soldados que salían del bar e hizo una mueca.

—A veces les da por ahí. Los acuerdos de paz que se firmaron no importan. Treinta años de guerra no se acaban así como así.

—Lo sé —dijo Erik.

Ninguno de los tres habló durante un rato. Nos recostamos en las sillas con cautela. Yolanda bebía Coca-Cola para recobrar el aliento. Evitábamos mirarnos. La conversación general del bar también se había interrumpido y los parroquianos nos miraban, aunque no dieron muestras del menor interés por acercarse a nuestra mesa.

15

Yolanda tenía la cara congestionada mientras intentaba serenarse.

—¿Quiénes eran esos hombres? —pregunté.

—No lo sé. —Estrujó la lata de Coca-Cola, convirtiéndola en un pequeño bulto metálico—. No los conocía de nada. Pero el del mostacho debió de verme con mi padre cuando le ayudaba durante la guerra.

—El grande pega bien —dijo Erik.

Yolanda agitó una mano en mi dirección.

—Bueno, Lola. Me alegro de verte, gracias por haber venido y todo eso, pero ahora quiero que te vayas. No quiero hablar con nadie. —Arrojó la lata al suelo—. Estoy de luto —dijo con voz inexpresiva.

—Mamá ha desaparecido —le espeté—. Quizá en la selva.

—Ya me lo contó Manuel —dijo ella lentamente. Tenía el rostro más delgado y serio de lo que recordaba—. Lo siento.

—¿Qué estás diciendo? ¿Que lo sientes? ¡Mi madre ha desaparecido!

—Y mi padre ha muerto. No volveré a verlo.

—Yolanda...

—Me apartaste de tu vida hace mucho tiempo. Tú no sabes la vida que he llevado aquí.

—Lo sé —dije—. Mi padre...

—Tu padre —me interrumpió ella—. No me hables de

padres. Ni de madres. Porque fue tu madre la que te dijo que no volvieras a escribirme, ¿verdad?

Me froté los ojos con las manos.

—Eso me parecía.

Guardé silencio durante un buen rato.

—Lo siento mucho —dije, cogiéndole la mano.

Yolanda tenía los iris del color del ébano con una chispa esmeralda. Bajo sus ojos vi grandes bolsas amoratadas.

—No quiero que me toques, Lola —dijo—. Ni tú ni nadie.

Pero yo no solté su mano y ella tampoco se desasió.

—Pareces mayor —dijo entonces, y suspiró.

También ella parecía envejecida. Sabía que había cumplido treinta y tres años en agosto. Me incliné hacia ella y la abracé con fuerza.

—Basta —dijo, pero no hizo nada por impedirlo. Noté que apretaba su mejilla contra mi cuello, pero no lo bastante para que lo notaran los demás—. ¡Vete! —exclamó de pronto con fiereza. Me aferró por los hombros y me apartó hasta extender los brazos por completo, apretándome con demasiada fuerza. Temblaba.

—Bueno, todo esto es muy embarazoso —dijo Erik, tapándose el ojo magullado con la mano—. Yo voto por volver al hotel. Hablemos allí. No sé si alguien se da cuenta de que me duele mucho.

—Perdona, pero ¿quién demonios eres tú? —preguntó Yolanda.

—Soy Erik. —Su ceja derecha se arqueó lentamente. A pesar del dolor, sus neuronas se habían vuelto a disparar al ver el bonito rostro de Yolanda.

—¿Y qué eres?

—Soy... soy... guatemalteco —respondió él.

—Es Erik —expliqué—. Erik Gomara. Un amigo.

—¿Guatemalteco? —Yolanda lo estudió con la mirada—. ¿Estás completamente seguro?

—¿Qué significa eso? —preguntó Erik. Su ceja derecha volvió a descender.

—No pareces muy guatemalteco, amigo mío. Tienes el mismo aspecto que ella... de auténtico norteamericano.

—Estoy mejor cuando no tengo una conmoción.

—Yolanda, mi madre se fue al Petén en busca del jade —exclamé. Ella me miró sin decir nada—. ¿Me oyes?

—Te oigo perfectamente.

—Creía que podía estar allí, el jade.

—¿«El jade»?

—El jade de Beatriz de la Cueva.

—¿Te refieres al jade de mi padre?

—Sí. Al parecer podría ser cierto lo que él decía. Han encontrado jadeíta azul en la sierra...

—Ya lo sé —dijo ella—. Todo el mundo habla de una mina de jade. Bueno, el que lo encuentre que se lo quede. Que se ahoguen con él.

—Ese hallazgo puede confirmar las viejas historias acerca del jade —dije—. Si tengo que ir a la selva a buscar a mi madre, podría... podría ser interesante para ti que me acompañaras.

—Quieres que te haga de guía —dijo ella. Señaló la barra con el pulgar—. Elige a alguno de esos borrachos para que te lleve.

—No son tan buenos como tú.

—¿Para qué querría ir yo? ¿Vas a pagarme? El dinero me da igual. ¿Qué otra cosa podrías ofrecerme? ¿Un coche nuevo? ¿Un billete de avión para salir de aquí? —Cerró los ojos—. ¿Por los viejos tiempos, quizá?

Transcurrieron unos instantes; yo seguía sin entender qué me preguntaba exactamente. No fue hasta mucho después cuando comprendí que había cometido un grave error al no responder a su última pregunta.

—Sí, eso sería una estupidez —dijo ella entonces, en un tono tan agrio que supe cuánto me odiaba; nunca, jamás debería haber dejado de escribirle.

Pero también estaba segura de que solo tenía una posibilidad de conseguir que Yolanda me acompañara.

—Puedo darte la oportunidad de acabar el trabajo de tu padre. —Vacilé. Y luego empecé a mentirle—. No te lo he contado todo. Mi madre encontró algo, un mapa secreto, en unos archivos españoles. Y acaba de salir a la luz.

—¿Y?

—En él se encuentra la localización exacta del jade. Tengo una copia, que te enseñaré si vienes conmigo.

—Intentas engañarme —siseó ella—. No hay ningún mapa secreto.

—Vamos a ir a buscar a mi madre, y el jade, si tú quieres —dije, enlazando las manos. Pero en ese momento noté mi desesperación por primera vez desde que me había enterado de que mi madre había desaparecido—. ¡Tienes que ayudarme! —exclamé, casi gritando—. No porque yo te guste, no porque ella te importe, sino porque te daré lo que quieras. Tengo un mapa. Y te ayudaré a encontrar el jade. Lo juro.

Yolanda se inclinó hacia delante y me cogió la mano derecha. Se tocó la mejilla con ella, apretándola con brutalidad.

—Mi padre seguramente... no, seguro que estaba loco. Al final. ¿No te das cuenta del daño que esto me hace? No había nada que encontrar.

Mientras ella hablaba, yo oía la cháchara de los clientes y, más bajo, el tarareo irregular e incesante del abuelo de la barra.

—No, tú siempre creíste en tu padre —dije.

—Estoy demasiado cansada para ese estúpido sueño, Lola. —Me soltó la mano—. Vete.

Volvió la cara. Los clientes se arremolinaban a nuestro alrededor y las jarras de cerveza flotaban por encima de nuestras cabezas. Entraba y salía gente del Pedro López, y la fila de la barra aumentó hasta formarse una muchedumbre.

—No veo nada por culpa de ese puñetazo —dijo Erik, sin dirigirse a nadie en concreto.

—Una canción —pidió alguien.

—¡Una canción! ¡Una canción!

—Cántanos una canción, Felipe —dijo otro parroquiano—. Para animarnos, ahora que se han ido esos cabrones.

En el espejo vi que el abuelo sonreía.

—No —dijo—. Dejadme en paz, pendejos.

Al final consiguieron que se diera la vuelta en el taburete; algunos hombres silbaron y lanzaron reniegos y le instaron a que empezara.

El viejo comenzó a murmurar con su voz desafinada, pero yo estaba totalmente aturdida y apenas oí lo que decía. La muchedumbre que nos rodeaba se calmó. Yolanda se caló el sombrero.

—¿Qué hace? —pregunté.

—No me habían golpeado así en toda mi vida. —Erik abrió un ojo—. ¿Lo he resistido bien?

—Sí.

—¿Y a ti te han hecho daño?

—Ya te he dicho que sí. Escucha, ¿está cantando ese hombre?

—¿Quién?

—El viejo.

Erik miró hacia la barra con el ojo bueno.

—Sí.

—¿Qué canta? No entiendo nada.

—Ah, solo es una canción —dijo Erik—. Quizá sea una indirecta musical para que nos vayamos.

—¿Qué canción? ¿La conozco?

—Es muy vieja.

—Una de las más viejas de por aquí —dijo Yolanda, y luego movió los labios siguiendo la letra.

El abuelo cerró los ojos y siguió con su canción hablada. Tardé un rato en entender la letra; tardé aún más en darme cuenta de que la canción era una de las que cantaba mi madre. Se la había oído tararear por última vez la víspera de su viaje.

Mientras aplicaba hielo al pómulo de Erik, escuché la voz

ronca y entrecortada del viejo que cantaba aquella melodía familiar:

Mi reina, mi hermosa,
¿qué he hecho?
¿Por qué me has abandonado?
Viviendo en este mundo,
tan frío y vacío.

Te perdí, te perdí, mi amor.

Mi tesoro, mi hechizo,
¿me perdonas?
Quédate entre mis brazos,
donde yo pueda besarte,
donde hallarás calor.
Te perdí,
te perdí.
Yo también estoy perdido,
yo también estoy perdido.
Estoy perdido
sin ti.

Mi amor.

El hielo se deshizo en mi mano y la pierna dejó de dolerme, de tan absorta como estaba en la horrible manera de cantar del viejo. La canción despertó en mí algo doloroso, que empezó a crecer. Oí la voz de mi madre en mi cabeza y sentí un chasquido, un crujido de rotura.

Yolanda no parecía estar mejor que yo. Seguía apretando la mandíbula, pero le temblaban los músculos. No quería mirarme. Seguía siendo invisible para ella incluso cuando terminó la balada y los clientes del bar aplaudieron a su amigo. El viejo asintió y se volvió hacia la barra para seguir bebiendo cerveza.

—Adiós —dijo Yolanda, cuando traté de deslizar de nuevo mi mano bajo la suya.

—Deberíamos marcharnos —dijo Erik al cabo de un momento. Se tocó la cara con los dedos—. Ahora mismo lo único que quiero es volver al hotel. Todo esto ha sido muy interesante, pero la verdad es que no quiero volver aquí jamás. —Se levantó, me cogió por el codo y se encaminó hacia la puerta—. Vamos. Marchémonos.

Eché una última mirada a Yolanda, pero ella apartó la vista. Ya no podía decirle nada más aquella noche.

—De acuerdo —dije. Me toqué la pierna donde me dolía y asentí—. Nos vamos.

Sin embargo, volví la vista atrás antes de salir del bar. Y aunque ella apartó los ojos rápidamente, percibí que estaba lo bastante interesada en lo que acababa de contarle para observarme detenidamente, protegida por el ala del sombrero, mientras yo me alejaba.

Pero eso ya podía habérmelo imaginado.

16

Llegamos al hotel Westin, en la Zona Tres, a las diez de la noche. Las torres del Westin se elevan sobre las palmeras de Ciudad de Guatemala y, con su negra red de cables, son un ejemplo especialmente complejo de arquitectura moderna. La fachada está formada por cientos de triángulos blancos suspendidos en el aire, como una colosal telaraña blanca tejida por una araña pretenciosa. Sin embargo, toda alusión al siglo XX se desvanece en el interior del hotel. Erik y yo entramos renqueando en el vestíbulo rococó, lleno de esculturas de bronce de muchachos con atuendos shakespearianos, mármoles blancos, exuberantes arreglos florales y murales de sílfides y diosas griegas. Subimos a nuestras habitaciones tambaleándonos. Yo me bañé y me puse unos vaqueros y la camiseta de las estelas que me había dado mi padre. Luego, me dirigí a la habitación de Erik con mi bolsa de libros y mapas para planear la búsqueda en Antigua y, posiblemente, en Flores.

Cuando llamé a la puerta, Erik la abrió vestido con chándal y unos gruesos calcetines de lana.

—He pensado que nos iría bien tomar algo —dijo, con una copa de vino en la mano. La marca del puñetazo se había extendido un poco bajo el ojo, aunque su color ya no era tan intenso. Sus cabellos eran una masa de rizos húmedos disputándose el territorio de su cabeza. Guiñó el ojo malo; hizo girar el vino en la copa—. Esto es para conmemorar mi primera pelea, extremadamente dolorosa, por lo que he decidido que será la última.

—Gran idea.

—Toma un poco de vino. —Me puso la copa en la mano.

—Mejor aún.

—También es hora de comer. Ya ves que he pedido algo.

—Sí, sí, huele muy bien.

En el salón verde y rosa de su suite había un sofá tapizado, y delante una mesita de madera de cerezo. Sobre ella había una bandeja de plata con cuatro platos cubiertos y una botella de Rioja.

—Espero que si bebo suficiente vino olvidaré lo que ha pasado esta noche —dijo.

Me senté en el sofá y él destapó los platos. Rodeados de flores y terciopelo, hundimos las cucharas en el *risotto*, de color rosado y blanco por la mantequilla y las cigalas. Mientras, Erik me habló de los capitanes de barco italianos del siglo XVI que se embarcaron rumbo a las Américas en busca de oro y sirenas, pero en su lugar encontraron aquellos diminutos dragones en sus playas, que resultaron ser un sabroso complemento para los platos de arroz que tanto gustaban a los Medici. Tras esta exquisitez, comimos la mitad de un pastel cubierto de azúcar caramelizado. El pastel tenía forma de montaña coronada de albaricoques, y del centro manaba chocolate negro. En el menú lo llamaban Amor Ardiente.

—Tenías que pedir algo así —dije, mientras comía el último trozo.

—Y tú tenías que comértelo. No te lo zampes todo. Cuanto más como, mejor me siento.

—¿Aún te duele?

—¿El ojo? Horriblemente. Pero recuerdo que tú... me has ayudado.

—Sí, te he ayudado.

—Te he visto cuando he recobrado el conocimiento.

—Te has desmayado.

—No me he desmayado. Estaba asimilando la sorpresa. Por cierto, cuando he decidido volver a levantarme, juraría que he oído que balbuceabas algo extraño a esa tal Yolanda. Le has dicho que tu madre había encontrado un mapa y que se lo ibas a enseñar. ¿He oído bien, o es que estaba alucinando?

—No estabas alucinando.

—¿Tienes un mapa secreto del que no me habías hablado?

—No.

—Entonces, ¿por qué le has dicho eso?

—Para que venga con nosotros. De lo contrario, sé que no vendrá.

—Si viene, seguramente te estrangulará cuando descubra que le has mentido. Es una mujer de armas tomar. —El tapizado parecía rodear a Erik de un jardín de rosas, lirios azules y lilas. Se recostó en el sofá y empezó a comparar los encantos de Yolanda con los de los verdugos de la antigua Estambul, pero al cabo de unos minutos pareció distraerse.

Sus ojos se desviaron hacia mi camiseta y se quedaron fijos.

—¿Erik?

—¿Qué? —Volvió a mirarme a la cara y luego bajó de nuevo la vista.

—No me ha parecido que te desagradase demasiado cuando la has visto.

—Es atractiva. Muy, muy atractiva, cuando la miras por primera vez. Pero algo me dice que ella y yo no nos llevaríamos bien. Y, al contrario de lo que al parecer piensa todo el mundo, no me dedico a perseguir a todas las mujeres difíciles que se cruzan en mi camino.

—Ah, ¿no?

—Bueno, al menos estoy pensando en corregir mis hábitos. Después de ser atacado por un sociópata, mi perspectiva de las cosas ha cambiado. Creo. Además, aunque no fuera así, no me interesaría una mujer como ella.

—¿Por qué?

—No es mi tipo.

—¿No? ¿Y cuál es tu tipo?

—¿Cómo? —preguntó él en voz baja, sin dejar de mirarme el pecho.

—Que cuál es tu tipo.

—Oh —dijo él, acercándose más a mí. Involuntariamente, empecé a notar unos escalofríos muy poco aconsejables y el pulso se me aceleró de un modo extraño. Erik volvió a moverse en el sofá, para acercarse más a mí. Luego dijo—: Las rubias.

Volvió a mirarme a los ojos y sonrió, después bajó la vista otra vez.

Me di cuenta de que Erik no miraba mi figura, como había creído, sino los símbolos de mi camiseta.

—Fíjate en este enano —dijo.

—¿Qué?

—Fíjate en este enano.

—¿Perdón?

—En la camiseta. Hay una imagen muy clara de un enano. Perfectamente tallada. De bella factura. Está incluido en un texto que, por lo que puedo descifrar, es un completo galimatías. Pero eso ya lo sabíamos.

Bajé la mirada hacia las imágenes azules de las estelas de Flores que mostraba mi camiseta. Había estudiado un poco los jeroglíficos mayas, pero no podía leerlos del revés.

—Está aquí —dijo él, alargando la mano para tocar uno de los símbolos, que quedaba justo en el hueco de la clavícula—. A ver si puedo leer este fragmento. —Examinó la hilera de jeroglíficos y luego movió la cabeza—. No, no puedo. Debería significar algo, pero es como si estuviera todo revuelto.

—Por eso mi madre dijo que era solo como un papel pintado antiguo —dije, controlándome.

—Sin sentido —dijo él, asintiendo.

—Exacto.

—A mí no acaba de convencerme, como ya te he dicho. No creo que los mayas pensaran así. Eran demasiado religiosos.

Es como la arquitectura gótica, ¿la has visto alguna vez? Cada símbolo de Notre Dame significa algo, algo relacionado con la religión. Lo mismo ocurre con la arquitectura y los libros mayas. Los templos están llenos de jeroglíficos que son oraciones. Todas las piedras que hemos sacado tienen un texto coherente tallado en ellas. Eso de la falta de significado no es más que un hueso que se arroja a los teóricos.

—Te equivocas —repliqué, meneando la cabeza—. Prácticamente fueron los mayas los que inventaron la idea.

—¿Qué quieres decir?

—Para empezar, descubrieron el concepto «cero».

—Pero el cero no carece de significado. Añade un número al cero y se multiplicará por diez.

Apoyé el rostro en las manos. Estaba agotada, pero recordé una referencia importante que había leído: un capítulo en los papeles de Beatriz de la Cueva que apoyaba mi teoría.

—Espera, ya verás, te he acorralado. —Metí la mano en mi bolsa de lona, en la que llevaba mis libros, mapas y fotocopias. Antes de viajar a Guatemala no solo había fotocopiado la *Leyenda*, sino también las cartas de Beatriz. Hojeé las cartas hasta que di con el pasaje que buscaba—. De la Cueva escribió algo al respecto. —Levanté la hoja que contenía los párrafos reveladores—. En una de las cartas que escribió a su hermana, explica cómo descubrió que su amante, Balaj K'waill, le había mentido acerca del jade, la había engañado para atraerla a la selva, para que allí resultara herida o muriera de hambre...

—¿Y? —Erik bostezó.

—... y por la manera en que lo explica, cuando él descubrió que había fracasado, vio claramente que su vida no valía nada.

—Seguro.

—El pobre tipo se dio cuenta de que todo lo que había hecho no equivalía más que a un gran cero...

... os escribí, hermana, que hace dos semanas encontramos el primer laberinto. ¡El Laberinto del Engaño! Es tan inalcanzable como el cielo, tan profundo como el infierno y construido con un extraño jade azul retorcido en círculos en trampas por las que hemos vagado con gran riesgo de nuestra vida. Quince días he pasado haciendo esfuerzos denodados por esclarecer el enigma. He tanteado sus curvas, estudiado sus amagos y sus extremos sin salida, pero no me ha sido posible resolverlo. Mientras hacíamos cuanto estaba en nuestra mano por descubrir sus secretos, empezaron a escasear los víveres y el agua, y mis hombres morían de fiebre por decenas cada día. Balaj K'waill aconsejome que tuviera paciencia y yo lo intenté. Pero al final tuve que admitir que debíamos regresar a la ciudad, proposición a la cual mi amante reaccionó en un principio con chanzas, mas luego, viendo que no habría yo de mudar mi pensamiento, se adueñó de él una melancolía muy extraña y trágica.

—Querido mío —le dije yo—, os consume la tristeza. Antes de partir, vayamos al río y descansemos, que bien lo necesitáis.

—Deberíais insistir, gobernadora —replicó él, con el rostro ceniciento—. Estoy seguro de que casi hemos resuelto el laberinto.

—No, ya he tomado una decisión —le respondí—. Y sabéis que no soy mujer que cambie de parecer. Pero dejadme que os abrace y os bañe. Nos dedicaremos a juegos y a bromas, amor mío. Debemos hacer que recuperéis las fuerzas.

Tomándolo de la mano, lo conduje a través de la selva hacia el río que la atraviesa, y en sus orillas nos solazamos. Froté su cuerpo con ungüentos y le canté al oído; luego, para levantarle el ánimo, di en enseñarle una danza de nuestro país, la zarabanda.

—Un, dos, tres cuatro —le susurré—. Estos son los movimientos de este juego, querido mío. Es menester ir siempre hacia delante y moverse pausadamente, como un europeo.

—La, la, la —dijo él, riendo y cantando canciones incomprensibles a mis oídos. Enloqueció, y de su boca salieron palabras, números y rimas sin sentido—. Para bailar en Goathemala, mi amor —dijo—, es preciso moverse con brusquedad, saltándose un *trac* sí y otro no.

—¿Un qué?

—Quiere decir «paso» en francés, mi amada tontita. Como ya habréis visto, aquí estamos muy atrasados, y deberéis imitar los pasos nativos, que son al revés, cuatro, tres, dos, uno, cero.

Balaj K'waill me obligó a moverme frenéticamente hacia delante y hacia atrás; saltaba, brincaba y me empujaba sin dejar de gritar. Mezclaba extravagancias con obscenidades y después soltaba más carcajadas.

—¿Que significa todo esto? —le pregunté.

—¡¡No significa nada!! —contestó él.

—¿Que no significa nada?

Entonces se echó a llorar.

—Nada de nada. Ni una sola palabra mía, ni un solo acto mío tiene significado alguno.

—Pero hemos llegado tan lejos para encontrar el jade.

Sus lágrimas tornáronse entonces en amarga risotada.

—El jade. El jade. En una ocasión me dijisteis que en inglés la palabra *jade* se usa también para nombrar a una mujer de moral relajada. Vos sois la única reina Jade que hay en esta selva, Beatriz.

—¿Estáis diciendo que me habéis mentido? —pregunté, sintiéndome mareada.

—¡Sí!

—¡Pero hemos encontrado el laberinto!

—¿Esto? —Señaló el monstruoso enigma—. Esto no es más que un sueño. No hallaréis riquezas en su interior. Y si hubiera un jade, jamás os llevaría hasta él. Pues, ¿para qué habría de conduciros a la selva, si no es para destruiros? Mas vos habéis sobrevivido al hambre, a esta busca sin víveres ni agua, ni descanso durante meses, que a punto ha estado de causarme a mí la muerte. ¿Acaso los europeos no morís jamás? ¿No hay nada que pueda mataros?

—Basta. No digáis una palabra más.

—Estoy convencido de que pronto dejaré de hablar para siempre —añadió él, mirándome de nuevo con sus hermosos ojos.

—¿Por qué decís esto?

—Porque no me permitiréis seguir viviendo. Un europeo no puede tolerar que lo engañe un salvaje.

No le respondí de inmediato. Lo miré y pensé que había estado jugando con mi amor. Entonces vi que todo mi afecto se emponzoñaba, pues una mujer traicionada es peligrosa.

—No, no os permitiré seguir viviendo —dije—. Mas no porque seáis un salvaje, sino porque me habéis partido el corazón.

Y no se lo permití.

Ágata, no podía soportar su traición. Se lo llevaron los guardias, que le dieron el trato que se da a todos los traidores.

Ahora mi amante está muerto. Pero hermana, os lo juro, creo que también yo me siento morir.

¿Cómo es esa canción que cantan por aquí los ancianos?

Te perdí te perdí mi amor...

Buen Dios, maté a Balaj K'waill, y ahora sé que fue como si me matara a mí misma.

—De acuerdo, de acuerdo —dijo Erik tras unos minutos de silencio, durante los que hojeó las fotocopias y bostezó de nuevo—. No tiene sentido, lo dice aquí. Con todos esos gritos y esa extraña danza.

La danza era realmente extraña, pensé.

—Esos números... ¿qué crees que trataba de decirle con todo eso? —pregunté.

—Que estaba deprimido. Ya nada tenía sentido. Tú tenías razón.

—Solo quería demostrarte que no es un concepto moderno —repliqué. Recordaba con claridad la mirada desolada que me había lanzado Yolanda en el bar aquella noche—. Todo el mundo pierde la fe en alguna ocasión.

—Si sigues poniendo esa cara —me dijo Erik, mirándome—, voy a volver a llamar al servicio de habitaciones.

—De acuerdo —dije, frotándome la nariz—. No quiero ponerme pesada. Pero no más comida.

—¿Y vino?

—Bien.

Erik se recostó en el sofá y cerró los ojos. Parecía feliz, a pesar del puñetazo que había recibido hacía solo unas horas.

—¿Erik?

—Sí.

Transcurrieron unos segundos. Me di cuenta de que tenía la boca abierta y la cerré. El vino nos ayudaba a aliviar el dolor.

—De acuerdo. Sabemos que Balaj K'waill mintió a Beatriz de la Cueva, pero sigue siendo la fuente principal de nuestra investigación. Deberíamos leer la *Leyenda* antes de continuar. Mi madre la usaba de guía.

—Sí, buena idea. Hazlo tú.

—Te estás durmiendo.

—Creo que eres tú la que se duerme.

—No es cierto.

Pausa.

—¿Qué? —pregunté.

—¿Qué de qué?

—Nada...

—¿Puedes moverte un poco hacia la izquierda?

—Muévete tú. —Hice un esfuerzo y abrí los ojos—. Y despierta.

—Estoy cómodo.

—No, en serio. —Le di una palmada en el muslo—. Aún

tenemos cosas que hacer. Tenemos que estudiar la *Leyenda*. Yo te la leeré.

—La leí de niño. Me la sé de memoria. Piedra terrorífica. Reyes obsesivos. Maldiciones.

—No te la sabes. Pero no te preocupes, te gustará. Aunque creo que primero deberíamos tomar un poco más de café.

—Y echar una cabezadita.

Llamé al servicio de habitaciones para que trajeran una bandeja con una cafetera llena.

—Será mejor que la historia sea buena —dijo Erik diez minutos más tarde, gruñendo sobre una taza de café.

—Oh, es buena —afirmé mientras desenrollaba las fotocopias de la *Leyenda*. Extendí los papeles sobre mi regazo. De hecho, pocos libros habrían podido mantenerme despierta a aquellas horas, aparte de aquel—. Erik, confía en mí. La historia de Beatriz de la Cueva es increíble.

LA LEYENDA DE LA REINA JADE

(Tal como aparece en el diario de Beatriz de la Cueva, fechado el 3 de octubre de 1540)

En la primera edad de este nuestro mundo, cuando la tierra recién creada era aún pura y no la había mancillado la locura del hombre, un gran rey gobernaba la tierra toda. Gobernaba los valles y los mares y el cielo y todas las llanuras. Era señor de las sórdidas ciudades y los campos ubérrimos. Era señor de las costas exiguas. Y dominaba la selva majestuosa, con su árbol sagrado, el drago, que estaba poseído por un espíritu, hasta el punto de que sangraba como un hombre bajo el tajo del hacha. Mas, pese a ello, de todas sus posesiones, era el reino de las altas montañas azules el que más le complacía.

Las montañas resplandecían como el mismo cielo, pues el interior de sus peñascos ocultaba un precioso jade, claro como el agua y duro como el corazón de una mujer. Una pizca de aquel jade valía tanto como la vida de mil mineros, de modo que la fortuna del rey estaba más que asegurada. Aun así, no eran aquellos ríos de jade lo que aseguraba su poder. Su reinado lo protegía una gema en particular que el rey había confiado a la guarda y custodia de su nigromante, un enano jorobado al que los dioses habían hablado de la piedra en un sueño.

Pues no era un mero trozo de jade lo que describimos. Era una joya mágica, encantada, la Reina de todos los Jades, así llamada porque era azul y resplandecía como una diosa, era tan alta como una amazona y gobernaba a los hombres por su avaricia en su terrible gloria. Quien la poseyera, según los dioses habían comunicado al enano en su sueño, dominaría a todos sus enemigos. Aquel antiguo rey jamás había conocido peligro ni derrota, gracias a aquella arma monstruosa, y había criado a dos hijos en la esperanza de que gobernarían el reino juntos.

Así pues, el rey fue feliz hasta el día en que sintió la proximidad de un villano y supo que ni siquiera la piedra podría ayudarle en aquel trance.

El villano era la muerte.

—Ha llegado el momento de que deposite mi cetro en vuestras manos, hijos míos —dijo el rey a los príncipes—. Gobernaréis juntos y en paz.

—Pero yo deseo gobernar solo, padre —dijo el mayor.

—Y yo no compartiré mi poder con este bellaco —dijo el menor.

El rey y sus hijos discutieron entre grandes llantos y voces, hasta que el soberano se convenció de que no había modo de iluminar sus oscuras mentes, de modo que dividió el reino y los obligó a elegir.

—Uno de los dos gobernará la exuberante selva donde se halla el drago sagrado, así como las ciudades majestuosas y las elevadas montañas azules, pero no tendrá el Jade —dijo—. Y el otro gobernará las costas y las cuencas, los desiertos y las ciénagas, pero el talismán será suyo.

—Yo me quedaré con las elevadas montañas azules y viviré sin el Jade —dijo el mayor.

—Y yo me quedaré con los viles desiertos y las cuencas y las ciénagas y el talismán será mío —dijo el menor.

Tal vez parezca, por esta elección, que el menor tenía el carácter más fuerte que su hermano.

Pero como veréis, no era así.

Y ocurrió que murió el rey.

El joven, antes de heredar su trono sabía que no había rey que pudiera servir bien a su país sin una buena esposa, de modo que desposó a una hechicera de rostro redondeado a la que amaba desde niño.

Por su parte, esta lo amaba por sus cálidos ojos y sus manos suaves y gestos pausados. Sentía por él una pasión que no disminuía a pesar de conocer la débil naturaleza de su marido. Su mayor defecto era un exceso de curiosidad, ya que se obsesionaba por todo lo extraño, raro, bello, o incluso peligroso.

Mas a causa de la debilidad natural de los hombres, la hechicera agradecía a los dioses que su amado fuera tan solo un soñador, defecto este mucho más benigno que la lujuria, la avaricia, la glotonería o la estupidez.

Así pues, se casó de buen grado. El hermano menor reunió a su esposa, sus sirvientes y su tesoro, que era la Reina de todos los Jades. Juntos partieron hacia los viles desiertos, donde vivirían dichosos y en paz.

Mas no por mucho tiempo.

En lugar de gobernar su reino con la habilidad de su padre, el hermano menor sucumbió a su débil carácter. Estaba embrujado por la belleza y los encantos del Jade, que hizo transportar a su aposento privado para poder contemplarlo en secreto. ¿Qué misterios guardaba en su interior?, se preguntaba. ¿Qué poder tenía sobre él? Día tras día se solazaba en su azul resplandor, y pronto no pudo pensar en nada más que en su brillo, su color claro y límpido, su forma y su asombrosa perfección. Hasta tal punto llegó su fascinación, y tan celoso estaba de su compañía, que olvidó todo lo demás. Igual que un amante, se encerró en su aposento privado para adorar a su gema. Daba vueltas a la cabeza, rumiaba, pensaba, y deseaba con tal codicia que enfermó.

Muy pronto pareció un espectro y quedó postrado en el lecho; sin dejar de acariciar su tesoro, murió.

La hechicera se quedó sola como reina de los áridos desiertos y protectora del Jade. Esta lloró mucho por su marido.

«A todos nos tientan las cosas que amamos, y todos debemos abandonar este mundo —dijo, al colocarse la corona sobre la cabeza, y observar a las masas harapientas que se inclinaban ante su majestad—. De modo que ahora, marido mío, me has dejado sola, y solo el tesoro me protege. Pero ¿qué razón podría haber para que me proteja y siga viviendo? Jamás he deseado a nadie más que a ti. Sin embargo, por el bien de esta gente, trataré de no fracasar.»

Mientras tanto, en el imperio de las selvas majestuosas y las altas montañas azules, el hermano mayor contemplaba sus ricos dominios y sus bellas esposas, sus esclavos con adornos de jade, sus palacios y bibliotecas, sus legiones de poetas y de soldados, y su exuberante selva, con el árbol poseído por un espíritu; sabía que era el príncipe más regio de cuantos hubiere bajo el cielo.

Mas no podía ser feliz.

Deseaba el Jade, como su hermano menor. Al igual que el rey de las cuencas, los desiertos y las pobres costas, guardaba la imagen de la brillante joya como su mayor tesoro. Su deseo aumentaba día a día, hasta que llegó a creerse el hombre más pobre del mundo.

Aun así, no habría traicionado a su hermano de no ser por consejo de su enano, que también había servido a su padre. Aquel enano sabía mejor que nadie los peligros de tener dos gobernantes en lugar de uno.

—El viejo no sabía qué rompía cuando dividió el país —dijo el enano al hermano mayor un día, cuando ambos hombres caminaban por los bellos jardines reales, donde se respiraba el dulce olor a mirto y a caléndulas, volaban las mariposas y susurraban las hojas de las caobas—. He soñado con tiempos turbulentos. De noche tuve una visión de una tempestad y una guerra entre vuestro reino y el de vuestro hermano menor, que destruirán nuestras ciudades y no dejarán a nadie con vida.

—Mi hermano —dijo el hermano mayor, con tono meditabundo—. Ha llegado a nosotros la noticia de que ha muerto.

—Murió de idiotez, mi señor.

—Sin embargo, sus sirvientes siguen poseyendo lo que nosotros no poseemos.

—Así es. Poseen la piedra. Y debemos arrebatársela, mi rey.

—Pero es su herencia.

—Y también vuestra muerte. Si nos apoderamos del Jade, ninguno de esos mendigos podrá hacernos daño. Imaginaos su temor ante lo que podríamos hacer.

—Temblarían y llorarían y jamás se alzarían contra nosotros.

—Serían tan mansos como gatitos y tan sumisos como mujeres.

Tras pasar una velada entre sangrías y plegarias, el hermano mayor aceptó el consejo del enano.

—Ocúpate de que el ejército arrebate la piedra a los parientes de mi hermano —ordenó al enano—. Y si no nos la entregan a cambio de oro y buenas palabras, no temas recurrir a métodos menos suaves.

—¿Tales como?

—Que el Jade no sufra daño alguno. Pero en cuanto a las personas, arrebátales el Jade de sus manos muertas, si te place.

Y así dio comienzo la Gran Guerra.

Una legión de soldados descendió de las elevadas montañas azules y atravesó las exuberantes selvas, armados con petos de jade, empuñando lanzas de oro y protegidos por cascos de plata con la amenazante forma del rostro de un jaguar. Atravesaron el país como una visión terrorífica, horrible e hirsuta.

Llegaron al desierto y luego a la miserable costa, y los guerreros se reagruparon en los blancos acantilados. Miraron con ira el reino del hermano menor y empezaron a rugir como bestias y a agitar lanzas y escudos.

La hechicera se asustó en su trono de madera cuando oyó la noticia. Al ver a su enemigo, recorrió la ciudad pidiendo su espada y llamando a las armas a sus hombres más aguerridos y a sus mujeres más robustas.

Los enemigos lucharon durante días. Lo más fuertes descubrieron, sorprendidos, que eran derrotados. Las mujeres soldados de la costa, con sus harapos y sus largas cabelleras, luchaban con fiereza armadas con simples palos contra las lanzas de oro y las hojas de jade de los guerreros del hermano mayor. Los hombres, valientes por igual, arrancaban los cascos de plata de las cabezas de los alabarderos del hermano mayor y los estrangulaban con las manos desnudas, o les cortaban la cabeza con sus guadañas de campesinos.

El ejército del hermano mayor atacaba a la pobre gente de la costa con las hachas goteando sangre, los petos de jade teñidos de carmesí, con sangre en la armadura y en los ojos.

Pero la sangre era suya.

No podían ganar aquella guerra por culpa del Jade.

Sin embargo, ¿qué poder tiene un talismán frente a la astucia del mal?

El quinto día, cuando la victoria de la hechicera estaba prácticamente asegurada, tres de los mejores guerreros del hermano mayor consiguieron arremeter contra ella y romperle el escudo. Ella huyó a su palacio, donde atravesó los salones, las habitaciones más sencillas y los pobres jardines, hasta llegar a la cámara donde se guardaba el Jade.

Allí encontró al hermano mayor, que la esperaba junto con el enano y un sacerdote alto y flaco, de ojos tristes.

—Tengo entendido que habéis enviudado y que ahora sois la dueña legítima del Jade —dijo el hermano mayor—. Si sois tan amable de permitir que me quede con esta bagatela, yo os permitiré conservar la vida.

—No hay enemigo que pueda destruirme mientras esta preciosa joya me pertenezca —dijo la hechicera—. Es mía y solo mía.

El hermano mayor rió.

—He llegado a la conclusión —dijo— de que si nos casamos, no podréis considerarme vuestro enemigo, y que lo que es vuestro será mío.

—Pero yo no os quiero por marido —gritó la hechicera.

—Pues deberéis aceptar —dijo el enano—. Habéis olvidado la sabiduría del mundo: las mujeres están sometidas a los hombres, por lo tanto, carecéis de poder para rechazar una oferta de matrimonio.

Guiado por esta sabia afirmación, el hermano mayor ordenó al sacerdote que oficiara la ceremonia. Así pues, el hombre de los dioses cubrió de flores a la temblorosa hechicera, derramó cánticos sobre su cabeza y la obligó a aceptar la mano del hermano mayor.

—Ahora sois su esposa —dijo cuando estaba a punto de ungir a la hechicera con óleo.

Ocurrió entonces algo que ni el enano ni el rey habían previsto.

Cuando el delgado, solemne y, todo hay que decirlo, solitario sacerdote se inclinó sobre la hechicera para ungirla con los santos óleos, la miró a los ojos y se enamoró de ella.

Por supuesto, sus compañeros no se dieron cuenta de nada, regocijados como estaban por haber conseguido el jade, y escuchaban con deleite los sonidos de los guerreros de la costa, que morían bajo las lanzas de oro.

El hermano mayor se alzó victorioso sobre la tierra ensangrentada de su hermano. A su lado temblaba la hechicera, su nueva esposa. La magnífica piedra con su resplandeciente brillo azul, era suya, le protegería.

Le protegería de todo salvo de sí mismo.

Los años transcurrieron.

A su debido tiempo, el rey, ya mayor, demostró ser muy parecido a su hermano, pues los encantos del Jade le hicieron enloquecer también a él.

Instalado cómodamente en su castillo, en la cima de las elevadas montañas azules, contemplaba sin cesar a la Reina de todos los Jades y su codicia lo convirtió en un idiota.

Al poco tiempo, no podía soportar más visión que la del Jade. Ordenó a sus arquitectos que construyeran una gran ciudad con las relucientes piedras azules de la selva, a la sombra del drago sagrado. Luego, les ordenó lo siguiente:

—Ocultad la ciudad en el interior de un sinuoso laberinto de jade, hecho de curvas y círculos, que se conocerá como el Laberinto del Engaño —dijo—. Pues es tal el tesoro que poseo que solo podría atraer a ladrones y asesinos extranjeros. Debéis hacerlo para protegerme.

Así fue como se construyó la insensata Ciudad Azul a la sombra del gran árbol que gotea savia de color rubí. Estaba oculta en el interior de un colosal laberinto formado por diabólicos pasajes de jade, estancias maléficas y una confusión que no es posible expresar.

El viejo rey llevó la piedra y a su pueblo a la ciudad del interior del laberinto. También llevó a su esposa, pero con los ojos vendados, para que no pudiera hallar la salida.

Cuando la máscara cayó de los ojos de la hechicera y esta vio su jaula, supo que jamás podría leer los peligros del laberinto para escapar.

La luna en cuarto creciente brilló sobre la ciudad, donde se tramaban oscuras intrigas. La luna menguó y las negras sombras del crepúsculo ocultaron pensamientos arteros.

El calendario dio una nueva vuelta.

Empezaron los rumores. Algunos decían que había sombras en los muros del laberinto, en cuyo interior yacían los cuerpos de los enemigos del rey y donde los rebeldes practicaban artes oscuras y traidoras. Se decía que se había reunido un ejército rebelde secretamente, sobre el que caerían los soldados del rey. Otros convenían en que el viejo rey padecía una senilidad prematura, puesto que no podía pensar en nada más que en su piedra.

El sabio mago enano, ya anciano también, sabía que un asno bizco aconsejaría mejor al rey que él. Aun así, siguió ocupándose de cuanto quedaba del reino y agudizó el oído ante cualquier rumor de sedición. Así fue como, oyendo hablar de las actividades en el laberinto, abandonó el palacio una oscura noche y se encaminó hacia sus tortuosos vericuetos.

Al amparo de las sombras, el enano recorrió fácilmente el laberinto, dado que conocía todas las curvas y caprichos de su trazado. Dejó atrás sus trampas sin miedo, aunque lo aguardaban nuevos peligros hacia la estrella polar, hacia el mar, hacia el sol y hacia el calor del sur: pantanos cenagosos y jaguares con los ojos inyectados en sangre y ríos tumultuosos. Todo esto lo dejó también atrás, corriendo, y también agachándose, pues los duendes que habitaban en vertiginosas alturas le arrojaban rocas y lodo entre chillidos. Siguió avanzando con premura. Aguzó ojos y oídos hasta que vio las sombras de miembros retorcidos sobre los muros del laberinto. Oyó jadeos y juramentos obscenos. Se adentró en el laberinto y recorrió sus círculos. Llegó a un lugar iluminado de pleno por la luna y vio a la hechicera y al sacerdote abrazados, con los labios húmedos y los dientes brillantes, moviéndose y mordiéndose como serpientes.

—No hemos tenido dificultad alguna para reclutar rebeldes en la selva —oyó que gritaba la hechicera, al tiempo que dejaba escapar gemidos de placer—. El hermano mayor es demasiado débil para seguir siendo el rey.

—Muchos se han vuelto contra él —dijo el sacerdote.

—Ama lo que no puede poseer —dijo ella—. Y nosotros lanzaremos nuestro ejército contra él y arrasaremos la ciudad hasta convertirla en polvo azul.

—Lo haremos —dijo el sacerdote entre gemidos.

Escudriñando entre las sombras de la noche, el enano vio que el hombre tenía el rostro cetrino y la expresión hechizada.

—Cuando el sol haya salido dos veces más, asediaremos su castillo con nuestro ejército y no dejaremos con vida a ninguno de mis enemigos.

—Sí.

El enano tembló entre las sombras del laberinto.

Volvió corriendo a palacio, bajo la luz de la luna, que fue volviéndose transparente hasta desaparecer como el humo a la luz del sol. El enano entró en el castillo azul, empujó las puertas y pasó por delante de los guardias con el peto de jade. Encontró al hermano mayor acurrucado en su reluciente trono, con la corona de color añil ladeada sobre la cabeza y su espada púrpura envainada. Tenía los ojos vidriosos y miraba sin ver a su corte de caballeros, que aguardaban sus órdenes postrados de hinojos ante él.

—Rey —dijo el enano—, hora es ya de que os alcéis del trono y ahuyentéis vuestra apatía.

El hermano mayor no dijo nada, solo palideció y se quedó mirándolo fijamente.

—Una traición acecha. Se trama contra vuestra vida.

El rey siguió comportándose como un niño, aunque frunció el entrecejo.

—Hay una conspiración para mataros instigada por la hechicera, que en este mismo instante mancilla vuestro lecho mezclando su sudor con el del sacerdote.

—Lo sé —replicó al fin el rey, pero con la misma expresión bobalicona y apática de antes.

El enano pasó una hora reflexionando acerca de aquel aprieto. Al romper el alba, se dio cuenta de que tendría que obrar por su cuenta. Volvió a entrar en la corte y dijo:

—¡Hay traidores entre nosotros y debemos empuñar las armas!

Los caballeros del rey acogieron con júbilo sus palabras. El ejército se agrupó, puso al rey al frente, y bramó como había hecho en otro tiempo antes de atacar el pobre país de la costa. Luego, aquellos hombres terribles marcharon en busca de la hechicera y de su amante.

Los dos traidores fueron descubiertos en el mismísimo lecho azul del rey, envueltos en sábanas de batista y con los labios rojos y doloridos de tanto besarse. Cuando el hermano mayor vio a su esposa deshonrada, recuperó el juicio de inmediato, desenvainó la espada y descargó su ira.

Pero solo mató al sacerdote, pues la hechicera fue más rápida.

Ella huyó por los corredores, llamando a voces a sus rebeldes hasta que sus sublevados amigos emergieron de rincones y oscuros recovecos del castillo, y de las negras profundidades de la selva misma.

Se entabló una segunda batalla, mas desde el principio los rebeldes llevaron las de perder frente al ejército real. Las hojas de jade cortaban el aire, y era espantoso ver cómo hendían y traspasaban la carne. Hombres y mujeres caían al suelo empuñando aún sus armas, empapándolo con su sangre. Los alabarderos se cernían sobre los insurgentes que pedían clemencia, gritando el nombre del rey. La hechicera que había desencadenado aquella guerra fue de los pocos que no cayeron bajo la ira de los soldados. Corrió hacia la vanguardia hasta llegar al hermano mayor y alzó la espada contra él.

Pero él fue más diestro.

Empuñó su cuchillo y la mató de un solo golpe certero.

Cuando notó que la vida se le escapaba, la hechicera volvió el hermoso rostro hacia su marido. Recordando una vez más los negros ojos y las suaves manos del hermano menor, lloró.

—Yo te maldigo —dijo—. Invoco a los grandes poderes que han dado forma a todo lo que es maligno y a todo lo que es bueno, para que causen la ruina del rey y lo despojen de todo cuanto es suyo. Ninguno de tus allegados quedará libre de mi maldición, pues los ángeles arrojarán fuego sobre tu ciudad azul, la inundarán de agua y a ti te enviarán al infierno. Cualquier hombre que pretenda reclamar el Jade como suyo, sufrirá la misma suerte. Toda alma tentada por la belleza de la piedra quedará sumergida por las aguas y engullida por las tormentas, hasta despertarse más allá de las puertas del Averno.

La hechicera tomó aire.

—Pero serás tú quien más sufra, mi marido, mi demonio, el dueño de mi cama. Pues te destruyo a ti y todo cuanto amas. Estás muerto. Estás muerto. Estamos muertos.

Y tras estas palabras, calló para siempre.

El miedo heló la sangre al rey.

—¡El Jade! —gritó mientras iba de un lado a otro frenéticamente, buscando un santuario en palacio en el que guardar a salvo la gema. Pero no existía tal lugar.

Ordenó a sus esclavos que lo siguieran con la Reina de todos los Jades, y huyó de su insensata ciudad. Pasó junto al drago, que derramaba un río de sangre en la tierra, y siguió corriendo hacia el este. Allí se ocultó en un segundo laberinto que él mismo ideó. Lo llamó el Laberinto de la Virtud.

¿Y en qué consistía aquel delirante enigma?
No era más que un acertijo:

El camino más difícil,
la senda más escabrosa,
es la que debemos seguir,
aun sobrecogidos de temor.

El paso más arduo,
en estos malhadados días,
burlados por el pecado tortuoso,
debemos afrontar con valor.

A quien se aleje del infierno,
a quien resista el oleaje,
le aguarda el Jade en su hondonada.
Y el hombre bueno es recompensado.

En aquel escondrijo secreto se encerró el hermano mayor con su piedra. Durante días no hizo más que contemplar su resplandor azul y acariciar su brillante forma con manos temblorosas. Susurraba palabras al talismán como si estuviera vivo, y se consideraba el más dichoso de los hombres.

Sin embargo, el rey se engañaba.

Los dioses habían oído la invocación de la hechicera, y suyo era el poder de desbaratar la protección que daba la joya.

Así pues, en ese elevado lugar que hay más allá del mundo, más allá de las puertas del espejo humeante, las deidades posaron su mirada sobre el rey y su escondrijo y decidieron que desapareciera.

El viento cayó sobre el reino como una gran mano; aplastó con sus furiosos dedos la ciudad, a su gente, a su gobernante y al Jade. Bajo aquella fuerza demoledora, los templos se convirtieron en polvo, y los soldados, que arremetían contra el aire enemigo con los cuchillos, fueron succionados hacia el cielo como si un dios se los tragara. Los jardines se cubrieron de sangre y huesos. El azote de los elementos borró la vanidad de los hombres.

La tempestad ululante hizo desaparecer también al rey y a su Jade. El monarca se aferró a su fortuna con manos moribundas, hasta que la fuerza del viento se la arrancó.

El reino de los hermanos y de su padre desapareció. ¡Qué silenciosas quedaron las selvas y las montañas tras aquellos días! No hubo pájaro, ni dragón, ni duende que perturbara el ruinoso palacio azul con sus actividades furtivas.

Pasaron los años.

Mas la tierra está hecha para ser la morada del hombre, y su bondad hizo que creciera la vegetación sobre los restos de la ciudad azul, los viejos huesos y la sangre, y volvió a alimentar de nuevo la vida.

Se construyeron aldeas. Nacieron niños. Los abuelos se llevaron la historia del rey y de su engaño a la tumba. Pero también el peligro ha vuelto. Con el progreso crece de nuevo la estupidez, y los dioses, en su sabiduría, nos observan desde lo alto y esperan.

Hijos e hijas, no debemos olvidar nuestros defectos. No debemos olvidar que, bajo este hermoso mundo, yacen los huesos de nuestros antepasados, que tan cruelmente murieron por culpa de aquella tentación.

Recordad siempre que bajo la piel de nuestras ciudades descansa aún aquella calamitosa gema que sedujo a los hombres hasta llevarlos a la muerte.

Tu vida se ha creado sobre la tumba del poderoso Jade.

Aprende, pues, la enseñanza de esta historia.

Escucha esto:

No busques la piedra, ni vuelvas a perturbar su reposo.

—Erik —dije, inclinada sobre las hojas que había esparcido sobre la mesita para subrayar un párrafo con el bolígrafo—. Fíjate en estas líneas.

—Mmmm. —Erik se estiró en el sofá, enlazó las manos sobre su pecho y me miró con los ojos entornados mientras yo leía el párrafo en voz alta:

> El viejo rey llevó la piedra y a su pueblo a la ciudad del interior del laberinto. También llevó a su esposa, pero con los ojos vendados, para que no consiguiera hallar la salida.
>
> Cuando la máscara cayó de los ojos de la hechicera y esta vio su jaula, supo que jamás podría leer los peligros del laberinto para escapar.

Unos días atrás, observé el peculiar estilo de Beatriz de la Cueva en las cartas a su hermana Ágata, en las que decía que el Laberinto del Engaño era «muy difícil de otear», y me pregunté cómo podría traducir aquella frase. Este párrafo de la leyenda, volvía a plantearme la misma pregunta.

—Es la palabra «leer» —expliqué—. La usa de un modo extraño. Su etimología es complicada. El verbo español leer procede del latín *legere*, que significa «reunir», «recoger», y también «hablar», «decir».

—Muy, pero que muy interesante —musitó Erik.

—Es también la palabra de la que deriva *legende*, «leyenda», en inglés medieval tardío, y *légion*, en francés antiguo, que significa «reunión de personas». Creo que De la Cueva pretendía hacer un juego de palabras. La hechicera tramaba reunir un ejército rebelde cuando la condujeron al interior del laberinto. Así que probablemente De la Cueva trataba de transmitir la idea de que allí no podía reunir a sus hombres. O quizá quería decir que la hechicera no podía «interpretar» la situación. He pensado en traducir el texto al inglés, pero estos juegos lingüísticos son difíciles. No sé si «leer» debería traducirse literalmente.

Erik había empezado a respirar profundamente a mitad de mi discurso.

—Erik. Erik.

—Sí, sí. Solo me estaba concentrando.

Siguió concentrándose mientras yo anotaba unas ideas. Llené tres hojas antes de acabar con todo el café y notar que mis párpados también se cerraban. Me recosté sobre lo que tomé por una almohada y traté de resolver mis dudas acerca de la leyenda mientras escuchaba los sonidos del tráfico en la ciudad. Me pregunté si mi madre se habría encontrado con los mismos problemas cuando estudió el texto; me habría gustado poder preguntárselo.

Al cabo de un rato, oí el ruido de los papeles al caer al suelo. Me di la vuelta y me hice sitio en el sofá usando los codos. Pensaba ir a acostarme enseguida.

Juraría que noté la mano de Erik acariciándome el pelo justo antes de quedarme dormida.

17

L as seis de la mañana.
La luz del sol que entraba tenuemente por las ventanas iluminaba las fotocopias de la leyenda y las cartas de Beatriz de la Cueva, esparcidas en blancos montones sobre la alfombra oscura. La luz caía también sobre otro revoltijo de restos de la noche anterior: copas de vino vacías, platos con trozos de pastel desmenuzado, y el calcetín que se le había salido a Erik de su enorme pie.

Me incorporé apoyándome en el codo y lo miré. Acerqué el rostro al suyo para examinarlo con curiosidad, sin saber muy bien por qué lo hacía. Tenía la cara algo magullada y con arrugas, y sus pestañas, sorprendentemente largas, destacaban sobre la mejilla teñida por la contusión. Su mejilla se movió con un espasmo cuando le di un codazo para despertarlo. Luego le di otro.

Erik abrió un ojo, como un enorme león ahíto que dormita en un zoo.

—Te quedaste dormido —dije—. No te has ido a tu habitación.

—Esta es mi habitación.

—Oh. Bueno, no importa. Más vale que te levantes. Nos vamos a Antigua.

—Café —dijo.

—Pídelo tú. —Me incliné para tocarme la magulladura de la pierna—. Me has dejado hecha polvo en el sofá.

—¿Cómo?

—Te has pasado la noche con la cabeza en mi regazo.

Erik se sentó. Tenía los cabellos erizados y revueltos.

—Oh, lo siento.

—Así que pide tú el café.

—De acuerdo.

Se levantó pesadamente y se dirigió hacia el teléfono. Al cabo de veinte minutos estábamos tomando un espeso café y mordisqueando pan frito cubierto de azúcar.

Guardamos los libros, los bolígrafos y mis notas etimológicas, pero no nos sentimos de nuevo seres humanos hasta que nos dimos una ducha y nos vestimos. Yo me puse unos Wrangler, un suéter con un gran cuello de pico y zapatillas deportivas rojas. Erik se enfundó sus vaqueros y la camiseta con el grabado de las estelas de Flores. La camiseta le iba un poco justa y los símbolos se ensanchaban sobre su pecho. Atravesamos el vestíbulo, decorado con dorados y terciopelo, esquivando a otros clientes más elegantes. Nos dirigimos a una empresa de alquiler de coches cercana y alquilamos un pequeño jeep azul.

Erik lo puso en marcha y emprendimos el camino; aceleraba y frenaba mientras charlábamos del *risotto* de la víspera. Conducía moviendo el volante con un dedo, como tenía por costumbre. Yo miraba por la ventanilla; observaba la ciudad y los pastizales que se acercaban, las colinas que pasaban fugazmente a lo lejos, y los autobuses con franjas multicolores que rodaban entre grandes salpicaduras de agua. Bajé el cristal para sentir la húmeda brisa en la cara y el brazo. Una bandada de pájaros en formación de flecha volaba sobre nuestras cabezas. La seguí con la mirada hasta que desapareció.

Ante nosotros se extendía la carretera que llevaba a Antigua.

18

Para llegar a la ciudad de Antigua desde la capital de Guatemala tuvimos que adentrarnos por carreteras secundarias para evitar la zona de la autopista Panamericana que estaba inundada. Camiones y furgonetas rodaban como nosotros entre la lluvia y el fango, pero había un coche marrón muy abollado que nos seguía. Rodeada de nuevas marismas y montones de basura que se habían acumulado desde el inicio de la tormenta, la amplia y larga carretera atravesaba las tierras altas en dirección a los tres volcanes hermanos, el Fuego, el Acatenango y el Agua. Verdes colinas flanqueaban la carretera. Bananeros altos como dinosaurios crecían en los márgenes, junto con helechos, algarrobos y alguna que otra buganvilla roja. En las colinas, vi casas estucadas en tonos pastel y siena, que con gran diligencia se habían construido sobre altos pilotes de apariencia extremadamente robusta.

Aquellas viviendas y las tiendas que eran visibles a lo largo de la carretera habían sobrevivido a las catástrofes más recientes del país. Su construcción se remontaba a los años veinte, cuando el Cuerpo de Ingenieros del Ejército de Estados Unidos empezó a trazar aquella carretera, también conocida como carretera Interamericana, y llamada asimismo autopista de la Amistad, después de que se aprobara el proyecto en 1923 en la Quinta Conferencia de Estados Americanos. En aquella histórica reunión, embajadores de las Américas aprobaron una resolución para que se construyera una impresionante carretera que iría desde Alaska hasta Tierra del Fuego, en Argentina. Rápidamente, ingenieros visionarios y entusiastas empezaron a abrirse camino a través de la selva. Los tractores abrieron la brecha, pasaron junto a jaguares en peligro de extinción y plantas exóticas, haciendo caso omiso de los aterrorizados gritos de los monos y de los ecologistas, para construir la reluciente carretera que atravesaría el continente de punta a punta.

En Guatemala, la carretera rodea los lagos Atitlán y Amatitlán, al igual que hicieron Beatriz de la Cueva y Von Humboldt, que sobrevivieron a la falta de agua gracias a que chupaban las gotas de rocío de las hojas y a que llenaban los odres en los acueductos cuando tenían la suerte de encontrarlos. Después vino el alquitrán y la maquinaria, y empezaron a surgir los resbaladizos suburbios entre las colinas. La carretera aportó comercio e industria. Pero llevó hasta allí también a otros habitantes más desesperados.

Sentada en el jeep, observé la bandada de pájaros que se alejaba en el cielo y pensé que, cuatro décadas después de aquella histórica asamblea de la Quinta Conferencia, cuando la guerra civil asolaba el país, los indígenas rebeldes empezaron a hacer saltar por los aires tramos de la autopista. Tras el desastroso golpe de Estado —inducido por Estados Unidos, o con su ayuda— del presidente Jacobo Arbenz, en 1954, los rebeldes destruyeron partes de la autopista con explosivos caseros que hacían estallar al paso de las patrullas del ejército. Los soldados persiguieron a los insurgentes hasta el norte, hasta la selva del Petén, donde los mataron bajo las hojas húmedas de los bananeros a cuya sombra yacían las ruinas mayas. Ciento cuarenta mil civiles murieron durante la guerra, que se inició en la década de 1960, hasta que se firmó un tratado de paz en 1996. Durante todo ese tiempo, arqueólogos como mi madre, Tomás de la Rosa y, durante un tiempo, Manuel Álvarez, recorrieron las carreteras resquebrajadas y atravesaron a menudo zonas castigadas por el fuego cruzado o las explosiones.

—Mis padres hicieron amistad con De la Rosa en esta carretera —expliqué a Erik—. En 1967, un año antes de que yo naciera. Lo llevaban en el coche de vuelta del simposio sobre las estelas de Flores.

—¿En El Salvador, donde De la Rosa los pilló por sorpresa con su estudio sobre los jeroglíficos?

—Sí. Mi madre siempre decía que no podía recorrer esta carretera sin sentirse triste. Unos años más tarde volvió a pasar por aquí y vio que habían puesto bombas. También sabía que aquí se encontraron cadáveres de personas que habían sido arrojados por los militares.

—Los desaparecidos. Era algo asquerosamente corriente durante la guerra. Los militares mataron a muchos civiles antes de la tregua. —Erik entornó los ojos para protegerse del sol que atravesaba el parabrisas—. No sé si el país llegará a superarlo algún día.

Miré por la ventanilla y vi dos coloridos autobuses, varias camionetas, camiones cargados con plantas bamboleantes y montones de chatarra atada con cuerdas. Todos los vehículos abrían abanicos de agua. Volví a fijarme en el coche marrón que nos seguía a bastantes metros de distancia. Era un Toyota grande de cuatro puertas, último modelo, que goteaba barro viscoso. La matrícula estaba abollada y era ilegible. La parte delantera del coche estaba cubierta de barro, que ascendía hacia el capó haciendo formas sinuosas. El parabrisas, lleno de salpicaduras, tenía los dos semicírculos que dejaban los limpiaparabrisas, pero no se veía bien al conductor, que tenía la cara oculta a la sombra de una especie de sombrero de ala ancha; él o ella parecía una silueta recortada en papel negro.

—¿Quién es ese? —pregunté.

—¿Qué? —Erik se volvió un poco—. Espera un momento. Este tramo es peligroso.

Más adelante aparecieron ante la vista unas crestas marrones cubiertas de árboles verdes y empezó a caer una fina lluvia plateada. El coche marrón seguía detrás de nosotros. Las oscuras manos del conductor tamborileaban sobre el volante con impaciencia, y luego trataron de limpiar por dentro el parabrisas empañado.

Al verlo, sentí que una descarga nerviosa recorría mi pecho. Pero Erik no se dio cuenta de nada, pisó el acelerador y se concentró en la conducción hasta que vimos aparecer el volcán Agua.

—Bueno, ¿qué me decías? —preguntó.

Yo volví a mirar hacia atrás, pero seguía sin poder distinguir al conductor del coche marrón. Así que decidí no decirle nada a Erik hasta que estuviera segura.

—Nada —respondí, contemplando el magnífico volcán que se alzaba ante nosotros, coronado por nubes azules y negras.

Pero en mi interior sabía, presentía, que la persona que nos seguía en el coche marrón era Yolanda.

19

No vi a nadie sospechoso que llevara un sombrero Stetson cuando entramos en el hotel Casa Santo Domingo, pero otros muchos detalles captaron mi atención. Mi madre se negaba a pagar más de cincuenta dólares por una habitación, así que Erik y yo recorrimos durante dos días los hoteles baratos de la Antigua colonial antes de entrar en aquel elegante edificio barroco. El Casa Santo Domingo, un viejo monasterio medio restaurado del siglo XVII, es un lugar con pasillos largos y oscuros iluminados por velas. El entramado de habitaciones conduce a una catacumba, donde yacen ordenadamente las tumbas de los sacerdotes de mayor rango y los huesos entremezclados de los frailes menos importantes. Encima, el monasterio se abre a voluptuosos atrios llenos de hortensias violeta y amapolas escarlata dispuestas en perfectas hileras.

El personal se había apresurado a borrar cualquier huella del paso del huracán Mitch; se habían retirado las palmeras caídas, y aún se estaban reparando un par de ventanas rotas. Además, no parecían faltar los clientes: cuando nos acercamos para hablar con la conserje, acababa de terminar un concierto; también llegaba en ese momento un grupo de viajeros, y el vestíbulo estaba lleno de gente elegante.

Llevábamos cerca de una hora esperando a que la ajetreada conserje pudiera hablar con nosotros, cuando empecé a tener alucinaciones con Yolanda. Erik y yo hacíamos cola en la recepción, rodeados de mujeres con vestidos de color tulipán y tacones vertiginosamente altos. Los hombres llevaban ternos y pañuelos que asomaban por el bolsillo. Entre aquellos elegantes cuerpos, me pareció vislumbrar unos brillantes cabellos negros y oír una risa conocida. Estaba segura de haber visto a una figura que caminaba con paso familiar entre la multitud. Pero cuando quise buscarla, no vi a nadie conocido.

Antes de que pudiera obsesionarme con la esperanza de que Yolanda nos estuviera siguiendo, la conserje llamó mi atención. Era una mujer con rostro de duende y ojos de color café. Llevaba un traje de color verde oscuro y una plaquita rectangular con su nombre sujeta al pecho. Ponía «Marisela».

—Juana Sánchez estuvo aquí hace una semana —dijo, mirando a Erik y luego otra vez el ordenador.

Erik y yo nos miramos.

—¡Por fin! —exclamé.

—¿Dejó algún mensaje?

—No lo creo, pero esperen un momento mientras lo compruebo.

—Eso significa que primero tendremos que ir a Flores —dije a Erik.

—Aquí hay algo —dijo Marisela—. Una nota en el ordenador sobre su estancia.

—¿Qué dice? —pregunté en un tono de voz más alto de lo que pretendía.

La conserje me miró brevemente y luego volvió a mirar a Erik.

—¿Podría leernos la nota? —pidió él.

—No, solo hay un asterisco junto a su nombre —dijo ella—. Es la señal que solemos poner en la ficha de los clientes que se olvidan alguna pertenencia en el hotel, o que han dejado algún mensaje. Tendré que preguntárselo al director. Pero en este momento no me será posible. Ya ven lo ocupados que estamos. Tal vez podrían esperar en el bar.

—De acuerdo —dije, asintiendo.

—Es la única pista que hemos encontrado —me dijo Erik.

—Ojalá la hubiéramos encontrado a ella —repliqué.

—¿Sabe usted por casualidad si tienen un buen champán en el bar? —preguntó Erik a la conserje—. Creo que los dos estamos un poco desanimados ahora mismo.

Marisela, con un nuevo aleteo de pestañas, le aseguró que el champán era excelente. No se necesitaba más para convencerlo. Erik se dirigió hacia el bar y examinó a las señoras que nos rodeaban mientras nos abríamos paso entre la perfumada multitud. A los pocos minutos nos encontrábamos en un salón muy elegante tratando de aliviar nuestra ansiedad con una bebida fuerte.

El bar era oscuro y estaba decorado con caoba y adornos dorados. La luz tenía un tono burdeos; había un televisor encima de la barra en el que se veían angustiosas imágenes de los estragos causados por el huracán Mitch en el norte y el este del país. En el norte, había helicópteros, gente pasando hambre y aldeas arrasadas por el huracán. A continuación vimos imágenes del jade azul que había aparecido en un corrimiento de tierras en la sierra de las Minas, detectado por gemólogos de la zona en los días posteriores al paso del huracán. Un científico de Harvard llamado Peabody sostenía una roca de color cobalto entre las manos y mostraba sus vetas púrpura y doradas; la luz se reflejaba en ellas y despedía rayos en forma de estrellas. El reportero de la televisión decía que los geólogos no sabían aún con certeza dónde estaba la fuente del jade azul, pero esperaban dar pronto con ella.

Todas aquellas imágenes hicieron que sintiera náuseas.

—¿Podría apagar el televisor? —pregunté al barman. Él alargó la mano sin apartar la vista del periódico que estaba leyendo y pulsó el botón. La pantalla se fundió en negro.

Con los ojos entrecerrados, Erik miró la rueda de carreta

que había debajo de nuestra mesa de cristal, inspirada en el estilo del Oeste.

—Me cuesta creer que ella estuviera aquí. Suele preferir los moteles mugrientos.

—Lo sé.

—No es que me importe. Las camas de este hotel son fabulosas, según dicen. Pero todo lo que pase de cien dólares le da dentera.

—No tengo la menor idea de qué le pasaba.

Tras unos minutos de darle vueltas al misterio, Erik se movió en el asiento, de modo que los jeroglíficos estampados en su camiseta reflejaron la luz de la araña del techo y atrajeron mi atención. Aunque no era una experta, sabía leerlos. Había visto las imágenes de las estelas muchas veces, gracias a los trabajos de mi madre. Pero me pareció detectar unas formas que no me resultaban familiares. Vi imágenes de dioses solares y de hombres sagrados. Me quedé con la vista fija en aquellos jeroglíficos durante un rato.

—Bueno —dijo él—. Deberíamos hablar de cualquier cosa. Si me pongo a pensar en que tu madre se nos ha escapado y en que un puñado de idiotas de Harvard se están llevando todo el jade y la gloria, mientras yo estoy aquí sentado mirando ruedas de carreta, voy a volverme loco.

—¿Qué me dices de esto? —pregunté mientras alargaba la mano para tocar los símbolos que tenía en la camiseta y apretaba el ancho pecho velludo de Erik con los dedos. Me pareció que le gustaba.

—¿Qué estás haciendo?

—¿Qué es esto? —pregunté, señalando la imagen de un rostro masculino o femenino de perfil—. ¿Es el símbolo del jade?

—Oh. Sí —asintió—. Es cierto.

—Recuerdo haber leído algo sobre este símbolo en las cartas de Beatriz a su hermana Ágata —dije—. Hablaba de una lección en la que Balaj K'waill le enseñó este jeroglífico.

Le estaba enseñando la lengua maya y decía que esta imagen era importante en su lengua. Luego ella bromeaba con el doble sentido de «*jade*» en inglés, que también significa «ramera».

—He leído ese pasaje —dijo Erik—. En la facultad; es famoso. Fue uno de los primeros documentos que se usaron para descifrar la escritura maya. Ya en el siglo XIX era un texto de referencia. Y tu madre lo utilizó también en Princeton para traducir las estelas.

—Creo que eso no lo sabía —dije.

Erik puso las manos sobre la mesa y enlazó los dedos.

—Así es como ocurren estas cosas. Se encuentran unas pistas en un lugar y se aplican en otro. Es otra forma de trabajo detectivesco, de descifrar. Y a mí me interesaba mucho, ya te lo he dicho, ¿verdad? Me refiero al arte de descifrar códigos ocultos, no al de interpretar otras lenguas como en este caso.

—Me has hablado de ello, pero poco.

—Empecé estudiando las claves romanas, pero al cabo de un tiempo me interesé por el código lingüístico maya. Creo que me hice arqueólogo por las estelas y sus jeroglíficos. Por el problema de la traducción.

—¿Por los estudios de mis padres al respecto?

—En parte. Como te he dicho, siempre he pensado que De la Rosa y ellos no hicieron una buena traducción.

—¿Se lo dijiste a mi madre?

—En cuanto la conocí, y ya puedes imaginar cómo se lo tomó. —Erik rió—. ¿Por qué no estudiamos nosotros las estelas? Para pasar el rato. En la bolsa tengo el libro que nos dio tu padre.

Erik empezó a hurgar en su atestada mochila y sacó el libro de mi padre que detallaba los símbolos de las estelas de Flores.

—Repito, las estelas no están en clave. Un par de estudiosos trabajaron con esa idea durante un tiempo, en la década de 1960, pero resultó ser falsa. Ni los mayas ni los olmecas utilizaban claves de ese tipo, porque la escritura logográfica, los jeroglíficos que usaban los mayas, los sumerios y los egipcios, no eran lo bastante flexibles para ponerlos en clave. Las claves las inventaron los griegos y los romanos, que utilizaban alfabetos. Julio César utilizaba una clave de transposición. Y luego están las claves basadas en complejos acertijos. Pero en realidad todo lenguaje es un código, como los jeroglíficos mayas y olmecas. Nadie ha podido leerlos desde hace siglos.

—¿Por qué te interesaban tanto las claves cifradas?

—Uno de mis primeros trabajos se basó en Óscar Ángel Tapia y su escritura especular, pero ya trabajaba con acertijos parecidos desde pequeño. Con los extraños rompecabezas de Lewis Carroll, el código de Augusto, el código Morse, los acertijos bordados de María, reina de Escocia. —Ladeó la cabeza—. ¿Hablo demasiado?

—No. Es bueno hablar. Además, me encantan los códigos cifrados. Yo empecé con los escarabajos de *Ella*.

—¿El libro de Haggard?

—Sí, con las mayúsculas griegas del principio de la historia. Y también con *El escarabajo de oro*, de Poe.

—Seguramente fue tu madre la que te impulsó a leer ese tipo de historias.

—Sí, es posible.

—En mi caso fue mi padre. Era matemático. Viudo. Se pasó la vida desentrañando acertijos parecidos. Lo he heredado de él.

—Así pues, los dos nos interesamos por lo mismo por un motivo parecido. Por nuestros padres.

—Probablemente no tanto como tú crees. Lo mío en realidad no tuvo nada de aventurero.

Hizo una pausa. Yo esperé mientras él picaba de la comida japonesa que nos había traído el camarero.

—Fui un niño solitario —añadió—. No me parecía en nada al Casanova heroico y musculoso que tienes ahora ante ti. Haz el favor de borrar esa expresión de tu cara, feminista exasperante; solo estoy bromeando. Lo que quiero decir es que era un niño prodigio gordo, muy sensible, inteligente y solitario, y mi padre me dijo que un día resolvería el acertijo de mi soledad; así mismo lo dijo. Dijo que... el corazón era como un rompecabezas y que hay que juntar las piezas. Yo no sabía que estaba utilizando una metáfora, así que fui lo bastante tonto para tomar sus palabras al pie de la letra. Leí todos los libros que tenía mi padre sobre códigos. Con doce años estudiaba el código militar lacedemonio en lugar de ir a sudar a una de esas escuelas de baile. Lo que resultó ser la peor decisión posible en lo que se refiere a las chicas. No tuve demasiado éxito con ellas hasta casi los veinte años, cuando nos fuimos de aquí.

—Me cuesta creerlo.

—Sí, ya. Es curioso lo que se consigue creciendo un palmo más. Alejarme de la guerra seguramente también ayudó. —Erik bebió un poco más de vino y me miró—. Pero ahora me alegro de cómo fueron las cosas, porque pude pasar mucho tiempo con mi padre cuando era niño. No conocí a nadie más con quien pudiera trabajar los códigos hasta que conocí a tu madre. —Dio otro sorbo, se encogió de hombros y se quedó con la boca abierta—. ¿De qué estábamos hablando? Ah, de códigos. Claves.

—Erik, quiero darte de nuevo las gracias por venir conmigo. —Empecé a notar que crecía en mi interior un inesperado sentimiento de amistad y tuve que chasquear los dedos como si espantara mosquitos invisibles—. Muchas gracias.

—Sí. —Erik bajó la cabeza—. Bueno. De nada. Tu madre, ya sabes, no hay quien la soporte, pero no importa. Me alegro de haber venido.

Lo miré fijamente.

—En realidad has venido por ella, ¿verdad?

—¿Cómo?

—Por ella, no por el jade.

—Oh, no hablemos de esto ahora.

—Sí, sí. Has venido porque realmente te importa.

Erik hizo una pausa antes de contestar.

—Puede que sea uno de los motivos.

—¿Y los otros?

Erik me miró a los ojos y sonrió.

—Creía que estábamos leyendo este libro.

—Ah, ¿sí?

—Sí, vamos, sigue.

—Erik.

—Concéntrate.

—De acuerdo.

Mientras esperábamos a la conserje, abrimos el libro y examinamos la traducción de mis padres.

—Esta edición es realmente bonita —dijo Erik.

Miré y toqué el papel satinado de la nueva edición del libro; luego, leí un fragmento del primer panel de las estelas de Flores:

Gran del historia la jade fui vez una rey Jade
Ti sin perdido estoy perdido estoy también yo perdido estoy
Noble rey verdadero un jade nacido bajo imponente y jade
También yo perdí te perdí te calor hallarás
La de signo el jade poder tenía Emplumada Serpiente Jade

—Esto es muy extraño —dije—. Realmente da la impresión de que podría leerse... ¿no sería interesante que fuera una clave como esas de las que hablabas?

—¿Perdona? No te prestaba atención.

—Decía que podrían estar escritas en clave. Dices que los olmecas y los mayas no utilizaban acertijos ni claves.

—Cierto. —Dio la vuelta a la hoja—. Lo hacían los griegos y los romanos. En lenguas con alfabeto.

—¿No sería asombroso que la razón por la que nadie ha podido leer las estelas fuera que las escribieron en clave?

—¿Cómo? —Esta vez Erik levantó la vista.

Repetí mis palabras.

Él volvió a mirar el libro y parpadeó.

—Pero ya te lo he dicho. Los mayas no usaban códigos.

—Pero ¿y si los hubieran usado? ¿No sería asombroso?

—Sí —respondió él tras unos segundos.

—Perdón... ¿Señora? ¿Señor?

La conserje de cabellos sedosos se había acercado de pronto. Nos dijo que tenía un momento libre para hablar con nosotros.

Nos levantamos para seguirla. Por el modo en que Erik miraba hacia el techo mientras salíamos del bar, comprendí que seguía pensando en alguna cosa. Pero mis pensamientos se concentraron en las posibles noticias sobre mi madre y olvidé rápidamente las estelas y su traducción.

20

Marisela, la atractiva conserje, nos dijo que mi madre se había alojado en el Casa Santo Domingo durante la semana anterior, y que se había dejado una pequeña bolsa de lona en el hotel. Si podía demostrar mi parentesco con ella aportando algún documento o por algún otro medio, me aseguró que podría hacerme cargo de la bolsa, ya que la doctora Juana Sánchez no había dado instrucciones sobre la dirección a la que debía enviarse.

—Como comprenderán —añadió Marisela—, no podemos conservarla aquí. Está muy segura en nuestro almacén, pero si no la reclaman tendremos que enviarla a alguna parte. O tirarla.

Marisela sonrió al decir esto, a fin de eliminar cualquier posible interpretación hostil que pudiera darse a sus palabras. Y, desde luego, creo que no las interpretó así la persona a la que iban dirigidas. Pues esa persona no era yo, a pesar de que yo fui quien rápidamente aportó montones de documentos y fotografías que demostraban mi parentesco con la doctora Juana Sánchez. Dado que Erik y yo habíamos reservado dos habitaciones separadas, aunque comunicadas, en el hotel, Marisela había llegado a la conclusión de que yo era una especie de hermana o prima soltera. Así que pensó que podía coquetear con Erik de un modo muy sutil y profesional, sobre todo a través de los ojos, el mohín de los labios y las modulaciones exquisitamente sugestivas de su voz. Al cabo de unos minutos, y tras una rápida maniobra, deslizó un trozo de papel en el bolsillo del pantalón de Erik, en el que vi anotado su número de teléfono. Mi reacción no fue la de sentirme en absoluto amenazada. Como me dije a mí misma, no podía sentirme amenazada, ya que Erik Gomara no sería jamás bombero ni policía. Me dije a mí misma que el único problema que tenía con aquella escena, aparte de que me moría de ganas de recuperar la bolsa de mi madre, era que yo me había resignado al papel de hermana soltera, y empezaba a sentirme como la versión mexicano-americana de las gobernantas y secretarias que la actriz Maggie Smith interpreta a veces en las películas de las obras de Agatha Christie.

Erik no mostró demasiado interés por la atractiva y agresiva Marisela. Toda su vulnerabilidad anterior, su ternura mientras hablaba de su padre, del desconcierto que le producían las estelas, esa vulnerabilidad parlanchina y adolescente, todo desapareció cuando se volvió hacia mí y vio la expresión de mi cara. Empezó a sonreír entonces con picardía y malicia ante lo que aparentemente había tomado por celos.

—¡Ja! —dijo.

Yo lo miré con el entrecejo fruncido, cogí a Marisela del brazo con firmeza, y le dije a él que podía ir a la habitación mientras yo iba con la conserje a buscar la bolsa de mi madre.

Marisela me gustó mucho más después de que me condujera al sótano donde estaba el almacén del Casa Santo Domingo, contiguo a las antiguas catacumbas y el osario. Descendimos los fríos escalones y recorrimos pasadizos tallados en la piedra que brillaban como el cobre y el oro al reflejar la luz oscilante de los votivos de latón. El sanctasanctórum del monasterio no eran oficinas corrientes. Conservaba esqueletos medievales, tanto arquitectónicos como humanos, con hermosas puertas de piedra y fríos suelos de losas, y las sombras que danzaban en las paredes evocaban los fantasmas de los monjes enterrados allí hacía quinientos años.

Marisela abrió una puerta con una de las llaves de hierro de un llavero; la habitación estaba llena de cajas de cartón y sacos con diferentes artículos, objetos perdidos y encontrados. También había una reserva de velas y de latas de comida. Varios fluorescentes sujetos al techo arqueado iluminaban el almacén. Marisela se quedó en la puerta esperando pacientemente, mientras yo revolvía entre las bolsas hasta encontrar la que pertenecía a mi madre. Era la bolsa deportiva de vinilo color beis que había visto que el taxista metía en el maletero del coche hacía tan solo una semana y media.

Me acuclillé frente a la bolsa y abrí la cremallera. Mi corazón se aceleró. En la bolsa, envueltos en plástico transparente, encontré ropa, un cepillo para el pelo y artículos de aseo. Y debajo de todo eso también descubrí un librito con tapas de color salmón, con un pequeño cierre de latón reluciente, que reconocí inmediatamente como el diario que había visto que mi madre metía en la bolsa justo antes de marcharse. Hasta donde alcanzaba mi memoria, mi madre había comprado siempre el mismo tipo de diario, encuadernado en tonos rosados, y cuando el trabajo la ponía de mal humor, atacaba sus páginas con el bolígrafo como si estuviera asesinando a algún repugnante y torpe animal. Luego lo cerraba con su diminuta llave.

Hurgué en la bolsa, pero no encontré ninguna llave.

—Sí, es esta —dije a Marisela—. Gracias.

—¿Puedo ayudarla en alguna otra cosa?

—No.

—¿La acompaño a la salida?

—La encontraré yo sola. Pero le agradecería que le dijera a mi amigo que subiré enseguida.

—¿Su... amigo?

—Sí. Mi amigo. Mi muy buen amigo.

Marisela abrió los ojos un poco más de lo normal mientras su córtex cerebral asimilaba dolorosamente la idea de que yo no era la hermana virginal que había imaginado. Luego se fue apresuradamente; me quedé sola. Mientras estaba allí, aferrando la bolsa contra mi cuerpo, oía un golpeteo húmedo, lo que significaba que empezaba a llover de nuevo.

Empecé a andar; esperaba que una pequeña excursión por las catacumbas me ayudaría a tranquilizarme.

Las catacumbas de los dominicos estaban formadas por pequeñas celdas huecas, donde los arqueólogos habían encontrado hacía muchos años los huesos de los monjes que habían vivido en aquel monasterio. Una de las características más asombrosas del Casa Santo Domingo era precisamente que una persona pudiera pasear libremente por los sótanos del hotel, entrar en las salas excavadas en la piedra y ver aquellos antiguos huesos en sus tumbas. Luces eléctricas escondidas y antorchas en miniatura iluminaban las estancias. Algunos de los ataúdes tenían placas bilingües con explicaciones; otras muchas carecían de ellas. Aquellas tumbas eran tan pequeñas, estaban excavadas en huecos de piedra tan diminutos, que me recordaron las de los antiguos mayas, que enterraban a sus muertos en cavernas parecidas. Las tumbas mayas no son difíciles de excavar, en los raros casos en que se ha encontrado una. Algunos arqueólogos solitarios, o que trabajan en equipos de dos y tres personas, han dado con esas tumbas en la selva. A los monjes los enterraban con cruces; a los mayas, con la cabeza apuntando hacia el este.

Salí al corredor tenuemente iluminado. Los tonos dorados y opalinos de las antorchas barnizaban las paredes del monasterio.

Una figura oscura emergió de las sombras y salió a la luz.

Oí el ruido de unos tacones. Ella surgió de una de las celdas. Llevaba el Stetson ladeado y sus negros cabellos caían sobre sus hombros.

Empecé a temblar; sentí el mismo delicioso pánico que tenía de niña cuando se abalanzaba sobre mí de pronto, disfrazada de monstruo y me cogía por el cuello.

—Hola, Lola —dijo Yolanda con el tono más normal del mundo. Tras dar un par de pasos rápidos, se plantó detrás de mí y me rodeó el cuello y los hombros con sus brazos—. Veamos si aún se me da bien. —Apretó—. Sí, todo vuelve a ser como antes. —Apretó otra vez.

Me debatí brevemente, intentando desasirme, pero no lo conseguí.

—No seas ridícula —dije en español, y tiré de ella con fuerza. Luego me detuve—. Me has dado un susto de muerte. ¿Qué estás haciendo aquí?

—He venido a visitarte.

—El otro día no parecías muy interesada en verme.

—Dijiste algo muy intrigante justo antes de marcharte. Así que decidí venir a verte.

—Suponía que lo harías.

—Apuesto a que sí.

—¿Por qué andabas a escondidas por el hotel, entonces?

—Prefería verte antes de que tú me vieras. No estaba segura de soportar oír todas tus chorradas. Pero luego me di cuenta de que no tenía otra opción.

—No mientas. Has venido porque quieres hablar conmigo.

—Eso es lo que te gustaría creer, ¿verdad? Lo cierto es que me da igual si vuelvo a verte o no.

—No me lo creo.

—¿Por qué habría de querer verte? No somos familia.

Yolanda se esforzó por disimular la emoción de su voz y me apretó un poco más el pecho.

—Por lo que parece, soy lo más parecido a una familia que tienes —dije.

—Eso es un insulto hacia mi padre, y ya sabes que no puedo tolerarlo. Él nunca me dejó colgada como hicisteis tu madre y tú.

—No es...

—Y fue porque me olvidaste, Lola. Me olvidaste. Aunque luego te has acordado de mí cuando te convenía.

—Tu padre... —empecé a decir.

—¿Qué pasa con él? —preguntó, volviendo a estrujarme.

—Vale. Para empezar, estuvo a punto de matar al mío. ¡Le hizo daño! Por eso no hemos hablado en quince años. Y en segundo lugar, él quería que tú vivieras con nosotras. No fue él quien te cuidó de niña, sino mi madre. Y sé que en el fondo a ti te gustaba. —Oí cómo tragaba saliva.

—¿Por qué hablar del pasado? No he venido para eso. ¿Dónde está?

—¿El mapa?

—No juegues conmigo.

—Escondido.

—Bueno —dijo, empujándome—, pues ¿por qué no lo sacas de su escondite y me lo enseñas? Sabes que necesito verlo.

—Ven con nosotros y te lo enseñaré.

—Voy con vosotros y te ayudo a encontrar a tu madre, quieres decir.

—Se fue a Flores. Allí iremos nosotros mañana. Si me ayudas, te daré el mapa que ha usado mi madre. —Tartamudeé solo un segundo—. Lo juro.

—Mentirme sería un terrible error —dijo ella en inglés.

Pensé que, aunque no tuviera realmente un mapa detallado, podía mostrarle el esbozo de De la Cueva. Pero cuantos menos datos le diera, mejor. Musité algo inconexo e hice un ademán.

—Y en cuanto a tu madre —prosiguió Yolanda—, sé que no está aquí. Solo he tenido que echar un vistazo por el lugar durante media hora para saberlo.

Yolanda seguía sujetándome por detrás mientras hablaba, como solía hacer en otros tiempos; era una especie de ataque que en realidad era también un abrazo. Apoyó el mentón en mi hombro.

—Y, por cierto, he visto que sigues con ese tío parlanchín y grandullón.

—Sí.

—Lamento decir que no me sorprende que tus gustos se hayan decantado por los profesores panzudos.

—Pueden tener sus encantos —dije, sorprendiéndome yo misma.

—Sí. —Yolanda rió y me apretó con su abrazo como si me hiciera la maniobra Heimlich—. Será encantador para ti.

Me estrujó un poco más y durante un rato guardamos silencio. Luego dije:

—Yolanda, no te olvidé.

—Ah, ¿no?

—¿Cómo iba a hacerlo? —dije, apoyando la mejilla en su bíceps.

Ella hizo entrechocar nuestras cabezas con un suave golpe.

—En realidad, estoy segura de que no me olvidaste. Apuesto a que aún tienes pesadillas recordando los sustos que te daba. Porque realmente te asustaba, ¿verdad? Recuerdo aquella vez... aquella vez que me disfracé...

—De indio loco, y pusiste esa voz terrorífica...

—Y tú chillaste. Levantaste las manos y chillaste tan fuerte que casi me dejaste sorda, y lo único que tuve que hacer fue empujarte con el meñique y caíste. Fue algo así.

Se quitó los zapatos.

—¿Qué haces?

—Me pregunto si soy demasiado vieja para repetirlo —contestó.

—¿Qué quieres decir?

—Me pregunto si aún puedo darte una buena tunda.

Empezó a forcejear conmigo.

En aquel corredor de reflejos dorados y zonas oscuras, ocupado ahora por nuestras sombras caprichosas, los rápidos y fuertes brazos de Yolanda se aferraron a mí y me retorcieron de todas las formas posibles; la única constante era la de asegurarse de que yo estaba a su merced. Medio riendo y medio insultándonos, con uno o dos sollozos que surgieron en medio de la pelea, soltando maldiciones y sudando, luchamos la una contra la otra. Me agaché de improviso y oí que se le cortaba la respiración, luego lancé la bolsa de mi madre al suelo para poder desasirme de ella. Pero sus brazos me apretaron aún más el pecho y se deslizaron hacia mi garganta.

Con un fuerte tirón las dos caímos al suelo, agitando los pies. Ella me rodeó la cintura con los brazos, me derribó y se sentó encima de mí. Dejó que me retorciera hasta que conseguí escapar a cuatro patas.

—¡Suél-ta-me! —dije.

—Vamos, eso no es luchar. No te estás esforzando.

Intercambiamos unas cuantas blasfemias malsonantes. Insultó mi trasero, mi ropa, mi gusto con los hombres, mi capacidad intelectual. Las dos reíamos y llorábamos, lanzándonos pullas la una a la otra.

Yolanda me cogió de la cintura, me levantó y empezó a dar saltos, hasta que se fijó en la bolsa que yo había arrojado al suelo. Me soltó y se agachó para cogerla, pero yo la cogí primero y le di a ella un violento empujón.

Yolanda cayó de lado con fuerza. Cuando me miró a través del pelo que caía sobre su cara, vi que le temblaban los labios. Se aferró la muñeca izquierda, en la que tenía un profundo rasguño.

Nunca antes había hecho daño a Yolanda.

—Sí, soy demasiado vieja —dijo después de unos segundos. Incluso su voz sonaba ronca y herida.

—Yolanda...

—No.

—Yo solo...

—No hay nada que puedas decir —replicó, mirándome todavía a través de la cortina de cabellos—. Aunque... tienes razón. No fue el mejor de los padres. Y a mí me gustaba vivir con vosotras. Pero nada de eso me importa ya, ahora que está muerto. Ni siquiera pude ir a su funeral. ¡Ni siquiera sé dónde está enterrado! —Se frotó la muñeca herida—. Y aunque ya no seas mi amiga, espero que encuentres a tu madre. No quiero que nadie se sienta como me siento yo. Ni siquiera tú... no quiero que sepas lo que es sentirse realmente sola.

Bajo aquella luz, el rostro de Yolanda se veía famélico, horrible. Sus labios no dejaban de temblar y una vena le latía en la sien. Pensé en pedirle de nuevo que viniera con nosotros a Flores.

Pero ella se puso en pie, recogió sus zapatos y se fue por el corredor hasta que dejé de verla, aunque seguí oyendo el eco de sus resuellos unos segundos después de que desapareciera.

Me quedé allí, frotándome la pierna dolorida, escuchando la lluvia que azotaba con fuerza el edificio del monasterio.

Me llevé la mano a los ojos. Por su voz sabía lo enfadada que estaba. Y aunque me habría gustado sacudirla por lo terca que era, reconocía que tenía buenas razones para serlo.

La luz menguó en el corredor a causa de una ráfaga de viento que hizo vacilar la llama de las velas.

Pasó un buen rato hasta que conseguí salir de allí.

21

Una vez en mi suite del Casa Santo Domingo, llamé a mi padre para decirle dónde estábamos Erik y yo; también le conté que seguramente tendríamos que aventurarnos a ir a Flores al día siguiente. Después de que me diera el nombre de un hotel de allí, colgamos. Me dirigí a la habitación de Erik tambaleándome. A través de la puerta que las comunicaba vi que la suya, igual que la mía, era una magnífica estancia, muy espaciosa, espartana como en todos los monasterios, con antiguos apliques de latón en las paredes. También había un sofá tapizado, y en la entrada, un pequeño escritorio de roble.

Para no predisponer a Erik en contra de Yolanda, por si decidía finalmente hacernos de guía, le di una descripción de nuestro encuentro muy censurada, pero que, a pesar de todo, fue lo bastante estimulante para ponerlo nervioso. También me sorprendí a mí misma no hablándole de todo el contenido de la valiosa bolsa de mi madre. Aquella bolsa de lona era el único vínculo físico que tenía con ella, así que lo llené con todo lo que tenía que era frágil y vital para mí, como mis documentos de De la Cueva y mis mapas Fodor. Ahora la bolsa estaba junto al escritorio de roble, donde podía tenerla vigilada. Me preocupaba que, si le explicaba a Erik lo que había encontrado en ella, propusiera que leyéramos el diario de mi madre juntos para saber exactamente adónde había ido. Pero un diario secreto no deben leerlo personas como Yolanda, Erik, o yo misma, hasta que su autor haya muerto. Y yo no estaba preparada aún para enfrentarme a esa posibilidad. Así que al final le conté muy poco de lo que realmente acababa de suceder.

Sin embargo, Erik percibió mi desasosiego.

—Siéntate, siéntate —dijo—. Relájate. He llamado al servicio de habitaciones. Traerán Armagnac, pan, esas olivas tan sabrosas y dos platos de conejo con salsa de mostaza. Llegará todo en cualquier momento.

Yo me había duchado y me había vuelto a poner el chándal, igual que él. Estaba sentado junto a mí en el sofá, mientras contemplábamos el fuego cómodamente, pero ambos estábamos ensimismados y no dijimos nada durante un rato.

—¿Vemos la televisión? —preguntó él, encendiendo el aparato.

La pantalla se iluminó. Aparecieron en ella casas destrozadas, llanuras inundadas, helicópteros enviados a las regiones más remotas del valle Motagua, y a una zona llamada Río Dulce. En el altiplano, sobre las orillas desbordadas de los ríos, había asentamientos cubiertos por lonas impermeabilizadas para los que se habían quedado sin casa, y también toscas tumbas recientes. Incluso vimos imágenes, grabadas varios días atrás, en las que aparecían mujeres, hombres, perros y gatos aterrorizados, esperando en los tejados de sus casas, rodeados por las aguas verdes que habían inundado la zona a la que mi madre pensaba ir.

—Oh, Dios mío —dije.

Erik apagó la televisión y se quedó mirándose las rodillas con el entrecejo fruncido, hasta que se le ocurrió una idea y chasqueó los dedos.

—Ya sé qué podemos hacer.

—¿Qué?

—Sé algo que te animará. O a mí, al menos.

Cuando se dirigió hacia el armario para coger alguna cosa, llamaron a la puerta y una camarera bajita entró con paso firme llevando una bandeja con platos de conejo y Armagnac. La camarera aparentaba unos cuarenta años y tenía una abundante mata de pelo negro ondulado, además de anchas caderas. Vestía un uniforme azul con ribetes blancos.

—Buenas noches, señor —oí que decía mientras yo cerraba los ojos y trataba de ahuyentar las imágenes de las casas destruidas por las inundaciones. La camarera dejó los platos en el escritorio, dándonos la espalda, pero la oímos quejarse de sus pies. Tenía una extraña voz sibilante y masculina.

—¿No sería mejor que lo dejara sobre la mesita de café? —preguntó Erik.

La mujer se limitó a mirarlo por encima del hombro y gruñó un poco más, luego siguió dejando cosas ruidosamente, de forma molesta.

Erik se encogió de hombros y volvió a su armario, de donde sacó su atiborrada mochila. Se acuclilló para hurgar en ella y sacó un libro grueso y cuadrado, encuadernado en rojo, con un adhesivo en blanco y negro de la biblioteca de la UCLA en el lomo.

—¡Ah, el diario de Humboldt! —exclamé—. El libro robado de la biblioteca. Me preguntaba si no lo tendrías por ahí.

—Querías verlo y aquí está.

—Eres un ladrón. Dijiste que lo tenía tu ayudante.

—Sí. Lo siento. Mentí. No podía dejar que cualquiera viera mi Von Humboldt.

—¿Y ahora?

—Y ahora... ahora... nos conviene leerlo, ya que nos dirigimos hacia el norte —replicó—. Tu madre leyó y prácticamente memorizó el mismo material, como bien sé por las duras correcciones que hizo de mi libro. También están esas historias sobre el jade de las que hablaban antes en la televisión... bueno, Von Humboldt escribió acerca de piedras similares cuando describió sus viajes por Guatemala, así que será mejor que lo repasemos. Además, me has leído cosas tan terribles de Beatriz de la Cueva y has elaborado teorías tan descabelladas sobre las estelas que tengo que leer algo que me resulte familiar, o no podré dormir. Estoy cansado de todos esos españoles desquiciados. Preferiría pasar la velada con un romántico y extrañamente intrépido alemán. ¿Tú no?

Volví a echar una mirada a la bolsa de mi madre; estaba a los pies de la camarera, calzados con zapatillas deportivas. Entonces recordé de nuevo la cara de Yolanda, triste y dura, tal como la había visto en los corredores de piedra. Pero Erik hojeaba ya el libro rojo. Encontró la página que buscaba y empezó a leer con deleite y poniéndole mucho sentimiento.

La camarera dejó caer una cuchara y se agachó para recogerla, mientras soltaba más palabrotas y quejas. Luego recogió las bandejas, salió de la suite y cerró la puerta con un fuerte golpe.

Me recosté en el sofá y escuché cómo Erik hablaba de la historia de Von Humboldt; me dije que Yolanda y el diario de mi madre podían esperar.

—Verás, Von Humboldt creía que el jade era un imán gigante, y contrató a seis guías indios para que le ayudaran a encontrarlo, así como a un esclavo llamado Gómez, que era un genio experto en la piedra —dijo Erik—. Von Humboldt, por su parte, creía que esta tendría importantes usos científicos. Pero estuvo a punto de morir mientras la buscaba, ya que a los indios no les hacía mucha gracia tener a alemanes y franceses buscando por sus selvas. Aun así, creo realmente que Von Humboldt estaba menos interesado en imanes o piedras preciosas que en el simple hecho de correr una aventura con Aimé Bonpland, su mejor amigo.

—Parece que fue algo más que un amigo.

—Von Humboldt estaba enamorado de él.

—¿Y Bonpland?

—Creo que tenía que estar enamorado de Von Humboldt para irse con él a recorrer la selva, ¿no?

—Bueno, si no encontramos a mi madre aquí, podríamos decir que has venido conmigo a recorrer la selva...

—No me interrumpas. Así que los dos compartían una gran curiosidad, y recorrieron ambas Américas estudiando la fauna y la orografía. Su busca de la reina Jade, eso fue en 1801, fue seguramente la expedición con la que menos éxito cosecharon, por culpa de los jaguares, las serpientes venenosas y los indios poco hospitalarios. Pero es una lectura interesante.

Erik y yo pasamos una hora hojeando el diario de Von Humboldt; centramos nuestra atención en el capítulo en el que afirmaba haber tropezado con el mismo Laberinto del Engaño que describía Beatriz de la Cueva dos siglos y medio antes que él.

—Estaban sobre la pista del segundo laberinto, el de la Virtud, cuando surgieron ciertas dificultades —prosiguió Erik—. Von Humboldt creía que estaba muy cerca de encontrar la piedra... pero no quería poner en peligro la vida de Bonpland. Empieza aquí, donde encuentran el primer laberinto.

—Querido Alexander —dijo Aimé Bonpland cuando llegamos a la primera entrada, al otro lado del río Sacluc—. Debemos tener mucho cuidado. Este es un magnífico hallazgo, pero los indios empiezan a mostrarse hostiles.

—No te preocupes por ellos —lo tranquilicé—. ¡Fíjate en este prodigio!

Pues el Laberinto del Engaño era verdaderamente una maravilla arquitectónica. Un templo lleno de increíbles recovecos, hecho del jade azul más perfecto, y una vez se entraba en él, parecía no tener fin. Aquel laberinto era el descubrimiento más asombroso que habíamos hecho hasta entonces. Y también el más peligroso. Podíamos entrar en uno de sus pasajes de zafiro y, confundidos por sus signos, desconcertados por su enrevesada expresión, ser incapaces de dar un solo paso más. Tras adentrarnos, pese a todo, en el laberinto, y llegar al otro extremo, podíamos descubrir que no nos encontrábamos en la salida, sino en un peligroso terreno lleno de jaguares, torrentes y ciénagas, del que no saldríamos jamás.

Tales eran los peligros que corríamos cuando, con nuestros seis indios y el guía mulato, nos encontramos ante el laberinto. Fue una suerte, pues, que al avanzar y contemplar aquella roca labrada, nuestro amable guía, Gómez, tratara de explicarnos una suerte de fórmula primitiva para descifrar los signos del laberinto, basados en una combinación del «número cero», según dijo, que no tenía mucho sentido. A continuación mencionó la presencia cercana de algo aún más práctico que aquel laberinto: la poderosa y magnética reina Jade que en otro tiempo buscó la gran gobernadora De la Cueva.

—Le guío únicamente porque es usted un estudioso, igual que yo. Sí, créame, yo también tengo inclinaciones científicas, alimentadas por la biblioteca de mi amo —dijo Gómez mientras nos guiaba por la selva—. No suelo hablar con tanta sinceridad con un hombre blanco, pero somos hermanos de ciencia, así que le mostraré que yo, el gran Gómez, he descubierto la pequeña conspiración de estos paganos. Creo que la piedra está aquí, señor Von Humboldt, al otro lado del Laberinto del Engaño y después de un segundo laberinto.

Hizo una pausa para señalarme la dirección correcta, lo que no pareció gustar en absoluto a sus colegas, que empezaron a increparle en una lengua con unos sonidos brutales.

—Alexander —dijo Aimé—. Debemos andarnos con cuidado. Ya no sé por dónde vamos.

Sin embargo, arrastré a mi amigo por el tosco sendero del laberinto, y seguimos andando hasta que yo también me di cuenta con gran nerviosismo de que nos habíamos perdido.

A nuestro alrededor no parecía haber más que una interminable hilera de matorrales, árboles, brezales, helechos y cenagales. Gómez pareció describir perfectamente nuestra situación cuando empezó a cantar una curiosa canción:

Te perdí,
te perdí.
Yo también estoy perdido,
mi amor

—¡Ya te lo había dicho! —susurró Aimé Bonpland, aferrándose a mi mano.

—No se preocupen, no estamos perdidos, solo es una broma —dijo Gómez—. Según mis cálculos, solo tenemos que seguir al Enano.

—¿Qué? —le pregunté.

—El Enano. ¿No entiende el buen español?

Contesté que sí, aunque casi enseguida pude comprobar que no era el único en dominar varias lenguas, pues los indios volvieron a insultar a Gómez. Era evidente que expresaban su malestar por aquella importante revelación. Sin embargo, sus protestas llegaban demasiado tarde, pues ya nos había conducido al lugar prometido.

Una fantástica ciudad azul, alta y en ruinas, se elevaba ante nuestros ojos, salpicada de agujas y torrecillas, con grandes torres del homenaje y murallas medio derrumbadas, hundidas en el cieno.

—¡El reino de piedra! —exclamó Aimé Bonpland, mientras los indios seguían lanzando sus oscuras maldiciones—. La prisión de la hechicera, la casa del rey celoso. Tal como escribió De la Cueva. ¡Lo has conseguido, Alexander!

Vi una chispa en los ojos de Aimé. En aquella última hora se había vuelto el más intrépido de los dos, pues mi fascinación por el reino de jade era menor que mi preocupación por la hostilidad de los salvajes.

—Todo esto es maravilloso —dije—, pero quizá deberíamos irnos ya.

—Estamos tan cerca... ¡deberíamos desafiar a la muerte para descubrir el gran jade! —me gritó él, haciendo aspavientos—. Ahora tenemos que encontrar el drago, luego resolver el Laberinto de la Virtud, ¡y el tesoro será nuestro!

Los indios empezaron a emitir unos silbidos parecidos a los de los pájaros, y unas extrañas llamadas, y una horda de seres primitivos surgió de pronto de entre la maleza como una alucinación, empuñando sus toscas armas, para impedir que siguiéramos explorando su sagrada selva. Nos saludaron con una andanada de flechas, una de las cuales se clavó en el pecho de Gómez, que murió en el acto.

—Creo que no —dije, agarré a Aimé Bonpland por el brazo y le obligué a huir rápidamente de aquel lugar.

A pesar de que mi compañero estaba muy decepcionado por nuestro fracaso con la piedra, yo no compartía su descontento. Mientras dejábamos atrás mortíferas serpientes y pantanos de arenas movedizas, oímos el ruido de los salvajes asesinos que nos perseguían y le recordé que podía haber corrido la misma suerte que el buen Gómez. Por suerte para mí, no fue así.

Los lectores que posean un corazón ágil, sabrán lo que quiero decir.

Erik se detuvo. Había leído el capítulo entero mientras yo lo escuchaba tranquilamente, tumbada en el sofá. Habíamos terminado la botella de Armagnac; la luz de las velas vacilaba. El fuego crepitaba en la chimenea con un resplandor azul y diamantino.

—La última frase es la que hace que me guste tanto Von Humboldt —dijo Erik, mirándome.

Yo también lo miré. Ninguno de los dos bajó los ojos.

Con gran consternación por mi parte, noté un intenso rubor en la cara, y a pesar de casi treinta años de estudio de inglés, español, latín, italiano y un poco de alemán, no supe qué decir. Abrí la boca y la cerré; traté de dominarme, pero un salvaje demonio erótico parecía controlar mis extremidades, hasta el punto de que estuve a punto de abalanzarme en los amplios y cálidos brazos del seductor Erik Gomara.

Pero finalmente salvamos la situación. Pues una desconcertante visión distrajo mi mirada ardiente e irracional. Tal vez por una modestia atávica, había vuelto la cara hacia el escritorio de roble que había junto a la puerta que comunicaba ambas habitaciones. Miré el suelo alfombrado, allí donde hacía una hora había dejado la bolsa de lona que contenía el diario de mi madre y mis papeles. También era allí donde la ruidosa camarera de paso firme había depositado los platos de la cena.

La bolsa de mi madre no estaba.

22

—Ve más despacio, Lola, caramba —dijo Erik, alzando la vista de las hojas que tenía extendidas sobre el regazo. Intentaba escribir en ellas a la luz de una pequeña linterna, ya que aún no había amanecido.

Eran las cinco de la mañana y estábamos en el jeep, en la carretera del Atlántico, a unos cien kilómetros de Ciudad de Guatemala. La fuerte lluvia ralentizaba nuestra marcha tras Yolanda, a la que perseguíamos por el valle Motagua del centro de Guatemala. Aún no la habíamos encontrado.

—Conseguirás que nos estrellemos —añadió Erik—. He recorrido esta carretera muchas veces, en condiciones mucho mejores, y ni aun así era segura. Hay agujeros y baches. Cuando tenía unos veinte años casi me partí el cuello aquí, y eso que no estaba inundada como ahora. Y ni siquiera sabes si tienes razón. Quizá perdieras la bolsa en alguna parte, quizá la mujer era realmente una camarera. Puede que Yolanda no esté aquí. Además, tenemos que pensar seriamente si de verdad queremos encontrarla.

—¡Sé que era ella! —grité—. Dios mío, no puedo creer que me engañara con aquella horrible peluca. Ella se llevó la bolsa, y está aquí. ¡Tiene nuestros mapas!

—Y el diario de tu madre —dijo él. Aunque al principio no había querido hablarle de él, cuando vi que me habían robado la bolsa se lo conté absolutamente todo.

—Y el diario de mi madre. —Seguimos avanzando en medio de la lluvia y las tinieblas—. Yolanda cree que encontrará la piedra si va hacia el norte. Es la mejor pista que tenemos para seguirla. Así que debemos ir hacia el norte.

La carretera del Atlántico se extendía ante nuestros faros. Surgía de la autopista de la Amistad, a la salida de Ciudad de Guatemala, se dirigía hacia el norte a través del valle de Motagua y descendía hasta un pueblo llamado El Rancho, situado junto al río Hondo; luego conectaba con otra carretera que conducía al Petén y a Flores. Llevábamos más de cuatro horas conduciendo, aunque nos turnábamos para echar una cabezada, entre las aguas oscuras y las ramas y desperdicios flotantes que el Mitch había arrastrado desde las aldeas orientales hacia la cuenca del valle. Los faros brillaban sobre las partes inundadas de la carretera, y cuando las ráfagas de viento movían las nubes, la inesperada luz de las estrellas transformaba las gotas de lluvia en lentejuelas, y las montañas, en bloques de bronce y plata. El barro se desprendía de los márgenes de la carretera a nuestro paso. Las profundas zanjas que la bordeaban estaban llenas de agua de lluvia y de más barro. De vez en cuando algunos vehículos nos adelantaban, a pesar del mal estado de la carretera, aunque en su mayor parte eran grandes camiones del ejército, de color oliva; sabíamos por las noticias que los militares se dirigían hacia la región del Petén para llevar el orden y tranquilidad a los campamentos levantados para los evacuados, así como comida y materiales de construcción.

Escudriñaba fijamente las tinieblas, pero seguía sin haber ni rastro de la maldita Yolanda. Pisé el acelerador para apresurar la persecución, pero no fue buena idea, pues casi inmediatamente oí un patinazo. El jeep dio una sacudida y se deslizó hacia la izquierda. Erik y yo dimos un bote en el asiento y el haz de su linterna me dio en los ojos. Tosí y enderecé el vehículo.

—Maldita sea —dije—. Lo siento.

Él se agachó para recoger el bolígrafo que le había caído a los pies.

—Ya te he dicho que conseguirás que nos matemos.

—¿Qué escribes?

—Trabajo un poco en lo que hablábamos antes, en las estelas.

—¿Las estelas?

—Para ver si están codificadas, como tú decías. Es una idea muy interesante, y he pensado, ¿y si tiene razón? ¿Y si se trata de un código en lugar de un lenguaje indescifrable, de un papel de pared?

Tuve que fijar de nuevo la vista en la carretera.

—Solo era una idea. Creo que ahora tenemos cosas más importantes en las que pensar. Como esta persecución a toda velocidad... o casi.

—No, escucha. Como te he dicho, no hay pruebas de que los mayas usaran códigos, pero ¿y si lo hicieron? Es decir... quizá parece que las estelas no tienen sentido porque se han mezclado. Quizá no se hicieron para leerse, o solo para que las entendieran ciertas personas. He estado pensando qué tipo de clave pudieron utilizar y analizado mentalmente algunas líneas mientras conducía. Pero creo que necesito un ordenador, y varios años seguramente; no basta con un simple trozo de papel y un bolígrafo. No tengo ningún punto de referencia, no sé ni siquiera por dónde empezar. Los únicos códigos que se me ocurren son europeos, orientales. Solo por practicar, he tratado de usar el código de transposición de César, el que usó en la guerra de las Galias, en el que cambiaba cada carácter cinco veces. He probado con líneas de códigos, una versión más compleja del de César, y también con el *atbash* hebreo. En una ocasión leí que había una práctica romana que no consistía en utilizar códigos, sino en escribir el mensaje en la cabeza afeitada de un esclavo, dejar que creciera el pelo, y enviarlo luego a territorio enemigo; allí se afeitaba la cabeza cuando llegaba ante algún general, al que revelaba así el mensaje. Me afeitaría la cabeza ahora mismo si sirviera para algo. Me siento como si una luz se hubiera encendido en mi cerebro al oírte, y luego se hubiera vuelto a apagar.

El jeep patinó hacia la izquierda una segunda vez, y los neumáticos rozaron el áspero terreno que bordeaba las temibles zanjas. Me mantuve pegada a la derecha y traté de no pisar a fondo, pero me alegró ver que las estrellas empezaban a dar paso a la tenue luz de un amanecer gris.

—Podría ser un código de sustitución —prosiguió Erik. No parecía haberse dado cuenta de que habíamos estado a punto de caer en una zanja—. O podría ser un éforo como el que usaban los espartanos. Escribían el código en una tira de papel que, en su caso, envolvían alrededor de un bastón de unas dimensiones determinadas; de lo contrario el texto no tenía ningún sentido. Tal vez este texto tenga que reescribirse de un modo similar, en un papel de un tamaño concreto, o envolviendo alguna cosa. O podría ser un código de transposición, pero diferente del de César.

—¿En qué consiste, exactamente? —pregunté, concentrándome solo a medias en lo que me estaba diciendo—. ¿En que se colocan las palabras en bloques y luego se mezclan?

—Sí. Se transponen en un orden numérico. Lo hacían los romanos, y también los griegos. Era frecuente en el mundo antiguo. Por ejemplo, si tuvieras, no sé, los números seis, uno, cinco, dos, cuatro y tres, y las letras R-C-A-A-T-N, la palabra sería CANTAR.

—No se me dan muy bien las matemáticas —dije, distraídamente.

—Pero he probado con algunas versiones y no he sacado nada en limpio. Así que he probado con una versión del código lineal desarrollada en el siglo XVI por un tal Blaise de Vigenère. Se trataba de mover las letras al azar y la gracia estaba en que no era necesario recordar el orden en que se habían movido, solo había que recordar una palabra. Supongamos que el orden fuera: la primera letra desplazada al lugar dieciséis, la segunda al quince, la siguiente al dieciocho, la cuarta al veinte, y la quinta al cuatro. Bastaría con recordar la palabra *porte*, que sería el resultado de cambiar *aaaaa* siguiendo ese esquema.

—Creo que te estás adelantando un poco —dije—. Estás aplicando los principios de la criptografía del siglo XVI a un texto precristiano.

—No se me ocurre nada más. Es como lo que escribió Tapia en su diario la primera vez que vio las estelas: «Este libro no tiene rimas ni sentido alguno que yo pueda discernir, y tal vez no pueda ser leído por ninguna persona viva, sino tan solo por los que llevan largo tiempo muertos y se ocupan ahora de las oscuras y complejas traducciones del infierno».

—Qué perspectiva tan poco halagüeña —dije, pero en realidad había dejado de prestarle atención.

Delante de nosotros, en medio de la oscuridad, había un destello luminoso que cambiaba de dirección bajo la cortina de lluvia.

Era tan solo un diminuto destello rojo en medio de la penumbra, como una llama. Me apresuré a alcanzarlo y el destello se dividió en dos círculos temblorosos.

Eran las luces traseras de un coche.

23

—¿Lola?

Miraba fijamente por el parabrisas, pero no tenía la menor idea de qué clase de coche estábamos siguiendo.

—¿Qué?

—¿Me estás escuchando?

—Sí, sí. Bueno, no. Lo siento. ¿Qué decías?

Erik ordenó los papeles sobre su regazo y trató de alisarlos con la mano.

—Te hablaba de Tapia y de sus ideas acerca de las estelas.

Sin apartar los ojos de aquellos minúsculos puntos luminosos, esquivé una rama caída, antes de preguntar:

—¿Y dónde encontró Tapia las estelas? Si no recuerdo mal, en realidad no fue en Flores, sino en alguna parte de la selva. Cerca del agua.

Erik consultó de nuevo sus notas.

—Códigos, códigos, códigos. Si realmente está escrito en código, ¿por qué lo hicieron así?

—No lo sé, pero yo te preguntaba por las estelas.

—Ah, sí. Las encontraron en la selva, en el extremo sur, justo donde termina y asciende hacia el altiplano. Ya te lo conté, ¿recuerdas? Se encontraron junto a un río, en efecto, el río Sacluc, que es donde puede que vayamos ahora. Tiene varios kilómetros de longitud y se han encontrado muchas reliquias en sus orillas. Mira, te lo mostraré.

Erik empezó a esbozar un mapa en un trozo de papel, pero la lluvia seguía azotando las ventanillas del jeep y yo tenía demasiado trabajo esquivando ramas en la carretera y charcos bastante profundos. El viento soplaba con mayor fuerza y a la luz del amanecer se veía que grandes cantidades de lodo bajaban hacia la carretera desde lo alto de las colinas que la rodeaban. Los márgenes no parecían muy estables en algunas zonas, y se desprendían grandes trozos de tierra que caían en el asfalto. Las luces posteriores del vehículo que perseguíamos avanzaban a trompicones a un par de kilómetros por delante de nosotros. Cuando aumentó la luz del día, distinguí un coche largo y bajo, pero no la marca ni el color. Seguí mirándolo entornando los ojos.

—¿Podría ser ella? —pregunté.

—¿Qué? —dijo Erik, alzando la vista de las notas y los dibujos.

—¿Es ella?

—Ah, mira... Vaya, no distingo nada desde aquí. No lo sé. —También él entornó los ojos—. Quizá. Pero... no, para, no aceleres.

Seguimos avanzando en una trayectoria forzadamente sinuosa por la peligrosa carretera; el coche de delante viró un poco y luego volvió a enderezarse en medio del lodo. La lluvia caía con fuerza. Pasaron unos minutos; me di cuenta de que tendría que aumentar la velocidad un poco más de lo aconsejable si quería asegurarme de que era el coche de Yolanda. Mientras yo conducía inclinada sobre el volante, Erik terminó su mapa y lo agitó en el aire.

—Aquí es donde Tapia encontró las estelas —dijo.

Eché un vistazo para ver el dibujo.

Después de observarlo, volví a fijar la vista en la carretera y en el coche de delante. Luego volví a mirar el dibujo.

Y entonces empecé a comprender.

—Yo ya he visto este mapa —dije—. Tapia no fue el único en explorar esa zona.

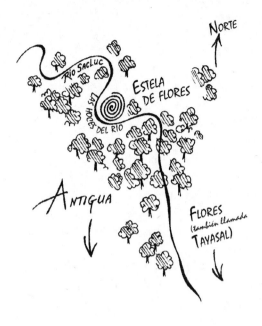

—Eso es cierto —dijo Erik—. Como te decía antes, mucha gente ha encontrado reliquias allí. Incluso Von Humboldt recorrió parte del Sacluc.

—No, escucha. De la Cueva hizo un mapa igual que este para su hermana Ágata. Cuando estaba en la selva buscando el jade. ¿Y dices que también es la ruta que siguió Von Humboldt? Entonces estuvieron en el mismo lugar que Tapia, ¿no es cierto?

Mientras decía esto y sacaba mis conclusiones, comprendí que aquel no era el mejor momento para hablar de ello. Por fin veía bien el coche de delante, largo y marrón, y pude distinguir el contorno de un sombrero vaquero al volante. Sentí que me subía la adrenalina, me recorría todo el cuerpo y enviaba sus impulsos eléctricos al pie derecho, que pisó a fondo el acelerador del jeep. Yolanda hizo lo mismo, así que las dos circulábamos por aquella carretera convertida en una ciénaga a unos ochenta kilómetros por hora; de repente, una sección de la colina cayó estrepitosamente entre ambos coches. El desprendimiento provocó una riada de lodo viscoso sobre la carretera y las zanjas llenas de agua, junto con trozos de barro y piedras. El jeep pasó por encima dando tumbos, con las ruedas bloqueadas. Erik y yo sufrimos una violenta sacudida. El coche de Yolanda patinó sobre el lodo y estuvo a punto de caer en una zanja.

—Erik —dije, inclinada sobre el volante—. Voy a pillarla.

Erik estaba blanco como el papel; sin embargo, seguía hablándome de algo que tenía que ver con las estelas y el río Sacluc, y con una extensa franja de terreno de la zona dibujada en el mapa que jamás había analizado adecuadamente ningún explorador.

—Pero es interesante —añadió—. Ahora que lo mencionas, es un poco raro que nadie, ni siquiera Von Humboldt o Beatriz de la Cueva, hablara de las estelas hasta que lo hizo Tapia en los años veinte.

Vi cómo el largo coche marrón patinaba en el barro de la carretera y se precipitaba a toda velocidad en una de las zanjas de la cuneta. La parte delantera del coche se hundió en el lodo, que seguía cayendo montaña abajo, amenazando con cubrir todo el coche y sepultar a la conductora.

—Oh, no, no, no —me oí gritar—. ¡Tenemos que ayudarla!

Frené en seco, abrí la puerta del jeep y corrí por el barro hacia Yolanda lo más deprisa que pude.

24

El coche estaba volcado en la zanja sobre el lado del conductor, y el corrimiento de tierras lo estaba enterrando bajo lodo y piedras. La lluvia caía incesante, lo que contribuía a enterrarlo aún más. Erik saltó del coche al mismo tiempo que yo y empezó a apartar piedras y barro con las manos. A través del cristal manchado vimos que Yolanda —el rostro que gesticulaba al otro lado del cristal era inconfundible— estaba rodeada de agua negra que penetraba desde abajo a través de la ventanilla rota del conductor, e iba subiendo. Aunque la lluvia apenas me dejaba distinguir nada, vi que sujetaba la bolsa de lona manchada de barro por encima del agua. Después de apartar más piedras y barro, tiré de las manecillas de las puertas laterales del lado visible del coche, pero no conseguí abrirlas; estaban cerradas, de modo que Yolanda se había quedado atrapada en el interior del coche.

—¡Se ahogará ahí dentro! —me gritó Erik.

Aparté más barro y grité a Yolanda a través de una ventanilla:

—¡Yolanda! ¡Abre el coche!

Pero no obtuve respuesta; mientras, la lluvia seguía golpeándonos con fuerza.

—¡Yolanda, abre!

—¿Qué está haciendo? —gritó Erik.

—¡Yolanda!

Yolanda no reaccionaba.

Por fin, muy tenue y apagada, oímos su voz, como el gañido de un animal atrapado en una jaula.

—¡¿Qué demonios estáis haciendo?!

Aplastado contra el costado del coche, el cuerpo de Yolanda empezó a moverse con violencia; parecía forcejear con el cinturón de seguridad. El coche se inundaba rápidamente de barro y agua.

—¡Me habéis echado de la carretera! —volvió a gritar.

Alcé la mano y empecé a dar golpes fuertes y rápidos en el cristal de la ventanilla del copiloto. Me estaba haciendo daño, pero seguí golpeando el cristal una y otra vez, y Erik también lo hacía con ambos puños. El cristal se resquebrajó en forma de telaraña, y cuando volví a golpearlo, una parte cedió y cayó dentro del coche. Metí la mano dentro y quité el seguro de la puerta. Erik y yo apartamos un poco más de barro y la abrimos lentamente con un gran crujido. Entonces vimos a Yolanda que, sucia, empapada y con el pelo enmarañado, se debatía en el agua enlodada que le llegaba hasta el pecho y que seguía ascendiendo. Bajo el ala del sombrero se veía un hilo de sangre. Estaba atrapada por el cinturón de seguridad, que el agua sucia no nos dejaba ver. Sostenía la bolsa de lona por encima de su cabeza con la mano derecha.

—¡Cógela! —gritó—. ¡O no podrás encontrar nunca a tu madre!

Agarré la bolsa y se la lancé a Erik.

—¡Ahora sácame de aquí!

Me limpié el barro de la cara.

—Sujétame por la cintura —le dije a Erik.

—¿Qué?

—¡Tú hazlo! Tengo que meterme en el coche y no quiero resbalar.

Erik me sujetó con fuerza por el cinturón de los vaqueros y yo me introduje boca abajo. El agua cubría ya un tercio del interior del vehículo. Yolanda se revolvía en el asiento tratando de librarse del cinturón. Aturullada por la situación y con la dificultad añadida del lodo, no encontraba el cierre. Yo colgaba cabeza abajo mientras seguía entrando barro en el coche, que cada vez se hundía más en la zanja. Cogí el cinturón de seguridad por la parte que cruzaba el pecho de Yolanda.

Yolanda tenía un corte en el labio y me miraba con ira, pero su tono era ahora más calmado.

—Quítamelo. Quítame esto. El agua está subiendo...

—Aguanta.

Metí las manos en el agua, buscando su cintura, y recorrí con ellas el cinturón de seguridad. El cierre de plástico se había metido debajo de su cadera y con los dedos entumecidos por la fría temperatura del agua, no acertaba con el botón.

—Córtalo —dijo ella—. ¿No llevas un cuchillo?

Traté de mirar hacia atrás.

—Erik, ¿llevas un cuchillo?

—No —respondió él, tras un breve titubeo—. No compré ninguno.

—Pensaba que no me aterraría tanto morir así —dijo ella sin cambiar de tono.

—Tú aguanta —insistí.

—Espera, déjame probar a mí —dijo Erik.

—Lo tengo, lo tengo —anuncié—. No me metáis prisa.

—Quítame el cinturón, Lola —repitió Yolanda.

Cerré los ojos y me hundí más en el agua. Finalmente mis manos hallaron el cierre del cinturón. El agua seguía entrando por debajo del coche y también caía desde arriba. El lodo se deslizaba también por mi cuello y mi espalda, y a Yolanda le caía en la cara. El agua le llegaba ya a la mandíbula. Yolanda se movió y perdí el contacto con el cierre. Apenas veía nada en medio de aquel aguacero.

—¡Quédate quieta! Levanta un poco el cuerpo —grité.

Mis dedos volvieron a dar con el cierre bajo su cuerpo. Los moví dentro del agua con los ojos cerrados hasta que toqué el botón. Lo pulsé, pero no ocurrió nada. Yolanda y yo nos miramos, y noté que empezaban a fallarme las fuerzas. Ella se agarró a mí, tirando hacia arriba para evitar el agua que subía cada vez más. Pulsé el botón una segunda vez y cedió; el cinturón de seguridad se soltó.

—¡Sube, sube!

Le pasé las manos por debajo de las axilas y ella hizo fuerza hacia arriba, apoyándose en el costado hundido del coche con las piernas. Así conseguí sacarla, resbaladiza como una anguila, del negro pozo de agua.

Tiré de Yolanda, ayudada por Erik, que tiraba de mí desde atrás. Yolanda salió tosiendo y sangrando. Tres cuartas partes del coche se habían hundido en la zanja y el agua lo cubría casi por completo. El barro se deslizaba por el rostro de Yolanda, bajo la lluvia. Gritó algo, pero no la oí. Vi que le temblaban las piernas mientras se alejaba de la zanja y que cedían al llegar a la carretera cubierta de barro; yo la seguí.

Nos quedamos sentadas en el asfalto, cubiertas de barro y completamente caladas, rodeadas por las pálidas cortinas de agua de lluvia. Los hombros de Yolanda subían y bajaban, pero cuando la miré y vi sus blancos dientes y su rostro lleno de churretes, me di cuenta de que no estaba llorando ni maldiciendo, como pensaba. Se reía.

—Hola, Lola —dijo—. Has hecho un buen trabajo no matándome.

—¡Dios! —exclamé.

—¡Vamos! —dijo Erik, que se agachaba para ayudarme a levantarme—. ¡Metámonos en el coche!

Lancé otra mirada de asombro a Yolanda; luego, nos levantamos las dos, resbalando y trastabillando en el barro. Los tres corrimos hacia el jeep.

25

—Es increíble lo que habéis tardado en seguirme —dijo Yolanda, una vez instalada en la parte de atrás. Me hablaba en inglés con voz ronca y áspera. Empezó a mover mochilas y bolsas para acomodarse mejor—. Quiero decir que me alivió ver que no me descubríais. Pero luego, al pensarlo mejor, me sorprendió un poco. Es decir, habría jurado...

—Lo sé, lo sé —dije—. Una simple peluca basta para engañarme.

—Y es increíble la rapidez con que has estado a punto de matarme en cuanto me has encontrado. Tú, la fan de Conan Doyle. En serio, Lola, es lamentable.

—Creo que preferiría hablar de ti. Eres una ladrona y además... estás chiflada —dijo Erik, que se había puesto al volante. Aceleró y sacó el jeep del barro lentamente. A nuestro alrededor se oía el golpeteo incesante de la lluvia y el ruido de los neumáticos sobre el barro. Después de unas cuantas sacudidas y de un súbito ruido de succión, el jeep se liberó de lo que le impedía avanzar y empezó a rodar por la carretera sin mucho convencimiento.

—Excelente —dijo Yolanda—. Sácanos de aquí.

—¡Eh, dame esa bolsa! —exclamé, cogiendo la bolsa de mi madre. Yolanda ya le había puesto las manos encima—. ¡No vuelvas a robármela!

—Ya la he revisado. Lo he leído todo excepto el diario. Es

de tu madre, ¿verdad? Me lo reservaba para el final. Pero el resto no sirve para nada. ¿El mapa está en el diario?

—No. —Aferré la bolsa con ambos brazos—. Está... está en el resto.

Erik me lanzó una mirada, luego volvió a mirar la carretera.

—Hay que saber juntar las piezas correctamente —improvisé—. Simplemente no has leído los mapas con la suficiente atención.

—Siempre leo con mucha atención —dijo ella. Se recostó en el asiento—. Tiene que estar en el diario.

—Mantente alejada de mis cosas, Yolanda. Te lo digo en serio.

—Vale, me portaré bien hasta que te des la vuelta. —Se encogió de hombros—. Soy una persona paciente. Estoy dispuesta a esperar. Solo quiero asegurarme de que decías la verdad sobre... esas tonterías acerca del trabajo de mi padre.

—Lo único que quieres es adelantarte a nosotros y excavar por tu cuenta —dijo Erik.

—No hemos venido aquí a excavar —lo corregí.

—¿Qué sabes tú? —le preguntó Yolanda.

—Sé lo que sé. He oído hablar de ti y de tu...

—Sí, has oído hablar de Tomás de la Rosa, estoy segura. Pues muy bien, estoy aquí para adelantarme a vosotros y excavar por mi cuenta, si lo quieres así. —Trazó un amplio arco con la mano—. ¿Qué vais a hacer ahora, echarme del coche?

—Por supuesto que no —contesté.

—¿De qué estáis hablando? —dijo Erik.

—Solo quería asegurarme —dijo ella. Me di la vuelta y vi que me miraba fijamente; luego, bajó los ojos. Se tocó el hilillo de sangre que bajaba por su cara y se miró el dedo manchado—. Lo siento —dijo. Se puso una mano sobre la frente y torció el gesto durante unos segundos antes de relajarse—. Supongo que parezco paranoica. Creo que me he golpeado en la cabeza.

—Sí, así que ya basta —dije—. Y sí, te sangra la cabeza.
—A Erik le dije—: Vigila la carretera.

—Ya la vigilo.

Saqué un pañuelo de papel de la bolsa de mi madre y lo agité delante de Yolanda.

—No tienes buen aspecto.

Yolanda tenía el pelo lleno de trozos de barro y hierbajos. Tenía rasguños en la mejilla derecha, un pequeño corte en el lado izquierdo del labio inferior y barro en la nariz. Bajo el sucio flequillo, sus ojos centelleaban. Apreté el pañuelo de papel contra la herida de su frente.

—No te preocupes tanto por mí —dijo ella.

Pero, aunque refunfuñó, cerró los ojos y me dejó que la limpiara.

—Deja de moverte.

—¿Qué vamos a hacer con ella? —preguntó Erik.

—Llevarla con nosotros.

—Eso está claro —dijo Yolanda—. Me habéis destrozado el coche, para empezar.

—Tampoco era gran cosa, cleptómana —dije, apartándole el pelo de la cara.

—Sabéis perfectamente que de todas formas no habríais llegado muy lejos sin mí.

—Será mejor que sea verdad —repliqué, furiosa por la situación.

—Sé que te alegras de que esté aquí —dijo ella—. Lo llevas escrito en la cara.

Por furiosa que estuviese, eso no podía negarlo, así que le froté toda la cara con vigor.

—Claro que, si mi padre estuviera aquí... —añadió Yolanda, apartándose con viveza—, no, si mi padre estuviera vivo no se habría dejado atrapar por dos tipos como vosotros. Un par de norteamericanos recorriendo el Petén, hurgando y fisgando por ahí. No lo habría soportado ni medio día. Os habría abandonado en el acto.

—¿Otra vez con esas? —dijo Erik, irritado—. Soy guatemalteco.

—Y yo soy... mexicana —dije—, americana.

—No, aquí no —replicó ella—. Los dos parecéis estadounidenses y habláis como ellos.

Es un hecho innegable, y muy incómodo, para muchos latinos de Estados Unidos: allí parecen muy morenos, pero cuando cruzan la frontera no lo parecen tanto. Así que Yolanda pisoteaba alegremente nuestra delicada identidad racial.

Yolanda sonrió y Erik gruñó algo entre dientes. Yo aún tenía en la cabeza algunas imágenes muy vivas del accidente y de Yolanda a punto de ahogarse, así que me limité a no hacerle caso.

—De todos modos —prosiguió Yolanda—, volviendo a nuestro tema principal, tenéis suerte de que os acompañe. Además, para nosotros este es el mejor momento para buscar por esta zona, antes de que lo haga nadie más. Porque ahora tendréis que prestar atención. Realmente han encontrado algo grande en la sierra de las Minas.

—Sí, jade azul.

—Pero el hallazgo es más importante de lo que yo o cualquiera creíamos al principio. Ayer, unos hombres desenterraron grandes filones en las montañas. Creo que hallarán una mina enorme cuando encuentren la fuente. Y la calidad... he conseguido ver algunas muestras. Jamás había visto nada parecido.

Le dije que mi padre nos había mostrado unos trozos de jade azul durante nuestra visita.

—En la ciudad dijiste que podían ahogarse con él —le recordó Erik—. Con el jade.

—¿Eso dije?

—Sí.

—Bueno, no importa. No estaba... de buen humor. Pero ahora, ¿quién sabe? Si han encontrado la mina que se describe en esa vieja historia, en la leyenda, quizá exista realmente una reina Jade, como mi padre pensaba. Él siempre se centró en la parte occidental de la selva, pero yo creía que debíamos dirigirnos hacia el este, hacia las ruinas de Tikal. Pero da igual donde sea, si realmente tenéis un mapa. Tenéis que dármelo.

—Si tú me ayudas, yo te ayudaré a ti —dije.

—Bueno, ¿y cuándo conoceré el gran misterio?

Erik me miró y yo enarqué las cejas hasta hacerlas desaparecer debajo del pelo.

¿Sospechaba él también que había una relación entre la búsqueda de Óscar Tapia y la de Beatriz de la Cueva?

—En un par de días —contesté, aunque no estaba segura de qué podría enseñarle para entonces, si es que podía enseñarle algo—. Cuando me asegure de que no vas a...

—¿A qué, a abandonaros? —Su voz subió de tono rápidamente—. ¿Es eso?

Vacilé.

—Sí.

—¿Igual que tú me abandonaste a mí?

Me miró con ira desde debajo del ala del sombrero, pero cuando vio que yo daba un respingo, algo cambió. El brillo de sus ojos se atenuó.

—No lo haré —musitó—. Dejaros tirados, quiero decir. Ahora que estoy aquí, no pienso moverme... siempre que no me deis razones para desconfiar de vosotros. —Mientras la miraba, le temblaba la boca. Habría jurado que veía de nuevo cariño en su expresión, aunque furioso, a regañadientes. Luego giró la cara—. Y eso es lo que estamos pactando. Un par de días hasta que me muestres el mapa. Yo te ayudaré a encontrar a Juana, y luego me iré a buscar la piedra, el jade, o como quieras llamarlo. Pero el trato es que, si lo encuentro, será mío. De mi padre. No permitiré que ningún gringo me lo robe. No es suyo. —Miró a Erik—. Ni tuyo. Ni de Juana. Es mío, por derecho.

Erik me lanzó una mirada al oír esto, dándome a entender en silencio que Yolanda de la Rosa sufriría una amarga decepción si se hacía algún descubrimiento, pero yo lo miré y meneé la cabeza.

—Ya sabes que a mí no me importa nada de eso —dije—. Puedes quedártelo. Yo solo quiero a mi madre.

—De acuerdo —dijo Yolanda—. Trato hecho.

Volvió a recostarse en el asiento y se llevó el pañuelo de papel a la frente, que volvía a sangrar.

Erik arrugó la nariz, pero no dijo nada y aceleró entre los montones de lodo y el aguacero, tan intenso que parecía blanco como el vapor. Volví a mirar a Yolanda y tras ver que se había puesto el cinturón de seguridad y que estaba tranquila, me relajé un poco. Toqué la tela de la bolsa de mi madre y escuché el crujido del plástico del interior hasta que noté un objeto duro y rectangular. Recorrí el contorno del objeto durante un rato. Lo había recuperado y estaba a salvo conmigo. Erik trató de sintonizar noticias o música en la radio, pero había demasiadas interferencias. No había ningún otro coche en la carretera, ni siquiera un autocar o un camión del ejército, pero al cabo de unos cuantos kilómetros avisté un asentamiento de chozas de plástico en una altiplanicie lejana. Sabía que era uno de los campos de socorro que había visto en televisión el día anterior, y que estaban llenos de personas evacuadas de las regiones más afectadas por la tormenta.

Las chozas se encontraban en un promontorio, a unos ocho kilómetros de distancia; se habían construido apresuradamente sobre cimientos de madera. El campamento estaba muy lejos y la visibilidad era escasa, de modo que no conseguí ver gran cosa, salvo la forma de unas pequeñas tiendas verdes, dispuestas en semicírculo en medio del barro. Había dos camionetas marrones aparcadas a la izquierda de las tiendas, pero no distinguí personas ni animales. Parecía que la lluvia acabaría por arrasar aquel pequeño santuario.

Observé aquellos espantosos refugios durante unos instantes. Me recordaron con horror por qué estaba allí.

Saqué el libro de Von Humboldt de una bolsa que tenía a

mis pies, abrí la cremallera de la bolsa de mi madre y empecé a revolver en el conjunto de ropas, papeles y fotocopias. Al meter el libro de Von Humboldt entre dos camisas de mi madre, lo encontré en el fondo. Saqué el diario de mi madre de su envoltorio de plástico; estaba seco.

Erik me miró, pero yo no dije nada para no alentar su interés. Yolanda también me echó una ojeada, pero yo no pensaba abrir el diario secreto de mi madre delante de sus ávidos ojos, ni de los de nadie.

Solo quería, me dije a mí misma, tenerlo en la mano y sentir una parte de ella cerca de mí.

26

Erik, Yolanda y yo seguimos descendiendo hacia el valle de Motagua, que se extiende desde las tierras altas del sur del país, pasa por Ciudad de Guatemala, llega a las llanuras dominadas por la parte oriental de la sierra de las Minas y alcanza los márgenes del Petén y Belice.

A la mortecina luz de la mañana, vi que todavía no habíamos llegado a la parte más honda del valle. La lentitud de nuestra marcha nos decía que lo que debía haber sido un viaje de diez horas nos llevaría mucho más tiempo. La constante presencia de la oscura y pálida lluvia caía sobre una tierra que cambiaba con gran celeridad. El huracán había causado los mayores estragos en Honduras y Belice, se había dirigido hacia el noroeste a través de la selva y se había detenido finalmente en las regiones altas de Guatemala. Pero los efectos aún eran devastadores. La carretera se encontraba inundada de agua, bordeada por árboles con las ramas negras. La lluvia cesó durante unos minutos, y vimos la carretera llena de tablones de madera y de trozos informes de plástico y de metal, tal vez de casas o de otros edificios destrozados por la tormenta, que el viento había transportado hasta allí a través del desierto.

—Aquí había cafetales —dijo Yolanda de repente—. También se cultivaba tabaco y cardamomo. Y más abajo había ganado. Pero ahora todo eso ha desaparecido.

—Todo parece muerto... muerto —dijo Erik. Su perfil se veía claramente recortado sobre la ventanilla gris.

—Salvo allí —replicó ella—. En aquellos asentamientos.

A nuestra derecha se alzaba de nuevo el terreno, y en la altiplanicie había otro campo de aproximadamente un centenar de tiendas de lona impermeabilizada de color verde oscuro, temblando bajo el cielo gris y blanco. El agua que rodeaba la altiplanicie formaba un único arroyo que se precipitaba hacia la carretera. El campamento estaba inundado y lleno de barro; distinguí varias figuras encorvadas que corrían de una tienda a otra acarreando cestos o protegiéndose la cabeza del diluvio con las manos. Tras ellos corrían unos perros, saltando en los charcos y mordiéndose unos a otros. No vi niños. Algunas tiendas parecían a punto de desplomarse bajo el peso del agua.

—Oí en la televisión que había casi doscientos mil evacuados —explicó Yolanda.

—¿De Honduras? —preguntó Erik.

—No, de Guatemala. De las tierras bajas, sobre todo del este. Claro que es a las tierras bajas donde vamos todos.

—¿Dónde está el resto de los evacuados?

—En las ciudades no. Creo que se han montado campamentos como este por todo el valle.

Permanecí inmóvil y en silencio durante una hora. Seguimos avanzando sin detenernos. Yolanda acabó quedándose dormida en el asiento de atrás, y Erik tenía que concentrarse tanto en la carretera que no se fijó en lo que yo hacía.

Se acercaba la tarde; el sol empezaba a bajar. Miré el tesoro recobrado que tenía sobre el regazo, sobre la bolsa arrugada. Froté la rugosa tela rosa de la tapa del diario. Pasé el dedo por los bordes de las páginas cerradas, y di unos golpecitos en el minúsculo cierre con las uñas. Había una pequeña cerradura en el cierre. Recorrí el contorno con el pulgar.

—¿Qué haces? —me susurró Erik—. Es el diario de tu madre, ¿verdad?

—Solo jugueteo con él —le susurré.

—Bueno, si encuentras algo en él ya me lo contarás.

Pasé los dedos alrededor del pequeño cuadrado metálico del cierre. Metí una uña debajo y tiré hacia arriba. No ocurrió nada. Tiré un poco más fuerte. Oí el crujido del papel al rasgarse.

Entonces el cierre se soltó. Un tirón más y se desprendió.

El diario se abrió.

Erik no podía imaginar el pánico que yo sentía, mientras él conducía el jeep esquivando rocas, baches y remolinos de agua. Ante nosotros se extendía un río que iba creciendo, y montones de detritos negros y dorados que se acumulaban en las partes más altas de la carretera. Un letrero que aún seguía en pie nos indicó que nos encontrábamos a cuarenta kilómetros de un punto de referencia llamado Río Hondo. El corazón me latía deprisa, pero no por culpa del agua que se precipitaba hacia el jeep.

Levanté la tapa rosa del diario de mi madre y pasé la mano por la primera página, cubierta con letras góticas como delicadas ventanas emplomadas.

Empecé a leer.

27

Tras sesenta páginas llenas de difíciles fórmulas matemáticas, anotaciones acerca de teóricos de la arqueología y de quejas sobre la política académica, había un largo intervalo, de aproximadamente un año, en el que no había escrito nada en absoluto. Después encontré esto:

13 de octubre de 1998

La noticia de su muerte ha interrumpido mi trabajo sobre las estelas. No he podido concentrarme en mis avances sobre el Laberinto del Engaño desde entonces.

Neumonía, dicen unos. Pero otros hablan de malaria.

Esperaba enviar mi trabajo para que lo publicaran esta semana, pero no consigo organizarme. Ahora solo puedo pensar en el pasado.

15 de octubre

He pasado días enteros incapaz de concentrarme en mi rompecabezas. Tal vez si escribo mis recuerdos, conseguiré librarme de ellos.

Conocimos a Tomás en el simposio de 1967 acerca de las estelas de Flores.

Pero llevábamos años oyendo contar historias acerca de él, de sus hallazgos de raras piezas de jade, su interés en la piedra de la hechicera, su trabajo en la resistencia y los sabotajes a los escuadrones de la muerte del ejército. Más tarde, añadimos a tales historias el rumor de que bombardeó la casa de un coronel del ejército y asesinó a un contable. También desfiguró a un guardia, a un teniente que era un crío, cuya negligencia se castigó con tanta efectividad que se convirtió en uno de los asesinos más despiadados de la guerra...

Todos estos acontecimientos contribuyeron a hacer famoso a Tomás de la Rosa. Pero fue su trabajo sobre la falta de significado de las estelas lo que le dio renombre. Y es innegable que nosotros estábamos celosos de él, porque pensábamos que la idea se nos había ocurrido antes.

En cuanto entramos en la sala de conferencias de El Salvador, vi a un hombre alto y feo, con rostro grave, y ojos y sombrero negros. Estaba tomando un whisky, rodeado de dos eruditos conservadores, los doctores Guillermo Sáenz y Gregorio Rodríguez. No era guapo, ni amable. Pero había algo en él. Algo que atraía.

De repente el hombre se giró y me miró.

Puedo jurarlo, me miró de un modo absolutamente indiscreto.

—Vosotros debéis de ser los chicos que estuvisteis a punto de adelantaros a mí con vuestro artículo acerca de las piedras —dijo, tras deshacerse de sus colegas y acercarse a nosotros. Su mirada no se apartó de mi rostro—. Demonios, preferiría hablar con vosotros de nuestros extraños jeroglíficos que dejar que sigan gritándome esos viejos estúpidos —señaló a Sáenz y a Rodríguez—, que son mis mejores amigos, aunque sean unos malditos capitalistas.

—Bien, sí, encantado de conocerte —dijo Manuel, tan educado como siempre.

Casi había olvidado que estaba a mi lado. Manuel me puso una mano sobre el hombro.

—Juana —me dijo—. ¿Cariño? ¿Qué te ocurre?

—No le ocurre nada —dijo Tomás con descarado atrevimiento.

Aparté la vista de él; ya nos lo habíamos dicho todo con la mirada. Y fue entonces cuando le dije a Manuel la primera mentira.

—Nada, cariño. —Le sonreí—. Estoy bien.

Manuel era tan confiado, que no sospechó nada. Incluso invitó a De la Rosa a acompañarnos en el viaje de vuelta a Ciudad de Guatemala.

Noté los ojos de aquel hombre fijos en mí durante todo el viaje en coche.

16 de octubre

¡Voy a dejar de escribir estas memorias para volver a mi trabajo! A este paso no lo terminaré nunca.

Yo rey jade feroz rey verdadero un jade
nacido noche y jade el de signo jade

Tengo que concentrarme. Tengo que asegurarme de que traduzco bien el laberinto.

Apreté la mano derecha contra el diario mientras leía de nuevo esta última línea.

Respiré hondo; casi todo en aquellas páginas me había desconcertado, pero sabía que la frase era crucial.

Volví al principio:

«La noticia de su muerte ha interrumpido mi trabajo acerca de las estelas. No he podido concentrarme en mis avances sobre el Laberinto del Engaño desde entonces».

A Erik y a mí nos había parecido extraño que Beatriz de la Cueva y Alexander von Humboldt hubieran descrito un laberinto pero no mencionaran nunca las estelas encontradas por Óscar Ángel Tapia, aunque los tres aventureros habían recorrido la misma zona. También parecía muy extraño que mi madre hubiera anotado fragmentos que yo reconocía como pertenecientes a las estelas, y hubiera escrito también «traducir» el laberinto.

¿Sería acaso que el Laberinto del Engaño y las estelas de Flores eran la misma cosa?

—Eso es —susurré—. Es lo que pensaba.

Ni Erik ni Yolanda me oyeron. Tampoco tuve tiempo de seguir pensando en el resto de los pasajes del diario que acababa de leer.

Se produjo una sacudida. Mi cuerpo saltó hacia delante y arrugó las páginas del diario. Los costados del jeep crujieron.

Entonces hubo una sacudida aún más fuerte.

28

—Oh, no —dijo Erik.

—¿Qué pasa? —preguntó Yolanda desde atrás. Yo no sabía cuánto tiempo llevaba despierta.

Cerré el diario para que ella no viera lo que mi madre había escrito. La lluvia azotaba los costados del jeep. Sonaba como si estuvieran arrojando piedras sobre el capó; el agua caía a chorros por las aberturas del jeep. El vapor y el agua hacían difícil distinguir qué teníamos delante. Puse una mano sobre el diario y meneé la cabeza.

—No es nada —dije. Volví a envolver el diario con el plástico—. Solo leía...

—¿De qué estás hablando? —preguntó ella. Ni siquiera había visto el diario; asomó la cabeza por la abertura de una ventana de goma del jeep.

—Esto no tiene buen aspecto —dijo Erik, sacando también la cabeza por su ventanilla—. De acuerdo, bien, puedo maniobrar para salir de aquí.

—Ah, ¿sí? Tenemos que salir del coche. ¿De dónde ha salido todo esto?

Miré por el parabrisas.

—No veo nada. ¿Qué pasa?

—Eso —dijo Yolanda, señalando con el dedo.

Abrí la cremallera de mi ventanilla de goma, la bajé y escudriñé a través de la tormenta. Vi que habíamos llegado a las afueras del pueblo medio sumergido de Río Hondo. Y vi también que la carretera por la que viajábamos había desaparecido.

Por la derecha estábamos rodeados de agua verde y blanca, que se arremolinaba entre espumarajos; habría cubierto la carretera después de romper los diques construidos días atrás. El río Hondo, que corría paralelo a la carretera a un kilómetro hacia el sudoeste de la aldea, se había desbordado por culpa del Mitch y de las lluvias de los días posteriores y había arrastrado los sacos de arena que la gente del pueblo había apilado en sus orillas. Los baluartes estaban rotos y derramaban la arena en el río, así que había sacos de arpillera flotando en el agua que rodeaba el jeep, golpeaba los costados y se filtraba por las puertas antes de seguir su camino. Yolanda, Erik y yo sacamos la cabeza por las ventanillas para ver mejor lo que ocurría. Hacia el oeste todo estaba cubierto por el agua. Hacia el este se encontraba el pueblo. Allí vimos una desolada gasolinera, cubierta ya por el agua en una cuarta parte, así como tiendas vacías y algunas casas con los tejados medio arrancados. También vi una pequeña iglesia muy bonita, construida con arcilla y estuco y pintada de blanco, de modo que parecía una delicada escultura de porcelana. No había daños visibles, aunque la tormenta había apilado montones de porquería, ramas rotas y piedras contra sus costados.

Volvimos a subir las ventanillas y cerrar las cremalleras.

—¿Hay algún modo de llegar hasta esa iglesia?

—Tengo problemas para controlar el jeep —gritó Erik—. Las ruedas de atrás no giran... la carretera...

—¿Puedes dar la vuelta? —preguntó Yolanda, mirándolo con los ojos muy abiertos.

—¡No!

—Espera, espera —dije. Volví a meter en la bolsa el diario de mi madre envuelto en plásticos y lo enterré bajo otra capa de plástico—. Tengo que pensar. ¿Cuándo ha empeorado de esta forma?

Erik sudaba.

—Ahora mismo.

—¿Dónde está todo el mundo?

—No lo sé. Atrapados en sus casas. O evacuados.

El jeep dio un salto hacia delante en el agua, que nos rodeaba, alta y traicionera, pues no nos permitía ver lo que había debajo. La crecida del río se había comido la carretera, de modo que sus orillas se extendían mucho más allá de lo normal, y formaba un precipicio que caía hacia las aguas más profundas y voraces. Las ruedas del jeep se deslizaban y saltaban. El agua seguía entrando por las rendijas de las puertas y las ventanillas. Erik giraba el volante tratando de mover el vehículo hacia el este, hasta que se convenció de que no servía de nada, puesto que las ruedas solo tocaban el asfalto de la carretera esporádicamente.

Yolanda inclinó la cabeza hacia delante; noté su pelo mojado en mi mejilla y oí su respiración.

—Yolanda.

—No temas —dijo.

—Quitaos los cinturones de seguridad —les dije a ella y a Erik.

—Buena idea —dijo Yolanda, y desabrochó el suyo—. Puede que tengamos que... nadar un poco.

—Espero que no —dijo Erik.

—No pasará nada —dijo ella con firmeza—. No pasará nada.

Me puso una mano sobre el hombro. Yo puse una mano sobre la suya.

—Pero si pasa, quiero que sepas... —dijo en tono vacilante.

—Pero si pasa, ¿qué?

—Si pasa algo malo... quiero que sepas...

El jeep empezó a dar sacudidas. Yolanda me agarró con los dos brazos en un abrazo, apretó su cara contra la mía y cerró los ojos.

—Que... no... te... soporto.

—Yo... tampoco... te... soporto —grité.

—Sujétate —dijo ella—. Algo pasa. El jeep se hunde.

—Sujétate.

—¡Sujetaos! —gritó Erik—. ¡No consigo que se mueva!

Erik me sujetó también; yo me aferré a su mano. El jeep se movió y crujió. Los tres pegamos un bote. Oímos un ruido prolongado de algo que se deslizaba; una sección de la carretera cayó al agua que se precipitaba hacia el oeste. Y el firme cedió bajo el jeep.

Empezó a volcar lentamente, sin parar. Aferrada a la bolsa de mi madre, fui lanzada hacia arriba, con la cara y los hombros contra el techo del jeep, tragando sucia agua negra. Todo estaba oscuro y muy frío; no veía a Yolanda ni a Erik, pero notaba sus cuerpos debatiéndose por encima de mí. Empecé a dar patadas a todo lo que me obstruía; luché por atravesar una barrera de lodo y tela, y conseguí sacar la parte superior del cuerpo por una oscura abertura, pero cuando estiré las manos hacia arriba, sujetando con una de ellas la bolsa de mi madre, solo noté que estaba rodeada de agua, y cuando abrí los ojos, todo era negrura. Un trozo de tela, o hierbajos, o plástico, se había enrollado en torno a mi torso, y tenía los pies atrapados en lo que me pareció que podía ser una ventanilla de goma del jeep. Mientras me debatía, tuve la sensación inmediata y paralizante de algo familiar, definitivo e inevitable que esperaba en el agua para recibirme, como siempre había sabido que ocurriría. Era la muerte. Me moví hacia la izquierda. Me giré hacia la derecha. No podía respirar. Tragaba agua.

Entonces algo se metió en el lugar al que había caído, me rodeó el pecho con el brazo y tiró de mí para sacarme de los recovecos en los que había quedado atrapada. Me encontré de pronto fuera del agua, bajo la lluvia, vomitando parte de lo que había tragado.

Luego, volví a respirar.

Erik me sujetaba por un brazo. Tenía la cara pálida y angustiada bajo el aguacero que caía sobre él. Me arrancó a tirones del precipicio de lodo de color burdeos que hasta hacía unos minutos era la carretera del Atlántico. Abrí los ojos y vi a Yolanda, sucia de barro y chorreando agua, pero con su maldito sombrero negro todavía en la cabeza. Me gritó algo desde lo alto del precipicio y luego se lanzó hacia abajo, metiéndose en las aguas más profundas para ayudar a Erik a sacarme de allí. Los tres nadamos y nos alejamos como pudimos del jeep hundido, y subimos por el terraplén hasta notar el duro borde de la sección de la carretera que aún no se había desmoronado. Erik me sujetó por la cintura y luego por el trasero y me empujó hasta que conseguí trepar hasta la carretera inundada con la bolsa bajo un brazo; luego intentó hacer lo mismo por Yolanda, pero ella le dijo muy digna que no pensaba dejarse tocar por un idiota como él. Arrojé la bolsa a mis pies, me incliné sobre el inestable borde de la carretera y cogí a Erik por los brazos. Tiré con todas mis fuerzas, pero Erik resbalaba y se alejaba; yo gritaba. Finalmente, se impulsó hacia delante en el agua y consiguió trepar hasta mí. Luego se inclinó sobre el borde y, mientras yo lo sujetaba por el cinturón, agarró a Yolanda por debajo de las axilas y la sacó del agua.

Teníamos los tres la cara cubierta de barro; nos limpiamos los trozos rojos de la boca; vi unos churretones rojos en la barbilla de Erik y traté de quitárselos, pero me di cuenta de que era sangre. Entonces vi que me había quedado inmóvil cogida de su brazo, porque tenía la insensata sensación de que, si lo soltaba, volvería a deslizarse por el barranco hacia el agua, y no lo vería nunca más.

—¿Estás bien? —me gritó.

—Sí. ¿Yolanda?

—¿Respiras bien? —me preguntó ella cogiéndome por los brazos con expresión aterrada—. Has tragado mucha agua.

—Estoy bien.

—¿Seguro?

—Seguro.

—Yo no. Ha sido horrible. Pero... espera. —Volvió la cabeza hacia mí con una sacudida.

—¿Qué?

—¿Dónde está el mapa? ¿Dónde está el mapa?

—Aquí —respondí, blandiendo la bolsa de mi madre.

—¡Enséñamelo!

—Vosotras descansad —dijo Erik en inglés, y me examinó un corte que tenía en la mejilla, palpándolo con los dedos—. Recordad que podríamos haber muerto hace un momento.

—Enséñamelo —repitió Yolanda.

—No, no, no —dije. Apreté la bolsa contra mi pecho, pero no solo por Yolanda. ¿Qué significaba lo que acababa de leer en el diario de mi madre?—. No vuelvas a pedírmelo.

Yolanda se quedó mirando la bolsa bajo la lluvia. Se tocó la boca con la mano.

—No entiendo por qué no quieres dármelo —dijo lentamente.

—Adiós jeep —dijo Erik, mirando cómo la corriente se llevaba el vehículo.

Yolanda me miraba fijamente. No parecía haber oído las palabras de Erik.

—¿Yolanda?

—Sí, ¿qué? Vale, de acuerdo. Entonces, pongámonos en marcha. —Señaló hacia el este—. Por allí.

Echamos a andar por el agua; pasamos por delante de una tienda de ultramarinos con el letrero de Coca-Cola pintado de rojo y un Ford abandonado, y entramos en el pueblo evacuado hasta llegar a la iglesia blanca. Subí por la escalera de ladrillo y empujé la puerta de madera para abrirla.

Dentro de la iglesia había varios centímetros de agua, pero estaba lo bastante seca para albergar a tres palomas, dos ratones, diversos pájaros y una salamandra naranja que trepaba por los muros de yeso blanco con sus dedos viscosos. Una tenue luz se filtraba por una ventana alta y rielaba en el agua que rodeaba el altar. También iluminaba algunos de los largos bancos de madera, sobre los que nos desplomamos los tres.

29

—Estoy destrozada —dijo Yolanda una hora más tarde. Seguíamos en la iglesia—. ¿Ha dejado de llover?

Al entrar en ella, se había rodeado el cuerpo fuertemente con los brazos y no había vuelto a abrir la boca. Después se quitó por fin el sombrero. Yo estaba sentada en el banco más seco. Yolanda se acercó y se sentó junto a mí, pero no apoyó la cabeza en mi regazo hasta que se quedó dormida, y entonces lo hizo sin darse cuenta. Le acaricié los cabellos, pero solo mientras estuve segura de que dormía.

Cuando se despertó, se apartó, y yo me levanté para ir a mirar por una ventana.

Erik estaba sentado a tres bancos de nosotras. Al pobre parecía que lo hubiera aplastado una mano gigantesca.

—¿Qué ves?

—Nada —respondí—. Es decir, no llueve. —El cielo empezaba a aclarar un poco y por encima de las nubes aparecían tímidamente los rayos del sol. Seguía sintiendo terror en todo el cuerpo, y me dolía el golpe que me había dado en la cabeza en el accidente—. Está aclarando.

—Prueba a llamar a Manuel otra vez —propuso Yolanda. Abrí el móvil mojado que Erik se había sacado del bolsillo—. O llama a emergencias. Tiene que haber alguien por aquí que pueda ayudarnos. ¿Antes no habéis visto coches que circulaban por la carretera?

—Camiones del ejército —dijo Erik—. Hemos visto un par por lo menos. Seguramente se dirigían hacia el nordeste para llevar suministros a la gente.

Yolanda cerró los ojos.

—No pienso meterme en un camión militar —dijo—. No quiero saber nada de esos asesinos.

—Puede que no te quede más remedio —dijo él.

—Mira, solo por decir eso estás demostrando que en realidad no eres de aquí.

Erik frunció el entrecejo y se apartó el flequillo de la frente.

—Este teléfono no funciona —dije.

El rostro de Erik empezó a adquirir un intenso tono púrpura. Sin decir nada, se levantó y salió de la iglesia. Yolanda y yo nos quedamos solas.

—Déjalo en paz —le dije.

—Es casi adorable la facilidad con que se deja chinchar —dijo ella, encogiéndose de hombros—. Pero supongo que puedo hacerte el favor de dejarlo tranquilo, ya que es tu novio.

—No es mi novio.

Yolanda se irguió en el banco. La luz que entraba por la ventana le daba en la cara. Parecía haber abandonado la idea de insistir en pedirme la bolsa de mi madre, lo que me alegraba. Aún no estaba lista para pensar en su contenido.

—Relájate —dijo—. Es obvio, aunque resulte repugnante.

—No estamos juntos. A mí me gustan... los bomberos. Y los policías.

—¿Qué?

—Es una larga historia. En resumen, no es mi tipo.

—Bien. Como quieras.

Su boca esbozó una sonrisa. Pensé que se parecía mucho a mi madre. Superada la conmoción inicial y la hipotermia, hallarse en medio de una extraña aventura la ponía de buen humor.

—Bueno... —empecé diciendo.

Ella me miró enarcando una ceja.

—¿Qué tal te han ido las cosas? —pregunté.

—¿Las cosas?

—Tu vida, ¿qué tal en los últimos años?

—Dura como el pedernal, Lola —respondió, agitando la mano—. Como puedes comprobarlo tú misma.

—Pero debes de haber tenido... amigos. Habrás tenido buenos momentos. —Hice una pausa—. Es decir, eso espero.

—Buenos momentos... ah, quieres decir, ¿con hombres?

—Entre otras cosas.

Su sonrisa se concentró en la comisura derecha de la boca y asintió levemente.

—He pasado buenos ratos. He conocido a algunos hombres buenos y decentes. Pero... no me he casado. Como seguramente habrás adivinado. Desde luego no hay ninguna ley que te obligue a ello. Habría estado bien, pero simplemente no ha ocurrido. Siempre estaba trabajando con mi padre... pero no sé si debería hablar contigo de todo esto. —Soltó una ronca carcajada.

—¿Por qué no?

—Ahora soy una persona reservada. Podríamos decirlo así. Eso es lo que pienso. Tengo más cuidado cuando se trata de las personas con las que... —Dejó la última frase sin acabar.

Yo permanecía a la escucha.

—¿Tú pensabas que éramos amigas? —preguntó de pronto—. Cuando vivía contigo, quiero decir.

—Eso fue hace mucho tiempo —dije—. Yo tenía nueve años cuando apareciste en mi vida. Y tú eras una niña asustada de once años.

—Sí, bueno, ¿lo creías?

—¿Que eras amiga mía? Al principio no —admití.

—No, al principio no —dijo ella. Sus ojos brillaban como esmeraldas bajo aquella luz.

—Pero más tarde sí.

Ella asintió sin mirarme.

—Más tarde —proseguí—, comprendí que seguramente

habías sido una de las mejores amigas de mi vida. —Cuando dije esto, sentí que mis brazos se separaban de mi cuerpo momentáneamente, impulsados por el deseo de abrazarla—. Nunca he tenido otra amiga como tú. Nunca he tenido la misma relación con ninguna otra persona.

Yolanda se pasó la mano por el pelo. Parecía desnuda sin su sombrero.

—En cuanto a los hombres... bueno —dijo ella, cambiando otra vez de tema—, no me hables ni de Edipo ni de Electra, pero en realidad nunca los he necesitado demasiado. Nunca he necesitado uno de esos arreglos domésticos. Mi padre y yo estábamos tan unidos que supongo que ni siquiera pensaba en ello. Me gustaba su compañía. ¿Tiene sentido para ti? —Se encogió de hombros—. ¡Y luego murió! Así que... al parecer, ahora no me queda gran cosa. Empecé a pensar que había cometido un error; o puede que no, porque mi relación con él fue muy provechosa. —Meneó la cabeza—. Aún no he hallado la respuesta.

Su tranquila expresión no cambió mientras me contaba todo aquello, salvo por un ligerísimo fruncimiento de las cejas.

—Pero entonces apareciste tú hablando de tu madre. Y de ese mapa. Lo único que se me ocurrió fue seguir tus pasos para encontrar esa piedra de la que siempre hablaba papá. Siento como si este fuera el último viaje que haré con él. Todo este ajetreo me ha sentado bien. No siento la necesidad de beber hasta caer inconsciente. —Tosió—. Y fíjate en mí. Estoy siendo cordial con una Sánchez. Una vieja enemiga de la familia. Que además piensa que fuimos amigas en otro tiempo. No sé... o bien las cosas empiezan a mejorar, o he tragado demasiada lluvia ácida. ¿Tú qué crees?

—Demasiada lluvia ácida —dije.

Yolanda soltó una risita y me miró de un modo extraño, con la cabeza ladeada.

—Aun así, será mejor que no me hayas mentido sobre ese mapa —dijo.

Uno de los pájaros, posado en una ventana, empezó a agitar las alas e hizo que cayera una lluvia de gotas y polvo dorado, visible a la luz. Oí un chapoteo en el exterior y un curioso chirrido. Pero la lluvia y el viento habían cesado.

—Espero que no me mintieras para traerme hasta aquí —repitió ella despacio, con un tono que se hacía más duro—. Porque entonces no seré... cordial.

Sostuve su mirada.

Aún no tenía un mapa propiamente dicho, solo una idea, algunas pistas. Pero las inundaciones dificultaban el avance por el país, y habíamos tenido dos accidentes en un día. Empezaba a ver con mayor claridad que si decía la verdad, y Yolanda nos abandonaba, mi madre moriría.

—Sé cómo llegar a los laberintos —dije.

—Me alegra oírlo —replicó ella, al tiempo que se oía un gran estrépito en el exterior.

El pájaro de la ventana voló hacia las vigas del techo.

—¿Qué es eso? —preguntó Yolanda.

Los chapoteos y chirridos se oían cada vez más cerca, así como un repiqueteo metálico. Imaginé una gran bestia mecánica que se abría paso entre el barro con pies de hierro. Entonces se oyeron voces y gritos de algunos hombres.

Erik asomó la cabeza rizada por la puerta de la iglesia, y luego apareció el resto de su cuerpo, empapado; nos miró durante unos segundos.

—Hora de marcharse —dijo.

—¿Qué? —preguntó Yolanda, levantando las manos.

—Hora de marcharse.

—No entiendo...

—Que nos vamos —repitió él—. Por favor, levanta el culo y mueve los pies hasta que milagrosamente te lleven al exterior de esta iglesia, tras lo cual podrás dejar caer tu trasero en uno de los cómodos camiones que están esperando ahí fuera para llevarte a Flores.

Las dos nos quedamos mirándolo como tontas.

—Y no creas que a mí me gusta más que a ti —dijo Erik a Yolanda—. Pero son del ejército.

Yolanda giró la cara y sus labios se movieron para pronunciar silenciosas imprecaciones hasta que vio los lagartos que nadaban alrededor de nuestros pies. Entonces se puso el sombrero vaquero y me siguió al exterior de la iglesia para enfrentarse con los soldados que nos esperaban.

30

En las afueras de Río Hondo había cinco camiones del ejército cubiertos con lonas impermeabilizadas, llenos de provisiones y de fuertes hombres uniformados. A causa de las violentas ráfagas de viento, los helicópteros no habían podido llevar suministros al norte, donde la tormenta había dejado a miles de personas sin hogar. El ejército enviaba aquellas caravanas en su auxilio. Las inundaciones no habían impedido su avance por la carretera del Atlántico ya que utilizaban pontones hechos con boyas que podían arrojarse sobre los corrimientos de tierras y los barrancos que cubrían ahora las carreteras del país. En la parte posterior de cada camión había unos veinte soldados, parcialmente ocultos por las lonas, pero veíamos sus rodillas sobre las cajas y los sacos de agua, cecina, medicinas y verduras en lata. Uno de los soldados que nos esperaba fuera nos dijo que nos sentáramos en el último camión. Los tres nos acercamos a él y una mano invisible alzó parcialmente la lona de la parte posterior. Echamos una larga mirada al interior del camión y al puñado de soldados que había; los hombres del fondo se perdían entre las sombras, pero los que estaban delante llevaban los rifles apoyados sobre el muslo, para protegerse de bandidos y saqueadores.

Yolanda permanecía muy erguida y callada a mi lado. Oía su respiración.

—No puedo subir ahí —dijo.

Erik trepaba ya al camión, pero también él estaba silencioso y con la mandíbula apretada. Una vez arriba, se dio la vuelta y me alargó la mano. Dos de los soldados hicieron lo mismo para ayudarnos a subir.

—Vamos, Yolanda —dijo Erik con voz tranquila aunque triste—. Tenemos que salir de aquí.

Ella siguió inmóvil, mirando fijamente a los soldados. Pasó medio minuto. Un minuto. Dos.

—Tenemos que irnos —insistió Erik.

—¿Qué les pasa? —preguntó uno de los soldados.

—Solo están asustadas —respondió otra voz desde el fondo del camión, donde no veíamos nada.

—¿Asustadas de qué?

—Ve a buscar a mi mano derecha, Rivas —dijo la voz desde el fondo—. Dile que venga.

Uno de los soldados saltó del camión y se dirigió chapoteando hacia el resto de la caravana.

—Disculpe, señora —dijo Rivas.

Nos hicimos a un lado, luego cogí a Yolanda del brazo.

—Tenemos que irnos —dije—. Erik tiene razón.

—Esta gente son asesinos —murmuró ella—. Mi padre decía que el mundo sería mejor si estuvieran todos muertos.

—Vamos, chicas —dijo uno de los soldados; era menudo y moreno, con un corte de pelo escalado.

—Antes me iría con el diablo —dijo Yolanda, sin subir la voz.

Yo me limité a esperar a que lo pensara mejor.

—Además, si estos soldados se enteran de quién soy, podrían dejar de ser tan simpáticos —añadió—, y eso tampoco sería nada bueno para vosotros.

Erik seguía con el brazo extendido y nos miraba con los ojos entrecerrados.

—Lola, ¿qué pasa?

—¿Qué le pasa a esa mujer? —preguntó el soldado con el corte de pelo escalado—. A la del sombrero.

—Muchas cosas —dijo Erik—. Muchas, muchas cosas.

—¿De qué está hablando? —preguntó el soldado.

—Mi amigo solo bromea —dije, tratando de no parecer nerviosa—. Solo es una broma. —Luego añadí, dirigiéndome a Yolanda—: Tienes que decidirte ya, Yolanda. Yo te apoyaré, sea cual sea tu decisión.

Ella miró por encima del hombro el pueblo inundado y el río que seguía creciendo.

—No hay muchas alternativas, desde luego —dijo.

—Cinco segundos, Lola —dijo Erik—. Nada más. Luego tendré que «insistir». Además, no creo que nuestros amigos se muestren tan pacientes como yo cuando se trata de esperar a unas señoras.

Oímos el ruido de los demás camiones que se ponían en marcha; algunos empezaron a avanzar por el agua lentamente; se dirigían hacia una zona de la carretera que seguía en pie.

—Da la orden, hijo —dijo el oficial al que no podíamos ver.

—¡Todos al camión! —gritó el soldado del corte de pelo escalado—. ¡Nos vamos!

Yolanda me miró. Luego se caló aún más el sombrero.

—De acuerdo —dijo—. A la mierda mis principios. Pero será mejor que no me toquen.

Se cogió de la mano de Erik y se impulsó hacia el interior del camión. Yo trepé después de ella, sin soltar la bolsa de mi madre. Dos hombres me cogieron por los pantalones y los codos para izarme. Miré a mi alrededor y vi que estábamos rodeados de soldados.

El camión dio una sacudida y empezó a moverse lentamente entre chirridos. Erik y Yolanda se sentaron junto a mí en el pequeño banco del camión, cada uno a un lado. Nos apretamos a los soldados, que se habían apretado a su vez para hacernos sitio.

El soldado Rivas volvió corriendo, se agarró a la parte posterior del camión y se encaramó al interior.

—¿Y bien? —dijo la voz del fondo—. ¿Dónde está?

—Con el grupo de Villaseñor. Dice que está ocupado.

—¿Ocupado?

—Sí, señor.

—Bueno, tendré que hablar con él en la próxima parada.

El soldado con el corte de pelo escalado miró hacia el fondo del camión y luego a Rivas.

—Echa la lona hacia atrás, soldado. Está demasiado oscuro aquí dentro.

—Sí, coronel.

Rivas apartó la lona verde para dejar pasar la luz al interior del camión.

En ese instante reconocimos a la persona que daba las órdenes.

Su rostro seguía medio oculto entre las sombras, y parecía más pequeño de lo que recordaba, pero no había duda: era el soldado con mostacho y manos delicadas que sospechó de Yolanda cuando la encontramos, unos días atrás, en el bar Pedro López, en Ciudad de Guatemala.

31

Dentro del camión, el ambiente era húmedo y silencioso, bañado por una luz espectral de tonos nacarados.

—¿Está enferma? —preguntó a Yolanda el soldado con el pelo escalado.

—No... estoy bien —respondió ella, mirando por encima de la lona del camión. No había a donde saltar excepto a las aguas tumultuosas.

—Solo está asustada, como he dicho antes —afirmó el hombre al que conocíamos del Pedro López y que, evidentemente, era un coronel. Su voz era fría y extrañamente tranquila—. Esta gente y yo nos conocimos hace unos días. Tuvimos un pequeño altercado en un bar, por la cuenta, creo. Me temo que estaba borracho y no lo recuerdo muy bien. Pero fue mi compañero el que armó follón. Había bebido demasiado y tenía ganas de pelea.

—¿Quiere decir que Estrada inició una pelea? —preguntó un soldado.

—Exacto.

—Le ocurre a veces —dijo otro soldado. Llevaba la cabeza afeitada y tenía el rostro redondo—. ¿Se lo hizo él? —Señaló la contusión que Erik tenía bajo el ojo.

—Sí —contestó Erik.

—A mí también me lo hizo una vez —replicó el otro.

—Sí, bueno, todos tenemos que aprender a vivir con los

cambios —dijo el soldado con el pelo escalado, refiriéndose presumiblemente a los acuerdos de paz. Miró al coronel con cautela y carraspeó—. Estrada se ha metido en más líos que la mayoría. Sobre todo últimamente.

El coronel empezó a estirar los dedos como un violinista que calienta para un concierto.

—Exacto, muchacho. Tenemos que enseñarle a comportarse. Algunas veces necesita... disciplina. Eso es todo. Podría pasarle a cualquiera.

—Me gustaría bajar del camión ahora mismo —dijo Yolanda. Se apretaba los muslos con las manos para evitar que temblaran.

—Me parece bien —dijo Erik.

—No hay necesidad de dramatizar —dijo el coronel—. Le aseguro que no somos los monstruos que usted cree, señorita. Y señor. Nadie los molestará. Las cosas ya no se hacen así. Ahora se controlan esos comportamientos.

Algunos soldados se removieron en sus asientos, como si no estuvieran muy seguros de ello.

—Y además, ¿qué es una pequeña pelea de bar? —añadió el coronel—. Nada. Está olvidada. Todos estamos aquí en misión humanitaria. Igual que ustedes, suponemos.

—Hemos venido a buscar a mi madre —dije, dominándome cuanto pude. No creo que se dieran cuenta de que temblaba.

—Exactamente. Han venido a buscar a su madre. Nosotros transportamos suministros. Nada más. Así que, acomódense. O bájense. ¿A mí qué más me da?

—¿Habla en serio? —pregunté.

—Sí. ¿Qué cree que es esto?

Los tres seguimos mirándolo fijamente, sin saber muy bien qué hacer.

—¿Cómo se llama? —preguntó Rivas a Yolanda en tono cordial.

—Susana Muñoz —respondió ella.

—No me suena, pero su cara me es familiar. ¿Nos hemos visto antes?

—Eso fue exactamente lo que pensé cuando la vi la primera vez —dijo el coronel.

—Creo que la he visto en alguna parte.

—Tiene una de esas caras que no se olvidan —dijo el coronel—. Que te recuerdan algo.

Apreté la muñeca de Yolanda.

—Le juro que he visto antes a esta chica, señor.

Yolanda estaba seria y tenía los brazos tensos, como si se preparara para huir o incluso atacar a Rivas. Pero de pronto se relajó, sacudió los hombros y adoptó una postura totalmente distinta. De la mirada apagada y ojerosa, pasó a mostrar una sonrisa radiante, forzada, pero no demasiado; de repente se transformó en una persona encantadora y excéntrica, que hablaba con las manos y sonría sin parar.

—Me dedico a la venta ambulante —dijo—. Seguramente me habrán visto por la ciudad.

—¿Qué vende, comida? —preguntó Rivas.

—¿O... flores? —dijo el coronel—. Rosas, quizá.

—Juguetes —respondió ella—. Juegos, juguetes.

—¿Y es amiga de estos norteamericanos?

Erik abrió más los ojos.

—Americana y mexicana —musité pensativamente—. Eso soy.

—¿Qué? —preguntó Rivas, haciendo una mueca.

—No le hagan caso —dijo Yolanda—. Son gringos de los pies a la cabeza. Pero sí, somos amigos —me señaló—. Nos conocemos desde niñas. Ella vende libros. Él es su novio. Es —miró a Erik casi con ternura, y luego le guiñó un ojo—, es un idiota.

Los hombres del camión rieron. Erik y yo guardamos silencio, tensos y vigilantes.

—El caso es que estoy con ella para ayudarla —añadió Yolanda.

—Eso lo explica todo —dijo el coronel—. Todos los enigmas desentrañados, todos los acertijos resueltos.

—El coronel tiene mucho vocabulario —dijo Rivas.

—El coronel tiene muchos trucos en la manga —dijo el soldado con el pelo escalado—. Respetuosamente hablando, por supuesto.

—Por supuesto.

El soldado con el pelo escalado nos miró detenidamente.

—Así que no hay ningún problema, ¿no es así, coronel? —preguntó.

—Ningún problema en absoluto —respondió el aludido, sonriéndonos antes de dejar caer la barbilla sobre el pecho, como si se dispusiera a echar una cabezada.

—¿Lo ven? —dijo el soldado—. No tienen nada de que preocuparse.

—No tenemos nada de que preocuparnos —repitió Yolanda en tono alegre. Pero cuando puse la mano sobre su mano, la tenía completamente helada.

—Todo va bien —dijo Erik, mientras observaba el agua que nos rodeaba en varios kilómetros a la redonda.

Por la abertura que dejaba un trozo de lona enrollada y sujeta hacia arriba, vi el paisaje cada vez más inundado y desolado a medida que descendíamos.

Estábamos atrapados. O salvados.

El convoy de camiones se abría paso en el agua; el aire húmedo nos calaba los huesos; los soldados tenían un rostro impenetrable. Lo único que podíamos hacer era fingir serenidad.

Mientras dábamos bandazos y nos lanzábamos miradas nerviosas, tratamos de mantener la calma; estábamos entrando con aquellos nuevos e inquietantes compañeros en el corazón del valle de Motagua.

32

La hilera de camiones del ejército se adentró en la hondonada. A nuestro alrededor se alzaban las grandes paredes
oscuras de la sierra de las Minas al norte, y la sierra del Espíritu Santo al oeste. Descendimos hacia una cuenca cubierta de
agua que dificultaba el avance de los camiones, pero en algunas de las franjas de tierra seca del valle vimos la alta hierba
que crecía en el valle y las plantas arrancadas de cuajo por el
huracán. Muchos árboles se habían quedado completamente
sin hojas, y sus desnudas ramas torcidas parecían trazos de oscura caligrafía sobre el pálido telón de fondo de la hondonada.
En la carretera flotaban maderos rotos y arbustos arrancados,
pero los camiones tenían menos problemas para superar esos
obstáculos que cuando el agua llegaba hasta casi la mitad de su
altura.

La mayoría de los soldados dormían erguidos, y les temblaban los labios y las ventanas de la nariz, pero el coronel al-
ternaba unas breves cabezadas con otros momentos en los que
observaba a Yolanda. Erik se inclinaba ligeramente hacia mí
con la barbilla apoyada en el pecho, como los demás. Yolanda
se apretaba también contra mí. Trataba de mantenerse despierta, pero noté que su cuerpo era cada vez más pesado y estaba
menos tenso. Al cabo de un rato, también ella se durmió.

Los tres estábamos exhaustos, pero yo no podía descansar.
Pensé que, en medio de tantas emociones, no le había dicho

nada a Erik acerca de mi madre y de la posibilidad de que hubiera relacionado las estelas con el Laberinto del Engaño. Decidí que se lo diría más tarde, y también a Yolanda, aunque me preocupaba que con esa información dedujera que le había mentido acerca del mapa. En cualquier caso, por el momento cualquier decisión sobre posibles revelaciones podía aplazarse. Volvería a leer el turbador diario de mi madre en privado una vez más. Tras hacer unas delicadas maniobras para sacar el diario de la bolsa, que tenía a los pies, empecé a hojearlo, tratando de no despertar a mis amigos, que se apoyaban en mí.

En el atestado camión, su contacto era mi único consuelo.

18 de octubre

Mi aventura con Tomás empezó dos meses después de la conferencia. Fue en Antigua, en un bonito hotel que en otro tiempo había sido un monasterio de monjes dominicos.

No hay nada como hacer el amor con un hombre de rostro adusto y largas manos pausadas. Después, nos quedamos tumbados en la cama, charlando y bebiendo coñac.

Me habló de sus amigos, los doctores Sáenz y Rodríguez. Pese a ser conservadores, lo ayudaron a ocultarse del ejército después de que corrieran rumores de que había bombardeado la casa de un oficial (no le pregunté si los rumores eran ciertos). Me habló de su mujer, y de su interés por encontrar el jade de Beatriz de la Cueva.

—Pero la reina Jade es solo un cuento para niños —le dije yo.

—También la Biblia, y *La muerte de Arturo*, pero seguimos haciendo excavaciones en Jerusalén para buscar el cuerpo de Cristo y en Glastonbury para buscar la tumba de Arturo...

—Buscas la piedra de la hechicera. —Me reí—. Es una locura.

—Busco a Guatemala —dijo él—. Que se ha perdido. ¿No lo entiendes?

Su fervor me hizo enmudecer de asombro.

—¿Qué buscas tú? —me preguntó entonces.

Yo lo miré fijamente, deteniéndome en sus ojos y su boca.

Pero no pude decir en voz alta que lo había estado buscando a él.

Me dejó apenas un año más tarde.

Volvió con su mujer y su hija. Y yo volví con Manuel, que con el tiempo me perdonó.

Pasaron quince años y seguimos en contacto, incluso trabajamos juntos en alguna ocasión. No le importaba dejar a su hija conmigo cuando emprendía una de sus expediciones, ya que el ejército tenía excesivo interés por su familia. A mí tampoco me importaba tenerla en casa, porque pensaba que era bueno para Lola que se conocieran.

Mientras tanto, Manuel y yo reanudamos nuestra relación, basada en su esquema idiosincrásico; parecíamos felices otra vez.

Por su parte, Tomás se consagró al movimiento rebelde, a pesar de que había sido prácticamente eliminado por los escuadrones de la muerte. Pero abandonó la causa súbitamente cuando descubrió que la guerrilla había matado a los doctores Sáenz y Rodríguez, seguramente por su tendencia derechista, siguiendo el ancestral ciclo de la venganza.

Después de aquello, Tomás cambió. Sin una guerra que consumiera sus esfuerzos, su interés por el jade se convirtió en una obsesión. Empezó a desconfiar de los colegas extranjeros que trabajaban en la selva. Le dio por llamarlos colonialistas entrometidos, e incluso ladrones.

No supe nada de él después de que pidiera a Yolanda que volviera con él días después de la muerte de su esposa. Pensaba en él cada día, pero no volví a verlo.

Manuel lo vio una vez más. Tuvo una última conversación con Tomás cuando mi marido estaba metido hasta la barbilla en arenas movedizas.

Tomás engañó al pobre Manuel hasta casi matarlo en la selva. Ya nada volvió a ser lo mismo. Le dije a Lola que por ese motivo no podía volver a escribir a Yolanda nunca más.

Pero si he de ser sincera, debo admitir que no separé a las chicas por Manuel.

Mantuve a Yolanda y a Lola separadas porque no he superado jamás el daño que me hizo Tomás al abandonarme.

Me tapé los ojos con la mano.

Un espasmo me recorrió el cuerpo. No daba crédito a lo que había leído, pero cuando volví a leer la última frase, me invadió un horrible sentimiento. «Mantuve a Yolanda y a Lola separadas.»

Si hubiera tenido la seguridad de que mi madre estaba bien, tal vez me habría permitido ciertos pensamientos nada halagüeños para ella. Creo que aquellos rudos soldados se habrían asustado al oír las palabras que acudían a mi cabeza.

Pero no sabía si mi madre estaba a salvo, así que daba igual. Traté de reprimir aquel sentimiento; no quería ni siquiera pensarlo.

Aún hoy me cuesta hablar de él.

33

—Lola —dijo Yolanda. Acababa de despertarse. Yo seguía esforzándome en dominar mi conmoción por lo que acababa de leer de puño y letra de mi madre. Erik continuaba apoyado pesadamente en mi hombro. Estreché el diario contra mi pecho.

—¿Qué?

—¿Me he quedado dormida? —Apoyó la cabeza en mi cuello y enlazó el brazo alrededor del mío.

—Un rato.

Yolanda miró al coronel y luego al soldado con el pelo escalado.

—No dejes que me duerma, por favor.

—No pasa nada. No está haciendo nada.

—Estoy tan cansada...

—Echa una cabezada, no pasará nada.

—¿Qué haces?

—Leo el diario de mi madre.

—El que contiene el mapa.

—Sí.

—¿Habla de mí?

Hice una pausa y noté un nudo en el estómago.

—En cierto modo.

Yolanda me dio un leve pellizco en el brazo.

—Tal vez no deberíamos hablar de ello. Creo que ya sé qué

sentía por mi familia. —Señaló el paisaje y añadió—: Además, ¿para qué arruinar un día perfecto?

Sentí una opresión en el pecho. Miré el paisaje para ocultarle el rostro a Yolanda. A través de la abertura en la lona roja, vi las crestas de color burdeos de la sierra de las Minas, que se elevaba hacia el norte, pero ya no se veían las grandes charcas de color verde oscuro del valle de Motagua. Hacia el sur se extendían las rojas tierras de la sierra del Espíritu Santo, cuyos montes y hondonadas bañaba el sol poniente. La luz del sol lo teñía todo, desde las cañadas hasta el río al que nos aproximábamos, de tonos ocre y rojo sangre, escarlata, granate y teja. Pasamos junto a las ruinas inundadas de Quiriguá y llegamos al puente del río Dulce, que se había mantenido en pie a pesar de la crecida del agua que había arrasado seis pueblos durante el huracán. El Dulce es un río plateado donde las clases pudientes de Guatemala suelen tener sus barcos de recreo, pero ya no se veían yates ni goletas. En las zonas elevadas había basura esparcida junto con árboles aplastados y tablones arrancados de las casas. En los terrenos más secos y elevados había más asentamientos de pequeñas cabañas hechas con chapa de zinc, y los niños corrían por el barro en lo que podían considerarse los patios delanteros. Algunos de los camiones militares se separaron de la fila para dirigirse hacia aquella gente, pero nosotros continuamos la ruta hacia Flores.

Yolanda volvió a moverse. Miraba a los niños que corrían alrededor de las cabañas.

—Yolanda.

—Sí.

—Quiero que me perdones.

No dijo nada.

—¿Crees que podrías? —Apreté los dientes con tanta fuerza que se oyó el chasquido de mi mandíbula—. Por no apoyarte. Por no escribirte.

Ella guardó silencio de nuevo.

—¿Yolanda?

—Sí, te he oído. —Observaba aún a los niños, los árboles negros, la tierra inundada y las miserables cabañas—. ¿Sabes por qué me enfadé tanto?

—Creo que sí.

—No estoy segura. Desde luego yo nunca te lo dije. Me enfadé porque eras la... —vaciló— mejor amiga que había tenido en mi vida. Por eso me dolió tanto. Aunque a veces nos lleváramos mal, era eso lo que sentía. Nunca he tenido muchos amigos, ¿sabes? Para mí significaba mucho. Y al ver que no me escribías, y luego cuando recibí aquella nota tuya el mes pasado, «¡Mi sentido pésame!», creí que jamás dejaría de estar enfadada contigo. Y ahora simplemente... ya no es así. De pronto, ha desaparecido. —Me miró de reojo—. Me sorprende. Pero me gusta.

—Perdóname —repetí, aferrando su mano—. Cometí un error.

—Sí, bueno, ahora ya no importa —añadió—. Incluso me alegro de estar aquí. Contigo, quiero decir, no con el ejército. —Susurró estas palabras en voz muy baja, echando una ojeada al coronel—. ¿Crees que nos causará problemas?

—No creo. Aquí no.

—Me ha reconocido.

—Lo sé.

—Tú no le quites el ojo de encima. Pero... como te iba diciendo, me alegro de estar aquí.

—Yo también.

—De hecho, me siento tan generosa que hasta puede que sea simpática con tu... tu... tenías una definición increíble para explicar qué es este tal Erik exactamente. ¿Cómo lo llamabas?

—Mi amigo —contesté.

—Sí, vale... En cualquier caso, estará bien que los dos, los tres, encontremos a tu madre y luego eso que mi padre quería.

—Más nos vale —dije yo.

Ambas observamos las cabañas y la mancha roja que se reflejaba en el agua al pasar el camión.

—Cuando me escribiste aquella nota después de la muerte de mi padre, rompí la carta en pedazos. Luego los saqué de la basura y los volví a pegar.

—Muy propio de ti.

—Luego le prendí fuego.

—Aún más típico.

Yolanda me apretó el brazo y luego volvió a apoyar la cabeza en mi hombro. Erik musitó algo en mis cabellos, se despertó con un sobresalto y trató de adoptar una postura más varonil, pero volvió a dormirse con la mano una vez más bajo mi brazo. Su cabeza cayó hacia atrás y empezó a roncar.

Circulábamos a orillas del río, de color dorado, pardo, verde y azul, bajo una fina llovizna, entre el chapoteo del camión y el canto de los pájaros. De pronto, el río dejó de moverse. O más bien fue el camión el que paró.

Un soldado dijo que uno de los vehículos tenía una avería y otro respondió que el camión que seguía al nuestro tenía una rueda pinchada. Solo quedaban tres camiones aparte del nuestro, ya que los demás se habían ido separando del convoy a medida que nos acercábamos a Flores. El coronel seguía dormitando, pero algunos soldados se habían despertado con la súbita parada del camión, y unos cuantos se habían apeado para enterarse de qué ocurría.

Estiré el cuello para ver mejor el exterior, pero en realidad no me importaba dónde estuviéramos en aquel momento. Aún seguía aturdida por lo que había leído en el diario de mi madre.

Cuando volví a mirar a Yolanda, la vi con la vista fija por encima de mi hombro. Había dejado que el diario se despegara de mi pecho, y ella aprovechaba para leer las páginas por donde había quedado abierto.

34

—¿Y por qué no me dices cómo sigue? —preguntó.
—Oh... bueno... no —dije. Cerré el diario de golpe.
Estaba dispuesta a besar y abrazar a Yolanda y a pedirle perdón, pero no estaba en absoluto preparada para leerle los amargos secretos de mi madre acerca de su aventura y de cómo había avergonzado a mi padre.

—Te guste o no, algo he leído —dijo ella—. Algo sobre... ¿mí? ¿Era mi nombre lo que he visto? Vamos, déjame leerlo. No se lo contaré a nadie.

—Hablemos de los viejos tiempos. Guardaré el diario.

Erik se despertó al notar que le daba con el codo en las costillas.

—¿Qué pasa?

Me levanté y asomé la cabeza al exterior. Estábamos en terreno bastante firme, cubierto por un palmo de agua aproximadamente. Justo al lado de la carretera y delante de los camiones, los árboles se extendían en un pequeño bosque con el suelo cubierto de hierba y barro. Un poco más allá estaba el camión averiado, al que le habían quitado ya una rueda. Un pequeño grupo de soldados se apiñaba en derredor, discutiendo qué debían hacer. Algunos daban patadas al agua, aburridos.

—Necesito estar sola un segundo —dije. Cogí con firmeza la bolsa de mi madre y salté del camión.

Yolanda volvió a calarse el sombrero y me siguió, y Erik también saltó torpemente.

El coronel vino detrás.

—Te comportas como una tonta —dijo Yolanda cuando estábamos fuera del camión, frunciendo un poco el entrecejo—. No estarás ocultándome algo, ¿verdad? Porque... —su voz se endureció—, por favor, dime que no lo haces.

Yolanda me miró y, acto seguido, con un ágil y sorprendente giro de muñeca, me dio un empujón y me arrebató el diario de las manos.

—Solo para estar segura —dijo—. Acabo de hablarte de mis sentimientos, ¿verdad? Y eso es algo que no hago nunca. Así que no hagas que me arrepienta.

—Devuélvemelo, Yolanda —dije con toda la calma de que fui capaz—. No puedo permitir que lo leas. Yo tampoco debería haberlo leído.

—¿Por qué? ¿Qué dice?

—Son solo... cosas privadas de mamá... —Alcé la voz y forcejeé con ella para recuperar el diario, pero ella lo sostenía por encima de la cabeza, fuera de mi alcance. Un par de soldados me dijeron que parara.

Volví a mirar al grupo de soldados que rodeaban el camión. En medio había un soldado grande y con hombros fornidos que se giró hacia nosotras muy despacio. Cuando se volvió completamente, vi la cicatriz que cruzaba su cara, la mandíbula rígida y los ojos llorosos.

Era el joven soldado que nos había causado tantos problemas en el Pedro López.

Pero no volvería a repetir lo mismo. Entonces estaba borracho, ¿verdad?

Yolanda también lo miró y dejó de moverse.

Le arrebaté el diario y lo metí en la bolsa de mi madre.

—Estáis llamando la atención peleándoos de esa manera —dijo Erik, todavía somnoliento.

Yolanda y yo miramos al coronel, que nos observaba de

reojo. Se acercó al otro soldado. El coronel le habló con gran brusquedad. A un lado, el soldado con el pelo escalado parpadeaba, nervioso.

Yolanda y yo nos apartamos, retrocedimos un paso.

—Ha dicho que no haría nada, que están en misión humanitaria —dije.

Erik se volvió y vio que los dos hombres se acercaban.

—No —dijo—. Esperad un momento.

—No pasa nada —dije.

—¿Qué piensa hacer? ¿Va a tratar de pegarse conmigo otra vez? No puede, hay soldados por todas partes. No se lo permitirán.

—Ha dicho que no haría nada —repetí.

Yolanda seguía mirando fijamente al coronel, que avanzaba lentamente hacia nosotros, pero toqueteando un pequeño cuchillo que colgaba de su cinturón.

—Ha mentido —dijo Yolanda.

—No.

—Sí. Ha mentido. Y va a hacernos daño.

Yolanda dio media vuelta y echó a andar, cruzando a toda prisa la carretera en dirección a los árboles.

—No te vayas por ahí —le dije.

Ella se dio la vuelta. Su rostro se había ensombrecido, y sus ojos formaban un intenso contraste verde.

—¡Seguidme! —gritó.

—¿Qué?

—¡Moveos, maldita sea! ¡Sé de qué hablo!

Se giró de nuevo y se adentró en la negra espesura.

35

El sombrero negro de Yolanda se convirtió en una sombra recortada sobre el tenue brillo de los árboles cuando desapareció en el bosque. Los tres soldados tomaron la misma dirección, apretando el paso.

Corrí hacia los árboles, seguida de cerca por Erik.

Se oían los pasos rápidos de los soldados que nos perseguían.

—¡Yolanda! ¡Yolanda!

Nos adentramos en el bosque. El sol se filtraba entre las hojas y había nubes de insectos que llenaban el aire fragante. Avanzábamos trabajosamente por el fango. Delante de mí, Yolanda corría como una flecha, apenas se la veía en medio de las sombras negras y verdes del bosque. Los árboles, cubiertos de moho, chorreando lluvia y ahogados de flores, me rodeaban, y sus raíces se aferraban a mis pies; tiraban de la pesada bolsa de mi madre a medida que intentaba avanzar en la espesura. Estaba confusa, pero seguí corriendo, alejándome de los camiones de la carretera. Erik resoplaba tras de mí mientras maldecía a las mujeres, y detrás de él oía las voces de los soldados. El hombre con el pelo escalado gritó algo; parecía asustado. El coronel le gritó de mala manera que cerrara el pico. El de la cicatriz no decía nada.

Llegamos a un claro en el bosque. Los árboles se abrieron a un pequeño estanque con una orilla fangosa cubierta de hierba y sauces; los árboles formaban un seto más espeso en torno al estanque. En el otro extremo, las caobas parecían tan juntas unas de otras que una persona no podría pasar entre ellas.

Yolanda cruzó el estanque entre chapoteos, subió por la otra orilla ayudándose con las manos y empezó a trepar por los árboles apoyando manos y pies en las ramas y protuberancias. Subió con esfuerzo por una caoba, respiraba entrecortadamente. Luego pasó a la rama cercana de otro árbol; por lo visto, pretendía huir yendo de copa en copa.

—¡Hurra! —gritó. Rodeada de hojas, me lanzó una mirada fulminante.

Me metí en el agua; Erik se metió también, medio cayéndose. Miramos sin habla a Yolanda, que alargaba una mano hacia mí. Pero estábamos demasiado lejos y ella estaba demasiado arriba para alcanzarme.

—¡Salta! —Yolanda alzó la vista hacia el otro lado del estanque.

Oímos los pesados pasos de los soldados, que avanzaban por el bosque. De repente se detuvieron.

—¿Puedes hacerlo? —siseó Yolanda.

Me aferré a la bolsa de mi madre.

—No creo que sus amigos tengan sus habilidades acrobáticas —dijo el coronel con una inquietante serenidad.

Todos sabíamos que tenía razón.

—Vete, Yolanda —dijo Erik. Se dio la vuelta para encararse con los soldados.

—No nos quieren a nosotros —dije, aunque no estaba muy segura.

Pero Yolanda no se fue. Hizo una mueca y bajó del árbol, partiendo casi una rama en su descenso.

Su cuerpo arrojó una larga sombra oscura en el estanque en el que permanecíamos Erik y yo. La figura del coronel se reflejaba en el agua verdosa en el lado opuesto. Las dos sombras vacilaron hasta separarse cuando moví la pierna.

—¿Quién es usted? —preguntó Yolanda.

—Sé quién es —dijo el coronel.

—Váyase de aquí —gritó Erik—. Está asustando a las mujeres.

—También usted debería asustarse, amigo mío. ¿O no recuerda la conversación que tuvimos Estrada y yo con usted?

—La recuerdo.

—Cuando se lanza, no hay quien lo pare, ni siquiera yo, ¿sabe?

Levanté la vista de los reflejos del estanque para mirar a los soldados que seguían en la otra orilla.

El soldado llamado Estrada estaba un poco más lejos, todavía entre los árboles. A su izquierda estaba el soldado con el pelo escalado. Le temblaban las mejillas y parecía aterrorizado.

El coronel se alzaba ante mí; se había cortado las manos con las ramas. Su elegante cabeza, con nítidos pómulos triangulares y un pequeño mostacho, formaba una imagen casi agradable, hasta que abrió la boca con ferocidad y dejó escapar un extraño y breve sonido, como un grito.

—Tu padre —dijo a Yolanda—, tu padre mató a mi sobrino.

—¿De qué habla? —gritó Yolanda.

—Moreno —dijo el soldado con el pelo escalado—. Tranquilícese.

El soldado de la cicatriz no dijo nada, pero su ojo derecho parpadeó y empezó a lagrimear.

—Mi padre no mató nunca a nadie —afirmó Yolanda.

—Tu padre mató a mi sobrino —repitió el coronel—. Con explosivos.

—Moreno —repitió el soldado del corte escalado, encogido en medio del lodo.

—A De la Rosa lo acusaron solo de matar a un contable —dijo Erik.

—Mi sobrino —dijo el coronel—. Casi como un hijo.

—Moreno —musitó Yolanda.

—Entonces él... he oído hablar de ese hombre —dije, mirando al soldado de la cicatriz. Recordé que a De la Rosa se le había acusado de haber volado la casa de un coronel del ejército. Su bomba había mutilado a un joven soldado que después había cometido innumerables atrocidades durante la guerra.

—Muchos han oído hablar de él —dijo el coronel—. Estrada es mi protegido.

—Es el teniente —dijo Erik—. El asesino.

—¡Socorro! —grité en dirección al lugar donde suponía que debían de estar parados los camiones.

—¿De verdad cree que la oirán desde aquí? —dijo Moreno, indicando con un ademán los árboles que nos rodeaban.

Volví a gritar pidiendo socorro.

—Oh, Dios mío —dijo Yolanda, doblándose por la mitad. Pensé que se había echado a llorar, pero cuando alzó la vista tenía el rostro ceñudo—. ¡Lo de su sobrino fue un accidente! ¡Fue un error!

—Como si eso me importara.

—Y era... solo una persona. Y usted ha matado...

—Estoy seguro de que comprenderá que mi pequeño mundo signifique para mí mucho más que todo el universo, señorita De la Rosa. Como le ocurre a todo el mundo. Mi querido sobrino era más importante para mí que un pueblo entero. Desde luego, mucho más que su insignificante cabeza de chorlito. Aunque estoy seguro de que su padre no opinaría lo mismo, si aún viviera... si aún viviera. ¿Vive? He oído cosas muy raras acerca de su funeral.

En ese momento Yolanda empezó a llorar de verdad.

Moreno caminó hacia nosotros, resbalando torpemente por la orilla hasta caer casi en el agua a mis pies. Erik me apartó de su camino de un tirón y me arrastró hacia el otro lado del estanque. Dejé caer la bolsa de mi madre en la orilla.

—Váyase —dijo Erik a Moreno.

—Apártese de ella —ordenó Yolanda. No parecía asustada.

Moreno estaba metido en el agua hasta las rodillas; tenía un costado manchado de barro. El tercer soldado seguía en el mismo sitio, impotente, sorbiéndose la nariz. Estrada, que había permanecido inmóvil y en silencio en el extremo más alejado del estanque, empezó a bajar también hacia el agua.

—Fue su padre el causante de esa cicatriz —le dijo Moreno.

—De la Rosa me hirió, coronel Moreno —dijo Estrada—. Tiene usted razón.

Me desasí de la mano de Erik y me abalancé sobre Estrada, aunque una vez más, al enfrentarme con semejante mole, ni siquiera sabía qué hacer. Le agarré de la camisa por el hombro y traté de zarandearlo; traté de hacerlo caer, colgándome de su torso, pero no lo conseguí. Le estaba arañando cuando Erik empezó a tirar de mí desde atrás.

—Tenemos... que... irnos —gruñó—. Te golpeará, o algo peor.

—No la toque —dijo Yolanda—. No permitiré que les haga nada a ellos.

—Ah, ¿no? —preguntó Moreno—. ¿Y cómo lo impedirá?

—No lo sé... Lola... vete. Pero usted... sí, usted... ¿por qué no viene aquí, teniente Estrada? Míreme... eso es... déjeme que vea lo feo que es, hermano. Mi padre hizo un excelente trabajo con usted, ¿verdad? Debe de ser el tipo más repugnante que he visto en mi vida. Apuesto a que las mujeres no le prestan la menor atención, pobrecito. Pero aún podría servir para algo. Podríamos meterlo en un circo, o podría hacer de monstruo en las películas...

Moreno había trepado por la otra orilla y estaba delante de Yolanda. Mientras escupía insultos a Estrada, Yolanda trataba de arrancar la rama del árbol que antes había partido. Estrada seguía avanzando hacia ella por el agua; Erik y yo forcejeábamos con él y le golpeábamos, por lo que caminaba con dificultad y le costaba subir por la resbaladiza pendiente de la orilla. Era increíblemente fuerte.

—Basta —nos dijo, irritado. Golpeó a Erik en el rostro con el dorso de la mano. Y luego una segunda vez. Erik retrocedió tambaleándose y tosiendo, pero se aferró a él con más fuerza.

Estrada volvió a golpearlo, esta vez con tanta fuerza que los dos caímos hacia atrás. Estrada y Moreno estaban frente a Yolanda, que había arrancado la rama del árbol y los amenazaba con ella.

La rama golpeó a Estrada en el hombro con fuerza, pero él la agarró con ambas manos y se la arrebató a Yolanda. La arrojó a un lado. Los dos hombres dieron otro paso hacia delante.

Yolanda se encontraba sola e indefensa, pero inmóvil y dispuesta a repeler su ataque.

El soldado del otro lado del estanque seguía allí, tragando saliva de miedo.

—Me pone enfermo con tanta charla —dijo Estrada a Yolanda.

—Usted sí que me pone enferma a mí —susurró ella.

Estrada le cogió la cara lentamente con las dos manos.

Pasaron unos segundos. Yo no tenía la menor idea de lo que estaba pasando.

Estrada le acarició la mejilla con el pulgar. Le tocó los labios con los dedos. Una terrible expresión ensombreció sus facciones. Inclinó la cara hacia ella.

Y entonces la besó en la boca.

Erik y yo nos quedamos paralizados por la sorpresa.

—No pierdas la cabeza, muchacho, no vayas a hacer algo desagradable —dijo Moreno—. ¿Saben?, a veces cuando se pone furioso, no puedo controlarlo.

Estrada volvió la cara y levantó la mano izquierda. Descargó el puño sobre la cabeza del coronel Moreno.

—Ya basta —le dijo al golpearlo—. Ya basta.

El soldado con el pelo escalado se puso en pie de un salto y salió corriendo hacia el interior de la selva. Moreno yacía en el suelo, junto a Estrada.

Estrada lo golpeó por segunda vez.

—Ya... basta.

Los golpes siguieron durante unos segundos hasta que

Estrada levantó la vista para mirarnos. Un hilillo de sangre le bajaba desde la mandíbula hasta el cuello.

—Le estoy devolviendo un favor —nos dijo en voz baja—. Voy a matarlo igual que él me mató a mí. Él me mató. ¿Lo entienden?

—No —dijo Yolanda—. Está loco. Es un carnicero.

—Quizá. Pero ¿sabe por qué?

—¡Calle!

—Por culpa de su padre. Porque no detuve a De la Rosa y él hizo volar la casa. Eso es lo que su nombre significa para mí. —Estrada se señaló la cicatriz y sus mejillas se humedecieron—. Y mírese ahora. He querido matarla desde que supe quién era. Pero ahora que la veo... quiero... —Tenía el rostro arrasado por la emoción—. Con las mujeres es más difícil.

Apartó los ojos de nosotros y miró de nuevo a Moreno, que se movía.

—Vamos —dijo Erik, tirando de Yolanda y de mí—. Por Dios, vámonos de aquí.

—Será lo mejor —dijo Estrada—. No sé qué haré si siguen aquí cuando haya acabado.

Moreno levantó una mano en el aire y la dejó caer de nuevo. Vi que tenía un profundo corte en la cara y no parecía respirar con normalidad. Trató de decir algo, pero no pudo pronunciar palabra alguna. Exhaló un hondo suspiro, como si durmiera y soñara.

Agarré la bolsa de mi madre de la orilla y empujé a Yolanda hacia el estanque. Yolanda tenía una expresión de horror y se limpiaba la boca violentamente.

Los tres cruzamos el estanque y nos alejamos entre los árboles.

36

Durante una hora, Erik, Yolanda y yo nos abrimos paso entre la espesura hasta que llegamos a otro tramo de la carretera del Atlántico. Nos habíamos alejado tanto del lugar donde habían parado los camiones que ya no los veíamos, por lo que nos parecía que nos habíamos librado de Estrada.

Nos encontrábamos solos en una sección de la carretera y empezamos a caminar por el agua, mientras los monos saltaban de rama en rama. La luna iluminaba la larga carretera con una luz muy pálida y tenue; parecía una madeja de hilos de plata en movimiento. El Petén, con su selva negra y enmarañada, se alzaba a nuestro alrededor.

Me eché al hombro la pesada bolsa de mi madre.

Caminamos por aquella carretera durante horas; a veces nos castañeteaban los dientes, o se nos ponía la voz ronca, pero en general avanzábamos en silencio.

Hacia la medianoche, llegamos a una zona de la carretera del Atlántico que se bifurca hacia una lengua de tierra arenosa y se extiende hasta un par de islas. La arena crujía bajo nuestros zapatos y la brisa se arremolinaba sobre nuestras cabezas. Nos animamos al divisar la luz de unas farolas. Siguiendo por el arenal, nos acercamos al pueblo que emergía como una pequeña franja de tierra accidentada y cubierta de casas de una sola planta, en el centro del lago del Petén Itzá.

—Eso es Flores —dijo Yolanda.

Asentí.

—Gracias a Dios.

—También se conoce como Tayasal —dijo Erik—. Era su nombre en el siglo quince.

Ni Yolanda ni yo dijimos nada durante unos instantes, pero intercambiamos una mirada.

—Ah, ¿Tayasal? —dijo luego Yolanda.

—Sí.

Yolanda me miró enarcando las cejas; quería ser simpática con Erik.

—Creo que recordaré ese nombre. ¿Era así exactamente?

—Así lo llamaban los indios del Petén. Aquí fue donde Cortés dejó un caballo blanco y los indios lo adoraron como a un dios durante casi cien años. Bueno, no al caballo real, claro está, sino que hicieron un ídolo de piedra cuando el caballo murió. Luego, hacia 1618, llegaron unos misioneros. Por aquí no habían vuelto a ver a hombres blancos desde los tiempos de Hernán Cortés. Al parecer, a los hombres blancos no les intimidó demasiado que los indios pudieran cortarlos en trocitos y comérselos, o algo parecido, porque en cuanto vieron el dios caballo lo hicieron añicos. Los indios, por su parte, eran demasiado corteses para reaccionar a aquella muestra de mala educación decapitándolos o destripándolos; fue una lástima para ellos, porque rápidamente los pacificaron y esclavizaron y... ¿Se nota que estoy totalmente traumatizado y que hablo como un pedante solo para mantenerme despierto y no perder la cabeza?

—Sí, la verdad es que sí —reconoció Yolanda.

—Pero no pares ahora —dije yo. Proseguimos arrastrando los pies hacia las casas iluminadas con reflejos azules y dorados y las pequeñas y tortuosas calles, que no estaban inundadas gracias a la pendiente de la isla—. Vamos, cuéntanos la his-

toria del caballo blanco. Era de Cortés, que lo dejó aquí porque estaba cojo, y cuando el caballo murió, los itzá enterraron
sus huesos y erigieron una estatua de piedra en su honor...

—Por ironías del destino, más tarde los españoles construyeron encima una iglesia y este pueblo —dijo Yolanda.

—Sí, pero antes los franciscanos derribaron el ídolo y al
parecer los indios no reaccionaron —añadió Erik— hasta el in-
fausto día de 1623, en que los itzá, descontentos con los sacerdotes, se rebelaron contra ellos y los mataron a todos, tras lo
cual se vieron obligados a huir a las colinas que hay más allá
del lago. No volvieron a verlos nunca más.

—Y aquí estamos nosotros ahora —dije yo, acomodándo-
me la bolsa de mi madre en el hombro.

—Sí —suspiró él—. Aquí estamos.

Nos encontrábamos en las afueras del pueblo de Flores;
observamos la luz dorada de las farolas que brillaba en el aire
azul y el resplandor de las estrellas, que se reflejaba en el lago
que rodeaba la isla, lanzando destellos.

Aunque estaba muy triste, de pronto aquella visión me
conmovió, me llegó al corazón. A pesar de todo lo ocurrido y
de lo que había leído, el mundo seguía siendo hermoso.

Aspiré una bocanada de aire y me aferré a aquella creencia
con todas mis fuerzas.

—Estoy impaciente por pillar una cama —dijo Yolanda.

37

En la penumbra de la noche apenas se distinguían los letreros y los números de las calles de Flores. Avanzamos por las callejas empedradas, dejando atrás la misteriosa visión del lago y su tenue resplandor, hasta que vimos un hotel que mi padre me había mencionado en nuestra última conversación telefónica. El hotel Petén Itzá resultó ser una pensión pequeña y algo desvencijada cubierta de hiedra y de macetas de gardenias. Los dueños habían decorado el establecimiento con sencillos muebles tapizados; había también un anticuado equipo estereofónico con chapa de madera de pino. Una gran mesa de madera sencilla y un antiguo fogón de leña, del tamaño aproximadamente de un sofá, ocupaban la cocina. El dueño era un hombre moreno y larguirucho; él y su menuda mujer, así como sus cuatro hijas adolescentes, que iban en camisón, se levantaron de la cama para recibirnos. Hablaban en voz baja, ya que había otros cinco huéspedes durmiendo en la casa. Erik, Yolanda y yo, sucios, agotados y muy asustados aún por nuestro enfrentamiento con los soldados, nos quedamos mirando embobados a nuestros anfitriones; estábamos muertos de hambre después de muchas horas sin comer. Pero el dueño, cuyas hijas se habían espabilado observando a Erik desde detrás del padre, se limitó a menear la cabeza y dijo:

—No tenemos nada, señor. Nuestra despensa está vacía. No llega gran cosa a Flores por culpa del huracán.

—¿Ha habido muchos daños? —preguntó Erik—. Las calles no están inundadas.

—No ha sido tan malo como en otros lugares —contestó el dueño—; solo ha muerto una persona.

—¿Una persona? —pregunté.

—Hemos tenido suerte —explicó la mujer—. La gente muere de hambre en el este, así que la mayoría de las provisiones se envían allí, no aquí.

—Ni siquiera tenemos chocolate —dijo una de las hijas.

—No tenemos Zucaraias —dijo otra, refiriéndose a la versión hispana de los Frosted Flakes.

—Tampoco tenemos Pepsi.

—Ni naranjada.

Tras mirar a las cariacontecidas muchachas y a sus demacrados padres, los terribles sentimientos que habíamos tratado de ahuyentar con *risotto* de cigalas en Ciudad de Guatemala, con Armagnac en Antigua, con las reconciliaciones en Río Hondo y con las historias sobre caballos sagrados, amenazaron con adueñarse de nosotros con una fuerza irresistible. Incluso Yolanda parecía a punto de dejarse caer en el suelo de roble y echarse a llorar. Las muchachas, por la expresión de sus grandes ojos, también parecían al borde de las lágrimas, al igual que los padres, que mirando de reojo a sus hijas apretaban los labios fuertemente, como si trataran de guardar la compostura.

—Hemos pasado una semana muy difícil —dijo el hombre—. Mis hijas no lo acaban de comprender.

—Alguien murió —dijo la más pequeña, que seguía detrás de su padre.

—Murió una señora —dijo su hermana.

—¿Qué señora? —pregunté.

—Sssh, cariño, no hablemos de eso —dijo la madre.

—Estamos buscando a una mujer llamada Juana Sánchez —dije—. Hemos venido a buscarla. Quizá se alojara aquí, en su hotel. —Describí a mi madre; mencioné incluso su peinado, su carácter gruñón y su trabajo como profesora.

—No, señora —dijo el hombre—, no ha estado aquí, y no he oído hablar de ella, lo siento.

—Vayámonos a dormir y olvidemos este día —propuso Yolanda.

Pero nadie se movió y todos volvimos a quedarnos en silencio. Nos miramos los unos a los otros en el vestíbulo bajo la lámpara del techo, hasta que Erik, que hasta entonces tenía un aspecto deplorable, con los pelos de punta y barro en la mejilla magullada, me echó una mirada y sonrió de ese modo peculiar que yo recordaba de la biblioteca Huntington, cuando coqueteaba con las desvergonzadas bibliotecarias; de eso hacía una eternidad.

—Bien, creo que tendré que tomar las riendas —dijo—. Tendremos que aplazar lo de acostarnos, Yolanda. Creo que es evidente que se impone un poco de desenfreno. De lo contrario, nos volveremos completamente locos.

—Tú mandas —dije.

—¿En serio?

—No, pero continúa.

—Bien —dijo él—. ¿Sabéis qué necesitamos?

—Sí, un trago largo, frío y fuerte.

—Fuerte como un demonio —dijo él.

—De acuerdo —aceptó Yolanda. No iba a permitir que Erik pareciera más duro que ella—. Pero no olvidemos picar algo.

—Eso no suena mal —dijo Erik.

—Solo tenemos para hacer tortitas —dijo la mujer.

—Y hay un poco de ron —añadió el patrón.

—¿Qué quieres decir con que «hay un poco de ron»? —preguntó su mujer.

—Ron servirá —dijo Erik.

Así que nos fuimos todos a la cocina y servimos unas copas. La mujer se sentó a la larga mesa de roble y puso en alto los pies desnudos, mientras Erik se anudaba un delantal sobre los pantalones manchados de barro y preparaba la masa para las tortitas. Yolanda se fue a la sala de estar y encontró unos discos de vinilo de Liliana Felipe en la extensa colección del patrón. Pronto maracas, cuernos, tambores y la voz sutil de Liliana resonaron en la casa, haciendo que las figuritas Hummel que había sobre el estéreo temblaran y se movieran. También despertó a los otros huéspedes, que salieron de sus habitaciones somnolientos, pero asomaron la cabeza rápidamente al oler las tortitas y ver las seis botellas de Baccardi que Erik encontró en el fondo de una alacena. Esta visión provocó la sorpresa y la indignación de la patrona, hasta que ingirió cuatro vasos hasta arriba a instancias de su nuevo camarero americano guatemalteco.

—Beba, gloriosa reina de la belleza —decía Erik—. Tiene usted los ojos de una estrella de cine y las piernas de una gacela, y sus hijas romperán el corazón de un millón de hombres.

—De acuerdo —decía ella.

Hasta el amanecer, Erik desplegó los encantos que habían vencido la casta resistencia de las licenciadas de UCLA, habían sacado de quicio a mi madre y habían corrompido a los decanos de la universidad, hasta hacerlos caer bajo la mesa del comedor de la facultad. Por una vez, su dominio de la fiesta y el desenfreno concedió un respiro a todo el mundo, y en mi caso, consiguió que olvidara lo que había leído en el diario de mi madre. A las dos de la madrugada, las hijas de los dueños estaban colgadas de los brazos de Erik, gritando animadamente, y la mujer bailaba con el marido mientras le berreaba una canción de Liliana al oído. Cuanto más se emborrachaba Yolanda, más tiesa y recatada parecía, sentada a la mesa muy erguida, con una postura cada vez más parecida a la de un embajador ruso o una encorsetada duquesa, y la expresión altiva de una fingida sobriedad. Pero cuando me acerqué para abrazarla, no se mostró tan distante; apretó con fuerza mis nudillos contra su cara y los besó.

—Te quiero y te odio —dijo—. Pero en realidad no te odio en absoluto.

—Eres mi mejor amiga, Yolanda —dije a voces—. He sido una burra.

—Eso es cierto —replicó ella entre sollozos, completamente ebria—. Ya tienes el culo igual de gordo.

El resto de los huéspedes, así como media docena más de hombres, estaban sentados a la mesa con Yolanda; reían y lloraban desconsolados por los horrores de la guerra y del huracán y por el enorme e inexplicable vacío que habían dejado los muertos. Una y otra vez la mujer del patrón se llevó a sus hijas al dormitorio, pero ellas reaparecían en la cocina al cabo de unos minutos, descalzas, mordisqueando tortitas y olisqueando el ron con curiosidad. Mientras tanto, en un esfuerzo de imitar la historia bíblica de los panes y los peces, Erik consiguió que las botellas duraran toda la noche y preparó ocho platos distintos de tortitas en una vieja sartén; las lanzaba por los aires para que dieran vueltas acrobáticas de incierta destreza. Bailó, bebió, sudó y contó chistes y acertijos a las muchachas, que volvían una y otra vez junto a la cocina de leña. No sé de dónde sacaba el patrón la leña para mantenerla encendida, pero creo que lo vi salir al patio con un par de mesitas de noche y regresar con trozos de madera. Por fin, a las seis de la mañana, Erik pasó de puntillas por encima de las hijas, que dormían, levantó a Yolanda de la silla donde permanecía erguida, y bailó con ella al son de «San Miguel Arcángel», mientras intercambiaban insultos, se desgañitaban y soltaban risotadas. Después me tocó a mí.

—Levanta, Cleopatra —dijo Erik, inclinándose sobre mí—. Ven a bailar conmigo, mi gloriosa intelectual, mi delfín, mi dulce arpía, mi sirena.

—Debes de estar borracho —dije.

—Completamente —replicó él.

—Oh, baila con él, por el amor de Dios —dijo Yolanda—. Es tan corta...

—¿Qué es corta?

—La vida —exclamó.

Así que bailamos con un adormilado frenesí. Erik me rodeó la cintura con el brazo y me hizo brincar al ritmo del mambo «Burundanga» de Celia Cruz. Sus enormes manazas me propulsaron hacia arriba y me hicieron dar vueltas; agitaba brazos y piernas, tenía el pelo alborotado y mis botas ni siquiera tocaban el suelo. Erik me hizo girar y dar vueltas por la cocina, de vistoso colorido; cuando eché la cabeza hacia atrás, vi estrellas y me reí por primera vez en ocho días, desde que había empezado aquella pesadilla. Tras la descoordinación inicial, ya que no había bailado nunca así con nadie, no me fue difícil hallar en mi destrozado corazón el impulso que se necesita para bailar la salsa y el rock and roll. Cuando Erik me hizo dar vueltas como los chicos de las películas de los años cincuenta, empecé a cantar lo que recordaba de las letras a voz en cuello con extasiada dislexia; Erik se reía tanto que casi se atragantaba. Los demás lanzaron unos cuantos «¡Arriba!» frenéticos entre trago y trago.

Cuando paró la música, solo oía el zumbido de la sangre que fluía a mi cabeza y el de la aguja que se deslizaba sobre el vinilo como un coche a la fuga. Erik estaba rojo como un tomate.

—Sin duda eres la mejor pésima bailarina con la que he tenido el placer de destrozar una cocina, mi maravillosa belleza de pies planos —gritó.

Abrí los ojos y descubrí que estábamos abrazados, como si el suelo se moviera bajo nuestros pies, mientras los demás disfrutaban de aquella fantástica borrachera que por unos instantes había borrado todo lo malo de nuestras mentes.

Entonces fue cuando lo oí.

—Esta por la señora que murió —dijo uno de los vecinos, un apuesto hombre mayor que se había bebido la mayor parte del ron y pronunciaba las palabras con laboriosa precisión.

Oí el tintineo de los vasos que entrechocaban y olí el ron que se servía una vez más. Yolanda presidía la mesa como una reina, con el sombrero ladeado en un ángulo perfecto y las manos bailando en el aire con la música. Asentía, aunque no había comprendido del todo aquel brindis.

—¿Qué señora? —pregunté, recordando de nuevo aquel detalle.

—La señora que murió, hombre —dijo el vecino.

—Querrás decir «señora» —corrigió otro vecino.

—¿Qué quieres decir con «señora»?

—¿Cómo?

—He dicho la señora que murió.

—Has dicho «la señora que murió, hombre», y deberías haber dicho «la señora que murió, señora», porque estás hablando con esta chica, que es una señora.

—Sí, bueno, eso quería decir. La señora que murió.

—Señora.

—Señora.

—¿De qué demonios están hablando? —pregunté.

—Estas chicas norteamericanas son unas deslenguadas —dijo otro.

Era un vecino, o quizá un huésped, que también tenía la cabeza gacha y se echó a llorar. Luego, a todos los demás se les llenaron los ojos de lágrimas, les rodaron por las mejillas, también al patrón, y todos empezaron a hablar una vez más de cuánto habían perdido con el huracán, de que la vida no tenía sentido y que la gente que había desaparecido no volvería nunca más.

—Alguien murió —dijo Yolanda tristemente.

—No altere a mis hijas —dijo la mujer del patrón, que de repente parecía completamente sobria. Agarraba a tres de sus hijas, que seguían en la puerta de la cocina, y a la cuarta, que estaba estirada en la sala de estar—. Ese tema es malo para su estabilidad emocional.

—Para la mía también —dijo el patrón

—¿Quién murió? —pregunté en un susurro.

—¿Fue una vecina? —preguntó Erik.

—Oh, no, gracias a Dios.

—Da mala suerte solo decirlo.

—Fue una norteamericana como usted.

—¿Como yo? —pregunté.

—No, no tanto —dijo uno de los huéspedes—. Era morena, era latina.

—Yo soy latina.

—Con más aspecto de latina.

—¿No era húngara? —preguntó uno de los vecinos.

—No, ¿mexicana?

—¿Mexicana de Estados Unidos? ¿O estadounidense de México?

—Creo que era profesora o algo así. Se iba a la selva, creo, o volvía de allí.

—El caso es que la pobre mujer tuvo mala suerte. Le cayó un árbol encima con la tormenta, y entonces la trajeron aquí.

—Está en el depósito, señora, según tengo entendido —dijo el apuesto hombre mayor con mucho tacto y claridad.

—Comprendo —dije. Necesité toda mi concentración para mantener la serenidad.

—No está hablando de Juana —dijo Yolanda. Clavó en mí una mirada con los ojos demasiado fijos, sobreponiéndose a la borrachera a fuerza de voluntad.

—No, no es ella. —Mi voz sonó extrañamente monocorde. Noté que Erik me cogía de la mano.

—No, no puede ser. No fue ella la que murió —insistí.

—¿Qué te pasa? —preguntó Erik.

—Está bien. Lola, no te preocupes —dijo Yolanda.

—¿Se va a desmayar?

—No, no se va a desmayar.

Por desgracia, Yolanda tenía razón y no me desmayé. Era muy consciente de todo.

Los hombres de la mesa siguieron bebiendo, pero yo me quedé allí inmóvil, sin saber cuál sería mi siguiente paso.

No conseguía poner orden en mis pensamientos. Me acerqué a una de las sillas y me senté sin decir una palabra.

Pero ya sabía lo que tendría que hacer.

38

Cuatro horas después de que hubiera terminado la fiesta en el hotel Petén Itzá, cuando los negocios y las oficinas gubernamentales ya habían abierto sus puertas, Erik y yo salimos a la tenue luz de la mañana; recorrimos las calles empedradas de Flores y dejamos atrás sus casas pintadas de azul y teja.

Caminamos en completo silencio; solo se oía el sonido espectral de las olas del lago que lamían la orilla, y el eco de nuestras pisadas sobre los adoquines.

Nos encaminábamos hacia la comisaría de policía y el depósito de cadáveres.

Andando por Flores, comprobamos que el huracán también había pasado por allí. En la hora siguiente al amanecer, la isla adquiría tonalidades azul celeste, marfil y un suave rosa pétreo. Hoteles y casas pintados de amarillo, verde y turquesa flanqueaban las calles estrechas; había desconchones en las fachadas azotadas por la tormenta que dejaban al descubierto el estuco desmenuzado o delicadas capas de pintura. El lago que rodeaba la isla tenía un oscuro tono gris mercurio, se extendía hacia las sombras de color cobalto y negro verdoso y en sus orillas había botes amarrados, pintados de color caléndula o verde brillante. Algunos hombres y muchachos remaban en sus botes por el lago en dirección a la isla cercana de Santa Elena, con su escuela de idiomas y sus famosas cuevas.

Habíamos dejado a Yolanda en el Petén Itzá. También la bolsa de mi madre se había quedado en el hotel, y yo no llevaba conmigo más que el diario y mi documentación bajo el brazo. Nos dirigimos al nordeste de la isla, cruzando la plaza central que habían convertido en cancha de baloncesto. Luego, viramos hacia el oeste, giramos a la derecha y llegamos al gran edificio de Gobernación que alberga las oficinas gubernamentales del departamento del Petén. Estaba abierto y había luz en el interior. A través de las puertas de cristal vimos a unos funcionarios con uniforme azul tras un mostrador y, detrás de ellos, diversas oficinas.

—Puedo entrar contigo —dijo Erik ante las puertas—. O puedo entrar solo, si lo prefieres.

—No, pero gracias —respondí—. Quiero hacerlo yo.

—¿Y qué vas a hacer exactamente?

Observé las plácidas casas azules del otro lado de la calle.

—Les diré que necesito ver a esa mujer para comprobar si...

—Si puedes identificarla —terminó él, asintiendo.

—No es probable que sea mi madre —dije.

—Cierto.

—Ni siquiera sabemos si me permitirán entrar —añadí.

—Ni siquiera sabemos si esos hombres del hostal tenían razón; estábamos bebidos. Podrían haberse equivocado. Quizá no murió nadie.

Asentí.

—Eso también es cierto.

Pero pronto me enteré por boca de uno de los funcionarios —una amable mujer con el pelo rizado y un pulcro uniforme azul con cuello rígido— de que un árbol había matado a una mujer en los aledaños de Flores durante el huracán, y que la víctima era extranjera. La funcionaria me informó también de que me permitiría entrar para tratar de identificar el cadáver, porque nadie lo había hecho hasta entonces.

Tras esperar un rato sentados en silencio en un banco, me condujeron a una sala.

La sala que hacía de depósito en Flores era pequeña y estaba pintada de color beis, con una mesa metálica, un fregadero y dos archivadores. Algo me ocurría, porque en lugar de sufrir una ceguera histérica, cosa que habría preferido, estaba extremadamente lúcida. Observaba con claridad surreal las ondulantes motas negras del suelo de linóleo, de lisas baldosas. Detrás del fregadero metálico había un cubo de basura de plástico blanco, y en las paredes había letreros en negro y rojo escritos en español, que me costó leer. Cerca del techo colgaba una hilera de viejos armarios amarillos, iluminados por largos fluorescentes.

Un funcionario con el pelo de color pajizo entró en la habitación empujando una mesa metálica con ruedas. Lo que había sobre la mesa no estaba tapado por una sábana blanca, sino por una manta de algodón con dibujos en color negro y caléndula. Parecía una manta para cama, o un chal muy grande.

El funcionario lo retiró con cuidado, para que yo pudiera hacer la identificación.

La mujer que había bajo la manta tenía los cabellos oscuros y el rostro de un color indefinido, pómulos altos y una mandíbula muy pronunciada, que la piel estirada hacía más severa. Vi las precisas hileras de pestañas y las cejas depiladas en un delicado arco. Los finos labios se dilataban en una expresión de descontento. Los cabellos caían hacia atrás y dejaban la frente despejada; la nariz era larga, pero no ganchuda como la de un águila, sino con un delgado puente y con las ventanas anchas; tenía perforadas las orejas, pero no llevaba pendientes. Su largo y blanco cuello sobresalía debajo de la manta parecida a un chal. Al mirarla mejor, distinguí una contusión en el lado opuesto de la cara, el que no podía ver bien desde mi posición.

Minutos después, abandoné aquella habitación y volví a recorrer el pasillo con el suelo de linóleo moteado de negro y las blancas luces cegadoras. Regresé al banco donde esperaba Erik con mis documentos y el diario de mi madre cuidadosamente apilados a un lado.

Alzó la vista.

—No era ella —dije.

—Salgamos de aquí.

—No era ella.

—Te llevaré a alguna parte, Lola —dijo Erik—. A algún sitio donde puedas descansar. Tienes muy mal aspecto.

—Según ellos, podría ser húngara —insistí.

Mi cuerpo, mi cara y mis manos empezaron a moverse por su cuenta; yo no podía hacer nada para dominarlos o hacer que se detuvieran.

39

Erik contrató un taxi que nos llevó por el arenal hasta la isla de Santa Elena y la cueva de Actun Kan. La caverna está medio escondida detrás de unas colinas, y es famosa por sus cámaras funerarias. Sus paredes están surcadas por formaciones de piedra caliza; los indios creían que algunas de ellas eran semejantes a sus dioses serpiente, lo que dio pie al nombre en español de cueva de la Serpiente. Otros visitantes afirmaron que las formaciones de piedra caliza se asemejaban al dios de la lluvia llamado Chac, y los europeos creyeron ver allí el rostro de san Pedro.

La cueva brillaba a la luz de las pequeñas lámparas eléctricas suspendidas del techo; el suelo estaba encharcado aún por las lluvias del huracán, y el agua alcanzaba varios centímetros de altura en algunas zonas. Erik pidió al taxista que nos llevara hasta el pequeño aparcamiento que había frente a la boca de la cueva; cuando nos apeamos, las lomas se recortaban en el cielo opalino, teñido de color burdeos y teja por la lluvia.

Erik cogió mi mano, con la que me aferraba al diario de mi madre.

—He pensado que sería un lugar agradable para venir después de este susto. Un lugar lleno de paz.

—Lo es.

Erik volvió la vista hacia el coche, un pequeño taxi de color verde que conducía un adolescente con el pelo de punta y una camiseta de AC/DC.

—¿Quieren que los espere? —preguntó el taxista.

—Será solo un momento —respondió Erik. Me miró—. ¿Qué te apetece hacer ahora, Lola? Haremos lo que tú quieras. Podríamos descansar aquí y pedirle al taxista que vuelva dentro de un rato. O podríamos ir a buscar a tu madre por el pueblo. O podríamos charlar. Sobre lo que tú quieras. Sobre tu madre. O... no sé... sobre las estelas. Estuvimos hablando de códigos y tengo algunas ideas; a lo mejor conseguiremos que te distraigas y olvides los dos últimos días —propuso.

Pero yo no estaba preparada aún para hablar del jade, ni de Von Humboldt, o de lo que mi madre había escrito acerca de las estelas y de cómo descifrar el laberinto.

—Lo haremos, Erik —dije—, pero ahora mismo quiero estar sola un rato. Quizá una hora. Para pensar en mis cosas.

—¿Estás segura?

—Estoy segura.

—Una hora, de acuerdo. Volveré al pueblo y recorreré los hostales y las pensiones para averiguar si alguien ha visto a tu madre. Puede que también compre provisiones. Luego regresaré a por ti.

Le sonreí y él me apretó la mano.

Una fina llovizna empezó a caer sobre el barro a nuestros pies. El cielo estaba plomizo; vetas de color coral y magenta iluminaban las nubes.

El taxista se subió al taxi seguido de Erik. Vi cómo se marchaban y me subí el cuello de la chaqueta para protegerme de la lluvia. Luego, metiéndome el diario de mi madre bajo la axila, entré sola en la cueva.

En la oscura caverna resonaba el zumbido de los insectos y el sonido de mis pasos mientras vadeaba con esfuerzo los charcos que se habían formado en la entrada. Las luces eléctricas arrojaban un resplandor dorado sobre las paredes de piedra caliza, que a primera vista parecían lisas, pero luego resultaron estar formadas por intrincadas capas de roca, como si en otro tiempo la piedra caliza hubiera sido líquida y hubiera ido goteando como el agua. A medida que avanzaba, la gruta se hizo más oscura y el agua más fría, pero las lámparas brillaban con luz suficiente para ver las estalagmitas que surgían del suelo como si fueran blancas formas retorcidas de cera. También vislumbré protuberancias en las paredes de piedra, que no me parecieron serpientes, ni dioses, ni santos, sino más bien un texto escrito en una lengua extranjera, o líneas trazadas al azar por el hombre. Pasé las manos por encima de la piedra caliza, y la arenilla que se desprendió se me quedó pegada en los dedos. Recorrí los túneles negros e iluminados y las salas de Actun Kan, aunque no comprendía ninguna de las señales que fui encontrando, hasta que vi unas marcas en la pared que me resultaron familiares. Chapoteando en el agua, me incliné para examinarlas. Me pareció estar viendo una antigua lengua en jeroglíficos. Las marcas casi se habían borrado, pero aún estaban grabadas en la piedra, casi ilegibles. Cuando acerqué más la cara y pasé los dedos sobre los caracteres, conseguí leerlos:

Marisela y Francisco 1995

Ahí terminaron mis experimentos de paleontología y espeleología. Seguí caminando, aferrada al diario de mi madre, hasta llegar a una sala de la cueva con un techo alto y abovedado, cuya iluminación era suficiente para leer. Me senté en una de las piedras más altas que había junto a una de las paredes. Lagartijas verdes y marrones se movían sobre las piedras y subían por las paredes; los insectos volaban en pequeñas bandadas que espanté con los brazos. Me senté con las rodillas dobladas para apoyar en ellas el diario. Mis pensamientos tenían por única compañía el inquietante sonido de las salamandras acuáticas y los ecos de los sapos que se sumergían en los charcos. Me sentía mareada por el mal trago que había pasado en el depósito, cuando pensé que iba a identificar el cadáver de mi madre y, en cambio, me encontré con otra mujer. Todo ello se mezclaba con el pánico que me habían producido las confesiones del diario.

Miré el cuaderno que tenía sobre el regazo para serenarme. El cierre de latón colgaba, roto; el agua había estropeado parte del lomo, y la tela de color salmón de la encuadernación se había rasgado.

Desde lejos me llegaba el ruido del chapoteo de los animales que nadaban en los charcos de la cueva. Una pequeña lámpara de latón, sujeta a un rincón del techo, arrojaba luz sobre mis piernas y mi brazo como un brochazo de pintura dorada.

Abrí de nuevo el diario.

19 de octubre

Otro día. He pasado la mañana repasando lo que había escrito la semana pasada, y me sorprende lo duro que nos resulta a los seres humanos olvidar el pasado, por mucho que lo deseemos.

Aunque seguramente no seré capaz de olvidar a De la Rosa.

Para empezar, Lola me lo recuerda siempre. Lo extraño es que se parece más a Manuel. No solo porque le gusten tanto los libros, o a veces sea un poco tímida, sino porque tiene su misma constancia, su terquedad y su temor al riesgo. Nunca ha querido venir conmigo a la selva, igual que Manuel y sus exasperantes fobias.

Al final tendré que aceptar que es un ratón de biblioteca. Nunca vendrá a Guatemala conmigo.

Reí entre dientes y las paredes de la cueva me devolvieron el eco de mi risa. Sabía que en los últimos días, tras rastrear la pista de mi madre, viajar por zonas inundadas, sufrir accidentes de coche, vivir el rescate de Yolanda y viajar con el convoy del ejército, estaba estableciendo un récord de intrepidez que incluso a la gran Juana Sánchez le costaría batir.

Pero seguí leyendo y dejé de reír.

Aun así, tiene el pelo del otro, su complexión, su rostro, sus manos y sus ojos, ¿verdad?

Es curioso que una persona sea exactamente igual a otra a la que se odia, y se pueda quererla hasta el extremo de que ese amor justifique toda una vida.

Porque creo que la cariñosa Lola justifica mi vida. Es lo único realmente bueno que he hecho. Aunque en realidad Tomás nunca me quisiera.

Sin embargo, me arrepiento de algunas cosas.

¿Cómo decía aquella vieja canción?

Te perdí,
te perdí.
Yo también estoy perdida,
mi amor

Sin embargo...

Quizá debería esforzarme en recordar que tengo otro consuelo, además de nuestra hija.

Y creo que ha llegado la hora de volver a pensar en ello.

Porque es una hazaña que haya sido yo, y no mi amado rival, quien ha resuelto el enigma de la reina Jade.

Aferré el diario con ambas manos y leí aquel pasaje una y otra vez.

Lo extraño es que se parece más a Manuel ... Aun así, tiene el pelo del otro, su complexión, su rostro, sus manos y sus ojos ... Es curioso que una persona sea exactamente igual a otra a la que se odia ... nuestra hija.

No parecía haber otro modo de interpretar aquellas frases. Tomás de la Rosa y mi madre habían tenido una aventura antes de que yo naciera. Mi padre no era Manuel Álvarez. Era Tomás de la Rosa.

40

Tal vez el corazón humano no debería enfrentarse a demasiadas revelaciones de una sola vez, pero en la penumbra de la cueva, tras descubrir tantos secretos, me moría de ganas de comprender todo lo demás.

Mientras leía, empecé a notar la espalda rígida y también el cuello; cada vez notaba más la humedad. La luz de la lámpara de latón sujeta a la pared se reflejaba en forma de monedas refulgentes que nadaban en la superficie de los charcos. Los mosquitos zumbaban sobre el agua, y la luz los volvía también extrañamente brillantes y bruñidos. Volví las páginas del diario y el crujido del papel resonó con claridad y precisión en la sala de piedra.

Llegué a la entrada escrita justo antes de que mi madre iniciara el viaje a Guatemala.

20 de octubre

He decidido irme a Guatemala dentro de dos días para localizar la piedra, a pesar de los sombríos partes meteorológicos de las noticias.

Ya no me parece adecuado limitarme a publicar mis hallazgos sobre el Laberinto del Engaño. Preferiría ir sola y terminar el trabajo de Tomás. Sería mi forma de rendirle homenaje.

¿Qué hallazgos sobre el Laberinto del Engaño? Seguí hojeando el libro con más rapidez.

25 de octubre, 20.00 horas

Estoy en Antigua y la tormenta arrecia por momentos. Para mayor seguridad, por si tropiezo con inundaciones en la selva, escribiré aquí una copia del texto descifrado y dejaré mi diario en el hotel Casa Santo Domingo.

EL LABERINTO DEL ENGAÑO

Hace medio año, me vi obligada a aceptar la tarea de editar un monográfico del insufrible Erik Gomara acerca del libro de Alexander von Humboldt *Del Orinoco al Amazonas: viaje a las regiones equinocciales del Nuevo Continente.* Aunque temía iniciar aquella interminable labor, al final tuvo una consecuencia muy beneficiosa para mí, pues al leer la narración del alemán de su intento de dar con la reina Jade, descubrí que ciertas descripciones del Laberinto del Engaño tenían una extraña similitud con algunas imágenes de las estelas. Cuando Von Humboldt hablaba de los confusos «pasajes» y «signos» del laberinto, recordé unas imágenes incoherentes de las estelas de Flores que Manuel y yo habíamos traducido ya en los años sesenta.

¿Existía alguna relación entre ellas? Mientras intentaba recordar otros relatos acerca de imágenes relacionadas con los laberintos o el jade, di con algunos fragmentos de las cartas de Beatriz de la Cueva que podían arrojar cierta luz sobre mi nueva teoría.

Fui corriendo a la biblioteca de la universidad y revisé la correspondencia de Beatriz de la Cueva con su hermana Ágata. En sus cartas, releí la historia de Balaj K'waill, el Laberinto del Engaño, la funesta expedición por la selva y la muerte del amado esclavo.

Al principio no entendí qué relación podía tener aquella

historia con las estelas, si había alguna. Durante varias semanas aparqué mis ideas y sospechas en un rincón del cerebro; la pista que antes creía haber hallado parecía haberse enfriado por completo. Pero durante todo ese tiempo, algo fue tomando forma en mi cabeza: una idea, una inspiración.

Y entonces lo comprendí todo.

Una noche me desperté justo antes del alba y la idea se me presentó con toda su fuerza:

En los años veinte, Óscar Ángel Tapia encontró las estelas en la desembocadura del Sacluc, que es exactamente donde Beatriz de la Cueva afirmaba haber visto el laberinto de «piedra azul claro». Todos habíamos pensado que el primer laberinto era una especie de edificio gigantesco, como un coliseo, que se abría camino entre los árboles, en lugar de un libro de piedra colocado, estratégicamente, en su entrada. En su libro, Von Humboldt describe las piedras azules talladas y el primer laberinto. También habla de «pasajes de zafiro» en los que uno «se confunde con los signos». Es una descripción del Laberinto del Engaño, es decir, de las estelas.

El laberinto se encontraba a orillas del Sacluc y consistía tanto en las estelas como en la propia selva, a través de la cual nadie podía encontrar el camino sin descifrar sus indicaciones.

Y lo que es más importante, cuando seguí analizando la correspondencia de Beatriz de la Cueva, encontré en ella la clave para descifrar el antiguo código. ¡El código secreto! La clave estaba en cierta carta fechada el 15 de diciembre de 1540, en la que se describe una extraña lección de danza de la gobernadora y su apuesto esclavo. En esta carta, Balaj K'waill parece sufrir un ataque de locura, pero yo descubrí que había un método en lo que decía. Durante siglos, los eruditos han interpretado su famosa danza con una venda en los ojos. Nadie antes que yo ha sabido ver que la respuesta al misterio ha estado ahí todo el tiempo.

¿Qué clave?, me pregunté mientras pasaba rápidamente las hojas del diario. Al parecer no había transcrito el código, pero yo recordaba perfectamente la carta que mencionaba. Se la había leído a Erik en voz alta hacía una semana. Era aquella en la que Beatriz de la Cueva le contaba a Ágata que había intentado enseñarle a Balaj K'waill una danza española conocida como zarabanda, pero él había sufrido una especie de ataque de locura y había empezado a gritar palabras sin sentido, números y rimas.

Aparentemente, la solución a las estelas-laberinto se encontraba ahí.

Durante los cuatro días siguientes, utilicé aquella clave para descifrar las estelas y me resultó muy fácil. Había escrito el primer borrador de las estelas de Flores y, con ello, me había convertido en la primera persona que había comprendido la naturaleza exacta del Laberinto del Engaño.

A pesar de que se ha llamado Coliseo o Coloso al laberinto, su gigantismo solo existe en la mente, no en el espacio. Los pasajes sinuosos y desconcertantes que describieron De la Cueva y Von Humboldt no se recorren a pie, sino leyéndolos.

Pasaron varios meses tras tener aquella revelación. Me deleité con mi logro sin hacerlo público. No se lo revelé absolutamente a nadie, ni siquiera a mi hija, porque me preocupaba no haber descifrado las estelas-laberinto con precisión, y no pienso revelar mi trabajo hasta que sea perfecto.

Estaba a punto de hablar, cuando me llegó la noticia de la muerte de Tomás; entonces, todo cambió. Guardé el secreto y decidí irme a la selva sola en busca de la piedra para terminar el trabajo de mi antiguo amante.

Así que aquí estoy, de vuelta en Guatemala, y el viaje empieza hoy.

Mi primera tarea consistirá en utilizar el Laberinto del Engaño como mapa en la selva; usaré también algunas pistas que he encontrado en el texto de Alexander von Humboldt. Si consigo encontrar la ciudad, el segundo paso será buscar un drago, según los datos.

En cuanto al siguiente acertijo, el Laberinto de la Virtud, creo que es bastante directo.

Y si estoy en lo cierto en ambos casos, tal vez encuentre el jade.

Hoy saldré en dirección a la Reserva Maya de la Biosfera y me acercaré cuanto me sea posible a la desembocadura del río Sacluc, donde Óscar de la Tapia encontró las estelas. Desde allí, tendré que seguir la ruta, en la medida en que pueda considerarse así, que se describe en el Laberinto del Engaño descifrado. Sé que entonces recorreré el camino que antes abrieron Beatriz de la Cueva y Von Humboldt.

Tal vez tenga suerte.

Ni siquiera me detendré en Flores, porque el tiempo no hace más que empeorar.

Lo último que haré antes de marcharme será hacer una copia en limpio de las estelas-laberinto descifradas.

EL LABERINTO DEL ENGAÑO, DESCIFRADO

Volví la hoja. Volví la siguiente. Pero solo había los restos de varias hojas arrancadas del diario.

Y después:

Ya está hecho. He enviado el texto a la dirección de Lola en Long Beach para ponerlo a salvo. Mis teorías le encantarán cuando finalmente se las explique. Creo que serán particularmente atractivas para un ratón de biblioteca como ella. ¿Cómo era aquella extraña frase de la leyenda de Beatriz de la Cueva?

«... la hechicera supo que jamás podría leer los peligros del laberinto para escapar.»

Desde luego.
Y ahora parto hacia la selva.

Encorvada sobre el diario y sudando, sacudí la cabeza y gruñí.

¡El Laberinto del Engaño descifrado estaba en Long Beach!

Y la única pista que mi madre nos había dejado para descifrarlo era una referencia a cierta danza de hacía casi quinientos años.

41

Había llegado al desesperante final del diario. Sentada en la piedra y envuelta en la luz de color brandy, el agua reluciente, el aire cálido lleno de motas doradas y las criaturas con ojos de dragón, noté que aquellos secretos penetraban en mí y alteraban completamente la idea que tenía de mi vida. Miré a mi alrededor. Peces y lagartijas invisibles seguían sumergiéndose y saltando en los charcos, y las gotas que caían del techo y de las estalactitas repicaban en el agua de los charcos y creaban una música en el interior de la cueva, que escuché durante un rato.

Después me deslicé hasta el suelo y me dispuse a marcharme.

Cuando volvía sobre mis pasos a través de los túneles y las cuevas de Actun Kan, pasé de nuevo las manos por las inscripciones jeroglíficas talladas en 1974, 1983, 1992, 1995. A medida que me acercaba a la boca de la cueva, los pasadizos de piedra empezaron a reflejar la luz natural; parecía que un hábil albañil hubiera aplicado una delgada capa de cobre sobre las paredes. La luz se hizo más intensa y creó una tenue línea que atravesaba la entrada de la cueva. Oí ruido de pasos y vi aparecer a Erik a contraluz como una forma oscura.

—Aquí estás —dijo.

—Oh, Erik... más vale que seas bueno.

—¿En qué? —preguntó, deteniéndose.

Lo miré hasta que conseguí ver sus ojos y su boca entre las sombras. Alargué la mano, le acaricié la mandíbula y lo besé.

Él me rodeó con sus brazos y se inclinó para devolverme el beso.

—En descifrar códigos —respondí.

—¿Qué?

—En descifrar códigos... oye, estás temblando.

—Sí.

—¿Por qué?

Erik me miró, muy serio.

—Porque estoy loco por ti. Lo digo de verdad.

También yo sentía un fuego en mi interior que hacía que me estremeciera. Mi cara y mis dedos parecían cargados de electricidad cuando los apreté contra su cuerpo. Se me cortó la respiración y me reí al notar aquella sensación.

—Tenían razón sobre ti —dije—. Eres peligroso.

Nos abrazamos con fuerza, casi como si temiéramos que el vértigo nos hiciera caer.

—¿Qué significa que soy peligroso? —preguntó, sonriendo entre mis cabellos.

—Significa que me deseas, ¿verdad? —pregunté—. Lo noto.

—Creo que sí.

—Vamos, tócame, tócame.

Nos acariciamos mutuamente, temblando. Nos besamos otra vez; durante unos instantes, mis miedos se difuminaron en la luz del sol que notaba en los párpados cerrados. Erik deslizó las manos por debajo de mi camisa y rodeó mi cintura.

—Así —dije, mostrándole cómo hacerlo—. ¡Abrázame, Erik!

—Estoy aquí, no pasa nada.

El miedo volvió y pensé en mi padre, Manuel.

—Lo he pasado muy mal en el depósito.

—Lo sé. Pero ahora estás aquí.

Apoyé el rostro en su pecho y esperé a que pasara aquella horrible sensación.

—Eres una buena persona.

—Eso espero —dijo él. Casi parecía asustado—. Tal vez no lo era antes de conocerte.

Después de decir estas palabras, estuvimos un rato sin hablar. Nos acariciamos, nos besamos y nos apretamos el uno contra el otro en el claroscuro de la cueva.

Solo me aparté de él cuando nuestro frenesí empezó a calmarse. La luz que iluminaba la cueva se hizo más dorada. Mi madre estaba esperando aún que la encontráramos. Tanto Erik como yo sabíamos que debíamos parar.

—Tenemos que irnos —dije—. He encontrado algunas pistas en el diario y creo que podremos dar con mi madre.

—¿Qué pistas?

—Escribió que no pensaba detenerse en Flores.

—Entonces se fue directamente a la selva.

—Eso es. Y dice también por dónde iría, así que tengo una idea muy clara de la dirección que debemos tomar.

—Saldremos hoy mismo. ¿Qué me dices? O mañana como mucho.

Asentí.

—También he descubierto otras cosas.

—¿Sí...?

—Creo que quizá sería mejor esperar.

—¿Qué pasa? —preguntó acercando su cabeza a la mía. Vacilé.

—Te lo contaré cuando nos reunamos con Yolanda.

—De acuerdo. ¿De qué se trata exactamente?

—Tiene que ver con el jade. Mi madre resolvió el rompecabezas. Pero te lo explicaré cuando lleguemos al hotel.

—¿El laberinto? Entonces será mejor que volvamos al hotel. —El alborozo cambió la expresión de su cara—. ¡Eres fabulosa! Todo esto es increíble.

—Creo que en realidad disfrutas de lo lindo con esto.

—Digamos que estoy dispuesto a hacer lo que sea necesario.

Durante el camino de vuelta en el taxi, Erik me cogió de la

mano y yo miré los árboles que pasaban a toda velocidad. Recosté la cabeza en el asiento e imaginé a Erik, a mi madre, a Manuel y a Yolanda comiendo todos juntos en un futuro no muy lejano y sentí una oleada de felicidad.

Pero en ese momento una idea más perturbadora y cercana en el tiempo se mezcló con la esperanza: mi futuro dependía de lo que hallara en la selva, y me emocionaba a la vez que me aterraba tener que ir allí con Erik.

Tal vez aquella mezcla de emociones fuera exactamente la que sintió Beatriz de la Cueva cuando emprendió la búsqueda del jade con Balaj K'waill unos siglos atrás.

42

Llegamos al hotel Petén Itzá a las dos. Por la mañana Yolanda se había quedado con una habitación del primer piso, mientras que a Erik y a mí la mujer del patrón nos llevó a unas habitaciones del segundo piso.

Me dirigí a la habitación de Yolanda y llamé a la puerta. No hubo respuesta. Volví a llamar.

—¿Hay alguien ahí? —gritó Erik.

—¿Hola? —dije yo.

Abrimos la puerta y nos asomamos al interior, pero no encontramos a nadie.

—Debe de estar... no sé, ¿dándose una ducha? —dije. Pero no se oía correr el agua. Sentí una leve punzada de angustia en el pecho; tenía un mal presentimiento, a pesar de nuestra reconciliación. Recordé nuestra infancia juntas y el modo en que desaparecía antes de saltar sobre mí con una de sus llaves de lucha. Un sexto sentido que había conservado desde mi juventud me dijo que tal vez debía esperar una de aquellas emboscadas.

Subimos la escalera, que estaba hecha de una madera blanda y lustrosa, adornada con una alfombra de tela roja. Llegué a las otras habitaciones, que tenían un único cuarto de baño común. El baño estaba vacío, así que continué por el pasillo y abrí la puerta pintada de azul de mi habitación.

Yolanda estaba sentada en mi cama. No llevaba puesto el sombrero y sus negros cabellos caían en cascada; estaba inclinada sobre la bolsa de mi madre, que acababa de registrar. Había esparcido por la habitación todos los atlas, libros y papeles que contenía.

—He estado buscando el mapa que me habías prometido —dijo.

Me quedé en el umbral de la puerta. La agradable sensación que tenía en el taxi se esfumó por completo.

—No está aquí, ¿verdad? —preguntó ella.

—Yolanda.

—¿Lo tienes o no?

Cerré los ojos.

—No. No exactamente.

—Dios, Lola. —Meneó la cabeza.

Erik entró en la habitación.

Las mejillas y la nariz de Yolanda estaban enrojeciendo; sus ojos lanzaban chispas.

—Me dijo que no me enfadara contigo, pero ahora que sé la verdad, lo estoy. Estoy muy, pero que muy enfadada.

—¿Quién te dijo que no te enfadaras conmigo?

—Estoy furiosa —dijo ella con tono tranquilo y glacial.

—No estoy seguro de que sea oportuno que hable ahora —intervino Erik—. Pero, Yolanda, es evidente que estás muy nerviosa. Pareces a punto de hacerte daño a ti misma o... a otra persona. —Hizo una pausa—. Además, no me gusta que digas que estás furiosa.

—Dile que cierre el pico.

—No te preocupes, Erik.

—Aquí no hay nada —dijo Yolanda con ira—. Me has mentido.

—Por supuesto que sí.

—¿Cómo?

—Por supuesto que te he mentido. No sé dónde está mi madre, Yolanda. Podría estar muerta. ¿Sabes todo lo que estaría dispuesta a hacer por encontrarla? Mucho más que mentirle a mi buena amiga.

—Tú...

—No habrías venido si no te hubiera dicho lo que querías oír. Y después nos habrías abandonado si te hubiera contado toda la verdad.

—Entonces debería abandonaros ahora mismo, ¿verdad?

Oí hablar a unos hombres abajo, y luego pasos que se dirigían hacia la escalera. ¿Era el patrón?

—Pero he descubierto algo —dije—. De verdad. Y si esperas un momento a que...

Los pasos se acercaron y entonces oí una voz familiar. De pronto apareció Manuel; asomó su arrugado rostro por la puerta de la habitación. Entró. Llevaba uno de sus trajes de mezclilla y el pelo cubría a medias su calva. Sus zapatos estaban relucientes, sus ojos eran grandes y brillantes. Pero tenía el cuello de la camisa doblado y parecía que no hubiera dormido en una semana.

—¿Estáis teniendo esa charla que decías? —preguntó a Yolanda. Luego, dirigiéndose a mí, dijo—: Hola, cariño.

Miré fijamente a mi padre que no era mi padre y me enjugué las lágrimas que empezaban a caer por mis mejillas.

—Cariño...

—Hola, papá.

—Hola, Erik.

—Hola, señor Álvarez. ¿Cómo ha sabido que estábamos aquí?

—Fui yo quien le habló a Lola de este hotel.

Mi padre nos miró a Yolanda y a mí, y una fugaz expresión de pena cruzó por su cara. Eso me hizo recordar de nuevo la razón por la que había interrumpido el contacto con Yolanda: porque mi amistad con una De la Rosa le dolía. O al menos eso decía mi madre. Y yo había optado por mi familia.

Sentí un nudo en el estómago y en la garganta ante ese pensamiento.

—Parece ser que entre Yolanda y tú ha habido un... malentendido —dijo Manuel.

—Es algo más que un malentendido —admití.

Yolanda me miró con dureza desde la cama, sin decir nada.

—¿Cómo has llegado hasta aquí? —pregunté—. Las carreteras están cortadas.

—En helicóptero, por supuesto, cariño —respondió Manuel—. Tu madre me ha enseñado un par de trucos. Y desde luego no iba a circular por esa espantosa autopista.

—Oh.

—Bueno, tenemos cosas más importantes en las que pensar —dijo Manuel—. ¿Seréis capaces de reconciliaros, chicas?

—No, Manuel —dijo Yolanda.

—Puedo compensarte —dije.

Ella no respondió.

—¿Y cómo? —quiso saber Manuel.

—Creo que tiene buenas noticias —dijo Erik, mirando a Yolanda.

—He descubierto algunas cosas —expliqué. Volví a secarme las húmedas mejillas—. Tengo uno de los diarios de mi madre, y en él dice que se fue a la selva hace más de una semana, así que tenemos que dirigirnos hacia allí lo antes posible.

—Oh, Dios mío —dijo Manuel.

—Y también escribió acerca del jade. Creo que averiguó parte del camino que conduce hasta él. Descubrió qué era el Laberinto del Engaño, y nosotros podremos utilizarlo como una guía para encontrarla a ella. El laberinto no está completamente... descifrado... pero mi madre habla de la clave en su diario. Creo que sé dónde podemos encontrarla. Y si lo hacemos, podremos descifrarlo y seguir el mismo camino que ella.

—Demasiada información de golpe —dijo Manuel, frunciendo el entrecejo—. ¿Estás diciendo que encontró el laberinto? A mí no me contó nada de todo eso; no es propio de ella.

—Lo sé.

—Debes de estar equivocada.

—No. Puedo demostrártelo.

—Así que pretendes descifrar el primer laberinto... —La frente de Erik se frunció como un acordeón mientras pensaba en la idea—. ¿Qué quiere decir eso exactamente?

—El Laberinto del Engaño no era un edificio... como habíamos imaginado. Eran las estelas. Los paneles.

—¿Las estelas? —se extrañó Manuel.

—Oh... no... espera un momento —dijo Erik.

Yolanda seguía sentada en la cama mirándome con ira y sin decir una palabra.

Desvié la mirada hacia Erik.

—Es cierto, ella las descifró. Pero no tenemos el resultado aquí... ella... lo envió a mi casa de Long Beach para que estuviera a salvo.

—No, espera —dijo Erik—. Yo ya pensé en ello cuando íbamos en el coche. Que las estelas tenían algo que ver con todo esto.

—Vale, de acuerdo —dije.

—No, de verdad te digo que lo pensé... antes de que Yolanda se estrellara con el coche y me distrajera...

—Sí, sí, te creo.

—Ahora soy yo el que se está enfadando.

—Al parecer todo está muy claro para vosotros dos —dijo mi padre—, pero yo necesito que me lo expliquéis mejor.

—El Laberinto del Engaño y las estelas de Flores son la misma cosa —afirmé, y empecé a explicarle los puntos de coincidencia de las historias de Tapia, Beatriz de la Cueva y Von Humboldt. Saqué el diario de mi madre y lo abrí por las páginas en las que describía su hallazgo. También les mostré los cálculos de mi madre y la descripción de la ruta que había planeado seguir a través de la selva. Las copias de los documentos que llevaba en la bolsa estaban diseminadas por el suelo. Las recogí, las junté y se las mostré como pruebas adicionales.

Del libro de Von Humboldt, del pasaje en el que el alemán describe su primer encuentro con el Laberinto del Engaño, les mostré estas líneas:

Podíamos entrar en uno de sus pasajes de zafiro y, confundidos por sus signos, desconcertados por su enrevesada expresión, ser incapaces de dar un solo paso más.

Y de la leyenda de Beatriz, les leí la siguiente cita:

Así fue como se construyó la insensata Ciudad Azul a la sombra del gran árbol que gotea savia de color rubí. Estaba oculta en el interior de un colosal laberinto formado por diabólicos pasajes de jade, estancias maléficas y una confusión que no es posible expresar.

—Todo tiene sentido ahora, si miráis atentamente lo que tenéis justo delante —añadí—. Las palabras «pasajes» y «expresión» tenían el significado literal en Von Humboldt de «expresión» y «pasajes escritos». Nos habíamos equivocado con el uso que hace Beatriz de la Cueva de la palabra «estancia», que procede del italiano *stanza*, es decir, habitación, pero también es un tipo de estrofa poética.

Los tres me miraron sin comprender.

—Tiene algo que ver con que la *stanza* era una habitación donde se «estaba» o se «paraba», y también una estrofa de un poema o canción que tiene un punto final.

—¿Cómo sabes todo eso? —preguntó mi padre al cabo de unos segundos.

—Lo he leído muchas veces —contesté, moviendo los brazos con cierta agitación.

Al final acabaron por creerme.

—Dios mío —dijo Manuel, metiendo las manos en los bolsillos—. Juana guardó todo esto en secreto.

—Ya lo creo —dijo Erik—. ¡Y tan secreto!

Señalé las cartas de De la Cueva.

—Mi madre dice en el diario que la clave de las estelas está en una de las cartas de Beatriz, escrita el 15 de diciembre de 1540. Es en la que habla de la clase de danza, Erik, ¿la recuerdas? La estuvimos leyendo en Ciudad de Guatemala. Tenemos que repasarla.

—Sé qué carta dices —confirmó Erik—. Es esa en la que Balaj K'waill empieza a farfullar palabras sin sentido. Y donde admite que mintió a Beatriz acerca del jade.

—Exacto. Si la estudiamos descubriremos cómo descifrar las estelas. Y cuando lo hagamos, sabremos hacia qué parte de la selva debemos dirigirnos.

—Hay muchas incógnitas en tu propuesta, Lola —dijo Manuel.

—Pero ahora realmente sí tenemos un mapa, Yolanda —dije, volviéndome hacia la cama—. O al menos las bases para trazarlo. Solo tenemos que dar con la clave. Si lo resolvemos, todo lo que he dicho habrá sido cierto.

Me acerqué a Yolanda con las copias de los textos de Von Humboldt y De la Cueva en la mano. Pero ella no se levantó de la cama y me miró con la cabeza gacha, de un modo siniestro y aterrador.

Cambió de posición e hizo una mueca y un gesto amenazador. Parecía no haber oído lo que acababa de decir.

No le importaban los mapas, las cartas, las rutas ni las estelas. Se levantó y vino hacia nosotros. No dejó de mirarme fijamente, con los labios completamente exangües.

Se colocó detrás de mí y, con un rápido movimiento, me rodeó con los brazos, enlazándome el pecho.

Yo tensé también el cuerpo y noté que el corazón empezaba a resonar en mis costillas.

—No lo hagas, Yolanda —dije—. De otro modo no me habrías ayudado a buscar a mamá.

Yolanda siguió sujetándome, apretándome el pecho con los brazos como si fuera un torno.

—Podrías haber contratado a cualquier otra persona para eso —dijo con una voz terriblemente cariñosa—. Ni siquiera trataste de encontrar otro rastreador, y los había por toda la ciudad. Solo tenías que buscarlos. Lo que tú querías era mi perdón. Y yo te lo habría dado. Si me hubieras demostrado que lo sentías. Que sentías haber cortado tu relación conmigo. Pero lo único que hiciste fue engañarme. —Empezó a aflojar su abrazo—. A lo largo de los años, me has enseñado una dura lección, Lola. Pero tengo que aprenderla. Tengo que aprenderla. Me has enseñado que estoy sola. Todos los que alguna vez significaron algo para mí están muertos.

—Oh, no —dije. Me quedé inerte y noté que sus palabras me dejaban vacía.

Si le informaba de nuestro parentesco, tendría que renegar de mi padre. Y tal vez ella ni siquiera me querría como hermana.

Yolanda dejó caer los brazos, dio media vuelta y salió de la habitación.

43

—Asombroso —dijo Manuel Álvarez, cuando charlamos más tarde en mi habitación. Estaba sentado en la cama y examinaba la clave de mamá para descifrar las estelas—. Las piedras forman una clave de cinco números. Por lo tanto, no eran inscripciones sin sentido, ¿verdad?

Estábamos solos. Yo me había sentado a su lado, con una mano sobre su hombro, y leía con él.

—Eso parece, papá. Sin embargo, aún tenemos que descifrarlas.

—Lo sé. Y a mí tampoco me contó nada. —Pasó las páginas—. Parece como si la solución tuviera que ser sencilla; es decir, siempre y cuando se tuviera la inteligencia suficiente para verlo. Tu madre la tuvo.

—Creo que ella también se sorprendió.

—Las estelas y el jade... las dos cosas estaban relacionadas desde el principio y ninguno de nosotros se dio cuenta. Aunque no está nada claro adónde nos llevará todo esto.

—¿Por qué no?

—¿Y si lo desciframos y sigue sin tener sentido? ¿O si ha cambiado el terreno? ¿O si tu madre lo ha interpretado de manera distinta a nosotros?

—Bueno... tomémonoslo con calma y preocupémonos por todos estos problemas si realmente surgen. No podremos resolverlo todo hoy, eso tenlo por seguro.

Manuel leyó un poco más y luego cerró el diario. Alargó la mano y me acarició el pelo.

—Papá.

—Tenía que venir, ¿entiendes? No podía permitir que mis viejos miedos me lo impidieran. Al fin y al cabo, he pensado que a tu madre le divertiría que yo fuera el héroe por una vez.

—Lo comprendo, papá.

—Estuve esperando junto al teléfono, cariño. Me quedé sentado allí, tratando de comportarme como una persona normal. En las noticias no se hablaba más que del jade azul que seguían encontrando en las sierras, más y más cada día. Pero ¿qué me importaba eso a mí? ¿Qué me importaba que encontraran o no una mina? Pero ella tardaba demasiado en ponerse en contacto conmigo. Nunca habíamos estado más de tres días sin hablar. Y entonces se me ocurrió que quizá estuviera atrapada en alguna parte o en... algo. Me di cuenta de que me daba igual que me tragara una ciénaga o que me dispararan o que me comieran los cocodrilos, si ella... si ella necesitaba ayuda para regresar, ¿entiendes? Así que aquí estoy. Y en helicóptero, nada menos. Son unos trastos horribles los helicópteros... Y ¡cómo giran en el aire! Pensaba que íbamos a chocar contra una montaña en cualquier momento.

Me froté la mano sobre la colcha en un gesto de nerviosismo. La tela roja, similar a la de la alfombra de la escalera, llevaba bordados de estrellas azules, animales verdes semejantes a perros, hombres azules y diminutas flores amarillas.

—Yolanda está muy alterada, ¿sabes? —añadió.

—Sí.

—No saldrá de su habitación, y ni siquiera nos dirá si piensa acompañarnos. Pero debe hacerlo. Tendrás que hacer las paces con ella lo antes posible.

—Cuando me dirija la palabra. ¡Es todo tan complicado!

—Acabará calmándose. Las dos habéis tenido siempre, ¿cómo decirlo?... un vínculo. Erais... amigas. —Miró el diario, acarició la encuadernación en color salmón y se detuvo en un roto de la tela—. Así que has leído el diario de tu madre...

—Sí, papá.

Manuel se quedó con la mirada perdida durante unos instantes y luego trató de sonreír.

—Espero que no haya sido un error. ¿Tú qué crees?

—¿Qué quieres decir?

—Bueno, si ella se entera, podría... enfadarse un poco. Es reservada con sus cosas. Y yo siempre lo he respetado. ¿Has leído...? ¿Había algo demasiado personal en el diario?

Ahora no sonreía y su boca se torcía hacia abajo en una línea larga y dura. No tenía el aspecto de siempre; tenía una expresión tensa y recelosa, como si estuviera a punto de hacerle daño.

Me encogí de hombros.

—En realidad, solamente había notas acerca de las estelas —dije—. Material académico y cosas así.

—Material académico.

—Sí. La verdad es que era todo bastante aburrido hasta que llegué a la parte que habla de los paneles; entonces, obviamente, se puso muy interesante. Pero el resto era un rollo.

—¿De verdad?

—De lo más aburrido. Mamá sabe cómo machacar un tema.

Manuel me miró fijamente unos segundos para asegurarse. Cuando su rostro se relajó, parecía un poco alicaído.

—Creo que no deberíamos contárselo cuando la encontremos. —Me cogió de la mano—. Como decía, es una mujer muy temperamental. Y se ofendería mucho si oyera esa crítica que acabas de hacer sobre su estilo, ¿verdad?

—Seguramente se pasearía de un lado a otro vociferando y acusándome de falta de gusto, sí.

—Desde luego. No hay que poner de mal humor a mi ángel. Es una lección que tengo muy bien aprendida. Siempre es mejor tenerla contenta, aunque, por otro lado, tal vez deberías decírselo cuando la veas. ¿Tú qué opinas? Tal vez lo tiene merecido por todas las molestias que nos está dando.

—De acuerdo —dije yo, riendo.

Él levantó mi mano y me besó el dorso de un modo caballeroso, paternal y muy tierno, con su pequeña boca reseca.

—Te adoro y te quiero muchísimo, criatura —dijo—. Os necesito mucho a tu madre y a ti, cariño mío.

Lo rodeé con los brazos y apoyé la cabeza en su hombro.

—Nosotras también te necesitamos, papá. ¡Y te quiero!

44

Los cuatro pasamos el resto del día y la noche en el hotel Petén Itzá; Erik analizaba la correspondencia de Beatriz de la Cueva, mientras mi padre y yo esperábamos a que Yolanda saliera de su habitación y nos dijera si vendría a la selva con nosotros. Llegó la tarde y el cielo se tiñó de color del plomo y del estaño que se reflejaban en las aguas del lago Izabal. Las barcas con sus adornos toscamente pintados en verde y amarillo se deslizaban por las aguas crecidas; muchachos y pescadores recorrían el lago; llevaban gorras de béisbol, camisas blancas o camisetas con todo tipo de imágenes, desde *Los ángeles de Charlie* a retratos de Rigoberta Menchú. En la orilla, las mujeres se inclinaban sobre el agua para lavar camisas y pantalones frotándolos contra las piedras; la espuma formaba delicados dibujos blancos en la superficie del lago.

La tarde pasó y llegó la noche. Manuel se tomó unas copas de ron con los demás huéspedes y luego se retiró a su habitación. Yolanda seguía sin aparecer ni dar señales de vida. Erik y yo nos despedimos en la cocina; recordamos de nuevo nuestro beso y nos dimos las buenas noches torpemente bajo la sonriente mirada de la mujer del patrón y de sus hijas. Luego me fui a mi cuarto y me acosté. Sin embargo, la oscuridad de la noche sin luna que llenaba mi habitación como una bandada de pájaros negros y el ruido de las conversaciones de los hombres que llegaba a través de las tablas del suelo me impedían dormir.

Una hora más tarde, a las once, no podía soportarlo más. Me incorporé y aparté las sábanas con los pies.

Abrí la puerta en camisón y miré si había alguien por allí. No se oía ruido alguno, ni una pisada; todos se habían ido a dormir. Salí sigilosamente al pasillo. Lo recorrí con pasos silenciosos en medio de la oscuridad hasta llegar a la habitación que ocupaba él.

—¿Erik?

Giré el picaporte. Encontré a Erik trabajando en la mesa bajo la luz mortecina de una lámpara. Tenía abierta la traducción de mis padres por el análisis del primer panel de las estelas, y junto al libro un diccionario que le habían prestado los dueños del hotel. Por todas partes había hojas de papel esparcidas, en las que había escrito una lista de palabras y diversas soluciones matemáticas.

Alzó la vista y sonrió. La mitad de su cara estaba iluminada y la otra permanecía en la sombra.

—Parece que has tenido suerte —dije, apoyando una mano en su hombro.

Él me miró con las cejas levantadas.

—¿Trabajando? —pregunté, y señalé los libros.

—Ah, bueno, sí. Esto empieza a tener sentido. —Volvió a mirar lo que había escrito y el flequillo cayó sobre sus ojos.

—Enséñamelo.

Empezó a revolver entre los papeles hasta encontrar el fragmento de las cartas de Beatriz en el que se había centrado mi madre.

—He encontrado la carta de la que hablaba tu madre —dijo—. La del quince de diciembre, en la que describe la lección de danza.

Tomándolo de la mano, lo conduje a través de la selva hacia el río que la atraviesa, y en sus orillas nos solazamos.

Froté su cuerpo con ungüentos y le canté al oído; y luego, para levantarle el ánimo, di en enseñarle una danza de nuestro país, la zarabanda.

—Un, dos, tres cuatro —le susurré—. Estos son los movimientos de este juego, querido mío. Es menester ir siempre hacia delante y moverse pausadamente, como un europeo.

—La, la, la —dijo él, riendo y cantando canciones incomprensibles a mis oídos. Enloqueció, y de su boca salieron palabras, números y rimas sin sentido—. Para bailar en Goathemala, mi amor —dijo—, es preciso moverse con brusquedad, saltándose un *trac* sí y otro no.

—¿Un qué?

—Quiere decir «paso» en francés, mi amada tontita. Como ya habréis visto, aquí estamos muy atrasados, y deberéis imitar los pasos nativos, que son al revés, cuatro, tres, dos, uno, cero.

Erik interrumpió la lectura.

—¡Eso es! —dije—. Esta tiene que ser la clave numérica.

—Sí, pero tal como yo lo veo, las instrucciones van en dos direcciones distintas. No creo que los números por sí solos sirvan para descifrar las estelas. Balaj K'waill nos dice que «nos saltemos un *trac* sí y otro no»; al principio no estaba seguro de qué quería decir hasta que he analizado la palabra...

—*Trac*.

—Exacto. Se refiere a las huellas que dejan los pies en un camino o a los surcos de una rueda. Está diciendo que tenemos que saltarnos sus pasos de baile, al parecer. Pero la palabra también está vagamente relacionada con la escritura.

—*Trac* —dije—. ¿*Trace*?

—Sí, *trac* era una forma apocopada de *trace* en francés antiguo. En ambos casos significa «vestigio», «huella». Resulta que *trace* también era una palabra antigua que significaba «danzar», y en la ficción detectivesca se utiliza refiriéndose a las pistas...

—En frases como «desaparecer sin dejar huella»...

—... pero también procede del latín *trahere*, que significa «arrastrar» —pasó una hoja del diario—, y se puede arrastrar un carro, por ejemplo. Lo que deja una huella. Una marca muy concreta, como la que queda en el papel cuando se dibuja.

—Una línea recta.

—Exacto.

—Pero si lo entiendo bien, hemos de suponer que Balaj K'waill estaba haciendo juegos de palabras intencionadamente. Que conocía las palabras francesas *trac* y *trace*.

—O quizá en el siglo dieciséis era algo sabido. En cualquier caso, era un lingüista. Creo que estoy en el buen camino. Escucha. Tal como he interpretado la primera parte de la clave, cuando dice que debemos saltarnos un *trac* sí y otro no...

—Significa que debemos saltarnos una línea de texto sí y otra no.

—Y eso es lo que estaba haciendo. —Buscó entre los papeles que tenía delante y me mostró una hoja—. Estas son algunas líneas de la traducción de tus padres de la primera piedra de las estelas:

Gran del historia la Jade fui vez una rey Jade
Ti sin perdido estoy perdido estoy también yo perdido estoy
Noble rey verdadero un Jade nacido bajo imponente y Jade
También yo perdí te perdí te calor hallarás
La de signo el Jade poder tenía Emplumada Serpiente Jade
Donde besarte pueda yo donde brazos mis entre
Y tierra la sobre Jade los y mar el Jade
Quédate perdonas me hechizo mi tesoro mi
Mi a gracias hombres Jade mi era tesoro gran Jade
Amor mi perdí te perdí te vacío y
Tierra esta gobernar destino Jade en años mil durante Jade
Y frío tan mundo este en abandonado
Cualquier armonía y paz Jade que la a doncella Jade
Has me por qué hecho he qué hermosa mi

—Vale. Incomprensible —dije.

—Pero esto es lo que se obtiene si se salta una línea sí y otra no. El resto lo he quitado. ¿Recuerdas lo que acabas de leer? Creo que se supone que el texto debe leerse así:

Gran del historia la Jade fui vez una rey Jade
Noble rey verdadero un Jade nacido bajo imponente y Jade
La de signo el Jade poder tenía Emplumada Serpiente Jade
Y tierra la sobre Jade los y mar el Jade
Mi a gracias hombres Jade mi era tesoro gran Jade
Tierra esta gobernar destino Jade en años mil durante Jade
Cualquier armonía y paz Jade que la a doncella Jade

—¿Te parece que ahora tiene más sentido? —me preguntó.

—Creo que podría tenerlo —respondí, repasando el texto con los ojos entrecerrados.

—Yo también. Y suponiendo que sea así, solo tendré que aplicar la clave numérica de cuatro, tres, dos, uno, cero.

Seguimos examinando las diferentes páginas con la negra escritura que brillaba como el bronce a la luz de la lámpara. Motas de polvo plateado daban vueltas en el aire; giré el rostro y vi que Erik tenía aún un moretón bajo el ojo y que hacía días que no se afeitaba.

Pero a mí me parecía maravilloso.

Puse una mano sobre la suya y le froté la palma con el pulgar. Noté el pulso en su muñeca y oí su respiración. La conversación sobre signos y criptogramas se desvaneció.

Apagué la lámpara.

—Supongo que he terminado de trabajar por esta noche —dijo él.

—No exactamente.

En la oscuridad no lo veía; después de llevarlo hasta la cama, me sentí mal porque acudieron a mi mente las cosas de las que me había enterado aquel día. Inclinada sobre él, sin hablar, le acariciaba el flequillo que le caía sobre la frente. Pero en mi interior seguía debatiéndome y preguntándome si realmente podía seguir con aquello, así que vacilé; las sombras nos envolvían y se oía cómo respirábamos, cómo tragábamos saliva. Él no insistió. Me besó los dedos, la palma de la mano y la muñeca.

—No pasa nada —dijo él—. Con esto basta por ahora.

Pero yo no quería que bastara. Me acerqué más a él.

—Oh, no —dije—, no te escaparás tan fácilmente.

—Ah, mujer moderna dominante —dijo, en tono burlón—. ¿Sabes?, según la tradición maya del siglo ocho, era muy corriente que el hombre llevara la iniciativa en el cortejo, ya que se suponía que las doncellas centroamericanas eran muy sumisas e inocentes, y solían huir de sus pretendientes corriendo y chillando. Supongo que hoy en día eso resultaría bastante aburrido o incluso alarmante.

—Cállate —le ordené.

Luego le cogí la mano. Y fui muy suave. Al principio.

A un latino parlanchín, seductor, exasperante y corpulento, hay que dejarle muy claro quién manda desde el primer momento de la seducción. Lotenté, le hice cosquillas, lo arañé muy ligeramente, me deleité furiosamente en quitarle cualquier capacidad de expresión hasta que solo pudo responderme con sus manos y sus muslos fornidos. Debo admitir que hubo momentos en los que fue él quien ganó la batalla, pero no iba a ser yo quien se quejara por verse levantada por encima de la estrecha cama, moviendo los codos frenéticamente como si fueran alas que pudieran mantenerme en el aire. Oí su diabólica risita en algún lugar de la parte inferior de mi cuerpo. Luego todo fue ternura. Descubrí que Erik podía ser extremadamente tierno, aunque me raspaba las costillas y el pecho con su piel velluda; me inflamaba de un modo indescriptible. Rodeé su rotunda cintura con todo mi cuerpo; él se enroscó en torno a mí, de los pies a la cabeza, y hundió su cara en mi mejilla.

Justo antes del momento culminante, me cogió la cara con una mano.

—Mi hermosa niña —dijo.

Entonces lo abracé aún con más fuerza, sonreí y me moví como una marsopa. Creo que le sorprendió mi fuerza y el modo en que lo manejaba y le hacía gritar de placer. Las tablas del suelo se movían bajo la cama, que daba saltos por la habitación como un potro. Tomé a aquel hombre, lo apreté contra mi pecho y lo besé hasta dejarlo sin respiración, hasta que se tumbó de espaldas, asombrado. Acostada también en la almohada, noté unas repentinas ganas de reír. Todo lo demás había desaparecido, era feliz, pero traté de no hacer demasiado ruido para que no nos oyeran los demás.

Y luego volvió a suceder. Y otra vez.

48

Dos de la madrugada.

Mientras caminaba por el pasillo, que estaba sumido en la negrura y lleno de obstáculos, oí el golpeteo de una fina llovizna en el tejado.

Bajé la escalera, notando la basta tela de la alfombra bajo mis pies.

Fui tanteando el camino hasta la puerta de la habitación de Yolanda y llamé.

—¿Yolanda?

No debía de estar durmiendo. Me sobresalté y retrocedí cuando abrió la puerta. La luz estaba encendida en su habitación y su figura era oscura a contraluz.

Esperé, pero ella no dijo nada.

—¿Vendrás con nosotros mañana? —pregunté.

—Querrás decir hoy.

—¿Vendrás con nosotros hoy?

Ella me miró fijamente, con ira concentrada.

—Sé... sé cómo te sientes por lo de tu padre. O al menos empiezo a comprenderlo. Estoy a un paso de hallarme en tu misma situación. No me des la espalda —supliqué.

—Te dije que no quería que hablaras de mi padre.

—Vale —dije, tras una breve pausa—. ¿Vendrás con nosotros?

—¿Tú qué crees?

—Yolanda, lo siento mucho.

—Vuélvete con tu novio —dijo ella, y cerró la puerta.

Pero a la mañana siguiente, antes que nosotros, estaba preparada para salir. Se puso el sombrero y se colgó una pesada mochila a la espalda, así como otros artículos que necesitábamos para el viaje. No se había pasado el día anterior rumiando su ira, como creíamos, sino comprando con la tarjeta de crédito que había cogido de la bolsa de mi madre lonas impermeabilizadas, palas, linternas, dos machetes, víveres, calmantes, un spray contra insectos llamado DEET y hamacas de fibra sintética. Todo ello estaba apilado en un rincón del vestíbulo. Yolanda estaba en la cocina, pisando fuerte con sus grandes botas de ante y molestando a Erik, que estaba sentado a la mesa y garabateaba rápidamente unas notas en una hoja de papel, mientras desayunaba. Yolanda intimidaba a las hijas del patrón, que la observaban mientras bebía café a grandes tragos y comía una manzana ruidosamente. Debo decir que también a mí me lanzaban miradas de curiosidad, algo escandalizadas, por los involuntarios sonidos de placer que había dejado escapar durante la noche; yo me esforcé por hacer caso omiso de la expresión de asombro y complicidad de sus redondas caras.

—Si hay algo que encontrar con ese nuevo mapa tuyo —dijo Yolanda a Erik—, yo lo encontraré.

—Primero tengo que descifrarlo —replicó él, sin tan siquiera levantar la vista—. Pero creo que podría estar a punto de conseguirlo... aunque no acabe de... no acabe de...

—¿De qué? —pregunté.

—Todavía no lo sé. Dadme un poco más de tiempo —respondió.

—Si realmente estáis interesados en encontrar a Juana, será mejor que os deis prisa —gruñó Yolanda.

—Está trabajando mucho, querida —dijo Manuel—. Se nota.

Yolanda frunció el entrecejo, pero al menos hablaba con ellos; a mí, ni me miraba. Cuando intenté tocarle el brazo, se apartó y se fue.

Al cabo de una hora, íbamos de camino hacia la selva del Petén.

46

El día 6 de noviembre al mediodía, nos encontrábamos en la carretera que sale de Flores hacia el noroeste y que atraviesa el pequeño pueblo de Sacpuy, en dirección a la parte de la selva del Petén que se conoce como Reserva Maya de la Biosfera. Esta carretera constituye el comienzo del Camino de Scarlet Macaw, una senda apartada que se inicia en Sacpuy, pasa por la espléndida Laguna Perdida y llega a la primera zona de contención de la selva, una franja de tierra en la que el gobierno sigue permitiendo la tala de árboles para la labranza. Pensábamos parar en Laguna Perdida, dejar el coche junto a la carretera y luego seguir a pie hacia el nordeste atravesando la zona de barrera hasta llegar a la desembocadura del río Sacluc, el mismo afluente por el que habían cruzado Beatriz de la Cueva y Von Humboldt, y donde Óscar Ángel Tapia había encontrado, o robado, las estelas de Flores, y adonde mi madre pensaba viajar los días previos a la llegada del huracán Mitch. Para entonces, confiábamos en que Erik habría resuelto el Laberinto del Engaño gracias a las pistas que había dejado mi madre, y que seríamos capaces de hallar el camino por el que deberíamos atravesar la selva. Si encontrábamos algo semejante a las ruinas de una ciudad, trataríamos de dar con el drago o *Dracaena draco*, el árbol al que tanto Beatriz de la Cueva como Von Humboldt se refieren como señal clave en sus cartas y su diario. Después tendríamos que resolver el segundo enigma, el Laberinto de la Virtud, el acertijo que empezaba con las frases gnómicas: «*El camino más difícil / La senda más escabrosa / Es la que debemos seguir / Aun sobrecogidos de temor...*», con la esperanza de seguir las mismas pistas que había seguido mi madre.

Pero todo eso quedaba aún muy lejos, a muchos kilómetros de distancia.

La carretera que atraviesa la selva del Petén en dirección nordeste mostraba los efectos de una inundación reciente, pero gran parte se había desaguado hacia los ríos. Al borde de la carretera crecían olivos desmañados y palmeras. Se veían también los restos de plantaciones de bananas y hectáreas de tierras inundadas en las que antes se cultivaba maíz, judías y ají. Manuel conducía el coche por la carretera cenagosa y llena de parches; su temor hacía que en ocasiones casi aplastara el mentón contra el volante del Ford Bronco que Yolanda había conseguido alquilar el día anterior. Ella iba sentada delante, zarandeada por las sacudidas del coche. Erik y yo íbamos atrás; él seguía intentando descifrar las estelas: subrayaba y llenaba las hojas de flechas y tachones, así como de palabras y números.

—Lo estás consiguiendo, ¿verdad? —pregunté.

—Creo que sí —asintió—. Aunque al principio estaba un poco confuso.

—¿Qué dice? —quiso saber Yolanda.

—Es complicado —respondió Erik—. El texto, quiero decir. El modo de leerlo. Aún tengo que verificarlo, tengo que asegurarme de que lo he hecho correctamente.

Yolanda movió el espejo retrovisor para verlo bien.

—Oigámoslo.

—He dicho que aún lo estoy verificando...

—¿Algún problema? —preguntó Manuel.

—Es... bueno... mira —dijo Erik, agitando un puñado de hojas delante de mi cara—. El laberinto... las estelas... son... cuentos, o algo parecido.

—Cuentos —repitió Manuel.

—¿De qué está hablando? —preguntó Yolanda.

—Desde luego yo no tengo ni idea —dijo Manuel.

—Historias, estoy descifrando un montón de historias —explicó Erik—. Y todas están relacionadas con la leyenda, tienen los mismos personajes. Se supone que los cuentos serán nuestra guía cuando lleguemos a la desembocadura del Sacluc, donde Tapia encontró el laberinto... o las estelas. Lola, anoche te enseñé una parte del texto antes de empezar a aplicar la clave numérica.

—Sí, cuando saltabas una línea sí y otra no.

—Exacto, y después de aplicar la clave numérica, esta es la traducción que he obtenido. Creo que es el hermano mayor el que habla.

La historia del gran rey

Una vez fui un verdadero rey, noble e imponente. Nacido bajo el signo de la Serpiente Emplumada, tenía poder sobre la tierra y el mar y los hombres. Gracias a mi gran tesoro, era mi destino gobernar esta tierra durante mil años en paz y armonía. Cualquier doncella a la que yo deseaba quería ser mi esposa y no abrazar a ningún otro. Todo hombre fuerte se inclinaba ante mí como un esclavo y desesperaba...

Leyó el pasaje en voz alta y todos nos quedamos callados un largo y tenso minuto.

Ahí estaba nuestro mapa, pero sin una «X» que señalara el lugar indicado. No se describía ninguna cueva concreta como en *El conde de Montecristo*, ni había un esqueleto como en *La isla del tesoro*.

Creo que hablo por todos nosotros cuando digo que las quejas taciturnas de un rey difunto no era precisamente lo que esperábamos encontrar tras descifrar el Laberinto del Engaño.

47

—¿La historia del rey? —espetó Yolanda.

—¿Podrías repetir eso? —pidió Manuel.

—¿«Nacido bajo el signo de la Serpiente Emplumada»? —exclamó de nuevo Yolanda.

—Erik —dijo Manuel, ceñudo, volviendo la cara hacia atrás—, lo que dices no tiene sentido.

—Oh, yo te lo explico —dijo Yolanda—. Pero no te va a gustar. Eso no es un mapa.

—No hay otra alternativa —dije, levantando la mano como un guardia urbano—. Tenemos que encontrarle el sentido.

—Os demostraré que en realidad sí es un mapa —afirmó Erik—. Solo necesito un poco más de tiempo para asegurarme de que no paso nada por alto...

—No puedo usar eso para encontrar un camino en plena selva —replicó Yolanda—. Es una broma, no un atlas. No... olvidadlo. Está decidido. Iremos hacia el este una vez lleguemos al Sacluc. Es la única opción razonable.

—¿Por qué hacia el este? —quiso saber Manuel.

—Ya se lo conté a ellos —respondió Yolanda, señalándonos con la mano—. Mi padre siempre pensó que encontraría algo en el oeste, pero yo estaba convencida de que era más probable encontrar algún tipo de estructura más cerca de Tikal y de sus ruinas, hacia el este.

—Quizá —dijo Manuel—. Pero en mi último recorrido

por la selva, perdí... perdí la brújula. Así que no estoy muy seguro de cómo encontrar los puntos de referencia.

—Estoy segura de que debemos ir hacia el este —insistió Yolanda.

—Espera un momento —dije—. Erik, ¿cómo has llegado a esta transcripción? ¿No se te habrá pasado algo por alto?

—No lo creo —respondió él, negando con la cabeza—. Según yo lo veo, encaja perfectamente. La clave numérica es un código de transposición.

Erik explicó a Manuel y a Yolanda que había borrado línea sí, línea no, de los jeroglíficos, y luego añadió:

—El texto está dividido en unidades de cinco palabras-símbolos. En la carta de Beatriz de la Cueva en la que describe la lección de danza con Balaj K'waill, la que menciona Juana en su diario, K'waill habla de los números cuatro, tres, dos, uno, cero.

—Eso era cuando K'waill se burlaba de ella —dijo Manuel—. Cuando decía que los guatemaltecos estaban muy atrasados y la desafiaba con la clave.

—Cierto. Lo único que no conseguía averiguar al principio era qué representaba el cero, hasta que me di cuenta de que el cero corresponde al símbolo del jade en el texto.

—¿Qué significa eso? —preguntó Yolanda.

—Que el símbolo para jade es un engaño. No significa nada y lo es todo al mismo tiempo. Solo se entiende el texto si se tacha cada vez que aparece en él. Así que la primera frase del texto sin descifrar, una vez dividido en unidades de cinco, se convierte en:

> *Gran del historia la jade*
> *fui vez una rey jade*
> *noble rey verdadero un jade*

»y entonces, tachando la palabra "jade" cada vez y dándole la vuelta a las frases, tal como dice Balaj K'waill...

—Cuatro, tres, dos, uno —apunté—. Está al revés, así que se ha de pasar a uno, dos, tres, cuatro.

—Sí...

> *Gran del historia la*
> *fui vez una rey*
> *noble rey verdadero un*

»se convierte en...

> *La historia del gran rey*
> *Una vez fui un verdadero rey, noble...*

»etcétera.

—¡Qué fácil era descifrarlo —dijo Manuel, pero sin amargura.

—Sí, ahora no parece muy difícil —admitió Erik.

—Bueno, eso de que el cero sirve para tachar el símbolo de jade es un viejo truco —dijo Yolanda. Se volvió en el asiento para mirar a Erik—. Es sabiduría antigua. Ya sabes: «En un acertijo en el que la respuesta es "ajedrez", la única palabra que no se debe utilizar es "ajedrez"».

—¡Asombroso! —exclamé.

—Es ingenioso —dijo Manuel—. Excelente, Erik. Lo has conseguido. Quizá mi hija tenía razón al traerte. Puede que rectifique mi opinión sobre ti.

—Lo hará, se lo garantizo —dijo Erik, con la cabeza metida aún en sus papeles. La mía también lo estaba—. En un par de días, estará entusiasmado conmigo, señor Álvarez.

—Vaya por Dios —dijo Manuel. Y por su tono de voz, supe que no era una respuesta a Erik; ni tampoco parecía que hablara del laberinto.

—Yo no voy a rectificar mi opinión sobre... —empezó a decir Yolanda.

—Mirad —la interrumpió Manuel.

Erik, Yolanda y yo fijamos la vista en el parabrisas y dejamos de hablar de códigos y claves.

El paisaje se había ido deteriorando kilómetro a kilómetro, y la situación en aquella parte del norte del país era realmente catastrófica. Pasamos por delante de zonas de la selva de las que no quedaba más que tierra agostada, inundada, y a su alrededor viviendas en ruinas y árboles con la corteza de color verde lima y las hojas amarillas. Tuvimos que bordear trozos de la carretera que se habían hundido y donde la tierra, de color chocolate con vetas calcáreas y mezclada con piedras, asomaba entre el asfalto; densa y profunda, exhalaba crujidos cuando la aplastaban las ruedas del coche. Vimos a gente que sacaba escombros de sus *milpas* o granjas; dos mujeres y un hombre estaban de pie, llorando, frente a sus cabañas destrozadas.

—Terrible, terrible —dijo Manuel.

—Antes esto era un lugar bonito —dijo Erik—. Mi padre me traía por aquí en verano... Ahora no lo reconozco.

Apreté las manos contra el cristal de la ventanilla.

—Está todo destruido.

—Para —dijo Yolanda—. Tengo algo que hacer.

—¿Qué quieres decir?

—Tú para aquí mismo. Voy a bajar.

—Solo un momento, papá —dije.

—De acuerdo.

—Dales parte de nuestros víveres —propuse.

Pero Yolanda ya había pensado en ello.

Metió la mano en una de las mochilas, sacó algunas latas de carne seca, bajó del coche y se acercó corriendo por el barro para dárselas a una de las mujeres que estaba delante de su cabaña. La mujer tenía unas largas cejas negras y unos ojos apagados y fijos que miraban el lugar con expresión conmocionada; parecía que entendía qué había ocurrido, pero no lo asimilaba. Yolanda le entregó los paquetes y le hizo unas preguntas; la mujer negó con la cabeza.

Luego Yolanda volvió corriendo al coche, se metió en él y cerró la puerta con fuerza.

—Han muerto veinte personas en esta aldea.

—¿Le has preguntado si ha visto a mi madre?

Yolanda no me había hecho el menor caso en todo el día, pero esta vez me contestó.

—Sí, y no la había visto. Tampoco ha visto a su familia desde hace días. Creo que está... conmocionada.

Sus ojos y los míos se encontraron en el espejo retrovisor un momento. Torció el gesto antes de apartar la mirada.

—Dice que más al norte aún ha muerto más gente.

Dejamos de hablar. Erik siguió escribiendo sus notas. Yo tuve una visión fugaz de los ojos de mi madre mientras seguíamos avanzando por la carretera. Noté que el tiempo empezaba a cambiar: hacía más calor y había aún más humedad que antes. Los campos quemados e inundados quedaron atrás. Los pájaros se abrían camino en el denso aire. El viento movía las escasas hojas de color bronce de las caobas; parecían manos de largos y delgados brazos haciendo signos ininteligibles.

Vimos todavía dos, tres, cuatro pueblos destruidos. Y seguimos adelante.

48

A las tres de una tarde bochornosa y húmeda, llegamos a
los alrededores de Laguna Perdida, lugar desde el que
habíamos decidido iniciar nuestro viaje por la selva. Yo esperaba encontrar un coche aparcado junto a la carretera; una
señal de que mi madre podía haber estado allí unos días atrás.
Pero no había tal indicación. La selva surgía bruscamente en el
terreno, sin la menor congruencia, verde, imprecisa, y aparentemente sin presencia humana visible. En el aire denso bullían
los insectos y las cálidas neblinas; la ropa nos pesaba y los zapatos se hundieron en el barro cuando bajamos del coche. El
día empezaba a declinar. El cielo se volvió de color pizarra y
amenazaba lluvia; las profundidades de la selva parecían realmente sombrías.

—No hay camino para el coche —dijo Yolanda, abriendo
el maletero del Ford Bronco para sacar las mochilas y el equipo—. Tendremos que dejarlo aquí.

—¿Y nos meteremos ahí a pie? —pregunté.

—Se está haciendo de noche —dijo Erik, mirando los árboles con los ojos entrecerrados.

Yolanda y yo estábamos en la parte de atrás del coche,
cogiendo las mochilas y las botellas de agua. Yo llevaba una
camisa de manga larga, vaqueros, botas altas y calcetines, pero
ya empezaba a notar las picaduras de mosquito, así que cogí
un bote de DEET y me unté el cuello de crema. A mi lado,

Manuel trataba de echarse la mochila a los hombros, pese a que sus manos empezaban a temblar.

—Sí, iremos a pie —dijo Yolanda. Me echó una mirada—. Si realmente crees que Juana está cerca, el tiempo apremia. No debe de haberlo tenido fácil ahí dentro.

—Tienes razón —dije, escudriñando el cielo.

Yolanda dejó la mochila en el suelo para asegurar bien su hamaca y su mosquitera. Luego sacó una enorme linterna Maglite negra del bolsillo lateral de la mochila y señaló también uno de los dos machetes que había comprado en Flores. Tenían un aspecto terrible con sus fundas de cuero y remaches de latón.

—Nos abriremos paso en la selva con esto.

Mi padre dejó caer su mochila y soltó un taco; sudaba y seguía temblando.

—Deja que te ayude —se ofreció Yolanda—. Pesa... mucho.

—No hace falta —dijo él—. Puedo yo solo. —Se colgó la mochila haciendo un esfuerzo.

Nadie dijo nada acerca de las manos de mi padre.

—Supongo que no hay más remedio —dijo Erik mientras cogía otra de las mochilas para colgársela del hombro—. No servirá de nada entretenerse, ni desmayarse, ni huir, ¿verdad?

—Exacto —dijo ella—. Ah, y por cierto, ¿habías estado antes en esta parte de la selva?

—¿En esta parte? —Erik negó con la cabeza—. No, aquí no. Más hacia el sur, en los aledaños de Flores.

—Bueno, entonces... por aquí hay un repugnante ácaro de la región con el que deberías tener cuidado. Se mete por debajo de la ropa y muerde. Las partes íntimas sobre todo.

—¿Me estás gastando una broma? —preguntó Erik.

—No gasto bromas en la selva —replicó ella—. Y tampoco guardo rencor, aunque quiera. Es demasiado peligroso. —Me miró con sus firmes ojos negros y las mejillas encendidas—. Estamos aquí solo por dos razones. Tu madre...

—Sí —dije.

—... y mi padre. El trabajo de mi padre. —Desvió la mirada hacia Erik—. Pero será duro y tendréis que cuidaros de vosotros mismos. Así que haced caso de mis advertencias sobre los bichos. Y hay otras cosas. Podríamos tropezar con uno de los grandes felinos, en cuyo caso seguramente saldríais corriendo y gritando. También podríais tropezar con... lo siento... arenas movedizas.

—Sí, fantástico —dijo Manuel.

—Y luego están esos horribles cerdos salvajes. Cuidado también con la hoja del machete, que está muy afilada. Seguramente os pediré que me relevéis cuando esté cansada. No os olvidéis de beber agua, por supuesto, si no, os deshidrataréis enseguida y no valdréis para nada. Y... seguidme. No os separéis de mí. No estaréis a salvo si os alejáis.

Traté de no pensar en qué podían significar todas aquellas precauciones para mi madre. Al parecer, lo mismo se le ocurrió a Manuel, porque vaciló un instante, pero luego se alisó la camisa y asintió al tiempo que carraspeaba.

—Muy buenos consejos —dijo.

Yolanda y él cerraron el coche antes de cruzar la carretera y adentrarse en la selva.

Erik y yo los observamos mientras separaban los arbustos con las manos.

Yolanda sacó el machete. Manuel se había quedado blanco como la cera y parecía más frágil desde que se había metido entre los árboles, pero me di cuenta de que aquello tenía el efecto contrario en ella. Bajo aquella luz rojiza, en medio de la selva, tenía el rostro arrebolado y una expresión vigilante en sus facciones resueltas. Alzó el machete y descargó un golpe formando un enérgico y grácil arco. Finos y precisos músculos aparecieron en su cuello. Pensé que ella tenía tanta destreza en aquel gesto como yo trataba de tener con las palabras, porque su padre la había convertido en una experta en sobrevivir en aquel lugar salvaje.

Manuel la siguió, apartando las hojas con dedos vacilantes. Luego desaparecieron.

—De acuerdo, ¿estás listo? —pregunté a Erik, colgándome la mochila a la espalda.

Estaba bañada en sudor, pero no me dejaba amilanar por los mosquitos que revoloteaban alrededor de mis extremidades. Me sentía llena de una atemorizada excitación, como si pudiera seguir los pasos a Yolanda durante toda la noche sin parar hasta encontrar a mi madre.

Él me miró y asintió.

—Estoy listo para ir contigo, Lola —dijo.

Sonreí y le toqué el pecho. Luego nos dirigimos hacia los oscuros árboles y avanzamos.

49

Nos adentramos en la selva. Espantábamos a los mosquitos y a las moscas enormes que zumbaban a nuestro alrededor; tropezábamos con la vegetación y las grandes raíces de las caobas, que ascendían hasta treinta metros en el aire y hundían sus grandes brotes en la tierra. Las raíces se ramificaban y formaban una maraña de zarcillos duros y retorcidos entre los helechos, las juncias y el lodo que cubría el suelo de la selva. El aire era muy húmedo y costaba respirar, porque se notaba denso en los pulmones y la boca. El calor que había notado antes en Flores rondaba ya los cuarenta grados y aumentaba con fuerza.

Se necesitaba tiempo para adaptarse. Cada vez que dábamos un paso, nuestros pies se hundían en el lodo blando y succionador que amenazaba con arrancarnos las botas y trepaba por nuestras piernas, empapaba los pantalones y casi inmediatamente lograba subir hasta el pecho, la cara y las manos. Los mosquitos mostraban una particular atracción por cualquier protuberancia del cuerpo que tuviera sensibilidad, de modo que durante la primera hora nuestra atención se centró sobre todo en la tarea, semejante a la de Sísifo, de librarnos de los insectos, dándoles inútilmente golpes con nuestras manos. Aunque ninguno de nosotros hablaba, no por ello reinaba el silencio en la selva; los movimientos de sus habitantes llenaban el aire, sobre todo los de los monos araña y los monos aulladores. Estas criaturas, que danzaban en las copas de los árboles y saltaban de liana en liana con sus pies de grandes dedos en una especie de juego insensato, chillaban con voces que parecían casi humanas. Luego sacudían los troncos y las ramas; llegaban a romperlas y a tirárnoslas a la cabeza. Debía de ser su forma de expresar que no éramos bienvenidos allí. Lo que resultaba más desconcertante e increíble de aquellos monos era el extraño aspecto de sus caras, muy humanas; sus mandíbulas se movían y los labios hacían mohínes, por lo que parecían a punto de gritarnos obscenidades. Cuando los vi hacer aquello, comprendí de repente, con turbadora lucidez, el estrecho vínculo que había entre los humanos y las bestias.

De repente, oí un goteo y noté algo húmedo en mi hombro.

—¿Está lloviendo? —preguntó Erik detrás de mí.

—¿Qué es esto? —quise saber.

Yolanda empezó a carcajearse.

—Haced como si no pasara nada —oí que decía Manuel.

Cuando tuve la brillante idea de alzar la vista, me di cuenta de que los monos estaban meándose encima de nosotros y se reían de mí de un modo muy antropomórfico.

No obstante, a pesar de los meados de mono y las risitas, la selva ofrecía placeres y motivos de fascinación menos comprometidos.

Las orquídeas eran tan ligeras y de colores tan frescos como una muchacha; los árboles eran mágicos, frondosos, adornados con flores de color fucsia y blanco. A veces, el canto atronador de los pájaros interrumpía la música eléctrica de los insectos. Eran criaturas rojas y verdes, con grandes picos ganchudos y amarillos, que agitaban las alas. También se oía el ruido impetuoso de ríos invisibles, el sonido de regurgitación de nuestras botas en el barro, y el eficaz trabajo del machete en manos de Yolanda, que nos abría paso en medio de la selva esmeralda, cortando arbustos y lianas con flores.

Yolanda parecía más alta y fuerte allí que en la ciudad. Movía el arma con tanta rapidez que parecía de mercurio en lugar de acero. Oía su respiración regular, como un latido; sus ágiles brazos se movían con celeridad y golpeaban con fiereza. Las cabezas cortadas de las flores escarlata eran su estela, y los reflejos de las paredes verdes que tallaba teñían su pelo negro con los tonos del mar y la savia, la manzana y el acebo.

Aquel tosco y reluciente pasillo que Yolanda abría con su machete nos llevaría finalmente hasta el famoso río Sacluc.

Al cabo de una hora de caminar por la selva, no tenía la menor idea de dónde estábamos ni de dónde veníamos.

—¿Falta mucho? —pregunté—. No me oriento. ¿Queda lejos la carretera? ¿Ya casi hemos llegado?

—Todavía no estamos cerca —oí que decía Yolanda—. Al menos faltan diez kilómetros más hasta el Sacluc.

—¿Quieres que siga yo? —preguntó Manuel.

—Yo lo haré —se ofreció Erik.

—Habrá tiempo de sobra para todos, pero aún no estoy cansada —replicó Yolanda.

—Diez kilómetros más —dije—. ¿Cuánto crees que tardaremos?

—Quizá un día más. Y bebed agua. Yo no podré llevaros a rastras.

Entre las copas de los árboles se divisaban trozos de cielo, así que vimos nubes amarillas y grises que se cernían sobre nuestras cabezas. La luz allá abajo era más tenue y verde, ya que reflejaba el color de la maleza y del musgo que cubría la corteza de las caobas. El agua de la lluvia hacía que todo brillara; la flora proliferaba a nuestro alrededor, pesada, vidriosa, y tan exuberante que parecía capaz de engullirnos de un solo trago. Las ramas y los troncos de los árboles eran muy gruesos, algunos medían seis veces el contorno de mi cuerpo, y se elevaban hacia lo alto en trazos curvilíneos; los helechos y el musgo se enroscaban en sus surcos; las orquídeas y las lianas caían desde sus copas como serpentinas. En el cálido lodo se producía algún tipo de proceso químico que creaba neblinas y otros vapores que ascendían en finas volutas de humo blanco.

Atravesamos una nube. Estaba atenta a las pisadas y a la respiración de Erik; también veía que Manuel tropezaba delante de mí de vez en cuando y se enderezaba apoyándose en los árboles. A veces Yolanda lo esperaba, pero estaba tan ocupada en abrirnos camino que ni siquiera parecía darse cuenta de nuestra presencia. Mantenía los ojos fijos en la vegetación que tenía delante y no daba muestras de indecisión en el camino que debía tomar, salvo un par de veces en que consultó la brújula que llevaba en el bolsillo. No sé cómo se las arreglaba. Yo ni siquiera habría sido capaz de seguir el camino de vuelta.

La tarde transcurrió lentamente. No hablábamos. Pronto empezaron a dolernos los músculos, la espalda o los pies. Pero en lugar de distraerme con un morboso arranque de introspección, mis pensamientos se dispararon en diversas y poco agradables direcciones.

Antes de que anocheciera, me vino a la cabeza, como un repentino ataque de ciática, la idea de que no entendía casi nada de lo que había ocurrido en los últimos días. No comprendía Ciudad de Guatemala, con sus guardias y sus soldados moviéndose por ahí con el rifle entremetido en los pantalones. No comprendía por qué a nadie le parecía que podía ser buena idea adorar a un caballo en Flores, ni qué clase de peyote tomaban los autores de Rough Guide o de Lonely Planet. Pero lo que más nerviosa me ponía era no saber qué había ocurrido con mi afición por los bomberos, ni por qué era más mexicana o latina en mi casa que en Guatemala, ni cómo me habían arrancado de mi cómoda butaca para ir a perder el tiempo entre monos incontinentes, ni qué le había ocurrido a mi parentesco con Manuel Álvarez. No comprendía, o no quería hacerlo, el significado de una sola maldita palabra del diario de mi madre. Y, por supuesto, no entendía por qué ella se había ido tan lejos sin decirme antes lo que había descubierto ni por qué.

Y para rematar aquel cúmulo de estimulantes pensamientos metafísicos, me di cuenta de que tampoco entendía el rostro de aquella mujer del depósito de Flores, que parecía tallado en marfil; estaba inmóvil porque ya no vivía, porque la había matado un árbol. Cuando recordé aquella imagen, empecé de pronto a dar traspiés, no solo con las raíces, las orquídeas y las aterradoras criaturas viscosas que se deslizaban por el barro ante mí, sino también con un hecho en extremo desconcertante que me inquietó profundamente. Pensé: «Aunque mi madre no muriera en Flores, aunque la encuentre viva en alguna parte, algún día morirá. Algún día no volveré a verla».

Esta idea nunca hasta entonces se me había ocurrido con tanta claridad.

De modo que allí estaba, en la selva, pensando en todo tipo de cosas horribles, incomprensibles, vacías y sin sentido, mientras avanzaba a través de helechos que se retorcían como acróbatas, y sorteaba árboles majestuosos envueltos en neblina. Miré hacia atrás, pero Erik estaba intentando comunicarse con un ciempiés moteado que había empezado a trepar por su pierna. Delante vi a Manuel, más pequeño y más ligero que yo, y la figura de Yolanda, alta y de elegante constitución. De todo aquello, de cada una de las personas con las que estaba, de cada hecho y dato con el que había topado, me pregunté si de lo único que estaba convencida era de poder resolver con ayuda de mis fallidas sinapsis y mis mareadas células grises la historia traducida por Beatriz de la Cueva hacía quinientos años, acerca de un rey, una hechicera y un jade.

Seguíamos la ruta de Beatriz de la Cueva, Balaj K'waill, Alexander von Humboldt, el infortunado Óscar Ángel Tapia, Tomás de la Rosa y Juana Sánchez; nos dirigíamos hacia el norte a través de unos veinte kilómetros de zona de contención en la Reserva Maya de la Biosfera. Después de cruzar el río Sacluc, hallaríamos el camino a través del Laberinto del Engaño, que aparentemente estaba formado por historias, en dirección a un reino ruinoso y a un árbol mágico, y luego resolveríamos el Laberinto de la Virtud, un simple acertijo. Solo entonces encontraríamos la piedra que para algunos era un imán, para otros un talismán, y para otros una reina. Y quizá también encontraríamos a mi madre.

Yolanda se detuvo en medio de la penumbra de la selva y alzó el rostro hacia su bóveda. Se dio la vuelta y me miró un instante, pero no sonrió. Yo también me detuve. Entonces echó mano a la mochila, sacó su linterna y la encendió.

La luz fría, blanca y brillante iluminó la selva como una llamarada. El haz de luz traspasó las sombras que colgaban de las ramas y ocultaban a monos y aves. Por todas partes había niebla, una negra oscuridad, sonidos nocturnos y árboles que parecían gigantes amenazadores.

—Acamparemos aquí —dijo.

50

La oscuridad de la selva se cernió sobre nosotros rápidamente. Encendimos las tres linternas que Yolanda llevaba consigo y sus haces de luz se entrecruzaron sobre el tosco terreno del claro en el que habíamos decidido pasar la noche. A mi izquierda, Manuel y Erik se esforzaban en colocar las hamacas y sacaban las finas mosquiteras blancas. Yo enfocaba con la linterna el trozo de tierra que Yolanda despejaba de lodo y matas de hierba con paletadas rápidas y certeras, tratando de cavar un hoyo y nivelar la tierra a su alrededor. Aún llevaba el sombrero ladeado sobre los ojos, y a la luz que iba y venía, vi arañazos en su mandíbula y en la barbilla, y mugre en la mejilla y en la nariz. Yolanda hundía la pala en el suelo, pero la tierra estaba tan mojada que la pala se deslizaba hacia fuera; al final lo aplanó todo lo mejor que pudo. Luego cubrió el terreno con una capa de hojas y helechos mojados que había recogido yo.

A continuación, sacó de la mochila una varita de magnesio con un pedernal atado a un extremo y, del bolsillo de atrás del pantalón, un pequeño cuchillo de plata. Con el cuchillo, cortó algunos trozos de la varita de mineral y los echó sobre la madera y las hojas mojadas.

Golpeó el pedernal contra el cuchillo hasta que saltó una chispa; los trozos de magnesio prendieron y toda la pila de hojas y madera humeante empezó a moverse, a crepitar y a irradiar calor y una luz dorada.

Los cuatro nos acuclillamos en torno al fuego durante un rato; nuestras figuras tenían un tono rosado con la selva de fondo, primero gris, luego negra.

Cuando anocheció completamente, miré a mis amigos y me parecieron tan maravillosos que me emocioné. Miré la luz roja que jugueteaba en sus rostros y las sombras que arrojaban sus cuerpos. Manuel parecía viejo, cansado y hermoso. Yolanda afilaba sus machetes con una piedra. Erik estaba sentado en el otro lado de la fogata y retocaba su interpretación del código con un lápiz, muy concentrado. Una luz azul centelleaba como una joya en el interior del fuego.

Erik dejó el lápiz.

—¿Lola?

—Sí.

—Lo tengo —dijo—. Lo he descifrado.

Yolanda arrojó el machete a un lado. Manuel se irguió y se llevó una mano al pecho.

—Dime que es un mapa —pedí.

Erik no contestó de inmediato.

—¿Es un mapa? —volví a preguntar.

—En cierto sentido —dijo.

Por su expresión vi que estaba muy animado.

—Lo cierto es que el texto da instrucciones que se supone que debemos seguir cuando lleguemos al río Sacluc, donde Tapia encontró las estelas. Y, como te decía antes, las historias que se cuentan están relacionadas con la leyenda. Los personajes son los mismos, pero... es un poco complicado. Sin embargo, no os pongáis nerviosos.

—¿Qué quieres decir?

Erik nos mostró las hojas.

—Es otro acertijo.

EL LABERINTO DEL
ENGAÑO, DESCIFRADO

La historia del gran rey

Una vez fui un verdadero rey, noble e imponente. Nacido bajo el signo de la Serpiente Emplumada, tenía poder sobre la tierra y el mar y los hombres. Gracias a mi gran regalo, era mi destino gobernar esta tierra durante mil años en paz y armonía. Cualquier doncella a la que deseaba quería ser mi esposa y no abrazar a ningún otro. Todo hombre fuerte se inclinaba ante mí como esclavo y desesperaba. Fría, oscura, profunda y absolutamente pura, la lluvia sagrada volvía exuberantes mis jardines y yo caminaba por mis campos como un señor temible. Cuando llegara la hora de abandonar este mundo, me alzaría con el sol como un dios y ocuparía mi lugar más allá del espejo ahumado del cielo.

Pero no ocurrió nada de todo eso salvo mi muerte. Al final de mis días, era un mendigo con un único tesoro, y estaba solo. No vivía en exuberantes jardines, en los que las doncellas me cantaban en otro tiempo. No caminaba por los campos como un temible señor, ni sonreía a mis esclavos, que temblaban de miedo.

Fue una hechicera la que destruyó mi vida. La mujer más hermosa que había visto jamás.

Mi última esposa, a la que conquisté como al más terrible de todos mis enemigos, me aportó fama y una dote de tierras. Y sin embargo, no era ninguna de estas virtudes la que yo más apreciaba. La había hecho mía para poder poseer su auténtica fortuna, pero cuando estuvo en mi poder, la perfección y el espléndido horror de la gema me volvieron loco.

Aquel tesoro consumió mis días. Mi corazón se rompía de amor por él. Hora tras hora lo contemplaba y meditaba sobre él, y pronto mis jardines se agostaron. Los campos se quedaron en barbecho. Los esclavos empezaron a mirarme a los ojos. Pero a mí no me importaba nada, pues había hallado toda mi felicidad en aquel extraordinario trofeo.

Así, mi languidez persistió hasta el día en que mi enano me susurró al oído rumores de lujuria y traición y yo desperté de mi sueño. Salí a hurtadillas de la cámara donde había vivido mi largo reposo y recorrí el palacio sigilosamente, buscando y escuchando. Al llegar a mi propio lecho, la sorprendí en brazos de su amante.

El sacerdote.

Resucité como rey cuando los maté a ambos, pero tras la maldición que ella me lanzó, supe que todo estaba perdido. Huí de aquel palacio. Cogí mi tesoro y me dispuse a morir. Tras una última mirada a mi hogar, huí de la ciudad y entré en un segundo escondite del que no hablaré aquí.

¿Dónde está ahora el espléndido reino de antaño, la ciudad azul que en otro tiempo goberné? Tú, caballero, viajero, explorador, lector, busca mi palacio resplandeciente y mi joya.

Sin embargo, el camino permanecerá oculto si tu corazón no alberga la fe de nuestros padres. Piensa en el sol y en el espejo ahumado más allá del cielo. Recuerda la mañana sagrada del cielo, en la que penetran todos los reyes tras su muerte.

Así, si buscas mi tesoro, deberás empezar también por el camino que persigue los primeros rayos del día.

Tres de los caminos que puedes elegir no te llevarán a la joya, sino al peligro: en uno se encuentra una vorágine invernal; en otro se halla el feroz jaguar que protege a sus crías en primavera; en el tercero hay arenas movedizas en cualquier estación; y en el cuarto, si eliges correctamente, encontrarás lo que buscas.

Confía en mí.

Yo, el rey, no miento.

Si buscas a la reina, debes emprender el camino hacia el este, donde residen los dioses y los penitentes.

La historia de la hechicera

Me llaman hechicera, pero en otro tiempo era una persona sencilla. Si fuera extraordinaria, sería únicamente porque sentía una gran pasión por mi pequeño y pobre país. Hacia el oeste, donde el sol se hunde en el océano, eran escasas las cosechas y vivíamos de las veloces criaturas que poblaban las profundidades. Sin embargo, durante un tiempo tuvimos el tesoro en nuestro poder. Vivíamos bajo la protección de aquella imponente joya.

En otro tiempo, éramos un pueblo libre.

Y luego, ya no lo fuimos.

Tras largos años de paz y soledad, llegó el día en que vimos al enemigo en lo alto de nuestros riscos, con sus horribles espadas y armaduras. Aquellos funestos caballeros aplastaron nuestras vidas entre sus fuertes manos. Solo cuando me llevaron en presencia de mi nuevo rey, y me dijeron que me inclinara como esposa ante mi propio asesino, noté aquel monstruoso cambio en mi interior. Pues él era quien nos había robado nuestro precioso don, se había apoderado de nuestra gema.

Sí, fue entonces y solo entonces, cuando me convertí en hechicera.

Seducía con malas artes, y con los encantos de mi cuerpo y la magia de mi lengua, convertí a un hombre santo en un traidor y un monstruo. Vertí miel en la boca de un sacerdote y sueños de regicidio en sus oídos. Lo unté con un bálsamo que emponzoñó su mente con los celos.

Aceptó ayudarme a matar a mi marido.

Pero no pudo ser.

Antes de que nuestro pacto se sellara con sangre, mi marido y su enano nos descubrieron, y aunque huí para pedir ayuda a mis soldados, el rey me atrapó y me mató. Cuando supe que la muerte estaba cerca, no utilicé mi último aliento para bendecir a las veloces criaturas de las profundidades que nos habían servido de alimento en otro tiempo, ni miré con piedad a los hombres arrastrados por su maldad ni a las mujeres atrapadas por su concupiscencia.

Lo que hice fue maldecir a mis enemigos y ser tan dura y malvada como mi marido.

Los maté a todos con mis últimas palabras. La tormenta de los dioses cayó por igual sobre puros e impuros, viejos y jóvenes.

Y ahora también yo he desaparecido.

Sin embargo, solo yo desde la tumba te diré dónde se oculta el tesoro.

No confíes en las palabras de los hombres, amable viajero. Pues solo buscan conservar el poder hasta la muerte. Yo no ambiciono tal gloria. Soy una mujer malvada, la más horrible de todas, y busco mi penitencia.

Tres de los caminos que puedes elegir no te llevarán a la joya, sino al peligro: en uno se encuentra una vorágine invernal; en otro se halla el feroz jaguar que protege a sus crías en primavera; en el tercero hay arenas movedizas en cualquier estación; y en el cuarto, si eliges correctamente, encontrarás lo que buscas.

Confía en mí.

Yo, la hechicera, no miento.

Si buscas a la reina, debes emprender el camino hacia el oeste, de donde yo vine.

La historia del enano

Dado que todos los hombres altos son idiotas de nacimiento, y todas las mujeres altivas son estúpidas, me alegro de no haber nacido con ninguna de esas dos características. Soy un enano nacido en las grandes tribus del norte, cuyas gentes ven el futuro con la ayuda de dados, sueños y el arte de leer las estrellas.

Esas artes, las domino. Nuestra ciudad no ha conocido a mayor profeta que yo. Y gracias a mis habilidades tuve la primera visión de sangre y muerte que nos amenazaba a todos nosotros el primer día que posé los ojos sobre la hechicera. Sin embargo, mi buen y estúpido rey estaba tan dominado por el deseo de poseer el tesoro de la hechicera, que no le advertí de los peligros del futuro.

Él conquistó el reino que la hechicera tenía junto al mar. Se casaron en contra de la voluntad de ella. Entonces él fue feliz, pues el trofeo era suyo, la gran joya.

El cielo, decía siempre mi madre, está gobernado por los enanos, y el infierno, por los jorobados, pues ambas tribus sagradas descienden del espíritu de la sagrada estrella del norte. Y es así como ambas razas reinan en el mundo de los espíritus con sabiduría y paz. Solo la pobre tierra sufre por el gobierno de esa torpe y atolondrada raza de gigantes que nacen sin la ayuda de las constelaciones. De modo que quizá no deba sorprenderme que la vil avaricia de mi rey, las tretas mundanas de la hechicera y los estúpidos genitales del sacerdote se combinaran para provocar el desastre y matarnos a todos.

Durante los primeros años que siguieron al triunfo de mi rey, en los que el deseo del tesoro se hizo aún más enfermizo, le aconsejé que lo aplastara contra las rocas. Así la tentación desaparecería y estaríamos a salvo.

Pero él no me escuchó.

Es más, enfermó. Incluso dejó de comer. Languideció y se consumió a causa de su pasión por la belleza y el poder de la joya. Tan voraz era su deseo que lo volvió ciego y sordo a la muerte que pronto le habría de llegar. No escuchó los gritos y aullidos de su mujer felina, la hechicera, cuando atrajo al sacerdote a su cama con su cuerpo. Y no vio cómo el sacerdote sufría también la agonía del amor, a pesar de la palidez y las miradas de enojo del muy idiota.

Pero yo sí lo vi. Pues soy un enano, sagrado y valiente.

Me adentré en la selva silenciosamente para espiar a los amantes. Salió la luna y luego se puso. Después de unirse como perros en celo, la hechicera y el sacerdote volvieron a la ciudad sigilosamente y yo volví tras ellos, en dirección a la estrella del norte, que es el signo de la Serpiente Emplumada y guía de todas las cosas buenas.

Llevé al rey a su lecho enfangado. Y qué magnífica ira pudimos contemplar entonces. Parecía medio jaguar, medio hombre, y empuñaba su espada azul. Pero la hechicera fue más rápida.

A pesar de que el rey la mató, ni siquiera la muerte pudo acallar su maldición.

Cuando los árboles empezaron a cantar y el cielo cayó sobre nosotros, barriéndonos, mi señor escapó de la ciudad en dirección a un segundo escondite donde esperaba estar a salvo. Pero de eso no diré más.

Dado que soy un enano, hay tanta verdad en lo que digo como en lo que callo, pues no poseo la duplicidad de los gigantes. Así pues, cree mi historia, ya que no contiene embuste alguno. Si también tú, buen caballero y viajero, sientes el deseo de poseer el tesoro, te llamaré idiota y estaré en lo cierto.

Tres de los caminos que puedes elegir no te llevarán a la joya, sino al peligro: en uno se encuentra una vorágine invernal; en otro se halla el feroz jaguar que protege a sus crías en primavera; en el tercero hay arenas movedizas en cualquier estación; y en el cuarto, si eliges correctamente, encontrarás lo que buscas.

Confía en mí.

Yo, el enano, no miento.

Si buscas a la reina, debes emprender el camino hacia el norte, bajo cuyo signo nací.

La historia del sacerdote

Yo, un sacerdote, fui elevado hacia el cielo como un dios por el amor de mi dama. Y sin embargo, yo, el sacerdote, descubrí que no era un dios. Cuando mi dama me abandonó, me estrellé contra el suelo.

Yo era un hombre feo, nervioso y manso. Rezaba a los dioses con terror y la lengua se me trababa cuando hablaba ante el rey. Él, viendo mi debilidad, me elevó a la más alta posición, en la que sería su marioneta.

Cuando me ofreció recompensarme con mujeres y vino, me convertí en su escudo y su espada. Me presenté ante multitudes de hombres y les dije a todos que los dioses lo habían elegido a él como su gobernante, aunque sabía que no era cierto. Cuando él se atracaba, mientras miles de personas morían de hambre, les explicaba que los espíritus de la tierra y el cielo requerían tales sacrificios. Cuando robaba a la mujer de algún hombre para quedársela, aplacaba al marido diciéndole que tal vez su sufrimiento lo haría sagrado.

Mientras, yo me volvía cada vez más débil y más repugnante, a medida que el gusano del poder corroía mi corazón.

Solo volví a ser puro y fuerte cuando la vi a ella.

El rey quería el tesoro. Pero los sacerdotes están hastiados de cosas preciosas. A mí no me interesaba ninguna valiosa joya, sino mi dama terrenal, que no pisaba el suelo con pies de ángel, cuyo aliento no era perfumado, cuyas manos eran ásperas y la sonrisa amarga.

La amaba. Noté que entraba en el cielo cuando la miré a ella. Floté por encima de las montañas. El día que cogió mi mano por primera vez, mi espíritu se elevó hacia las nubes.

La amaba hasta la muerte.

Pero cuando el rey y su pequeño vidente nos descubrieron en el ardiente lecho, mi amada renegó de mí. Se apartó de mi lado y, con extrañas palabras, nos maldijo a todos nosotros. Bellacos. Cobardes. Demonios. Hombres. A todos nos consumiría el fuego. Todos moriríamos entre el miedo y la tortura.

Fue entonces cuando conocí su falsedad y su deseo. Sentí que caía desde el cielo al que ella me había elevado. Caí, caí y caí hasta el reino más bajo de la tierra.

Y aquí resido ahora, abajo. Aquí es donde vienen todos los amantes.

Al infierno.

Desde la tumba, la joya ya no me parece preciosa, sino vulgar. ¿Por qué motivo iba a ocultarla? Aquí abajo, donde se retuercen las criaturas tristes y viles, todos somos sinceros. Pues no hay artificio en el Averno. Y por eso, tienes buenas razones para creer lo que te digo: el tesoro está aquí, donde yo vivo.

Así pues, sigue mi consejo. No creas a los demás.

Tres de los caminos que puedes elegir no te llevarán a la joya, sino al peligro: en uno se encuentra una vorágine invernal; en otro se halla el feroz jaguar que protege a sus crías en primavera; en el tercero hay arenas movedizas en cualquier estación; y en el cuarto, si eliges correctamente, encontrarás lo que buscas.

Confía en mí.

Yo, el sacerdote, no miento.

Si buscas a la reina, debes emprender el camino hacia el sur.

51

—Norte, sur, este u oeste —dije—. Eso es lo que tenemos que elegir cuando lleguemos a la desembocadura del Sacluc, donde se encontraron las estelas.

—Exacto —dijo Erik.

—¿Cómo sabremos qué dirección tomar?

—Tal vez sea mejor preguntarse en quién debemos confiar —replicó Manuel—. ¿En la hechicera o el enano? ¿En el rey o el sacerdote?

—Hacia el este —dijo Yolanda—. Hacia allí iremos. Eso es... ¿quién?

—El rey.

—Entonces yo elijo el rey.

—Yo me inclino por el sacerdote —dijo Manuel—. Pobre idiota.

—Yo no confío en ninguno de ellos —dije—. Pero la hechicera es mi favorita. Es la más fuerte. También habría sido la de mi madre. Apuesto a que ella eligió ese camino. Ninguno de los demás se muestra comprensivo.

—Ah, ¿no? —dijo Erik—. ¿Y por qué el enano no es comprensivo?

—Es demasiado taimado —respondí.

—Para empezar es el responsable de todo el lío —añadió Manuel.

—La hechicera no es lo bastante fuerte como para confiar en ella —me dijo Yolanda—. Se rindió al hermano mayor.

—No se rindió...

—¿No habíamos leído algo de esto en los diarios de Von Humboldt? —preguntó Erik.

—¿Qué?

—No lo recuerdo —dijo él, moviendo la cabeza.

—La hechicera dice que vayamos hacia el oeste —prosiguió Yolanda—, pero ya os he explicado que mi padre recorrió todo ese territorio y jamás encontró nada.

—Pero quizá tenía razón de todas formas.

—No la tenía —afirmó Yolanda—. Y jamás quiso escucharme cuando se lo dije.

—El único crimen que cometió el sacerdote fue enamorarse, mientras que todos los demás eran mentirosos, ladrones o asesinos —dijo Manuel, al que ya se le cerraban los ojos.

—Estoy demasiado cansada para pensar —dijo Yolanda—. La hamaca resulta muy tentadora.

—Solo un momento —dije—. ¿No vamos a decidirnos?

—Nos hemos decidido por el este —contestó—. El rey.

—No, la hechicera.

—El sacerdote.

—Y yo me inclino por el enano —dijo Erik—, aunque solo sea porque sé que el este ya lo han recorrido los arqueólogos, es donde está Tikal. —Cerró los ojos—. Aunque hay algo más que he olvidado. Tengo que volver a leerlo todo.

Manuel bostezó.

—Ya vale, no aguanto más despierto.

—Tienes razón —dijo Yolanda—. Tenemos que descansar para emprender el viaje hacia el este mañana.

—Hacia el oeste —insistí.

—Buenas noches.

—Buenas noches.

—Bien. Buenas noches.

Cuando los demás dejaron de hacer ruido y se oyeron sus suaves ronquidos, me metí en la hamaca de Erik y apoyé la cabeza en su pecho. Su corazón sonaba más fuerte que las voces de las aves que dormían. Erik se enroscó como un terrier contra mí y se durmió también.

Nos rodeaba la selva por todas partes, negra como la tinta. Las ramas purpúreas de los árboles somnolientos y los lagartos amodorrados se susurraban unos a otros al moverse; la oscuridad era perfecta e infinita, pero bordeada por la luz rosácea del fuego y llena de ojos invisibles.

Meciéndome en la hamaca con Erik, mi optimismo me llevó a coger su mano y tratar de penetrar mentalmente en la selva, en el interior de la negrura, y viajar como los videntes y los médiums hasta donde se ocultaba mi madre, para hacerle saber que estaba en camino.

Traté de percibirla.

De repente, me pareció que la percibía en alguna parte, oculta a mis ojos por la gran selva.

El corazón me dio un vuelco. Estaba casi segura de que si la había percibido era por lo mucho que la quería. Oía claramente los latidos de mi corazón como campanadas.

La noche se hacía más densa y cambiaba; la selva extendió sus sombras hasta cubrir incluso el resplandor rosáceo del fuego.

Norte, sur, este, oeste.

¿En qué dirección?

Esperé alguna señal. No podía dormir.

A la mañana siguiente, a las cinco, desayunamos gambas secas y agua embotellada y nos pusimos en marcha hacia la desembocadura del Sacluc. Dirigiéndonos hacia el norte a través de la selva, descendimos aún más hacia el Petén, que se encuentra situado en una península de piedra descendente, donde el agua de la tormenta se había acumulado. Durante horas nos abrimos paso a machetazos, primero Yolanda, luego Erik, y finalmente yo. A cada paso notábamos la succión del lodo, que llegaba cada vez a mayor altura y estaba más saturado de agua a medida que descendíamos. Llevábamos la cara y las manos cubiertas de DEET, así como de suciedad y de insectos imposibles de repeler; las lianas y las orquídeas colgaban ante nuestros ojos; los monos se quejaban. Los cactus nos arañaban al pasar, y pronto todos tuvimos desgarrones en la ropa y cortes en brazos, cara y manos.

Pronto me llegó el turno de probar con el machete. No era uno de esos cuchillos antiguos que había visto en museos y tiendas de antigüedades, sino un instrumento que seguramente se había fabricado aquel mismo año. Tenía una hoja de acero inoxidable de cincuenta centímetros de longitud y un mango de madera con una empuñadura sujeta al metal por tres grandes remaches. En el mango se podía leer la marca Ontario. Con aquel chisme aterrador, traté de imitar el estilo de Yolanda, que consistía en agarrar el machete sin mucha fuerza entre el pulgar y el dedo índice y trazar un arco con el brazo. Pero no pude hacerlo. Me limité a dar tajos a diestro y siniestro, dando golpes verticales, en diagonal o en círculo.

—No, no, no, levántalo —dijo Yolanda—. Oh, no quiero verlo.

—Quizá más hacia el lado; muévete menos —dijo Erik—. Parece que trates de matar a un canguro.

Yo los miré y seguí descargando el machete.

—Solo intento ayudar.

Debo decir que, aunque no poseía nada ni remotamente parecido a la destreza, tenía suficientes reservas indígenas de tozudez mexicana. Con mis torpes movimientos conseguí abrir un buen tramo del camino, antes de empezar a notar que el brazo me ardía.

Hacia la una de la tarde, el nivel de agua empezó a aumentar; insectos con antenas aterciopeladas y pinzas de langosta pasaban por nuestro lado flotando sobre grandes hojas; los trozos de plantas cortados por el machete de Yolanda flotaban en el agua, lo que nos hacía caminar entre flores de color escarlata y púrpura, en una visión alucinante de los *Nenúfares* de Monet. Sin embargo, después de un kilómetro, aproximadamente, Yolanda pudo atarse el machete a la mochila, ya que habíamos llegado a un claro rodeado por completo de caobas y con una gran brecha de agua que procedía de una laguna situada hacia el este. El agua exhalaba un aire frío que se convertía en finas neblinas; los vapores volaban hacia las altas caobas o se movían pegados a la superficie del arroyo, como un reflejo del intrincado curso del agua al pasar por encima de árboles caídos y precipitarse hacia la oscuridad de la selva.

Nos metimos en el agua, dispuestos a atravesarla. Yolanda iba delante, después Erik. Yo entré en tercer lugar, seguida de Manuel. Mi padre llevaba una gran mochila verde con un pañuelo rojo atado a ella; sus hombros se encorvaban un poco bajo el peso; la tela de algodón azul de su camisa empapada se le pegaba a la piel y se transparentaba sobre sus delgados brazos. En el agua se reflejaban su rostro, sus hombros. No parecía muy robusto. Su cabeza pequeña y elegante, con sus ralos cabellos entrecanos y sus orejas sonrosadas y con grandes lóbulos, apenas se alzaba por encima de la tela de vinilo de su mochila. Bajo las aguas azules, que le llegaban hasta la cadera, sus piernas se movían con inseguridad. Le di la espalda y seguí avanzando, pero cuando nosotros tres habíamos rebasado ya la mitad del brazo de río, donde el agua nos llegaba hasta el pecho, oí que Manuel resbalaba y caía al agua.

—¡Papá!

Me di la vuelta y vi que agitaba las piernas y los brazos en el agua a unos veinte metros de distancia, y que se agarraba a una gran roca cercana a la orilla.

—Estoy bien —dijo, pero vi que la manga de su camisa colgaba y que tenía una herida en el hombro. Se alejó lentamente, se aferró con ambas manos a la orilla y se dio impulso para subir y tumbarse en el lodo y la turba que desde la espesura descendían hacia el agua.

—¿Qué pasa? —preguntó Yolanda. Se volvió a medias en el agua que le llegaba a los hombros, cuando estaba a punto de cruzar a la otra orilla.

—¡Señor Álvarez! —gritó Erik. A él, el agua le llegaba hasta el pecho.

Manuel siguió trepando hasta la orilla, respirando pesadamente. Tenía un aspecto muy frágil y estaba blanco como el papel.

—No deberíamos separarnos —dijo Yolanda—. Cruza hasta esta orilla.

—Solo un momento —dijo Manuel. Había alcanzado una zona llana y cubierta de hierba que se extendía hacia la muralla de caobas, pero seguía a cuatro patas—. Me he quedado sin resuello.

Los tres nos quedamos inmóviles, en medio del agua, observándolo y oyendo el sonido etéreo del agua que murmuraba como el viento. Pero entonces oímos otro tipo de ruido desde los árboles; un crujido y el temblor de las hojas. A continuación se produjo una desbandada de aves.

—¿Qué es eso? —preguntó Erik.

—No lo sé —respondí.

Seguimos mirando sin saber qué estaba pasando. Mi padre continuaba agachado en la orilla, cubierto de lodo.

—Manuel —oí que decía Yolanda—. Manuel, ven aquí.

—Hay algo... —dijo mi padre, volviendo la cabeza.

Ante nuestros ojos, la vegetación se separó con un suave frufrú de hojas.

Un enorme felino esbelto y con el pelaje dorado con manchas negras y ojos verdes emergió de la espesura y avanzó hacia la orilla a menos de dos metros de Manuel.

El animal parecía pesar casi cien kilos. Sus largos dientes como dagas desgarrarían sin duda a mi padre. El vientre de la bestia era abultado y estaba cubierto de pelaje blanco; se movía con pasos ágiles y pausados, y metía la cabeza entre las paletillas para apuntar a su presa. De su garganta surgía un ronroneo ronco y amenazador. Luego echó hacia atrás el morro y dejó al descubierto los colmillos. Siseó, pero sonó como si estuviera gritando.

—Un jaguar —dijo Erik con voz tensa.

La sombra del felino cayó sobre el cuerpo de Manuel, que estaba sentado sobre las piernas y observaba su rostro reluciente.

Miré a mi padre fijamente, sentado frente a aquel monstruo, y experimenté un terror tan absoluto que cerré los ojos y me imaginé encogida de miedo entre los polvorientos y pacíficos estantes de El León Rojo, que estaba lleno de tigres de papel y hojas con palabras.

Era allí donde siempre me había ocultado de mis miedos.

Luego volví a abrir los ojos.

Corrí hacia mi padre, chapoteando en el agua ruidosamente, para que el felino se sobresaltara y diera un brinco. Pero no salió corriendo.

—¡Levántate y grítale, Manuel! —aulló Yolanda. Agitaba los brazos en el agua, tratando de alcanzar el machete que llevaba atado a la mochila—. ¡Cree que eres comida, por el amor de Dios!

—Me temo que no puedo moverme —dijo mi padre. Le temblaba la cara—. Ya os dije que a mí no se me daba bien esto.

Erik trataba de correr a mi lado con pasos desesperadamente lentos en el agua. Resbalamos y nos hundimos en el arroyo, pero conseguimos levantarnos con esfuerzo.

El felino estiró el cuello, adelantó la cabeza, abrió los ojos y rugió. Con su enorme pata de garras afiladas rasgó el aire frente al rostro de mi padre. Erik y yo chillamos para ahuyentarlo. Yolanda había conseguido alcanzar el machete y lo estaba desatando.

—Oh, está embarazada —oí que decía Manuel—. No le hagáis daño.

—¡No puedo dejar que te ataque, Manuel! —gritó ella.

—Va a ser madre —insistió Manuel.

—¡Vete! ¡Vete! —grité. Casi había llegado a la orilla. Veía las tetillas rosadas del jaguar sobresaliendo entre el pelaje blanco, y por un segundo pensé que iba a desmayarme de pánico.

Erik pasó por mi lado, agarró a Manuel y trató de arrastrarlo de vuelta al agua. Todos gritamos al animal, que se estremecía, gruñía y arañaba el barro.

Entonces oímos otro susurro entre la vegetación y un ruido de pasos.

Yolanda empuñaba por fin el machete y lo blandía por encima de su cabeza, como si quisiera arrojárselo al felino. Pero el jaguar había dejado de rugir; se estremeció y se volvió hacia el ruido.

—No, no lo hagas, no lo hagas, Yolanda —gritó Manuel.

—¡Muévase! —gritó Erik. Él y yo rodeábamos a mi padre por los hombros y lo alejábamos del felino, arrastrándolo hacia el agua. Yolanda seguía con el machete en el aire y una expresión desconcertada.

El felino se alejó lentamente hacia los árboles; entonces vimos que estaba terriblemente delgado. Un rayo de sol se reflejó en el pelaje dorado y luego el jaguar se deslizó sigilosamente entre las caobas y desapareció de nuestra vista.

Pasó un segundo; los cuatro estábamos en el agua. Nadie hablaba. Pasó otro segundo, y otro.

Entonces oímos el sonido inconfundible de un disparo en la selva. Le siguió otro. Los árboles se estremecieron y luego volvió a reinar el silencio.

—¿Qué ha sido eso? —pregunté, dando un respingo.

—¿Un cazador? —dijo Erik. Sostenía a mi padre por debajo de las axilas y lo arrastraba por el agua de tal forma que su cuerpo avanzaba moviéndose de un lado a otro.

—¡Vámonos de aquí! —gritó Yolanda.

—Erik... aaaggg... —dijo Manuel.

—¿Qué?

—... me estás... estrujando.

—Lo siento. —Erik lo soltó, pero no dejó de vigilarlo mientras Manuel avanzaba por el agua resbalando.

—¿Qué ha sido eso? —volví a preguntar—. ¿Alguien ha disparado al jaguar?

—A mí me ha parecido oír que corría por la selva —gimió mi padre.

Atravesamos la laguna resbalando y nadando; nos empujamos por la espalda y nos estiramos unos a otros al llegar a la orilla opuesta. Erik fue el primero en alcanzarla y me sacó del agua sujetándome por el torso; también sacó a Yolanda, tirando de las correas de su mochila.

Me agaché, agarré a Manuel y le ayudé a trepar hasta tierra firme.

Los cuatro miramos por encima del agua hacia la selva, pero todo parecía de nuevo silencioso y pacífico No había signos del jaguar, salvo los surcos y las huellas que habían dejado sus patas en el barro. Tampoco había señales de ningún cazador entre la vegetación.

—Nos quedan seis kilómetros y medio por recorrer —dijo Yolanda, mirando a mi padre—. ¿Crees que podrás hacerlo?

—Desde luego. —Manuel estaba de pie junto a ella, muy pálido y con expresión adusta.

—Muy bien —dijo ella. Parecía preocupada, pero no mencionó que Manuel se había quedado paralizado de miedo, poniendo en peligro su vida y tal vez también la nuestra.

Erik y yo nos pusimos en pie.

—Nos iremos en cuanto estés listo —dije a Manuel.

—Ya estoy listo.

Avanzamos trabajosamente por la selva. Manuel no parecía tan fuerte como aseguraba. Cuando reemprendimos la marcha, caminé detrás de él y vi cómo le temblaban las piernas y el modo en que se tambaleaba cuando atravesábamos las ciénagas. Había mantenido un buen ritmo hasta la caída, pero ahora parecía falto de vitalidad y de confianza. Sus pasos eran lentos e inseguros; los demás tuvimos que aflojar la marcha para no dejarlo atrás.

Estuve atenta a mi padre durante todo el recorrido, y cada vez que resbalaba, vacilaba o echaba las manos hacia delante para no perder el equilibrio, me ponía nerviosa.

Seguimos así durante tres horas, abriéndonos paso con el machete, preocupados, tambaleándonos cuando atravesábamos pantanos y prados. Finalmente llegamos al punto más cercano al lugar donde Óscar Ángel Tapia había encontrado las estelas de Flores, y donde Beatriz de la Cueva había hallado el Laberinto del Engaño con Balaj K'waill.

Era la horrible y magnífica desembocadura del río Sacluc.

—Esto no es como yo esperaba —dijo Erik.

—Maldita sea —dijo Yolanda.

52

El río Sacluc era mucho más profundo que la laguna; comparado con él, el estanque no era nada. Atravesaba la selva con la furia de un torrente desbocado, y descendía hacia las profundidades de la selva. Teníamos que cruzarlo para llegar a la otra orilla, que era en parte tierra desprendida y en parte barro blando; más allá había un bosque de chicozapotes, que eran más bajos y delgados que las caobas. A algunos los había derribado la tormenta, pero cuando escudriñé el grupo de árboles, vi que en tres de los que quedaban en pie había hombres en lo alto del tronco; eran chicleros, y estaban atados a los troncos con tiras de cuero que les pasaban por debajo de las nalgas; con cuchillos, embudos y cubos, extraían la resina de los árboles, que más tarde se utilizaría para hacer chicle. Sin embargo, en aquel momento no estaban trabajando; habían interrumpido la faena para darse la vuelta y mirarnos mientras considerábamos la posibilidad de vadear el río.

Uno de ellos nos hizo gestos para que desecháramos tal idea.

Dado que estábamos demasiado lejos para comunicarnos a gritos y el río era demasiado ruidoso, me limité a agitar la mano. Luego volví a mirar el agua.

Recordé lo que Beatriz de la Cueva había escrito a su hermana Ágata acerca del pequeño arroyo que había cruzado para llegar al laberinto: «El Sacluc es un delicioso riachuelo muy refrescante. Tengo entendido que es muy cambiante, pero ahora apenas tiene un hilillo de agua cristalina. El Laberinto del Engaño se encuentra en su misma desembocadura».

Hice una mueca. Los cuatro estábamos en la misma orilla de la avalancha blanca que atravesaba la selva, y podíamos ver las ramas arrastradas por grandes remolinos de agua. Pensé que era obvio que el Sacluc era «muy cambiante». Al parecer, gran parte del agua del Mitch había ido a parar allí desde la selva.

—Jamás había visto que se extendiera hasta tan lejos —dijo Yolanda—. Jamás lo había visto así.

—¿Hay algún modo de rodearlo? —pregunté.

—No lo sé, pero no lo parece.

—Podríamos seguir su curso para ver si disminuye el caudal —dijo Erik—. ¿Qué longitud tiene?

—Unos cien kilómetros o más —respondió Yolanda—. Se cruza con el río San Pedro hacia el oeste y luego con una confluencia de ríos y lagos hacia el este. Tardaríamos días en encontrar un lugar mejor para vadearlo. Y aquí es donde se supone que debemos empezar, recordadlo. —Consultó su brújula—. Esta es la desembocadura original del Sacluc, así que aquí es donde Tapia encontró las estelas, justo al otro lado. Debemos elegir una dirección desde aquí.

—Entonces, será mejor que sigamos adelante —dijo Manuel—. Sigo pensando que Juana debe de estar por aquí, en alguna parte, y me gustaría encontrarla lo antes posible.

—Estoy de acuerdo —dije.

—Está muy crecido —dijo Erik—. Manuel, ¿podrá hacerlo?

—Solo es... un poco de agua.

—No es solamente un poco de agua lo que yo veo, papá —dije—. Quiero que vayas pegado a mí.

—¿Y quién va a ir pegada a ti? —preguntó Yolanda.

—Yo —dijo Erik.

—No te preocupes por mí —dije—. Soy lo bastante fuerte para cruzar.

—Tendrá que cuidar de sí misma, igual que yo, e igual que tú, Manuel —dijo Yolanda—. Esa es la cruda verdad. Así que, si queréis continuar, hagámoslo.

Nos colocamos las mochilas en los hombros y empezamos a bajar en fila india hacia los rápidos, que se precipitaban rugiendo, con crestas de espuma y arrancando trozos de los bancos de arena, que se deshacía en el río. El agua nos cubría mucho más de lo que pensé cuando traté de calcularlo desde lo alto. Estaba fría, bajaba muy rápido y no permitía que moviéramos mucho los pies, que sorteaban con dificultad las rocas del fondo. El peso de las mochilas, zarandeadas por la fuerza de las olas, nos hacía menos estables. Los cabellos negros de Yolanda se movían de un lado a otro, sobre todo cuando echaba la mano hacia atrás para comprobar que no había perdido el machete, que había vuelto a atar al exterior de la mochila. A Manuel, que avanzaba delante de mí, no le iba tan bien. Mientras el agua le cubría apenas hasta las caderas, tropezó varias veces. El pañuelo rojo que llevaba atado a la mochila se desató y cayó al agua, que lo succionó violentamente hacia el oeste. Las aguas corrían a tal velocidad y con tal estruendo que no me dejaban oír nada más, pero vi que Yolanda volvía la cabeza por encima del hombro y gritaba alguna cosa antes de continuar. Cuando miré hacia atrás, Erik me gritó algo también y movió las manos hacia delante para indicarme que siguiera. Avancé hacia aguas más profundas y entonces vi que mi padre se inclinaba hacia la izquierda y que agitaba los brazos en el aire frenéticamente.

Lo llamé por su nombre, pero ni siquiera podía oírme a mí misma. Me sumergí en el agua y extendí las manos hacia él. Manuel consiguió recuperar el equilibrio y elevó el pulgar de la mano en el aire para indicar que estaba bien.

Cuando me acerqué para recoger su mochila, noté que mi pie derecho se deslizaba sobre una roca muy lisa del fondo.

Resbalé. De mala manera. Vi cómo el agua se acercaba a toda velocidad hacia mi cabeza.

El torrente me hizo caer, me revolcó y me arrastró con el mismo movimiento con que antes había succionado el pañuelo rojo.

Me sumergí en el agua y las rocas que sobresalían del fondo del río me hirieron. Mi hombro izquierdo y luego ambas piernas golpearon con fuerza contra las rocas afiladas. En los oídos solo tenía el rugido del agua. Moví los brazos alrededor de la cabeza para protegerme el cráneo, hasta que el agua se me metió en la boca y los pulmones. Luché por salir a la superficie; me cubría los ojos y también la cabeza. El peso de la mochila me impedía sacar la cara a la superficie. Di unas cuantas patadas y conseguí emerger una, dos, tres veces, para coger oxígeno, antes de volver a verme arrastrada hacia el fondo. Chillé y traté de aferrarme a una roca, pero noté que mis dedos resbalaban. El agua me martilleaba los hombros. Pero insensatamente yo conservaba la mochila en la espalda, pues contenía los mapas, el diario de mi madre y los demás papeles que necesitábamos para encontrarla. Hubo un momento en que miré a través del agua y vi a Yolanda, Erik y Manuel gritándome desde la orilla del río; luego, Yolanda se arrancó el sombrero de la cabeza y volvió a meterse en la parte más profunda y peligrosa del río. El agua me alejó más de ellos, siguiendo una curva. No sé cómo conseguí enderezarme e incorporarme a medias en el agua; traté de apoyar los pies en el fondo, pero no aguantaron. Transcurrieron más segundos o minutos en que lo único que hice fue tragar más y más agua. Vi que me acercaba a una roca más grande que las demás; alargué la mano para sujetarme a ella, pero no lo conseguí. Volví a alargar la mano.

Entonces agarré la mano de Yolanda.

—¡Sujétate a mí!

—¡Pero te estás... ahogando! —farfullé tragando agua.

Era cierto; las dos nos estábamos ahogando en aquel río. El agua seguía aporreándonos y nosotras nos debatíamos en ella. Tragamos y pataleamos, hasta que Yolanda consiguió agarrarse a una gran roca. Blancas olas rompieron sobre nuestras cabezas. Yolanda y yo nos abrazamos y nos impulsamos hacia la superficie; la roca a la que se sujetaba ella no estaba muy lejos de la orilla. Nos impulsamos dando una patada en la roca y nos lanzamos hacia los bajíos del río; luego atravesamos aquel terrible canal medio corriendo medio nadando, hasta acabar en la parte menos profunda del cauce del río.

Nos arrastramos hasta la orilla, yo todavía con la mochila; finalmente, me la quité.

Luego me tumbé en el barro y traté de respirar; sentí como si mis pulmones se hubieran abrasado.

Me acurruqué en la orilla. Tardé unos minutos en oír las voces de mis amigos por encima del ruido del agua. Entonces recobré de pronto la conciencia y la lucidez.

—Lola —dijo Yolanda, acurrucada junto a mí—. No te muevas. Solo háblame para que sepa que estás bien.

Me miré brazos, piernas y manos; los tenía llenos de cortes. La camisa y los vaqueros estaban desgarrados. Solo una de las heridas parecía seria, una contusión en la cadera. La mochila estaba intacta.

—Lola —repitió Yolanda—. Di algo.

Me eché a llorar.

—Quiero encontrar a mi madre.

Yolanda miró a Erik y a Manuel.

—Parece que está... bien.

—Esperaremos aquí una hora para vigilarla y asegurarnos —dijo Manuel.

Negué con la cabeza y me sequé la cara con la mano. Notaba que el pánico llenaba mi cuerpo de energía; en realidad aún no sentía mucho dolor.

—Vale, no os preocupéis, estoy bien.

—No, no lo estás —dijo Erik.

—Solo quiero seguir adelante. No quiero quedarme tumbada aquí.

—¡Siéntate! —me gritó Manuel.

Me levanté y me volví a sentar.

Yolanda seguía a mi lado, con las rodillas en el barro; la piel alrededor de su boca y de sus ojos se había vuelto gris.

—Si ella quiere continuar, deberíamos hacerlo —dijo.

—Sí quiero —afirmé.

—¿Estás segura? —preguntó.

—Sí.

—Bien. Porque para eso estamos aquí, ¿verdad? Así que, levántate.

Yolanda se levantó y caminó hacia una roca grande que había entre los árboles y la orilla del río. Se sentó en ella, apartada de los otros dos, y me observó.

Yo seguí en el suelo. La adrenalina recorría mi cuerpo, pero mis piernas parecían desprovistas de fuerza.

—Vamos... levántate —gritó ella.

—Lo intento.

—No lo parece. ¿Crees que mi padre dejó que me tumbara en el suelo alguna vez? ¿Crees que tu madre se echa cabezaditas en la selva? Y si ella está aquí, ¿crees que puede esperar más días? Así que, si quieres levantarte, levántate. Si quieres hacerlo, hazlo.

—¡Basta! ¡Cállate, Yolanda! —le gritó Erik—. ¿Acaso no ves que está herida?

Pero yo sabía qué pretendía Yolanda. Si mi madre estaba realmente allí, seguramente no nos quedaba mucho tiempo. Me puse en pie con dificultad y me obligué a caminar.

—Bien, bien —dije—. Lo estoy haciendo. Tienes toda la razón.

Yolanda me miró atentamente, y cuando decidió que podía moverme, se levantó y se colgó la mochila a la espalda.

Echó a andar por la orilla en dirección a la desembocadura del río, sin olvidarse de recoger el sombrero del suelo. Yo también me colgué la mochila a la espalda y eché a andar. Luego Erik y Manuel nos imitaron.

Los cuatro nos pusimos en marcha, de nuevo entre los árboles, dejando atrás las aguas rugientes y furiosas.

Sin embargo, no llegué muy lejos antes de que Erik se rezagara y me dijera que me detuviera.

—Deja que... —dijo—. Espera un momento y deja que te abrace. —Me rodeó con los brazos y apoyó brevemente la mejilla en mi frente—. Me has dado un buen susto.

—Ha sido horrible —dije.

—Oh, Lola. Cariño. Déjame ver qué te has hecho en la cadera.

Bajé la cremallera de los vaqueros. Yolanda y Manuel se habían adelantado y no podían vernos.

Erik se agachó y me miró la herida; tenía una contusión y un desgarro por encima del hueso de la cadera, donde se juntaba con el inicio de la cintura. Erik se miró el brazo; la manga izquierda de su camisa se había roto y le colgaba el puño. Arrancó el trozo de tela y me lo colocó sobre la herida.

—Esto te protegerá —dijo—. Al menos será mejor que si llevas solo la ropa interior y los vaqueros.

Me tocó la cadera muy levemente con la yema de los dedos; solo fue una pequeñísima caricia. Luego me miró. Me cogió la mano y me la besó con gran ternura; yo lo besé y calenté en su boca la frialdad de la mía.

—Erik.

Él sonrió. Sabía en qué estaba pensando.

—Estás buenísima —dijo—. Vamos.

—De acuerdo.

Lo cogí de la mano y echamos a andar, ahora sí, a paso más rápido, para no perder de vista a los demás.

53

—Aquí es. Desde aquí se supone que debemos empezar —dijo Yolanda mientras dejaba en el suelo su mochila. Habíamos llegado a nuestro destino en la otra orilla del Sacluc. Alzó la vista para mirar a los hombres que trabajaban en lo alto de los árboles y que nos miraban con absoluta indiferencia. Un tipo que insertaba tapones en un chicozapote, en un gran nudo que había en el centro del tronco, empezó a hacer gestos circulares con un dedo alrededor de la sien; estaba claro qué pensaba de nuestro estado mental. Otro hombre nos gritó algo en la lengua quiche, que yo no entendía.

Yolanda le respondió y mantuvieron una breve conversación.

—¿Qué dice? —pregunté.

—Que somos... veamos si puedo traducirlo con precisión —dijo, agachándose para comprobar el machete enfundado que seguía atado a su mochila—. Es una lengua muy compleja, ¿sabes? En primer lugar, no ha visto a tu madre. Y en segundo lugar... deja que me asegure de que lo he entendido correctamente. Es muy difícil con todos esos gerundios y diptongos. Ah, sí. Dice que somos... unos estúpidos idiotas. Eso es. Estúpidos idiotas.

—Oh.

—Olvídalo. Aquí es donde Tapia encontró las estelas —dijo Erik.

—Al menos es lo que supongo —dijo Yolanda.

—Bien, entonces tendremos que empezar a partir de aquí —dije—. Espero que mi madre hiciera los mismos cálculos y empezara desde el mismo lugar.

—¿Hay alguna señal de su paso, alguna huella? —preguntó Erik.

No había ninguna.

—El agua las habría borrado —conjeturé—. No significa nada.

—Sí, seguramente estás en lo cierto —dijo Manuel—. No serviría de nada que buscáramos huellas. Deberíamos elegir la dirección que debemos tomar: norte, sur, este u oeste.

Empecé a sacar los mapas, los papeles y el diario de mi mochila; había entrado un poco de agua en los envoltorios de plástico, así que tenían los bordes dañados y la tinta se había corrido, pero podía leerse bien. Cogí las hojas en las que Erik había escrito el primer laberinto descifrado, y me apoyé en Manuel; empezaba a dolerme mucho la cadera.

—El texto dice que en tres de las direcciones encontraremos algún peligro —dije—. «En uno se encuentra una vorágine invernal; en otro se halla el feroz jaguar que protege a sus crías en primavera; en el tercero hay arenas movedizas en cualquier estación; y en el cuarto, si eliges correctamente, encontrarás lo que buscas.» Tenemos que elegir, luego encontrar una ciudad y luego un drago. Y todavía tendremos que descifrar el segundo laberinto, el de la Virtud.

—Para el carro —dijo Yolanda—. Lo primero es lo primero. Creo que acabamos de descubrir en qué dirección se encuentra la vorágine invernal. Hacia el sur. Así que creo que eso elimina al sacerdote. Lo siento, Manuel.

—Tienes razón —dijo Manuel, asintiendo—. También preferiría evitar más encuentros con jaguares y, de paso, la ruta con arenas movedizas, si es posible.

—Bien, quedan tres direcciones, tres personajes —dijo Erik—. Me gustaría disponer de algunas horas para repasar todos los libros y las cartas. Ya os he dicho que hay un detalle que he olvidado y me estoy volviendo loco intentando recordarlo.

—No hay tiempo para estudios —dijo Yolanda—. Tenemos que decidirnos ahora. Juana no podrá permitirse el lujo de esperar, si está atrapada en alguna parte.

—La verdad es que estoy de acuerdo con ella, Erik —dije.

—Bueno, si vamos a precipitarnos de esta forma —replicó él—, seguramente deberíamos ir hacia el norte. Creo que Juana habrá tomado esa dirección. He leído mucho acerca de enanos. Son muy importantes en la literatura maya. Eran videntes, consejeros. La elección es obvia. Juana debió de pensar lo mismo.

—Pero el enano es artero, ya os lo dije anoche —argüí—. Mamá no lo habría elegido nunca. Es un espía. Mi madre sin duda habría elegido a la hechicera.

—Pero el rey es el dueño de la piedra —dijo Yolanda—. Y fue él quien la trajo aquí. Es el único que sabría dónde estaba. Aparte de que he recorrido esta selva durante años y pienso que mi teoría es la mejor. Tiene que ser hacia el este, cerca de Tikal. ¿Qué mejor lugar para que un rey ocultara sus tesoros? Es la antigua ciudad, seguramente era su ciudad. Y allí se ha encontrado jade, incluido el azul. Es la elección lógica. Juana también lo entendería así.

—Entonces, ¿por qué no fuisteis nunca allí? —quise saber.

—Mi padre era un hombre muy testarudo —respondió, cruzándose de brazos—. Estaba tan interesado en estudiar la zona del oeste que jamás se le ocurrió esta idea. No era demasiado flexible, sobre todo en lo tocante a su trabajo... Pero, además, él recorrió toda la zona del oeste, y sé que está llena de arenas movedizas. También he oído que en una ocasión un gran felino atacó a un excursionista. Y, como supongo que ya habréis imaginado, la selva no se divide exactamente en «territorio de jaguares» y «territorio de arenas movedizas». Tenemos que ver más allá de esas historias.

Manuel, Erik y yo intercambiamos miradas.

—Debemos tomar una decisión —dijo Manuel.

Se dio la vuelta y empezó a mirar a su alrededor hasta que se fijó en los hombres que trabajaban en los chicozapotes; sobre todo prestó atención al tipo atado al árbol con el nudo gigantesco en el centro del tronco. El árbol se encontraba a unos trescientos metros de distancia.

—Cuando era un muchacho y mis amigos y yo no nos poníamos de acuerdo sobre si ir al cine o jugar al béisbol, hacíamos carreras para ver quién ganaba —les comentó.

—No pretenderás... —Seguí su mirada hacia el árbol con el hombre que colgaba sobre el gran nudo.

—Desde luego. Es un método justo. Mis amigos y yo elegíamos un punto que era la meta, y quien llegara y lo tocara primero, era el vencedor. —Señaló el chicozapote—. ¿Qué os parece si el que toque primero el nudo de ese árbol decide qué dirección seguimos?

—¿El que lo toque primero? —preguntó Yolanda.

—Sí. Al primer toque. Y el resto aceptará la decisión sin discutirla.

—Yo lo haría, papá, pero la pierna... No puedo correr en estas condiciones.

—Tiene razón, Manuel, no es justo —dijo Erik, pero me di cuenta de que estaba ya medio agachado en posición de echar a correr—. Además yo corro mucho más deprisa que las mujeres.

Yolanda no entró en el debate. Se agachó rápidamente y sacó el machete de su funda. Se echó hacia atrás, alzando el machete por encima de su cabeza, y lo arrojó de tal modo que salió disparado como un cohete hasta clavarse en el nudo del árbol con un fuerte golpe.

—¡Aaaaaaggg! —exclamó el hombre que trabajaba justo encima del nudo, en la ramas.

—Yo lo he tocado primero —dijo Yolanda, mirándonos.

—Dios mío.

—Le has dado, está claro —dijo Erik, enderezándose.

El machete estaba clavado en el árbol como la espada de Arturo en la piedra.

Manuel asintió y miró hacia el este por encima del hombro.

—Gana Yolanda.

54

Caminamos en dirección este desde el río durante dos horas; dejamos atrás a los chicleros, que siguieron criticando nuestro estado mental en su enrevesada lengua. Atravesamos zonas despobladas con bosques de aulagas, más caobas, helechos altos como personas y nubes de insectos. Algunos venados con la cola blanca asomaron la cabeza entre las hojas de helechos, nos miraron, y luego desaparecieron.

—Tikal está a poco más de un día de aquí —dijo Yolanda—. Creo que en otro tiempo hubo una senda que atravesaba esta zona; la utilizaban los mayas. Pero con los terremotos que ha habido y el huracán, es imposible saberlo con seguridad.

Los árboles se apiñaban a nuestro alrededor a medida que avanzábamos, aunque en algunos lugares el huracán había derribado las gigantescas caobas y no había necesidad de abrirse camino. Los quetzales bebían en los charcos relucientes del terreno arrasado por la tormenta, y salían volando con un estallido de color verde cuando oían que nos acercábamos. Tuvimos que saltar por encima de árboles empapados y esponjosos que yacían en el suelo. La tierra era irregular y blanda como papilla, pero Yolanda salvaba los lodazales a paso vivo. Consultaba la brújula de vez en cuando para asegurarse de que nos encaminábamos hacia el este y no dejaba de apremiarnos.

Sin embargo, a las cuatro de la tarde, Erik protestó.

—¿Adónde cree que nos lleva?

Volví la cabeza para mirarlo.

—Hacia el este, tal como había dicho. Hacia Tikal.

—Esto no promete nada bueno —dijo.

—No sé, muchacho, yo creo que sabe lo que hace —dijo Manuel—. No deberías subestimarla. Ha pasado más tiempo en esta selva que cualquiera de nosotros. Conoce perfectamente esta región y todos sus mitos gracias a Tomás.

—Y ha hecho un gran trabajo guiándonos hasta aquí —admití.

—Sí —dijo Erik, poco convencido—. Pero, exactamente, ¿hasta dónde se supone que debemos continuar?

—Hasta que encontremos a Juana —respondió Manuel—, o hasta que nos ataquen los jaguares, o hasta que suframos alguna de las otras maldiciones de las que nos advierten esas morbosas historias.

De todos nosotros, el más temeroso era Manuel. Andaba delante de mí, pero muy despacio, y parecía mareado. También sudaba profusamente y en un par de ocasiones vi que volvían a temblarle las manos.

Yolanda se agachaba para pasar por debajo de las ramas más bajas y saltaba por encima de las raíces retorcidas y los troncos caídos. Sus negros cabellos lanzaban reflejos intermitentes, aparecían y desaparecían entre las caobas, y varias veces tuvo que aminorar la marcha para que la alcanzáramos. Casi sonreía.

—Por fin hacia el este —dijo—. Pero ojalá mi padre estuviera aquí.

Al cabo de cuatro kilómetros, la flora empezó a hacerse más densa. Llegamos a una barrera muy alta de arbustos de enebro que estaban intactos, y Yolanda agujereó el luminoso muro verde con el machete. Nos encontramos entonces en un alto pasadizo de zarzas, en el que no solo abundaban los insectos de costumbre, sino que se percibía un nítido e intenso olor de ginebra. La cadera no dejaba de dolerme y de vez en cuando tenía que frotármela para impedir que el músculo se agarrotara. Manuel avanzaba delante de mí, siempre con paso lento y cauteloso y las manos extendidas por si las zarzas lo golpeaban.

—No tengo la menor idea de dónde estoy —dijo Erik.

—Tú sigue —le dije—. Ahora ya no tendría sentido volver atrás.

—Lo sé, pero no soporto caminar sin ver adónde me dirijo —se lamentó.

—Ya falta poco —dijo Yolanda—. Creo que estamos a punto de llegar a un claro.

Le encontramos unos veinte minutos más tarde.

Los enebros dieron paso a una hondonada, una sabana rodeada de árboles esbeltos de color verde lima. El terreno estaba completamente cubierto de hierba crespa, juncias y más helechos, así como lirios color púrpura que esparcían sus pétalos por la hierba. Rayos de sol finos como agujas traspasaban las copas de los árboles y daban a las flores tonos ardientes. Las serpientes reptaban entre las flores. Parados al borde de aquella hondonada, agitábamos los brazos para ahuyentar a los mosquitos que se concentraban en nubes aún más densas en aquella zona. Del sotobosque se elevaba la calima, se mezclaba con los rayos de sol y se arremolinaba en los huecos de los árboles. En aquellos huecos me pareció ver el brillo de unos ojos amarillos.

—¿Qué ha sido eso? —preguntó Manuel, mientras nos acercábamos al claro—. ¿Era un ronroneo?

—Nada de eso, son ranas croando y eructando —explicó Yolanda.

—Oh.

—Pero no estamos en un lugar cualquiera —dijo—. Me pregunto si no habrá ruinas de una ciudad enterradas aquí. Este podría ser el lugar.

—Entonces deberíamos buscar el drago —dije—. El rey, según recuerdo de la *Leyenda*, «huyó de su insensata ciudad.

Pasó junto al drago y siguió corriendo hacia el este. Allí se ocultó en un segundo laberinto...».

—Si damos crédito a lo que escribió Beatriz de la Cueva —dijo Yolanda—, sí, deberíamos buscarlo.

—¿Sabes cómo es?

—¿Tú no?

—No hay muchos dragos en Long Beach.

—Buscad un árbol con la savia roja —nos dijo Yolanda.

—Savia roja.

—Es la característica del drago. El *Dracaena draco*. —Yolanda avanzó hacia el terreno abierto rodeado de olmos y caobas; la luz del sol dibujaba franjas en su cuerpo. Dio un paso, luego otro, y vimos que el terreno que tan firme parecía empezaba a hundirse bajo sus botas hasta las espinillas.

—Hay tierra blanda —dijo, con voz inquisitiva, mirando hacia abajo. Justo entonces se oyó un crujido en la selva a nuestra espalda.

—¿Será otro jaguar? —pregunté.

—Yolanda —dijo Erik—. ¿Qué estás haciendo?

—Querida mía —añadió Manuel—. Vuelve aquí.

—En serio —dije—, ¿vosotros no lo habéis oído?

—¿El qué? —preguntó Manuel.

—Un ruido. Ahí detrás.

Yolanda seguía alejándose en dirección al claro. Resbaló y casi cayó en una sustancia más viscosa y profunda que el lodo; los tres corrimos hacia ella. Serpientes y libélulas se deslizaban por aquella superficie. Con esfuerzo, Yolanda salió de allí a gatas hacia una zona más firme.

—Ha sido asqueroso —dijo, sin detenerse—. No tengo palabras para describirlo. Tened cuidado.

—¿Y tú?

—Yo sé lo que hago.

Tratamos de vadear aquel terreno blando y viscoso, tropezando con lianas y helechos y evitando los zarcillos de barro que se movían serpenteando antes de alzar la cabeza y sisear.

—Eso es una serpiente —dije.

—No la toques —dijo Yolanda.

—No me digas.

—Igualito que el *National Geographic* —dijo Erik—. Estoy tan emocionado que me echaría a gritar.

—Quizá deberíamos abandonar esta dirección —propuso Manuel. Caminaba a unos diez metros de nosotros, más cerca de Yolanda y del centro del claro. Pero entonces miró hacia atrás y calló.

Yolanda también miró y su cara se volvió de piedra.

—¿Hay algún animal ahí atrás? —pregunté de nuevo, antes de dar un traspié.

Justo a mi lado, Erik resbaló y cayó en una especie de ciénaga. Yo estaba hundida hasta las rodillas en lodo o sedimentos, y me incliné para palpar el terreno con las manos. La zona que tenía a mi izquierda no parecía segura.

—¿Esto es barro? —preguntó Erik, mirando hacia abajo—. Hay bolsas profundas por todas partes.

—Jesús —dijo Yolanda—. Váyase.

Volví la cabeza hacia los esbeltos árboles que habíamos dejado atrás.

Vi al teniente Estrada a mi espalda, como una horrible alucinación.

Estaba ensangrentado y en el brazo derecho tenía unos cortes finos, pero profundos, que goteaban. Estaba tan cerca de mí que podía ver con toda precisión la cicatriz en zigzag de su cara. Con la mano ilesa, la izquierda, empuñaba un revólver.

—Fue él quien disparó al jaguar —musité—. Nos ha seguido. Fue él a quien oímos.

—No conseguí darle a esa bestia, pero ella me atacó a mí —dijo Estrada, mostrando el brazo destrozado. Miró con ira a Yolanda—. Pero tú no eres tan rápida como un felino, ¿verdad que no, De la Rosa?

—Yo tampoco —me oí decir en voz baja y amenazante—. Pero le dejaré peor que ese brazo si se acerca a ella.

Estrada se llevó la pistola al pecho. El arma, negra, con un cañón largo y una esbelta empuñadura, me pareció surreal; jamás había visto una pistola desenfundada desde tan cerca. Estrada tenía el dedo en el gatillo. Temblaba.

—Os he seguido durante días. Pero solo quiero hablar con ella.

Traté de arrebatarle la pistola, pero Estrada se apartó y echó a andar hacia Yolanda. Ella se dio la vuelta y trató de emprender una vacilante carrera, arrastrando los pies por el lodo hacia el centro del claro, seguida de cerca por Estrada. Manuel fue tras ellos a trompicones, hasta que llegó a un pequeño talud seco que descendía hacia la franja desnuda en la que Estrada y Yolanda se habían detenido en precario equilibrio.

—Le haré daño —prometió Yolanda. Tanteaba de nuevo su mochila, tratando de sacar el machete—. Le juro por Dios que no dejaré que salga vivo de aquí. —Consiguió desenfundar el machete y lo blandió ante Estrada.

—¿Por qué tu padre tenía que poner esa bomba? —preguntó Estrada.

—¡Porque es usted un asesino!

—No lo era antes de la bomba.

Estaban en el centro del claro, a unos tres metros el uno del otro, rodeados de niebla y bañados por una luz fantasmagórica. Yo los miraba fijamente, moviendo la boca, pero sin pronunciar sonido alguno. Los dos dieron un violento respingo. Como imágenes espectaculares, levantaron los brazos en alto y se miraron los pies.

—¡Yolanda! —gritó Manuel—. ¡No te muevas!

Desde la parte de la ciénaga en la que estábamos Erik y yo, a unos quince metros de Yolanda, Estrada y mi padre, no veíamos qué sucedía. Las juncias resplandecían a nuestro alrededor como si fueran motas doradas. Algunas, aplastadas por nuestros pies, formaban protuberancias como claras montadas a punto de nieve. Solo después de mirar con detenimiento a Yolanda y Estrada, y ver que el lodo les cubría las piernas a una velocidad alarmante, comprendimos que habían caído en arenas movedizas.

Los dos empezaron a debatirse, tratando de alcanzar extremos opuestos del pozo, pero la arena les llegaba ya hasta la mitad de los muslos. Luego hasta las caderas.

—Voy a hundirme —dijo Yolanda. La mochila tiraba de ella hacia abajo, y aún blandía el machete—. Lola, voy a ahogarme.

—¡No!

Erik y yo permanecíamos inmóviles al borde de la ciénaga.

—Tenemos que ayudarlos —dije.

—Vamos —asintió Erik.

—¡No os acerquéis! —gritó Yolanda, y arrojó el machete a la orilla.

—Tiene razón —dijo Manuel—. ¡Quedaos donde estáis! Este lugar esta lleno de hoyos.

Erik y yo nos miramos y luego nos arrastramos hacia donde estaban los demás.

—Vamos, vamos, vamos —grité—. ¡Podría ser cuestión de minutos!

Por su parte, Estrada golpeaba el lodo con la mano sana sin soltar la pistola.

—¡Quítate la mochila! —gritó mi padre desde el talud.

Yolanda se la quitó y la dejó en el lodo junto a ella, mientras Estrada seguía debatiéndose y hundiéndose rápidamente. Se le cayó la pistola cuando trató de nadar y salir a gatas de las arenas movedizas; la pistola, en la superficie, lanzó un destello antes de empezar a sumergirse.

Estrada y Yolanda, ambos hundidos hasta la cintura, se miraron el uno al otro; luego miraron el arma que estaba entre los dos.

—Eso haría las cosas más fáciles, ¿verdad? —dijo Estrada con voz bronca.

—Oh, yo las haré más fáciles —replicó ella—. ¡Sé qué hizo!

—¡Yolanda, intenta salir de ahí! —grité.

Manuel sudaba a mares y estaba pálido. Se arrancó la mochila de la espalda y se agachó para sacar su hamaca.

Yolanda y Estrada trataron de abalanzarse sobre la pistola, que sobresalía aún por la empuñadura. Sus movimientos eran increíblemente lentos. Con cada violento empujón que daban para moverse en el barro solo avanzaban unos milímetros... y se hundían aún más en el centro del pozo. Agitaban los brazos frenéticamente, pero seguían en el mismo sitio, cada vez más hundidos. La mochila de Yolanda se sumergió y desapareció.

—¡Yolanda, quédate quieta! —gritó Erik—. ¡Te estás hundiendo más deprisa!

Pero ella seguía empujando con todas sus fuerzas; las manos de Estrada y Yolanda golpeaban el barro alrededor de la empuñadura de la pistola, hasta que finalmente Yolanda consiguió alcanzarla y la levantó. Apuntó con ella a la cabeza de Estrada, que la miró, hizo una mueca y cerró los ojos.

Yolanda apretó el gatillo, pero no ocurrió nada. La recámara se había atascado a causa del lodo.

—Aaaaahhhh —exclamó Estrada. Abrió los ojos. Tenía la cicatriz blanca como el papel—. Sal, si puedes. Yo moriré aquí de todas formas.

Las arenas movedizas le llegaban ya al pecho. Yolanda estaba hundida hasta la cintura y jadeaba.

—¿Quería matarme? —preguntó al soldado.

—No lo sé —respondió él. Tenía los ojos rojos, pero secos.

—Yolanda, deja de hablar y quédate quieta —dijo Manuel.

Erik y yo nos arrastrábamos por el barro y casi habíamos alcanzado la posición de mi padre. Desde donde yo estaba, veía que temblaba violentamente y que tenía dificultad para controlar la cabeza y los brazos. Sus manos y sus muslos sufrían espasmos y en su rostro se dibujaba una dolorosa sonrisa en forma de mueca. Le flaquearon las rodillas y se desplomó en el barro; arrojó la mochila a un lado. Sentado en cuclillas, empezó a maldecirse a sí mismo por su cobardía con una voz apenas audible, pero las palabras que oí no las había usado nunca antes. Yolanda no decía nada. Tampoco Erik ni yo, mientras nos acercábamos lentamente hacia las arenas movedizas. Todavía en el suelo, Manuel consiguió dominarse; lloraba y soltaba tacos, pero empezó a desplegar la hamaca. Su voz sonaba extraña y terrible y tenía el rostro crispado. Apoyó las manos en el suelo y se incorporó. Se puso en pie. Luego lanzó la hamaca hacia donde Yolanda se ladeaba, haciendo una mueca que dejaba sus dientes al descubierto.

—¡Cógela! —gritó Manuel.

Cuando Erik y yo llegamos a su altura, Manuel lanzaba la hamaca por segunda vez y volvía a fallar. Ya no temblaba. Volvió a lanzarla. Yolanda trató de agarrar los nudos de macramé con sus dedos viscosos, pero las arenas movedizas seguían engulléndola. Apretaba los dientes y movía la mandíbula silenciosamente.

—¡Haz un esfuerzo! —gritó Erik.

Yolanda consiguió enlazar un dedo en una de las cuerdas de la hamaca, que también había empezado a hundirse. Metió el dedo índice en el aro a modo de gancho y consiguió agarrarse.

Los tres tiramos con fuerza. Una hamaca se estira y no es tan eficaz como una cuerda, pero seguimos tirando de ella hasta que Yolanda empezó a moverse por fin lentamente, deslizándose sobre las arenas movedizas, aferrada a la red. Estrada nos miraba con el rostro ceniciento. Tiramos de la hamaca hasta que Yolanda se deslizó hacia el talud. Cuando estaba a punto de alcanzarlo alargó un brazo hacia atrás, hacia Estrada. No le dijo nada, pero intercambiaron una mirada.

—¡Sal de ahí! —le grité.

Ella seguía mirando fijamente a su enemigo. Estrada se hundía sin remedio, pero su expresión se había relajado.

—Tú no lo entiendes —dijo.

Yolanda se estremeció.

—Estrada.

Él no dijo nada más, solo la miró con los ojos muy abiertos.

—¡Estrada, agárrate a mí!

Entonces el teniente se impulsó hacia arriba. Al principio no teníamos la menor idea de qué estaba haciendo. Después observamos con horror que se zambullía de cabeza en el pozo de arenas movedizas. Su espalda fue aún visible durante unos segundos y luego desapareció.

En el pozo se hizo un silencio sepulcral. Vimos cómo temblaba la hendidura que había dejado Estrada en las arenas movedizas y cómo se alisaba luego por sí sola.

—¡Seguid tirando! —gritó Manuel.

Volvimos a centrar nuestra atención en Yolanda; tiramos los tres de la hamaca hasta que su cuerpo inerte estuvo fuera de peligro. Erik le rodeó la cintura con los brazos y la ayudó a trepar a gatas, lejos de las arenas movedizas. Finalmente llegó al talud.

Los cuatro jadeábamos, cubiertos de lodo y hierbajos. Manuel parecía agotado y enfermo. Yolanda estaba encorvada y goteaba barro y arena en medio del círculo que formábamos los demás. Se frotó la ropa tratando de quitarse la suciedad, y luego hizo lo mismo conmigo. Pero los oscuros grumos se quedaban pegados a la tela y se incrustaban en los vaqueros. Yolanda tenía los ojos abiertos como platos.

—¿Qué quería decir con eso de que yo no lo entendía? —preguntó.

—No lo sé, cariño —dije.

—¿Qué quería decir?

—No lo sé.

—Quería decir que estaba loco —afirmó Erik—. Quería decir que era un asesino.

—No estoy segura —dijo Yolanda.

—Oh, Dios —exclamó Erik, cerrando los ojos—. Ojalá no lo hubiera visto.

—¿Qué intentabas hacer? —pregunté a Yolanda, rodeándola con mis brazos.

Manuel se pasó la mano por la cabeza.

—¿Por qué te has movido hacia él? Casi te perdemos.

Yolanda me miró a través de los negros mechones que le caían por la cara.

—Trataba de salvarlo, Lola —respondió—. Trataba de salvarle la vida a ese hombre.

Apoyó la mejilla en mi pecho y se echó a llorar.

55

Tardamos un buen rato en volver a pensar con claridad. Luego salimos con dificultad de aquella ciénaga y volvimos a abrirnos camino por el pasadizo de zarzas. La horrible experiencia que acabábamos de vivir nos había dejado silenciosos y circunspectos. Con muy pocas palabras llegamos a la conclusión de que no habíamos acertado al elegir la dirección este.

—Estaba equivocada —me dijo Yolanda, mientras caminábamos trabajosamente por la selva, codo con codo—. Si mi padre estuviera vivo, tendría que decirle que él tenía razón al no querer tomar ese camino.

—Yolanda.

—No importa. Lo que sí importa es que encontremos a tu madre. Y ahora sabemos que no será en esa dirección. Eso está claro.

—¿Estás bien? —pregunté.

—No. —Meneó la cabeza e hizo una pausa mientras seguíamos andando de vuelta hacia el río Sacluc—. No estoy bien. No sé por qué he querido ayudar a... Estrada. —Carraspeó—. Pero desearía haberlo salvado.

—Lo siento.

—Pero quizá esto no tenga por qué acabar mal. Aún podría salir bien.

Le toqué la muñeca.

—Aún podría salir bien —repetí, haciendo un esfuerzo.

Ella asintió, y los cuatro continuamos la marcha hasta que nos encontramos de nuevo a orillas del río. El calor había hecho que los chicleros se marcharan. Nos lavamos en el río y lavamos la hamaca. Luego nos tumbamos al sol para intentar secarnos, pero había demasiada humedad y los mosquitos no dejaban de hostigarnos. Manuel se incorporó y cerró los ojos. Dijo que había tenido suficientes impresiones para seis vidas y que, por favor, necesitaba unos minutos de reposo para recobrarse. Erik se sentó en la orilla mientras Yolanda y yo nos lavábamos el pelo para quitarle el barro y nos peinábamos. Erik sacó los papeles y diarios de mi mochila y empezó a repasarlos.

Poco después de las tres de la tarde, encontró por fin el pasaje de Von Humboldt que trataba de recordar.

—Lo tengo. —Se acercó con la copia de Von Humboldt mojada y medio deshecha.

Alzamos la vista.

—¿Qué es lo que tienes? —pregunté.

—El párrafo que me rondaba en la cabeza. Es del relato de Von Humboldt sobre su expedición a la selva para buscar... lo que él creía que era un imán. Es la parte en la que habla de su guía. De Gómez, el esclavo.

—Apenas se puede leer —dije.

—Yo lo entiendo —aseguró él.

—¿Qué dice? —preguntó Yolanda.

Ahora incluso Manuel abrió los ojos.

El pasaje del alemán que recordaba Erik estaba justo después de donde Gómez se burlaba de Von Humboldt y Bonpland porque se habían perdido, y les cantaba unas cuantas frases de una vieja canción.

—¡Ya te lo había dicho! —susurró Aimé Bonpland, aferrándose a mi mano.

—No se preocupen, no estamos perdidos, solo es una

broma —dijo Gómez—. Según mis cálculos tenemos que seguir al enano.

—¿Qué? —le pregunté.

—El enano...

—Tiene que ser lo mismo —explicó Erik—. Es la dirección que tomaron para llegar a la ciudad azul, ¿recordáis? Gómez les mostró el camino.

—El camino del enano —dije.

—Tiene bastante sentido —dijo Yolanda—, si hay algo que lo tenga en toda esta historia. —Cogió el libro que sostenía Erik y lo sujetó con ambas manos, ya que tenía el lomo roto—. Yo he estado en el oeste, hemos estado en el sur y ahora acabamos de probar con el este. Podemos probar a ir hacia el norte.

—No pareces muy convencida —dije.

Me miró y esbozó una sonrisa, pero no dijo nada.

—¿Pasamos la noche aquí? —pregunté—. Estamos demasiado cansados para seguir hoy. —Me dolía horrores la cadera.

Yolanda se pasó la mano por la boca.

—He perdido toda la comida que llevaba en la mochila en las arenas movedizas...

—Así que no podemos perder más tiempo —dijo Manuel, terminando la frase por ella.

Yolanda asintió.

—Además, no quiero alargar esto innecesariamente. Quiero encontrar a tu madre y volver a casa.

—Sí, yo también.

—Estoy de acuerdo —dijo Erik.

—Estoy muy preocupado por Juana —dijo Manuel—. Este lugar me da más miedo que nunca.

—Pero has dejado de temblar —dije.

—Sí —replicó, mirándose las manos—. Así es.

Extrañamente, ninguno de los cuatro hizo el menor movimiento; parecía que el desaliento se hubiera apoderado del grupo. Nos sentamos en semicírculo sin apenas hablar, escuchamos las conversaciones de los animales y el murmullo de la brisa. Deberíamos habernos puesto en marcha inmediatamente, aunque antes teníamos que vestirnos y guardar nuestras cosas. Debíamos partir de nuevo desde el Sacluc en busca del jade; era la única dirección que nos quedaba por probar.

Pero nos quedamos sentados allí durante mucho rato, demasiado cansados para movernos.

56

No cruzamos muchas palabras durante aquel rato, pero creo que todos empezábamos a dudar de que pudiéramos encontrar a mi madre en aquella selva.

Mientras permanecíamos allí sin hacer nada, la esperanza que sentí aquella noche en la hamaca con Erik empezaba a desvanecerse. Ya no sentía a mi madre como entonces. Y pensé que, aunque estuviera en aquella selva y la encontráramos, había muchas posibilidades de que hubiera muerto, como la mujer de Flores. O como el horrible soldado que se había ahogado en las arenas movedizas. Era el 7 de noviembre y hacía doce días que no sabíamos nada de ella.

Al pensar en ello, sentí una intensa punzada que me devolvía a una helada y escalofriante realidad. La idea de la futilidad de nuestro viaje me impulsó a ponerme en pie. No me importaba que careciera de lógica. Mi madre estaba allí, estaba viva y teníamos que seguir buscándola.

Me eché la mochila a la espalda.

—Vamos —dije—. Vamos a buscarla.

Nos dirigimos hacia el norte. La vegetación allí era la más densa y frondosa que habíamos visto hasta entonces. Yolanda tuvo que emplearse a fondo con el machete para abrir un camino entre los arbustos. Más allá del bosque de chicozapotes encontramos caobas derribadas y zonas pantanosas, llenas de mariposas y aves con el pico amarillo. Los árboles se cernían sobre nosotros con sus palmas colgantes y ramas que parecían los elegantes brazos de una bailarina.

La cadera me dolía tanto que temía haber sufrido un daño permanente. La negra cabellera de Yolanda se movía de un lado a otro delante de nosotros. Yo tenía los ojos fijos en la pequeña y encogida cabeza de Manuel. Erik iba detrás de mí. Pasamos junto a helechos que eran como inmensas catedrales verdes. Las botas se nos quedaban pegadas en el lodo viscoso. A los lados de nuestra senda yacían diseminados los trozos de las plantas que Yolanda había cortado con el machete, y ante nuestros ojos se extendía la selva, cada vez más frondosa, con sus enormes hojas relucientes, grandes como niños. De vez en cuando encontrábamos un claro donde el huracán simplemente parecía haber arrancado la piel de la selva de su fondo rocoso y haber amontonado los restos en pilas.

Anduvimos muchos kilómetros por este terreno. Transcurrió una hora y el sol que se filtraba entre los árboles empezó a declinar. Hacia las seis de la tarde, Manuel se detuvo.

—Parad —dijo, y se sentó en el suelo.

—No podemos continuar mucho más —dijo Erik—. Al menos por hoy.

—No veo nada —dijo Yolanda—. No sé qué hacemos aquí.

—Seguiremos un poco más —propuse—. Seguiremos hasta que encontremos a mi madre.

Nadie respondió. Pasó un minuto, luego dos; Erik y Yolanda se miraron y luego miraron hacia lo alto.

—Solo necesito descansar un momento —dijo Manuel. Se inclinaba sobre las rodillas y se sujetaba la cara.

Yo me senté también. La cadera me estaba matando.

Durante veinte minutos nos quedamos allí, callados. Erik volvió a vendarme la cadera.

—Quizá deberíamos detenernos —dijo.

—No —repliqué, negando con la cabeza—. Aún hay luz.

—Manuel no lo lleva muy bien.

—Manuel está bien y no le gusta que hablen de él en tercera persona cuando está delante —dijo—. Lola tiene razón. Sigamos un poco más, hasta que nos quedemos sin luz.

Yolanda le sonrió.

—Te estás volviendo duro con la edad.

—Sí, ¿verdad?

Parecía un poco mejor que hacía unas horas. Yolanda le cogió la mano y le ayudó a levantarse. Juntos echaron a andar, cortando zarzas y helechos.

Pero a mí me costaba moverme. Erik me levantó cogiéndome por las costillas, y yo tuve que poner toda mi fuerza de voluntad para que mi cuerpo respondiese. Di un paso con la pierna sana, luego otro con la otra pierna. Empecé a andar con resolución, moviéndome lo más deprisa que podía; temía que si bajaba el ritmo no podría continuar.

57

Una oscura noche cayó sobre la selva. El laberinto que formaba se convertía bajo nuestros pies en círculos y cruces y callejones sin salida a medida que atravesábamos el follaje con las linternas y los machetes. Los ananás se abrían en la neblina en tonos anaranjados y verde lima, con centros puntiagudos de color verde negruzco y hojas tan afiladas que cortaban la piel. Dejamos atrás otra tanda de árboles que acababan en un destrozado montón de madera en el lugar donde el viento había derribado tres caobas más. Más adelante había otro claro, del que habían sido arrancados matas de hierba y arbustos y capas de lodo, pero en aquel espacio más limpio había un montículo de tierra y lo que parecían rocas.

Yolanda, Manuel y Erik se detuvieron.

—Oh, Dios mío —dijo Yolanda—. Aquí es.

—Espera un momento —dijo Erik, muy nervioso—. Un momento.

—No, ya lo ves —dijo Manuel—. Aquí hay un túmulo; podría ser algo. Un montículo de hierba... así fue cómo Maudslay supo que había dado con Quiriguá.

Yo sabía que se estaba refiriendo al erudito del siglo XIX que estudió las ruinas mayas en el valle de Motagua, pero hasta ahí llegaban mis conocimientos. No veía nada particular en aquel sitio. Von Humboldt describía así el hallazgo de la ciudad azul del hermano mayor, tras seguir la dirección del enano: «Una fantástica ciudad azul, alta y ruinosa, se elevaba ante nuestros ojos, salpicada de agujas y torrecillas, con grandes torres del homenaje y murallas medio derrumbadas, hundidas en el cieno». Si aquel montículo era la ciudad, se había hundido casi por completo en los pantanos, pues allí solo había montones de barro que descendían hacia zonas más bajas, secciones excavadas y rocas esparcidas entre la madera de los árboles partidos. Caminamos hacia el claro, tanteando el camino entre los restos y las sombras, que cada vez eran más intensas. Por encima de nuestras cabezas, el parloteo de los animales era ruidoso e insistente. La atmósfera era pesada, cálida, densa y muy húmeda.

Yolanda se agachó junto a una de las rocas y reconocí la expresión de vieja aventurera que cruzó por su cara; casi parecía feliz. Iluminó el lugar con su linterna.

—¡Es aquí! ¡Aquí hay una hilera de piedra tallada!

Todos nos agachamos y nos agarramos a las piedras que sobresalían en el barro; algunas eran muy grandes, demasiado para extraerlas; cuando apartamos todo el lodo que pudimos, vimos debajo lo que parecía un gran rectángulo liso de basalto que se extendía por toda la zona. Hundimos las manos en los charcos de agua que había cerca y la arrojamos sobre la piedra para lavarla.

—¡Mirad, mirad, mirad! —exclamó Erik—. Está... está tallada. Es obra del hombre.

—¿Qué es?

—Aún no lo sé.

—Es esto. Esto es lo que él buscaba. —Cuando Yolanda dijo «él», supe que se refería a su padre.

—Son unos cimientos —afirmó Erik—. Parecen los cimientos de un templo. Como los que se encontraron en Quiriguá y Tikal.

—¿Podrían formar parte de una ciudad?

—Yo diría que sí.

—¡No puedo creerlo! —dijo Yolanda.

—Parece del período clásico maya —añadió Erik.

—Pero, ¿dónde está ella? —grité.

Erik me miró. Manuel estaba ya en el borde del claro, escudriñándolo bajo la luz violácea. Yolanda seguía en cuclillas; echaba agua sobre las piedras y arrancaba el barro con los dedos, hasta que limpió más secciones de los cimientos de roca, que emergieron del barro con formas geométricas precisas; rectángulos y cuadrados de finos bordes asomaban en la tierra empapada. A medida que se movía sobre las hojas y los sumideros, y arrancaba la vegetación de la estructura enterrada, aparecían más entramados de piedra. Puso al descubierto hileras verticales de gruesa piedra, tan exactas que no podían ser obra de la naturaleza; en un lugar había depresiones angulares que descendían hacia una escalera tallada; más allá había una columna de piedra caída, grabada hasta el último milímetro con delicadas imágenes de flores, sacerdotes, mujeres, palabras, estrellas y soles.

Yolanda se sentó en el suelo.

—Creo que los cimientos llegan hasta donde alcanza la vista —exclamó—. Podría extenderse a lo largo de kilómetros bajo la selva. Quizá haya todo un palacio aquí, bajo el lodo. Erik tiene razón, creo que es del período clásico maya. Necesitamos leer estos grabados. Es demasiado pronto para asegurarlo. Y... —miró en derredor—, todo es basalto. Pero parece que hay trozos de revestimiento de jade. Tendremos que analizarlo para estar seguros.

—Podríamos haber encontrado las ruinas de una ciudad, ¿no es eso? —dije.

—En efecto.

—Entonces, ¿dónde está ella? —volví a preguntar—. Debería estar aquí. ¿Veis alguna huella de su paso?

Todos miramos el suelo, pero si alguien había pasado por allí en los últimos días, sus huellas no habrían durado mucho en aquel lodo viscoso.

—Bien —dijo Erik—. Tenemos que buscar el árbol, ¿de acuerdo?

—De acuerdo —dije yo—. El drago. Mi madre también lo buscaría. Y luego trataría de resolver el... el acertijo.

—El segundo laberinto de la historia.

—Sí.

—Bueno, ¿y cómo es un drago? —preguntó Erik.

—Ya os lo dije —contestó Yolanda—. Tiene la savia roja. Por eso le dieron ese nombre. La gente creía que la savia era sangre y que los dragones eran hombres a los que alguna bruja había lanzado una maldición y se habían convertido en árboles.

—Todo lo que veo a mi alrededor son árboles —dije—. ¡Ayudadme a buscarlo!

—De acuerdo. —Yolanda se puso en pie—. Veamos qué tenemos por aquí...

Pero Manuel se nos había adelantado y se encontraba en el extremo este más alejado del claro, junto a uno de los árboles que la tormenta casi había arrancado de cuajo.

—Este es —dijo en voz baja—. Ya lo he encontrado.

—¿Hay alguna huella? —pregunté, acercándome—. ¿Se ve algún indicio de algo?

—Yo no veo nada.

—Realmente tiene la savia roja —dijo Erik, mirando el árbol partido y tocando la corteza con los dedos, que se le mancharon de un oscuro color vino.

A mi lado, Yolanda se llevó las manos al corazón.

—Eso significa... eso significa que podríamos encontrar...

—¿La piedra? —dijo Manuel.

—A Juana —contestó Yolanda en tono inseguro.

—Tal vez ella la haya encontrado primero —aventuró Manuel, asintiendo.

Su predicción no provocó ninguna respuesta. Nos quedamos callados, sin mirarnos; no quería ver la expresión de sus caras.

—No me sorprendería en absoluto —dijo Erik finalmente.

Echó la cabeza hacia atrás y gritó a voz en cuello el nombre de mi madre varias veces. Yo lo imité. Fuimos de un lado a otro por el claro llamándola a gritos. Luego también lo hicieron Yolanda y Manuel.

No obtuvimos más respuesta que la de los chillidos de las aves y de los monos araña desde las copas de los árboles.

Me senté en uno de los troncos caídos, me quité la mochila de la espalda y me sujeté la cadera; me ardía.

—¿Lola? —dijo Yolanda—. ¿Puedes continuar?

No respondí.

—¿Lola?

—Estoy bien —afirmé—. Demos el siguiente paso. Tenemos que averiguar en qué dirección hay que seguir.

—Ha llegado el momento de resolver el Laberinto de la Virtud —dijo Erik.

—Sí —dije—. Así es.

58

Saqué de mi mochila los papeles y el diario que había envuelto con varias capas de plástico para protegerlo del agua. Pero las fotocopias estaban muy dañadas y pegadas unas a otras; en algunas, la tinta no se había corrido, sino que se había borrado por completo. Repasé las hojas hasta encontrar el fragmento de Beatriz de la Cueva que estaba buscando. Las letras estaban emborronadas y pronto no serían más que manchas, pero con la ayuda de las palabras que había memorizado pude leer el borroso pasaje:

> ... huyó de su insensata ciudad. Pasó junto al drago ... hacia el este. Allí se ocultó en un segundo laberinto que él mismo ideó. Lo llamó el Laberinto de la Virtud.
>
> ¿Y en qué consistía aquel delirante enigma?
>
> No era más que un acertijo:

> *El camino más difícil,*
> *la senda más escabrosa,*
> *es la que debemos seguir,*
> *aun sobrecogidos de temor.*

> *El paso más arduo,*
> *en estos malhadados días,*
> *burlados por el pecado tortuoso,*
> *debemos afrontar con valor.*

A quien se aleje del infierno,
a quien resista el oleaje,
le aguarda el Jade en su hondonada,
y el hombre bueno es recompensado.

Todos reaccionamos con muda estupefacción a la lectura del acertijo.

—Bueno, ¿sabe alguien qué significa? —pregunté.

—Déjame pensar —pidió Yolanda—. No se me ocurre nada. ¿Manuel?

—No tengo la menor idea —contestó—. Veamos... «El camino más difícil...» Parece referirse al que hemos hecho durante los últimos tres días.

—«El paso más arduo...» —recitó Erik—. Tal vez quiera decir que debemos volver por donde hemos venido. Eso sería el paso más arduo para mí. O podría referirse a un círculo, o a que tenemos que descender hacia el Hades. Ese fue el viaje de Ulises. O podría referirse a una línea recta. Los griegos tenían una teoría sobre un laberinto formado por un único camino recto.

—Ulises, los griegos —dijo Yolanda con voz quebrada—. No te vayas por las ramas. Los griegos no tenían nada que ver con los mayas.

—Solo era una idea. Estaba pensando en voz alta.

—No seamos negativos —dijo Manuel—. El muchacho lo está intentando.

—Solo quiero que nos centremos —dijo Yolanda.

—Recuerda que no se trata únicamente de averiguar qué significa el acertijo —señalé—, sino también lo que mi madre puede haber creído que significaba.

—Tienes razón —dijo Yolanda—. ¿Te habló de ello alguna vez?

—Nunca.

—¿Y a ti, Manuel? ¿Alguna teoría?

—No, querida, por el momento no. Pero me gustaría que os dierais prisa en resolverlo, porque pronto será noche cerrada.

Sin embargo, no pudimos darnos prisa. No teníamos la menor idea de qué hacer.

Estuvimos sentados durante mucho rato, rodeados por las piedras antiguas, los fantasmas de antiguos dioses y sacerdotes, y el árbol sangrante caído, y tratamos de pensar.

—¿Juana escribió algo acerca del acertijo en su diario? —preguntó Yolanda, viendo que a nadie se le ocurría nada.

Los árboles se sumían en las sombras de la selva. El aire seguía siendo húmedo, pero era menos bochornoso. La noche caía sobre nosotros.

—No —respondí—. Habla principalmente de las estelas. Recuerdo que solo escribió un comentario al respecto, pero no era exactamente... bueno...

—¿Qué? —quiso saber Erik.

—Oigámoslo —propuso Manuel.

Miré mi mochila y revolví en su interior hasta encontrar el diario, manchado y medio empapado. Lo abrí y vi que las hojas estaban destrozadas y pegadas; en algunas, la tinta se había corrido, transformando las palabras en flores azules.

—¿Podrás leerlo?

—Creo que sí —dije—. Escribió algo...

Extendí el diario. Las hojas se curvaban, se arrugaban, y tuve que alisarlas de nuevo muy suavemente. Fui reconstruyendo el blando diario hasta llegar a la página que buscaba. Les leí el fragmento que mi madre había escrito después de transcribir su traducción de las estelas, cuando hacía planes para dirigirse al norte de Guatemala.

25 de octubre...

Mi primera tarea consistirá en utilizar el Laberinto del Engaño como mapa en la selva ... Si consigo encontrar la ciudad, el segundo paso será buscar un drago, según los datos.

En cuanto al siguiente acertijo, el Laberinto de la Virtud, creo que es bastante directo.

—«En cuanto al Laberinto de la Virtud, creo que es bastante directo» —repitió Yolanda despacio.

—Al parecer ella lo resolvió enseguida —dijo Erik, desconcertado—. Pero a mí me parece difícil.

Me eché a reír, y conmigo Yolanda y Manuel.

—Me sorprende mucho que no reclames todo el mérito para ti —dijo Manuel entre risas—. Por lo que he visto, muchacho, no sueles perder una oportunidad para llevarte la gloria y las alabanzas.

—¿Qué? ¿De qué está hablando?

El rostro curtido de Yolanda se transformó de repente; su boca se torció en una sonrisa. Luego empezó a golpear a Erik en el hombro.

—Por Dios, ¿qué? —dijo él.

—Quizá no seas un payaso después de todo —dijo Yolanda—. Y deberías saber que es un gran cumplido viniendo de mí.

—Cierto —corroboré.

—¿Y qué he hecho para merecer tales elogios?

—Bueno, lo has resuelto.

—Me he perdido.

—¡Lo has resuelto! —exclamé—. ¿Recuerdas a los griegos? ¿El laberinto formado por una única línea continua?

Por fin Erik también lo vio.

—¡Por supuesto que sí! ¡Sí! ¡Soy un genio!

—No exageremos —dijo Yolanda—. Pero ha sido un buen trabajo. Ahora resulta obvio. El camino más difícil, el paso más arduo, es la línea recta. Como tú has dicho.

—Recta y angosta —añadí.

—El Laberinto de la Virtud —dijo Manuel—. El hombre virtuoso evita el «pecado tortuoso» y camina por la senda recta. Igual que nosotros. «Hacia el este.»

Erik estaba tan contento por haber resuelto el acertijo que

lo felicitamos de nuevo; él recibió aquella adulación abreviada con gran elegancia. Luego nos pusimos en pie para recoger el equipo e iniciar el último tramo de nuestro viaje.

Sin embargo, para mí fue más difícil.

La cadera ya no me dolía tanto, pero no era buena señal, puesto que la pierna empezaba a resentirse. Tuve que ayudarme con las manos para mover la cadera izquierda, mientras recorríamos de nuevo la selva en dirección al escondite del jade.

No obstante, conseguí no quedarme rezagada; los cuatro caminamos otro kilómetro y medio hasta llegar a una cueva.

59

Al norte del río Sacluc y al este del drago de triste fama, nos adentramos unos cuantos kilómetros en el corazón de la Reserva Maya de la Biosfera; allí encontramos una pequeña cueva al abrigo de una colina.

No era fácil verla, sobre todo en medio de la noche, a menos que se viajara con expertos en arquitectura maya y topografía. Es decir, a menos que se supiera qué aspecto tiene una cueva antigua.

Al pie de la colina se alzaba un túmulo, un montículo primigenio que en otro tiempo excavaron unas manos humanas. Para los antiguos mayas, cuevas, pozos y manantiales eran lugares sagrados, zonas intermedias en las que los vivos entraban en comunión con el mundo de ultratumba.

El montículo estaba cubierto por un manto de hierba, así como por afloramientos rocosos y saxífragas de diminutos pétalos blancos y amarillos que reflejaron la luz de nuestras linternas. Sobre la lúgubre entrada de la cueva había pájaros que picoteaban las flores.

—Hemos llegado —musitó Yolanda—. Lo hemos encontrado.

No grité el nombre de mi madre; tenía demasiado miedo. No dije una sola palabra, solo aferré con fuerza mi linterna.

Fui la primera en entrar.

La luz iluminó con una intensidad nacarada un espacio cuyas dimensiones no pude determinar; la cueva era mucho más profunda de lo que parecía desde la entrada, pero las paredes eran angostas. El fondo de la cueva estaba lleno de agua, que me llegaba hasta los tobillos; cuando moví la linterna vi que descendía hacia un lugar hondo y oscuro por el que tendríamos que bajar.

Avanzamos, mientras las tres linternas brillaban como balizas entre las estalactitas y las cavernas de piedra calcárea. En las paredes se podían ver rojos jeroglíficos con imágenes de dragones y jorobados, que no me molesté en interpretar en aquel momento. En las grietas de la cueva brillaba la pirita de hierro, así como los ojos rojos y centelleantes de lagartos y murciélagos. Oí un aleteo, una agitación, agua que fluía. Me agaché y entré en un entramado de estrechos y calurosos túneles por los que era preciso avanzar a tientas, dado que no había suficiente espacio para mover la linterna. Mi cadera estaba prácticamente insensible, y estuve a punto de caer al agua antes de que Erik me cogiera por detrás.

Pero conseguí avanzar sin ayuda la mayor parte del camino. Me costaba respirar en aquella atmósfera tan cerrada; también oía el resuello de mis amigos y el chapoteo de sus pies en el agua, a Manuel, que resbaló, y a Yolanda, que cayó. Llegamos a otra abertura muy baja y oscura, por la que pasé a duras penas encogiéndome.

Descubrí que al otro lado podía erguirme. Estaba en una especie de sala.

Moví la linterna en todas direcciones y vi que me encontraba en una especie de cámara con marcas talladas en las paredes; estaban medio borradas. En el centro, más elevado y seco, había un objeto de jade azul tallado en forma rectangular, y tan puro que, al iluminarlo con la linterna, la piedra desprendió un intenso resplandor de color cobalto. Los grabados del objeto de jade arrojaban sombras de color zafiro y azul sobre las paredes; estrellas, espirales y medias lunas danzaban vacilantes sobre la piedra caliza como rayos de una linterna mágica. La superficie de la piedra, con grabados de dioses y guerreros de la misma complejidad que las estelas de Flores y realizados con la delicadeza de la caligrafía árabe, reflejaban tonalidades turquesa y ópalo, azul eléctrico y oscuras vetas de puro añil. Bajo la cambiante superficie de la piedra ardía un color fijo, profundo, etéreo: intenso, con un toque de negro, un leve lustre. Un azul perfecto.

Pero había algo más. Aquel largo y anguloso jade no parecía la piedra de la leyenda de Beatriz de la Cueva. No era un megalito sólido, sino que estaba hueco. Era una caja oblonga. Y había algo en el interior.

Cuando avancé hacia el objeto sin saber exactamente qué estaba mirando, vi la figura de una mujer tendida en el suelo, junto a la caja. Trataba de incorporarse y parpadeaba, cegada por la luz.

La mujer se apoyó en los codos y los húmedos cabellos plateados cayeron sobre su mejilla izquierda. Los negros ojos de mi madre brillaron como los de un búho a la luz de la linterna. La curva de sus pómulos era más pronunciada y resaltaba en la negrura. Vi las frágiles líneas que tenía alrededor de los ojos y la boca, surcada de arrugas que se extendieron alrededor de su nariz afilada cuando volvió la cabeza hacia mí. Tenía un gran cardenal rojo alrededor del ojo y de la sien izquierda, y rastros de lodo en el cuello. Movió la boca, pero no emitió ningún sonido. La camisa blanca y los vaqueros que llevaba estaban mojados y se habían convertido en jirones de algodón; se había quitado los zapatos y tenía la pierna derecha colocada en un extraño ángulo, como si se la hubiera roto o se hubiera hecho un esguince.

Corrí hacia ella. El corazón repicaba en mi pecho como una campana de iglesia.

—¡Mamá! ¡Mamá!

La abracé y ella apoyó la cara en mi hombro.

Seguí llamándola mientras Manuel se acercaba, llorando; también Erik y Yolanda nos rodearon.

—Sí, estoy aquí —dijo mi madre—. Estamos otra vez juntas, criatura.

—Mamá. Oh, mamá. —Con el rostro en su cuello, la abracé con todas mis fuerzas. Le pasé las manos por los hombros y los brazos, le palpé las piernas, busqué heridas. La rodeé de nuevo con mis brazos y no dejé de abrazarla.

Me resultaba difícil soltarla para que los demás pudieran acercarse y ella pudiera hablar.

—Lo he encontrado, criatura —dijo con voz cansada—. ¿Manuel?

Él se inclinó en la oscuridad y apareció bajo los pálidos haces de luz de las linternas.

—Sí, Juana.

—Lo he encontrado —dijo ella con un suspiro.

—Sí.

—He encontrado lo que él estaba buscando —dijo, volviéndose de nuevo hacia mí.

—Lo que buscaba Tomás de la Rosa —asentí.

—Sí, cariño.

Oí que Yolanda emitía un ruido a mi espalda.

—¿Dónde estabas? ¿Cómo te perdiste? —pregunté.

—No podía salir de aquí —explicó—. Tuve problemas con el tiempo. Y estaba herida. Llovió durante cinco días seguidos... no se veía nada, me caí en una riada y me hice daño. En esta pierna, como podéis ver. También perdí la mochila en una ciénaga. Luego llegué aquí, pero para entonces únicamente me quedaba la linterna y no tenía nada más que agua de lluvia para beber. Así que estaba muy cansada, me senté aquí y me puse a esperar. —Tragó saliva—. Pero estáis aquí.

—Mamá, siéntate. Quiero verte bien.

—Lo he encontrado, ¿ves? —Cuando se incorporó para sentarse, vi que no tenía buena cara. Y la pierna estaba torcida; había sufrido la caída unos días atrás y seguramente la herida se había agravado durante el trayecto hasta la cueva—. He encontrado lo que él quería... y la excavación ya estaba hecha.

—Creo que ya está bien de charla —dije—. Tenemos que sacarte de aquí...

Pero ella no quería escucharme.

—Ya estaba... despejado. Abierto. Alguien estuvo aquí antes que yo. No hace mucho. Y no saquearon el lugar.

—¿Quién podría haber estado aquí? —preguntó Manuel.

—Podría haber sido... no, es imposible. No tengo la menor idea, y no importa. Porque yo lo he encontrado de todas formas. En realidad es muy gracioso, porque no es ni mucho menos lo que pensábamos.

—¿Qué es? —quiso saber Yolanda.

—¿Eres... eres tú, Yolanda? ¿Has venido tú también?

Yolanda se acercó a la luz de las linternas y su sombrero arrojó una larga sombra en forma de ave sobre la pared.

—Sí, soy yo, Juana.

—Bueno, esto te interesará a ti también, ¿verdad?

—Eso creo.

—Y este no será... No me digas que es Gomara ese que está detrás de ti, Lola.

—Es él —dije, riendo.

—Oh, bueno, ya nada me sorprende.

—Hola, doctora Sánchez —saludó Erik.

—Sí, hola, Gomara. No se preocupe, le daré las gracias con toda la efusividad de que sea capaz... más tarde.

—Estoy impaciente, profesora.

Manuel se acuclilló junto a mi madre y le examinó la pierna.

—Pensaba que la selva te daba demasiado miedo para volver a ella —dijo mi madre.

—Había otras cosas que me asustaban más.

—Sí, bueno... no fue muy buena idea venir aquí yo sola. Pero la verdad es que fue esa horrible tormenta la que lo estropeó todo. Y no quería dar media vuelta, ¿comprendes? Sobre todo cuando estaba tan cerca. Resbalé y me hice daño; esta pierna no ha hecho más que molestarme desde entonces.

Finalmente llegué aquí hace unos tres días. —Hizo una pausa—. No te habrás vuelto loco...

—No estoy loco.

—¿Cómo has conseguido llegar tú hasta aquí?

Manuel le explicó que yo había encontrado su diario en Antigua y la transcripción de las estelas.

—Ah —dijo mi madre—. Mi diario... eso... no estaba previsto. —Me miró—. ¿Lo has leído entero?

—El diario está completamente empapado —dijo Manuel, mintiendo a medias—. La verdad es que no se puede leer casi nada.

—Pero tú ya sabías por qué quería venir aquí —dijo ella con brusquedad.

—Sí. —Manuel vaciló—. Porque él había muerto.

Ella le tocó la cara con la yema de los dedos.

—No sabía qué otra cosa hacer.

—No importa.

—Pero sabes que te quiero, ¿verdad?

—Sí.

—Así que ahora ella lo sabe, ¿no? Se nota.

Manuel me echó una mirada de reojo y luego miró a mi madre.

—Creo que sí.

—¿Sabe qué? —preguntó Yolanda.

Yolanda nos sonreía a la luz de las linternas; sus negros ojos brillaban bajo el ala del sombrero.

—¿Sabe qué? —volvió a preguntar.

Miré a mi madre, que hizo una mueca de determinación y asintió.

—Que Tomás también era mi padre, Yolanda —dije.

—¿Qué quieres decir?

—Tomás era mi padre —repetí.

Yolanda no lo entendió al principio. Miró el suelo fijamente y luego a mi madre, que se lo confirmó con la mirada. Luego mi hermana respiró hondo, entrecortadamente.

—Solo en un sentido era tu padre, Lola —dijo entonces Manuel. Su voz sonaba rara, descarnada y llena de amor.

Me pregunté qué debía de pensar cuando me miraba y veía en mi rostro las facciones que —ahora lo entiendo— se parecían a las del hombre de cara ancha al que él había odiado durante tanto tiempo.

—Tú eres mi padre —me limité a decir.

—Por supuesto que lo es —gruñó mi madre—. De eso no ha habido nunca la menor duda.

Yolanda alzó la vista hacia las sombras azules de la pared de la cueva y apretó los dientes.

—¿Yolanda?

—Mi padre engañó a mi madre —dijo, al cabo de unos segundos.

—Sí, es cierto —afirmó mi madre—. Y yo participé.

—Y por eso no querías que Lola volviera a escribirme, ¿verdad? —dijo Yolanda—, ni a verme. Porque no querías que te recordaran tu error.

Mi madre asintió.

Manuel, Erik y yo guardábamos silencio. Yolanda trató de aclararse la garganta, pero dejó escapar un débil sonido. Las lágrimas empezaron a caer por su mejilla.

No dijo más durante casi un minuto. Todos la mirábamos expectantes. Luego dijo:

—La verdad es que somos todos un desastre, ¿no os parece?

Mi madre cerró los ojos.

—Supongo que tienes razón.

Yolanda siguió con la vista fija en la pared y con su característica expresión de ira. Pero parecía sopesar una decisión.

—No quiero seguir enfadada —dijo—. No sirve de nada.

—Pues no sigas enfadada —dijo mi madre.

Yolanda se volvió hacia mí.

—Realmente quería hacértelo pagar antes de ayudarte.

—Yolanda...

Se tocó la frente, ocultando los ojos bajo los dedos.

—Pero... debería haber recordado solo los buenos tiempos. Me eché a llorar.

—El resto no me importa —añadió.

—Yolanda, Yolanda —dije, tratando de expresar lo que sentía—. Somos familia, tanto si te gusta como si no.

Ella vaciló. En la cueva se hizo el silencio, salvo por el sonido del agua; la luz azul del jade titilaba en nuestras caras.

—No me importa —dijo, cuando pudo. Hacía denodados esfuerzos por dominarse.

Me acerqué más a ella y deslicé mis dedos en el interior de su mano. Entonces ella me cogió la otra mano y el brazo con fuerza. Temblaba y trataba de sonreír, pero yo era la menos serena de las dos.

Mientras nos sujetábamos de esta manera, Erik no sabía qué hacer. Mantuvo la distancia, carraspeó y apartó la linterna que nos iluminaba. La luz se reflejó entonces en el objeto. Erik paseó el haz de luz por el objeto de jade azul, por la piedra tallada, la forma de la caja y su extraño contenido.

—Dios mío —dijo—. Fijaos en eso.

—Se lo dije, Gomara —dijo mi madre, apartando la mirada de nosotras. Su voz sonaba ronca—. No es lo que creíamos. No es lo que se creyó a lo largo de los siglos. Pero si se piensa bien, es lo más lógico.

—¿Qué es lo más lógico?

—La respuesta a nuestras preguntas acerca de la piedra.

—¿Qué es? —exclamamos todos.

—Si me dais un segundo, os lo contaré.

Yolanda, Manuel y yo nos volvimos hacia mi madre. Por fin, con cierto alivio a pesar de la pierna herida, empezó a explicarnos el misterio de la reina Jade.

60

Para los antiguos mayas, como ya he dicho, las cuevas eran lugares sagrados, donde los vivos y los muertos podían comunicarse con el otro mundo. A menudo se localizaban cementerios en aquellos espacios subterráneos, llenos de momias, reliquias y huesos, para que los espectros de los antepasados pudieran viajar con facilidad hacia el Hades.

Aquella cueva se había utilizado de modo similar.

La linterna de Erik, luego la mía y la de Yolanda, pasaron por encima del objeto de jade azul en el que se apoyaba mi madre. Aquel enorme rectángulo era un ataúd hecho de una única pieza sólida de jadeíta azul, con intrincados grabados en todas sus caras. Frisos con rosas y formas geométricas, enanos, guerreros, rostros de sacerdotes y de hechiceras, brillaban con tonos cobalto y turquesa en cada centímetro de jade. Tenía aproximadamente un metro de altura por medio de ancho, y debía de estar cubierto por una losa de jade que un misterioso excavador anterior había sacado y apoyado en una pared de la cueva. En el sarcófago había el cuerpo de una delgada joven que parecía apenas una muchacha. Estaba bien conservado; era del color de la turbera, y sus huesos tenían una textura de ámbar viejo. Sus manos eran unos palitos fosilizados; su rostro, con su tinte de teca mojada, no tenía una expresión serena. Sus piernas habían sido largas, pero el tiempo las había convertido en ramas y raíces de color sepia, como las de los árboles jóvenes que habíamos visto en la selva. Su cabeza era un delicado cráneo apergaminado. Y su pecho cóncavo albergaba un nido, pero no de pájaros, como al principio creímos.

A aquella joven, al enterrarla, la habían envuelto, adornado y cargado de jades tallados como diamantes y con espléndidos grabados. Alrededor de su cuerpo se amontonaban joyas que lanzaban destellos azules. Las gemas no solo estaban talladas en forma de diamante, como tuvimos ocasión de comprobar, sino también de rosas como hacían los aztecas con sus esmeraldas, y de ídolos diminutos, y de grandes perlas, y había también grandes trozos sin pulir engastados en plata y oro. En el centro de aquel tesoro, un único colgante de jade azul, grande y plano, colgaba de un collar de pequeñas perlas de jade. El colgante tenía unos grabados que me pareció reconocer.

Lo cogí y lo sostuve a la luz; el jeroglífico se volvió rojo y oro dentro de la iluminada roca azul.

Sabía que era el símbolo del jade.

—Pero ¿cuál de ellos es el jade? —preguntó Yolanda.

—Aún no lo has entendido —respondió mi madre—. Es ella. Ella es el jade. El cadáver es de una mujer, en mi opinión. Y sé con toda certeza que de esta forma se enterraba a las mujeres.

—La reina Jade —dijo Erik—. ¿Nos está diciendo que la reina Jade era esta mujer?

—Sí —contestó mi madre—. Mirad la pared... a la izquierda. Está todo ahí.

Las linternas se volvieron al unísono para iluminar la parte de la cueva en la que había jeroglíficos pintados en tonos azules, rojos, negros y verdes, ahora desvaídos.

Decían:

—¿Qué significa esto? —pregunté.

—Bueno —dijo Erik—, si tu madre tiene razón, y haciendo una traducción libre, yo diría que es algo así como:

> *Mi reina, mi hermosa*
> *[ ]*
> *[ ]*
> *[ ]*
> *mundo*
> *[ ]*
> *brazos*
> *[ ]*
> *perdido...*

»pero nada más. A esta luz al menos.

—Yo sé qué es —dijo Yolanda—. Conozco esas palabras.

—Son famosas, ¿verdad? —dijo mi madre—. Son de un poema muy antiguo.

—¿Estás segura? —pregunté—. ¿Lo sabes con certeza?

—Sí, estoy segura —recalcó mi madre con voz firme.

Yolanda se acercó a la pared para leer los signos. Luego, irguiéndose en la oscuridad y sujetando la linterna, empezó a leer el poema, medio cantando y medio recitando, acompañada por mi madre, que murmuraba:

Mi reina, mi hermosa,
¿qué he hecho?
¿Por qué me has abandonado
viviendo en este mundo,
tan frío y vacío?
Mi tesoro, mi hechizo,
¿me perdonas?
Quédate entre mis brazos,
donde yo pueda besarte,
donde hallarás calor.

Te perdí,
te perdí.
Yo también estoy perdido,
yo también estoy perdido.
Estoy perdido
sin ti.

Mi amor

—Resulta que el jade —dijo mi madre cuando terminaron de cantar— no era una piedra, ni un imán, ni un talismán. «Jade», la palabra, el jeroglífico, siempre fue un nombre. El nombre de esta joven. Ese jeroglífico no se refirió nunca a una piedra. Ese significado nos lo dio la traducción de la leyenda. Pero Balaj K'waill mintió a Beatriz de la Cueva. Hay un fallo en la traducción. El rey estaba obsesionado con su mujer, no con una joya. La canción es la que cantó tras su muerte. Y nosotros no nos habíamos dado cuenta.

—¡Esto es... extraordinario! —dijo Erik—. Es mejor aún que lo que han encontrado en las sierras.

—¿Qué han encontrado en las sierras? —preguntó mi madre, ladeando la cabeza.

—Se lo contaré más tarde, doctora Sánchez.

Mi madre miró a Erik con las cejas levantadas, pero decidió no preguntar todavía el significado de su comentario; luego se volvió hacia mí y me besó tres veces en la mejilla.

—Así que esta es la respuesta, criatura —dijo—. Y tú has venido hasta aquí a buscarme.

—Y te he encontrado.

Volvió su demacrado rostro hacia Erik y esbozó una sonrisa.

—¿Impresionado, Gomara?

—Mucho, profesora.

—Espero que a partir de ahora me trate con respeto absolutamente reverencial.

—Hummm... lo intentaré.

—Bien. Pero en este momento, quizá podría ayudarme a levantarme y sacarme de esta desagradable cueva. Luego, si es tan amable, tal vez podría llevarme a un hospital; no me encuentro muy bien.

Erik se acercó a ella, la rodeó con los brazos y la levantó, lo que no era tarea fácil. Abandonamos la caverna con su sarcófago. Nos arrastramos de nuevo por los pasadizos angostos y calurosos llenos de agua estancada, y dejamos atrás animales escurridizos que chirriaban. Finalmente salimos de nuevo a la oscura selva, donde tendríamos que pasar una noche más antes de poder regresar a la ciudad.

61

Después de montar el campamento en el claro, junto a la entrada de la cueva, Erik atendió las heridas de mi madre y le dio unos calmantes, mientras Yolanda, Manuel y yo sacábamos el equipo de las mochilas. Los tres nos acuclillamos en una zona cubierta de hierba y rodeada de negros árboles, y a la luz de las linternas sacamos las lonas impermeabilizadas, la comida, el agua y las mosquiteras. Yolanda y yo nos lanzábamos nerviosas miradas de complicidad, y yo besé cariñosamente a Manuel varias veces. Luego me volví hacia Yolanda y la miré largamente mientras ella desplegaba una hamaca. Aún llevaba el sombrero ladeado sobre la cabeza. La luz de la linterna dejaba ver su cara, llena de rasguños, pero no eran graves. Llevaba la camisa abotonada hasta arriba y bajo el cuello asomaba una joya. Me incliné y la besé también a ella.

—Vale, vale —dijo, sin dejar de ofrecerme la mejilla para que pudiera volver a besarla—. Tenemos mucho que hacer antes de echarnos a dormir, así que no tenemos tiempo de ponernos sentimentales.

—Pues me ha parecido que te ponías un poco sentimental ahí dentro.

—Es cierto, querida —dijo Manuel.

—Si así fuera, estaría justificado, ya que acabo de descubrir que tengo una hermana. Pero considerando todo lo que hemos tenido que pasar, en realidad preferiría pasar por alto las partes más dolorosas referentes a padres, desilusiones y otros desastres familiares, gracias.

En realidad empezaba a parecer muy complacida, incluso cuando frunció el entrecejo y me dijo que me concentrara en buscar la varita de magnesio para encender un fuego.

—Quizá podrías venir a vivir con nosotras —dije.

—¿Vivir contigo?

—¿Por qué no?

—Bueno. —Suspiró mientras revolvía en la mochila de Erik y finalmente sacaba de ella la varita—. Estoy segura de que hay mil razones.

—Dime una.

—Es fácil. No estoy segura de que seas una buena compañera de habitación.

—Puede que haya mejorado.

—Lo dudo. Pero... ahora que lo mencionas, tal vez podría probarlo durante un par de meses. Dependerá de cuánto tiempo pueda soportarlo.

—Te dejaré vestirte como los cíclopes y saltar sobre mí desde los armarios —dije.

—Oh, gracias, pero creo que tendré que idear nuevas formas de torturarte. Aun así, si... solo estoy pensando en voz alta... si vamos a pasar más tiempo juntas, tendrá que haber algunos cambios.

—¿Cambios?

Manuel se echó a reír.

—Ya empezamos —dijo.

—Es obvio que no tienes la menor idea de cómo moverte por la selva. —Alzó la barbilla en un gesto retador—. Has pasado demasiado tiempo en las bibliotecas.

—No creo que...

—Tendré que ser dura contigo para ponerte en forma. Y enseñarte a vadear un río sin hacer que se ahoguen casi todos los que te rodean, para empezar. Además, tendré que darte algunas lecciones de cómo escribir una carta decente.

—Sí, sí —admití—. Mea culpa. Mea culpa. Seré buena y te obedeceré.

—Como ha de ser.

Yolanda me miró con expresión solemne hasta que una involuntaria sonrisa empezó a dibujarse en su boca, igual que en la mía. Después ocultó la cara bajo el ala de su sombrero y gruñó algunas críticas más sobre mi carácter y mis habilidades de campista; luego, recogió ramas y hojas para juntarlas en el suelo. A continuación empezó a golpear el magnesio hasta hacer saltar la chispa del pedernal. Yo la seguí con la mirada, y cuando las llamas se alzaron entre las sombras, vi que bajo el cuello de su camisa brillaban unas piedras azules.

—¿Qué es eso? —Bajo la camisa vi el colgante de jade que unos minutos antes estaba alrededor del cuello de la reina enterrada.

—¿Esto? Oh, una cosita que me he llevado. Relájate. Lo devolveré. Solo lo guardaré un tiempo para que esté a salvo. Mi padre habría querido que vigilara de cerca un tesoro como este.

—Hablaremos de eso... más tarde —dijo Manuel, mirándola de reojo.

—De acuerdo. Bien, ¿de qué estábamos hablando? Ah, sí, del futuro. El futuro. Como te decía, hay mucho trabajo por delante si quiero convertirte en una hermana como es debido, pero si tenemos suerte y las cosas no se tuercen como suelen hacer, quizá acabe haciendo de ti alguien de provecho.

Mientras ella seguía describiendo todos los cambios que debería hacer antes de tener la esperanza de ser aceptada como hermana de una De la Rosa, yo miraba la fogata y cómo las llamas empezaban a prender en las hojas, las ramas y las flores. El círculo de luz llegaba hasta la entrada de la cueva donde yacía la reina enterrada; hasta los helechos, los grandes árboles aplastados, las ciénagas y los monos y las aves. Los quetzales agitaban sus alas verdes entre las ramas doradas y ennegrecidas de las caobas y veíamos las neblinas de color ocre que se arremolinaban en torno a los helechos. Los venados corrían por la selva; nos pareció oír los resoplidos y gruñidos de jabalíes y las pisadas de posibles felinos. Yolanda se levantó y esquivó a los monstruos para ir a recoger leña. Luego se sentó de nuevo junto a mí y me cogió la mano. El resto del grupo se acurrucó también alrededor de la fogata. La luz dorada se elevó por encima de la selva como un espíritu y nos mostró sus animales fabulosos y sus asombrosas bestias de ojos rojos. De todas ellas, mi madre no era la criatura menos asombrosa, parecía una hechicera buena con sus cabellos plateados y su pierna torcida. Tenía los ojos fijos en mí desde el otro lado de la fogata.

Le devolví la mirada en silencio, agradecida.

Ninguna de las dos sonrió; nuestro amor era demasiado fuerte e impetuoso para hacer algo así.

62

Long Beach, en la actualidad

En El León Rojo, que sigue siendo mío, tengo ahora al menos seis estantes dedicados a la Historia. Los bichos raros, los fanáticos y los bibliófilos pasan por delante, extraen un volumen, lo hojean, y fruncen el entrecejo cuando leen las afirmaciones acerca de caballeros, monstruos y amazonas que los autores han vertido en él. Yo me siento detrás de mi mesa y envuelvo libros, reparo encuadernaciones y los observo mientras discuten e improvisan sus psicodramas. O, lo que es peor, veo cómo se sientan entre los estantes con las piernas cruzadas y leen mis libros de cabo a rabo, con lo que indudablemente obtendrán grandes conocimientos, pero sin comprar.

De vez en cuando, entra en la librería una mujer gruñona con la cabellera plateada, hace sonar las campanillas que hay colgadas sobre la puerta y dispersa a los clientes a su paso. Mi madre, que se curó completamente de su expedición a la selva, ha vuelto a su trabajo con normalidad. Últimamente, Erik y ella están enzarzados en una lucha sin cuartel para tener mayor influencia en los profesores de Harvard, que han hecho varios viajes al lugar del Petén donde está enterrada la reina Jade que nosotros descubrimos. La reina fue recuperada, pero además, lentamente, los científicos han empezado a excavar una pequeña ciudad cercana, medio enterrada, en la que hay magníficos palacios tallados y patios abovedados, algunos de los cuales tienen frisos hechos de jade azul. Por otra parte, la búsqueda de reliquias, sobre todo de jade, ha adquirido nuevos bríos desde un día del año 2002 en que leímos en un periódico local la noticia del hallazgo de jade por parte de los científicos de Peabody después del huracán. «Un equipo estadounidense afirma haber encontrado la legendaria fuente de suministro de jade —reza el artículo— en una zona del tamaño de Rhode Island de la Guatemala central, que bordea el río Motagua.» Yo me dije que sin duda perturbarían el descanso del pobre Tomás de la Rosa, uno de mis padres. Se dice que la mina que puso al descubierto el huracán Mitch en la sierra de las Minas es enorme, de modo que en Guatemala abundan ahora los geólogos y arqueólogos extranjeros, que periódicamente luchan a brazo partido por hacerse con un pedazo de terreno. Batallas como esas suelen poner de buen humor a mi madre.

Aun así, tanto si tiene un día optimista como si lo tiene negativo, suele venir a visitarme a la librería para repasar mis libros y mirarme refunfuñando hasta que le doy un beso. Me gusta ver cómo frunce el entrecejo al ver mis existencias y cómo hostiga a los aficionados al RuneQuest y a Drácula, cuando se pasean disfrazados por los pasillos de mi tienda. Me encanta cuando se inclina sobre mi mesa y juguetea con mi pelo mientras charlamos sobre libros, chismes, películas, arqueología, los esfuerzos de recuperación que continúan en América Central, donde aún se notan los efectos del huracán Mitch, y, lo que es mucho menos frecuente, sobre las circunstancias de mi nacimiento. Pero no solemos desviarnos hacia otras cuestiones relacionadas con este, tales como las razones por las que me disuadió de escribir a Yolanda.

Algunos temas son aún demasiado peliagudos.

Mi corazón sigue repicando como una campana cuando veo que mi madre cruza la puerta de mi librería, pero desde que me enteré de la verdad acerca de nuestra familia, y reconocí que nunca debí alejarme de mi hermana, he notado un pequeño cambio que me atenaza. A veces tengo que escuchar muy atentamente para oír ese claro y agudo tintineo, y a veces temo que sea tan solo el ruido de las campanitas de la puerta. Pero al final lo oigo. Casi siempre.

Hay días en los que me alegro de saber la verdad de por qué no me parezco a Manuel Álvarez. Y hay días en los que creo que es fantástico que me parezca tanto a él en el espíritu libresco, y no en algo tan vulgar y predecible como la sangre que corre por mis venas.

Pero hay otros días en los que no me alegro.

A menudo desearía no haber leído el diario de mi madre.

Ahora sé que hay secretos que es mejor no conocer.

En fin. Sigo llenando El León Rojo de literatura fantástica y de misterio, y de los libros espeluznantes acerca de escarabajos y rompecabezas. A veces, paseando por los estantes de «Grandes villanos coloniales de la historia», encuentro a una mujer joven con sombrero negro, expresión resuelta y ojos y pómulos que ahora reconozco similares a los míos. Mi única hermana. Seguramente la persona más extraña y extraordinaria que conozco. Ahora tiene cicatrices en los brazos, recuerdo de nuestra expedición a la selva, y me estruja cada vez que me abraza. Todas las veces que la he visto desde que volvimos de nuestra aventura, lleva un gran colgante azul con jeroglíficos grabados. Seguramente es muy valioso.

Manuel no deja de reclamarlo desde el museo, pero Yolanda dice que lo guardará hasta que esté segura de que él sabrá cuidarlo.

Igualita que su padre, replica él siempre.

Pero cuando Manuel menciona ese nombre, creo que le gustaría no haberlo hecho, porque suscita numerosas dudas, tales como las extrañas circunstancias de la muerte de De la Rosa, el misterio de qué lo mató, así como el lugar en el que yace su cuerpo. ¿Cómo serían los últimos momentos de aquel pobre hombre?, nos preguntamos todos. En privado, nos hacemos la pregunta, más difícil y turbadora, de qué ocurrió con su cadáver. No parece natural que un hombre como él haya desaparecido sin dejar la menor huella, rastro o señal.

Hemos oído ciertas teorías acerca de asesinatos en Belice, secuestros en Italia y apariciones en Lima al estilo de Elvis. Pero no nos atormentamos con esas ideas y tratamos de recordar a Tomás de otra forma. En cuanto a su patrimonio, el clan Sánchez, Álvarez y De la Rosa está haciendo todo lo posible por continuar con sus proyectos arqueológicos, lo que significa que en mi pasaporte no se ha depositado mucho polvo últimamente. Está la cuestión del lugar en el que se encuentra el oro del rey Moctezuma, por ejemplo, y luego una historia según la cual Excalibur está oculta en la pampa de Sudamérica. Ambos son enigmas históricos que el viejo arqueólogo creía ser capaz de resolver...

Pero no voy a entrar ahora en esos otros temas, puesto que esta es la historia de la reina Jade, y ya casi ha concluido.

Diré que Manuel visita también El León Rojo cuando viene a Los Ángeles. Mi padre entra silenciosamente por la puerta, se acerca a mi mesa y me besa la mano. Las cosas siguen casi exactamente igual entre nosotros. No hemos dejado de mirarnos con grandes ojos llenos de cariño. Y a veces me da algún cheque.

Sin embargo, sigo sin tener dinero.

Por la noche, tras la larga jornada, cierro la librería y me quedo un rato sentada escribiendo —y me siento más de lo que solía, ya que tengo cierta rigidez y alguna que otra punzada en la cadera izquierda a causa de la vieja herida—. Mientras espero a que llegue Erik, escribo el borrador de un libro en el que estoy trabajando para la Red Lion Press. Aunque he descubierto que tengo más talento para la aventura del que creía, sigo prefiriendo mi mundo acogedor y lleno de libros. Con esto no quiero decir que la venta de libros sea mucho más segura que la vida en la selva, con sus pumas y monos meones. En una librería que ofrece libros de aventuras, el lector no sabe nunca qué va a suceder. O en qué debe creer. Por ejemplo, tengo un ejemplar aquí «muy raro y en excelente estado, pero con un precio razonable» que vuelve a contar la historia de la reina de todos los jades, y relata la falsa historia antigua de una piedra talismán que hace tan poderosos a los hombres que pueden ganar cualquier guerra.

Pero a todo el mundo le seducen fácilmente tales fantasías.

He escrito mi propia traducción moderna de la *Leyenda de la reina Jade*. En ella se encuentran los engaños de Balaj K'waill, y la astucia de De la Cueva, la traición y el romance. Es decir, yo misma he sido seducida.

Acabas de leerlo.

De noche, a la luz de mi lámpara y en compañía de mis libros, pulo mi historia. Rectifico una frase aquí, un adjetivo allá. La tarea me desconcierta a menudo, pero últimamente me he convencido de que el desconcierto podría ser el estado mental más normal de una persona, sobre todo cuando se dedica a descifrar un texto como *La reina Jade*.

Aun así, ahora sé que, cuando De la Cueva escribía:

Cuando la máscara cayó de los ojos de la hechicera y esta contempló su jaula, supo que jamás podría leer los peligros del laberinto para escapar,

la palabra «leer» debe traducirse literalmente.

Además, si alguna vez me interesara traducir las cartas de la gobernadora, sabría que, en el pasaje en el que escribe a su hermana Ágata en 1541, el que dice:

Debo confesaros que el laberinto me parece muy difícil de otear,

la palabra «otear» no debía utilizarse en el sentido de dominar desde lo alto, sino simplemente, el de examinar con cuidado.

Así que, sentada en mi librería, doy vueltas a estas ideas y las anoto, hasta que llega Erik.

Erik entra en mi librería; yo sonrío y apago la luz. Cuando él se acerca en la penumbra, no siempre estoy segura de si haremos el amor, leeremos en voz alta, nos besaremos o nos contaremos historias.

O todo a la vez.

Cuando tiene suerte, le enseño un poco de lo que estoy escribiendo. Uno de los dos lo lee en voz alta. No es una traducción, en realidad, sino una obra original. Es un relato fiel de la historia. Es el relato de los hechos auténticos, de lo que significaba la historia realmente, y adónde conducían los mapas. Trato de contar la verdad.

—Imposible, mi amor —dice él, sonriente—. Pero sigue... me gusta.

Así que le doy otro beso y luego cojo las hojas sueltas que he escrito. Llevan mi letra hecha de grandes trazos, salpicada de borrones de tinta y tachaduras, signos de exclamación y notas en lápiz azul. Están un poco arrugadas, de modo que el pliego de papeles parece un viejo mapa del tesoro, o un manuscrito hallado en un viejo cofre en el mar, o la obra de un poeta olvidado.

Y en cuanto al relato en sí, creo que podría ser real. Real, bordeando la fantasía.

Tal vez una parte del significado que hallamos lo creamos nosotros mismos.

Aquí esta la verdadera historia de la reina Jade.

63

Después de que el rey dejara caer su cuchillo de jade y el crimen se hubiera cometido, la maldición de su esposa agonizante cayó sobre su cabeza y sobre sus parientes. Solo entonces supo él lo que había perdido. En la locura de su pena, huyó con ella a través de la selva; dejó atrás el río y las ciénagas, hasta llegar al lugar desde el que podría viajar en paz hacia la tierra de los muertos.

Años atrás, cuando conoció la pupila de su padre, que luego fue novia de su hermano, ya la había codiciado. Estaba seguro de que, con ella, su rival poseía el más preciado tesoro del país, mucho más valioso que los océanos, los campos y todas las joyas azules del mundo.

Decidió poseerla.

Así derrotó a su hermano y al pueblo de su hermano y se llevó a la reina Jade a vivir con él en su verde y fértil país. Pero ni aun entonces estaba satisfecho. El rey estaba tan celoso de su belleza que ordenó a arquitectos y criados que arrancaran la piedra azul de las montañas y construyeran para él un laberinto del que ella no pudiera escapar jamás.

Así quedó atrapada: por las palabras, por el jade, por la selva. Durante años, buscó el camino a través de la negra selva para volver al mar, sin conseguirlo.

Pero designios tan malvados siempre están destinados a fracasar. Como todos los amantes, habría sido mejor que el rey la cortejara con palabras zalameras, o mejor aún, con la libertad. Pues ella tenía sus propios trucos y trampas.

El lugarteniente del rey, el enano, descubrió su traición; había seducido al sacerdote hasta corromperlo y condenarlo.

Después de aquello, ninguno de los dos podía salvarse.

El rey enterró a la mujer conocida como Jade; la vistió con sus galas de reina, compuso un poema y lo grabó en las paredes; era su última carta de amor.

Cuando el viento empezó a aullar en el exterior, y su reino quedó aplastado y destruido por las nubes, se dio cuenta de su error. Decidió entonces recorrer una última vez la senda del hombre bueno.

Abandonó la cueva y se adentró en la tormenta.

AGRADECIMIENTOS

Este libro se escribió con la ayuda, amistad y amor de muchas personas. Gracias a mi marido, Andrew Brown; a mi valiente editor, Rene Alegria; a Virgina Barber, Andrea Montejo, Shana Kelly, Renée Vogel, Sarah Preisler, Fred MacMurray, Thelma Diaz Quinn, Maggie MacMurray, Maria y Walter Adastik, Elizabeth Baldwin, Ryan Botev, Mona Sedky Spivack, Erik Nemeth, la doctora Aila Skinner, Victoria Steele, Katy McCaffrey, Jorge Luis Borges, David Burcham, Katie Pratt, Victor Gold, Georgene Vairo, Allan Ides, David Tunick, y al resto de mis colegas de la Facultad de Derecho Loyola de Los Ángeles. También querría dar las gracias a los dueños y empleados de la librería Iliad de Los Ángeles, la Poisoned Pen de Phoenix, la Cultura Latina de Long Beach, y la Tia Chucha's de Los Ángeles, por alimentar mi imaginación e inspirarme El León Rojo.

NOTA DE LA AUTORA

La leyenda de *La reina Jade* es una obra de ficción, pero unos pocos elementos están basados en hechos históricos.

Como conoce la mayoría de la gente, Guatemala sufrió una terrible guerra civil que se inició en los años sesenta y se prolongó hasta la firma del acuerdo de paz entre los rebeldes marxistas y el ejército en 1996. Según libros y artículos que he estudiado, el conflicto supuso la muerte de ciento cuarenta mil civiles, entre indescriptibles horrores y sufrimientos.

Después de este trauma nacional, Guatemala soportó con el resto de Centroamérica una nueva catástrofe, cuando el huracán Mitch asoló la región en la primavera de 1998. La tormenta mató a más de cien mil personas, y cuando yo viajé a Guatemala en 2003 me enteré de que muchas personas en el país siguen padeciendo los efectos del desastre. Un gran número de guatemaltecos perdieron su hogar, las infraestructuras, el acceso al agua potable y la estabilidad económica, y aún no los han recuperado.

La reina Jade menciona también la historia colonial de Guatemala. Beatriz de la Cueva era la esposa de Pedro de Alvarado, conquistador español y gobernador de Guatemala hasta su muerte en 1541. De la Cueva sucedió a su marido en el poder, pero solo fue gobernadora durante un breve período. Según algunos registros históricos apenas duró dos días, según otros varias semanas. En cualquier caso, murió en La Ciudad

Vieja, la capital del siglo XVI que se encuentra a escasa distancia de la moderna ciudad de Antigua. En 1541 hubo una terrible tormenta y luego un gran terremoto sacudió la ciudad; el terremoto abrió una grieta en el volcán Agua, que se había llenado de agua. De la Cueva murió en la inundación.

Balaj K'waill es producto de mi imaginación, pero cabe mencionar que la palabra maya para dios de «linaje de sangre real» es K'waill. Así pues, he querido indicar a través del nombre que Balaj K'waill era el rey depuesto de Guatemala cuando conoció a Beatriz de la Cueva.

En cuanto a los códigos, me he tomado ciertas libertades con las claves. El lector hallará un planteamiento mucho más científico de la ciencia de la escritura maya en el libro de Michael D. Coe *Breaking the Maya Code*. Sin embargo, los jeroglíficos aquí reproducidos se corresponden prácticamente con los significados dados. El signo

por ejemplo, significa «dama», «mujer» o «madre», según la iconografía maya. Lo he empleado para designar la identidad de la reina.

Para mi estudio de los jeroglíficos, la ayuda del *Dictionary of Maya Hieroglyphs* de John Montgomery ha sido de inestimable ayuda. Las imágenes que ilustran esta novela y su significado se han tomado de ese glosario, con el generoso beneplácito del señor Montgomery.

CPSIA information can be obtained at www.ICGtesting.com
Printed in the USA
LVOW06s1626251114

415359LV00006B/17/P